À PROPOS D…

Nora … lus dans le mond… vendus dans 34 p… rter au roman fém… ascine par ses multipl… une extraordinaire vivacité d'éc… ver ses lecteurs.

Passions d'été

NORA ROBERTS

Passions d'été

Traduit de l'anglais (États-Unis) par
Première partie : MARIE-CLAUDE CORTIAL
Deuxième partie : JULIA LOPEZ-ORTEGA
Troisième partie : CHARLOTTE MEIRA

Harper
Collins
POCHE

Titres originaux :

Première partie : ISLAND OF FLOWERS
Deuxième partie : SECOND NATURE
Troisième partie : THE BEST MISTAKE

HARPERCOLLINS FRANCE

83-85, boulevard Vincent-Auriol, 75646 PARIS CEDEX 13
Tél. : 01 42 16 63 63

www.harpercollins.fr

ISBN 979-1-0339-0916-3

LES AMANTS DE MINUIT

1

L'avion se posa en douceur sur la piste de l'aéroport international d'Honolulu et, quelques minutes plus tard, Laine Simmons descendit la passerelle. Sur le tarmac, plusieurs jeunes filles à la peau dorée, vêtues de sarongs aux vives couleurs, accueillaient les passagers.

Laine poussa un léger soupir. Elle aurait préféré se mêler directement à la foule mais, ayant voyagé en classe touriste, elle était étiquetée comme telle. Elle accepta le baiser de bienvenue des jeunes femmes et le collier de fleurs qu'elles lui offraient, puis elle marcha vers le bureau d'informations, ralentie dans sa marche par un homme de forte corpulence. A en juger par sa chemise fleurie jaune et orange, et les jumelles qui pendaient autour de son cou, il était bien résolu à prendre du bon temps pendant ses vacances. Laine fronça les sourcils. Dans des circonstances différentes, l'apparence un peu ridicule de cet inconnu l'aurait amusée, mais le nœud qui s'était formé dans son estomac lui ôtait toute envie de sourire. Elle n'avait pas mis les pieds sur le continent américain depuis quinze ans. Avec ses falaises et ses plages, le paysage qu'elle avait découvert pendant la descente de l'avion ne lui avait pas paru particulièrement accueillant. Elle n'avait pas eu l'impression d'être la bienvenue, ni de revenir chez elle.

L'Amérique qu'elle connaissait apparaissait en visions sporadiques dans sa mémoire. Ce pays, qu'elle avait quitté à sept ans, prenait la forme d'un orme noueux se dressant en sentinelle devant la fenêtre de sa chambre, et d'une étendue d'herbe verte illuminée par les boutons d'or. C'était aussi une boîte aux lettres située au bout d'un long sentier sinueux. Mais par-dessus tout, l'Amérique avait le visage de l'homme qui l'avait emmenée dans des jungles africaines et des îles désertes imaginaires. Cependant, les immenses fougères et les gracieux palmiers d'Honolulu lui étaient aussi étrangers que le père pour lequel elle venait de traverser la moitié de la planète. Une vie entière semblait s'être écoulée depuis que le divorce de ses parents l'avait arrachée à ses racines.

Laine soupira. Elle n'avait eu aucune garantie en entreprenant ce voyage. L'adresse qu'elle avait retrouvée, enfouie dans les papiers de sa mère, allait-elle la conduire vers le capitaine James Simmons ? Rien n'était moins sûr. Cette petite feuille pliée et repliée plusieurs fois sur elle-même était un peu jaunie par le temps, mais c'était la seule chose qu'elle avait repêchée. Aucune correspondance, rien pour indiquer si l'adresse était toujours valable. Son père vivait-il encore sur l'île de Kauai ? Sa première impulsion avait été de lui écrire. Mais après une semaine d'indécision, elle avait fini par rejeter cette idée. Elle préférait le rencontrer. Ses économies lui permettraient tout juste de se nourrir et de se loger pendant huit jours sur l'île. Elle avait bien imaginé que ce voyage serait éprouvant, mais elle n'avait pas pu y renoncer. Outre les doutes qu'elle avait quant au succès de ce voyage, elle était taraudée par la peur qu'il se solde par un rejet.

« Je n'ai aucune raison de m'attendre à ce que mon père m'accueille à bras ouverts », songea-t-elle en accélérant le pas. Pourquoi l'homme qui n'avait pas cherché à la revoir pendant toute son enfance se soucierait-il de la femme qu'elle était devenue ?

Resserrant sa main sur la poignée de sa valise, Laine se répéta pour la énième fois qu'elle acceptait le dénouement de ce déplacement, quel qu'il soit. Après tout, elle avait appris depuis longtemps à se contenter de ce que la vie pouvait lui offrir.

D'un geste vif, elle ajusta son chapeau blanc à bord mou sur ses boucles blondes et releva le menton. Il était hors de question de laisser voir à qui que ce soit l'anxiété tapie tout au fond d'elle.

Au bureau d'information, l'hôtesse d'accueil était plongée dans une discussion avec un homme. Leur conversation semblait agréablement animée. Laine observa leur tête-à-tête. L'homme était brun, et d'une taille intimidante. Avec un petit sourire, elle songea à ses élèves. Ils lui auraient certainement attribué le qualificatif de « séduisant ». Son visage aux contours rudes, mais très réguliers, était surmonté d'un halo de boucles noires en bataille. Sa peau bronzée le classait définitivement parmi les habitués du soleil hawaïen. Il avait un petit air canaille, une sensualité animale. Peut-être avait-il eu le nez cassé. Ce qui était loin de gâcher son profil, bien au contraire. Cela créait une légère dissymétrie, qui ajoutait à son charme. Il était vêtu d'un jean un peu râpé, effiloché, et d'une chemise en jean à manches courtes, qui laissait voir un torse et des avant-bras aussi bronzés que musclés.

Vaguement agacée, Laine poursuivit son examen. L'homme s'appuyait au comptoir avec désinvolture, un petit sourire taquin au coin des lèvres.

« Je connais ce genre d'individu », songea-t-elle avec une soudaine rancœur. Elle en avait vu plus d'un comme celui-ci tourner autour de sa mère comme un prédateur autour de sa proie. Et quand la beauté de Vanessa était devenue l'ombre d'elle-même, la meute s'était tournée vers une proie plus tendre. Laine soupira. Heureusement, elle-même avait eu la chance d'avoir des contacts très limités avec les hommes.

L'inconnu se tourna vers elle et leurs regards se rencontrèrent. Laine ne détourna pas les yeux. Une colère subite commença à monter en elle. L'homme releva un sourcil et la parcourut des yeux de la tête aux pieds, avec un petit sourire d'autosatisfaction.

Elle était vêtue d'un ensemble de soie bleu irisé qui révélait la souplesse de ses lignes gracieuses et son élégance naturelle et décontractée. Le bord de son chapeau jetait une ombre légère sur son visage à l'ovale parfait, au nez fin, très droit, aux pommettes hautes. Ses lèvres pulpeuses, bien dessinées, avaient une expression sérieuse, et ses immenses yeux bleu lavande étaient ourlés de cils épais et dorés. Il eut un petit sourire en coin. Ces cils-là étaient bien trop longs pour être authentiques. Quoi qu'il en soit, cette femme devait avoir une totale maîtrise d'elle-même, ses yeux ne cillaient pas.

Lentement, avec une insolence délibérée, il sourit. Laine soutint son regard et lutta pour empêcher une rougeur inopportune de lui monter au visage. Voyant que son interlocuteur ne lui prêtait plus attention, l'hôtesse tourna la tête vers elle. Aussitôt, elle troqua un bref instant son expression charmeuse contre une mine renfrognée.

— Puis-je vous aider ? interrogea-t-elle en retrouvant aussitôt son sourire professionnel.

Ignorant l'homme qui continuait de la dévisager, Laine s'approcha du comptoir.

— Merci. Je voudrais me rendre à Kauai.

Elle parlait avec un léger accent français.

— Il y a un charter qui part pour Kauai dans…

L'hôtesse consulta sa montre et afficha un nouveau sourire.

—… vingt minutes.

— Moi, je pars immédiatement ! dit l'homme.

Laine lui jeta un bref coup d'œil par-dessus son épaule. Il avait des yeux aussi verts que le jade chinois.

— Inutile d'attendre à l'aéroport, continua-t-il.

Son sourire s'élargit.

— Ma carlingue n'est pas aussi encombrée que le charter, et le voyage à bord est beaucoup moins onéreux.

Jusqu'à présent, elle avait toujours réussi à dissuader les gêneurs en tous genres par un regard dédaigneux et un sourcil arqué. Mais aujourd'hui, apparemment, elle n'avait pas cette chance.

— Vous avez un avion ? demanda-t-elle froidement.

— Vous avez tout compris.

Il avait mis les mains dans ses poches. Bien qu'il soit accoudé au comptoir dans une attitude désinvolte, il la dominait encore d'une tête.

— Je ne dédaigne pas la menue monnaie que me rapportent les touristes qui vont sur l'île.

— Dillon..., coupa l'hôtesse.

Mais il l'interrompit avec un sourire et un petit signe de tête dans sa direction.

— Rose se porte garante pour moi. Je travaille pour Canyon Airlines, sur Kauai.

Il présenta Rose en arborant un large sourire. Elle se mit à fouiller dans une pile de papiers.

— Dillon... je veux dire, M. O'Brian est un excellent pilote.

Rose s'éclaircit la voix et envoya à Dillon un regard éloquent.

— Si vous ne voulez pas attendre le prochain charter, je vous garantis que le vol sera tout aussi agréable dans son petit avion.

Laine se tourna vers lui. Il affichait un sourire effronté, et l'amusement se lisait dans son regard. Il y avait de fortes chances pour que le voyage ne soit pas « agréable » du tout. Cependant, elle n'avait pas vraiment le choix. Il lui restait peu d'argent et il fallait absolument qu'elle le dépense au compte-gouttes.

— Très bien, monsieur O'Brian, j'accepte vos services.

Il lui tendit une main, paume levée. Laine baissa les

yeux sur elle. Furieuse, elle les releva aussitôt. Cet homme était vraiment un grossier personnage.

— Si vous me parliez de vos tarifs, monsieur O'Brian, je serais heureuse de vous payer une fois que nous aurons atterri, dit-elle sèchement.

— Pouvez-vous me donner le ticket pour retirer vos bagages ? dit-il sans se départir de son sourire. Cela fait partie de mon travail, chère madame.

Baissant la tête pour cacher son embarras, Laine fouilla dans son sac.

— Parfait. Allons-y !

Empochant le ticket, il lui prit le bras et l'entraîna en criant à l'hôtesse :

— A la prochaine, Rose !

— Salut ! Bienvenue à Hawaii, madame, lança Rose.

Avec une petite moue désappointée, elle les regarda s'éloigner.

Peu accoutumée à être guidée d'une main si ferme, et gênée par la rapidité à laquelle O'Brian marchait, Laine fit de son mieux pour adapter son pas au sien.

— Monsieur O'Brian, j'espère que je ne serai pas obligée d'aller jusqu'à Kauai en courant.

Faisant une pause, il se mit à rire. Laine lui décocha un regard noir. Elle était essoufflée, et furieuse qu'il s'en rende compte. O'Brian se servait de son rire comme d'une arme, étrange et puissante, contre laquelle elle n'avait pas encore développé de défense.

— Je croyais que vous étiez pressée, mademoiselle...

Il jeta un coup d'œil sur le ticket, et son sourire s'évanouit aussitôt. Le front rembruni, il leva les yeux. L'expression amusée qu'elle y avait lue quelques instants plus tôt les avait désertés. Instinctivement, Laine tenta d'échapper à sa poigne, mais il resserra son étreinte.

— Vous êtes Laine Simmons ?

C'était plus une accusation qu'une question.

— Elle-même.

Dillon la regarda en fronçant les sourcils.

— Vous allez voir James Simmons ?

Les yeux de Laine s'élargirent. Un court instant, elle eut un éclair d'espoir. Cependant, l'expression de Dillon restait hostile. Elle refréna une envie de lui poser une avalanche de questions tandis qu'elle sentait ses doigts se resserrer sur son bras jusqu'à lui faire mal.

— Je ne vois pas en quoi cela vous concerne, monsieur O'Brian. Mais je veux bien vous répondre. Oui, je vais le voir. Connaissez-vous mon père ?

Elle prononça le dernier mot d'une voix chancelante. C'était un mot qu'elle n'avait plus utilisé depuis si longtemps. Le fait de le retrouver était doux-amer.

— Oui, je le connais… beaucoup mieux que vous ne le connaissez. Eh bien, Duchesse…

Il la lâcha brusquement, comme si son contact lui était soudain désagréable.

— Je doute que quinze ans de retard soient mieux que de ne jamais revenir, mais nous nous en rendrons compte bien assez tôt. Canyon Airlines est à votre disposition !

Inclinant la tête, il fit une demi-révérence.

— Le voyage vous est offert par la compagnie. Je ne vais pas faire payer la fille prodigue de son propriétaire.

Dillon retira ses bagages et sortit du terminal sans ajouter un mot. Laine lui emboîta le pas. Elle était abasourdie, autant par son hostilité que par l'information qu'il venait de lui donner.

Son père possédait une compagnie d'aviation ? Dans son souvenir, James Simmons était pilote, et le fait de posséder des avions n'était qu'un rêve qui lui semblait inaccessible. Quand était-il devenu réalité ? Et pourquoi l'homme qui se trouvait devant elle et qui enfournait dans la soute à bagages les luxueuses valises qu'elle avait empruntées à sa mère se montrait-il si odieux depuis qu'il avait appris son nom ? Comment savait-il que quinze années s'étaient écoulées depuis la dernière fois qu'elle avait vu son père ?

Elle ouvrit la bouche pour lui poser toutes ces questions pendant qu'il contournait le nez de l'avion. Mais comme il se tournait vers elle et la dévisageait d'un regard haineux, elle préféra s'abstenir.

— Vous pouvez monter, Duchesse ! Il va falloir nous supporter mutuellement pendant vingt minutes.

— Je m'appelle Laine Simmons !

Faisant comme s'il n'avait rien entendu, il s'approcha d'elle et posa les mains sur sa taille. Il la hissa avec la même facilité que si elle avait été un simple coussin de plumes. Puis il se glissa dans le cockpit. Laine poussa un soupir imperceptible. Il lui était pénible d'être à ce point consciente de la virilité de Dillon. Elle feignit de l'ignorer et se concentra sur la fermeture de sa ceinture de sécurité. Puis elle observa Dillon du coin de l'œil pendant qu'il allumait le tableau de bord. Bientôt, le moteur se mit à vrombir.

Quelques secondes plus tard, la mer étalait ses bleus et verts transparents sous leurs yeux. Les plages de sable blanc étaient couvertes d'adorateurs du soleil. Des montagnes aux sommets déchiquetés apparurent. Alors qu'ils gagnaient de la hauteur, les couleurs du paysage devinrent encore plus intenses. Laine n'en croyait pas ses yeux. Elles paraissaient presque artificielles. Bientôt, les teintes se fondirent entre elles. Les bruns, les gris et les bleus s'adoucirent avec la distance. Des éclats écarlates et jaunes se mélangèrent avant de s'évanouir. L'avion s'éleva dans un puissant grondement, puis ses ailes s'inclinèrent quand il traça un arc incurvé, et il fila dans le ciel.

— Kauai est un paradis naturel, commença Dillon du ton d'un guide touristique.

Il s'appuya au dossier de son siège et alluma une cigarette.

— Sur la côte Nord, vous trouverez des kilomètres de plages, de champs de canne à sucre et d'ananas ; la végétation est exceptionnelle. La rivière Wailua, qui se termine à la grotte des Fougères, les chutes d'Opaekaa, la baie d'Hanalei et la côte Na Pali, valent aussi le détour.

Laine fit un effort pour l'écouter attentivement.

— Sur la côte Sud, continua-t-il, nous avons le parc de Kokie State et le canyon Waimea. Olopia et les jardins de Menehune sont remplis de fleurs et d'arbres tropicaux. Il est possible de pratiquer un sport nautique presque partout, sur cette île.

Il fit une courte pause et la regarda du coin de l'œil.

— Pourquoi diable êtes-vous venue ?

La question tomba si abruptement que Laine sursauta. Elle posa sur lui un regard effaré.

— Pour… voir mon père.

— Vous y avez mis le temps, grommela Dillon.

Il tira longuement sur sa cigarette. Tournant la tête vers elle, il la dévisagea.

— Je suppose que vous étiez très occupée à suivre les cours de cette école pour gosses de riches.

Laine fronça les sourcils. Pendant près de quinze ans, l'école dans laquelle elle avait été pensionnaire avait représenté pour elle à la fois un foyer et un refuge. Décidément, Dillon O'Brian disait n'importe quoi. Mais ce n'était pas la peine de le contredire. A voir son agressivité, il devait lui manquer une case.

— C'est dommage que vous n'ayez pas bénéficié de cette expérience, rétorqua-t-elle d'un air faussement désinvolte. Je vous assure que cette école fait des miracles avec les gens mal dégrossis dans votre genre. Elle sait admirablement adoucir les mœurs de certains.

— Merci, Duchesse.

Voyant qu'elle se raidissait, il eut un sourire en coin et souffla un panache de fumée.

— Mais je préfère la vulgarité honnête, continua-t-il.

— Il semble que vous n'en manquiez pas !

— La vie sur l'île est un peu sauvage, parfois.

Il lui décocha un regard ironique.

— Je doute qu'elle s'accorde à vos goûts.

— Je suis capable de m'adapter, monsieur O'Brian.

Laine haussa légèrement les épaules.

— Je peux aussi ignorer un certain manque de courtoisie pendant de courtes périodes. Il se trouve que vingt-huit minutes est juste au-dessous de mes limites.

— Fantastique. Mais dites-moi, mademoiselle Simmons, continua-t-il avec un respect exagéré, comment est la vie sur le continent ?

— Merveilleuse.

Délibérément, elle inclina la tête et le regarda par-dessous le bord de son chapeau.

— Les Français sont si bien élevés, tellement civilisés. On se sent…

Essayant d'imiter le vernis facile de sa mère, elle fit un large geste du bras et prit l'accent français.

— On se sent tellement *chez soi*, avec des gens qui vous correspondent.

— Admirable ! dit-il, de plus en plus narquois en gardant les yeux fixés sur le ciel. Je crains que vous ne trouviez pas beaucoup de personnes qui vous correspondent sur Kauai.

— Je ne vois pas en quoi cela vous concerne.

Laine repoussa la pensée de son père et secoua la tête.

— Mais une fois de plus, je pense que je peux trouver cette île aussi agréable à vivre que Paris.

— Je suis sûr que là-bas, vous trouvez les hommes à votre goût.

Dillon écrasa son mégot d'un mouvement rapide. Laine poussa un soupir imperceptible. Sa colère remontait, revigorée. Le nombre d'hommes qu'elle avait eu l'occasion de côtoyer était ridicule. Elle eut un petit sourire amer.

— Les hommes de ma connaissance — elle s'excusa mentalement auprès du père Rennier, le plus âgé — sont cultivés, élégants et de bonne origine. Ce sont des intellectuels qui ont beaucoup de discernement, d'excellentes manières et une sensibilité que je ne trouve pas chez les Américains.

— Vraiment ? fit doucement Dillon.

— Absolument, monsieur O'Brian, dit-elle d'une voix glaciale.

— Eh bien, je vais tâcher d'être à la hauteur de cette réputation…

Il enclencha le pilotage automatique et se tourna sur son siège. En un clin d'œil, il la prit dans ses bras. Le souffle coupé, elle sentit ses lèvres sur les siennes avant de comprendre ce qui lui arrivait.

Prisonnière de ses bras vigoureux, elle ne pouvait pas se débattre. Cependant, les battements fous de son cœur étaient là pour lui rappeler que d'autres liens la ligotaient : ses propres sens. Qu'elle le veuille ou non, le baiser de Dillon la déstabilisait complètement. Sa tête lui disait qu'elle aurait dû réagir, mais elle en était incapable. Bientôt, Dillon lui fit entrouvrir les lèvres du bout de la langue, disséminant dans tout son corps des sensations d'une violence inimaginable. Prise de vertige, elle s'accrocha des deux mains à sa chemise.

Dillon prit son visage entre ses mains et plongea un regard pénétrant dans le sien. Il fronça aussitôt les sourcils. Les yeux de Laine trahissaient une intense émotion, et une vulnérabilité qu'il n'avait pas soupçonnée. A contrecœur, il la libéra lentement et se tourna vers le tableau de bord. Il reprit le pilotage manuel.

— On dirait que vos amants français ne vous ont pas préparée à la technique américaine, dit-il d'un ton narquois.

Piquée au vif, et furieuse contre elle-même d'avoir montré sa faiblesse, Laine se tourna vers lui.

— Votre technique, monsieur O'Brian, est aussi grossière que vos manières.

Haussant les épaules, il eut un large sourire.

— Soyez reconnaissante, Duchesse, que je ne vous

aie pas jetée par la portière. Voilà vingt minutes que je lutte contre cette envie.

— Cela prouve que vous êtes capable de sagesse, ce que je n'aurais pas cru, rétorqua-t-elle.

Sa mauvaise humeur commençait à prendre des proportions alarmantes. Mais elle devait la combattre, coûte que coûte. Il n'était pas question de laisser comprendre à cet homme odieux et arrogant que son baiser lui avait mis les nerfs à vif.

L'avion plongea subitement. La mer se rapprocha d'eux à une vitesse terrifiante. La mer et le ciel formaient maintenant une étendue de bleus interchangeables, et de blancs, celui des nuages et celui de l'écume qui se mélangeaient. Agrippée aux accoudoirs, Laine ferma les yeux tandis que l'avion entamait quelques manœuvres acrobatiques. Elle ne pouvait même pas protester. Elle avait perdu sa voix, et son cœur avait chaviré dès la première boucle. Elle s'accrocha en priant silencieusement que son estomac veuille bien en faire autant. L'avion se stabilisa, mais la même sensation de tourbillon ne la quitta pas pendant plusieurs secondes. Dillon éclata de rire.

— Vous pouvez ouvrir les yeux, mademoiselle Simmons. Nous allons atterrir dans une minute.

Se tournant de nouveau vers lui, elle lui asséna quelques commentaires peu flatteurs sur sa personnalité. Quelques instants plus tard, elle fit une pause et prit une profonde inspiration. Elle avait parlé en français !

— Vous êtes l'homme le plus détestable que j'aie jamais rencontré, monsieur O'Brian, termina-t-elle en anglais.

— Merci, Duchesse !

Ravi, il se mit à fredonner.

Laine se força à garder les yeux ouverts quand il recommença à descendre. Elle eut une brève vision de verts et de bruns qui se fondaient avec le bleu, puis les montagnes se dressèrent, et le train d'atterrissage se posa sur l'asphalte. Après avoir roulé quelques secondes, l'avion s'immobilisa. Stupéfaite, Laine examina les hangars, les avions, les bimoteurs et les jets.

« Il doit y avoir une erreur, songea-t-elle. Mon père ne peut pas posséder tout cela. »

— Ne vous faites pas d'illusions, Duchesse, fit remarquer Dillon en voyant son expression.

Il pinça les lèvres.

— Rien de tout cela ne vous reviendra, pas la plus petite partie. Et même si le capitaine était enclin à la générosité, son associé rendrait les choses très difficiles. Il faudra aller chercher fortune ailleurs.

Il sauta à terre. Sans bouger, Laine posa sur lui un regard incrédule. Avec un soupir, elle finit par déboucler sa ceinture et se prépara à descendre de la carlingue. Mais Dillon la saisit par la taille avant qu'elle n'ait mis les pieds par terre. Un bref instant, il la maintint au-dessus du sol. Leurs visages étaient à deux doigts l'un de l'autre. Encore une fois, elle sentit son cœur battre trop vite. Les yeux verts de Dillon étaient envoûtants.

— Faites attention où vous mettez les pieds, conseilla-t-il avant de la poser.

Laine recula, dans un réflexe de protection contre l'hostilité qu'elle sentait dans sa voix. Prenant son courage à deux mains, elle releva le menton et soutint son regard.

— Monsieur O'Brian, pourriez-vous me dire, s'il vous plaît, où je puis trouver mon père ?

Il la dévisagea un instant. Il allait certainement refuser de la renseigner et la planter là, songea-t-elle. Mais il finit par désigner de la main un petit bâtiment blanc.

— Dans son bureau ! dit-il d'un ton rude avant de tourner les talons.

2

Le bâtiment était de taille moyenne. Des palmiers et des hibiscus flamboyants flanquaient la porte principale. La gorge serrée, Laine entra. Ses jambes menaçaient de l'abandonner. Qu'allait-elle dire à l'homme qui l'avait laissée se débattre dans la solitude pendant quinze ans ? Quels mots allait-elle trouver pour jeter un pont au-dessus du ravin qui s'était creusé entre eux, et pour exprimer le besoin qu'elle n'avait jamais cessé d'éprouver ? Serait-il nécessaire de poser des questions, ou pourrait-elle oublier les raisons de cet abandon et se contenter d'accepter ?

Elle avait une vision de son père aussi précise et vivante que si elle l'avait vu la veille. L'ombre du temps ne l'avait pas ternie. Cependant, il était beaucoup plus âgé maintenant, et elle aussi. Elle n'était plus une petite fille qui suivait son idole à la trace, mais une femme qui allait rencontrer l'homme qui l'avait engendrée. Ils avaient changé, elle et lui. Et qui sait ? Peut-être cela serait-il un avantage pour tous les deux ?

La première pièce dans laquelle elle entra était meublée en rotin, et plusieurs tapis tissés laissaient voir le sol en carreaux rouges. Jetant un coup d'œil autour d'elle, elle éprouva une étrange sensation de solitude et d'insécurité. Soudain, une voix masculine se fit entendre par une porte entrouverte. Laine s'approcha. L'homme était assis derrière son bureau. Il téléphonait.

Malgré la marque des ans sur son visage, elle le

reconnut aussitôt. Le soleil avait tanné sa peau, mais ses traits étaient ceux qu'elle avait gardés à la mémoire. Ses épais sourcils grisonnaient, ainsi que sa chevelure, encore abondante. Elle reconnaissait son nez assez fort et très droit, ses lèvres minces. Tout en parlant, il se passa une main dans les cheveux. C'était un geste qu'il avait l'habitude de faire, et qu'elle n'avait pas oublié non plus.

Les yeux rivés sur lui, elle attendit que sa conversation téléphonique soit terminée. Quand il posa enfin le récepteur, elle fit un pas dans le bureau. Après avoir péniblement avalé sa salive, elle dit doucement :

— Bonjour, Cap'taine !

Dès que James Simmons eut tourné la tête vers elle, l'étonnement se peignit sur son visage. Une vague d'émotion teintée de douleur passa dans son regard. Quand il se leva, elle eut un léger choc. Il n'était pas aussi grand que dans son souvenir.

— Laine ?

Il avait une voix hésitante, et une réserve qui la retint de se précipiter vers lui. C'était bien ce qu'elle avait redouté : il ne la recevait pas à bras ouverts. Mais il ne fallait pas qu'elle se laisse abattre.

— C'est bon de te voir, dit-elle d'une voix émue.

Détestant l'inanité de ces paroles, elle entra dans la pièce et lui tendit la main.

Après quelques secondes, James Simmons la prit dans la sienne et la garda un instant.

— Tu as grandi.

Il la scrutait lentement, arborant un sourire figé.

— Tu ressembles à ta mère. Plus de queue-de-cheval ?

Il observa son visage brusquement illuminé par un large sourire, et sa propre expression se réchauffa.

— Non. Il n'y avait plus personne pour la tirer ! répondit-elle.

James Simmons retrouva vite son attitude réservée, et la

gêne se réinstalla entre eux. Laine chercha désespérément un sujet de conversation.

— Tu as ton aéroport, tu dois être très heureux. J'aimerais le visiter.

— Nous allons organiser ça.

Le ton poli, impersonnel, qu'il adopta lui fit l'effet d'un coup de fouet en plein visage.

Laine s'approcha de la fenêtre et regarda dehors à travers un brouillard de larmes.

— C'est très impressionnant, commenta-t-elle d'une voix aussi ferme que possible.

— Merci, nous en sommes très fiers.

Il toussota pour s'éclaircir la gorge.

— Combien de temps vas-tu rester à Hawaii ?

Laine s'agrippa à l'appui de la fenêtre. Même quand elle avait envisagé le pire, ses angoisses les plus profondes ne l'avaient pas préparée à souffrir à ce point. Mais elle devait tenir bon et lui répondre sur le même ton.

— Quelques semaines, peut-être... je n'ai pas d'emploi du temps très défini. Je suis venue... je suis venue directement ici.

Se retournant, elle se mit à parler très vite pour remplir le vide vertigineux qui s'était installé entre eux.

— Je pense qu'il y a un tas de choses à voir. Le pilote qui m'a amenée ici m'a dit que Kauai est une île magnifique, avec des jardins et...

Elle essaya de se rappeler les particularités dont Dillon lui avait parlé. Mais ce fut en vain.

— Et des forêts.

Sans se départir de son sourire crispé, elle continua :

— As-tu un hôtel à me recommander ?

James Simmons la dévisageait. Elle lutta pour ne pas éclater en sanglots.

— Tu es la bienvenue chez moi, finit-il par dire après quelques secondes de silence.

Oubliant sa fierté, elle accepta. Si elle descendait à

l'hôtel, elle serait peut-être obligée de repartir plus tôt que prévu.

— Merci. Cela me fait très plaisir.

Il hocha la tête et feuilleta quelques papiers sur son bureau.

— Comment va ta mère ? demanda-t-il sans la regarder.

— Elle est morte il y a trois mois, murmura-t-elle.

Levant sur elle un regard acéré, son père ne fit rien pour cacher la douleur qui se lisait sur son visage. Il s'assit lourdement.

— Je suis désolé, Laine. A-t-elle été malade ?

— Elle a eu…

Elle ravala le nœud qui lui obstruait la gorge.

— Elle a eu un accident de voiture.

— Je vois.

Il hocha lentement la tête et reprit un ton impersonnel.

— Si tu m'avais écrit, j'aurais pris l'avion pour venir t'aider.

Laine ne dit rien. Plongée dans ses pensées, elle secoua la tête et retourna près de la fenêtre. Elle avait éprouvé une véritable panique à la mort de sa mère. Puis une espèce d'engourdissement s'était emparé d'elle, et elle s'était sentie incapable de traiter les affaires que Vanessa avait laissées en suspens, notamment une montagne de dettes à régler, et quelques actions de peu de valeur à vendre.

— Je me suis débrouillée, dit-elle doucement.

— Laine, pourquoi es-tu venue ?

Il était retourné derrière son bureau, dont il tenait le bord des deux mains. Sa voix s'était radoucie.

— Pour voir mon père, répondit-elle d'un ton curieusement dépourvu d'émotion.

— Cap'taine !

L'interpellation lui fit faire volte-face. Dillon était sur le seuil. Il la déshabilla encore du regard avant de poser ses incroyables yeux verts sur James.

— Chambers part vers le continent. Il veut te voir avant de jeter l'ancre.

— J'arrive ! dit James. Laine…

Il gesticula maladroitement avant de faire les présentations.

— Je te présente Dillon O'Brian, mon associé. Dillon, voici ma fille, Laine Simmons.

— Nous nous sommes déjà rencontrés.

Dillon eut un bref sourire. Laine arriva à hocher vaguement la tête.

— Oui, M. O'Brian a eu la gentillesse de m'amener ici depuis l'aéroport d'Oahu. Le voyage a été vraiment… fascinant.

— Merci, Dillon, dit James.

S'approchant de lui, il lui posa une main amicale sur l'épaule.

— Tu veux bien conduire Laine chez moi ? Et veiller à ce qu'elle s'installe ? Elle doit être fatiguée.

Laine ne quittait pas son père des yeux. Il échangea avec Dillon un regard complice, dont le sens lui échappa. Dillon acquiesça d'un signe de tête.

— Avec plaisir, dit-il.

— Je reviens dans deux heures, continua James.

Il se tourna vers Laine et resta silencieux.

— D'accord, fit-elle d'un air faussement enjoué.

Elle commençait à en avoir assez de son sourire forcé, aussi le laissa-t-elle s'éteindre.

— Merci, ajouta-t-elle.

Son père hésita une fraction de seconde, puis il sortit, la laissant seule avec Dillon.

« Il ne faut pas que je pleure, se dit-elle. Pas devant cet homme. » Si elle ne possédait pas grand-chose, du moins lui restait-il son amour-propre.

— Quand vous voudrez, mademoiselle Simmons ! dit Dillon d'une voix railleuse.

Passant devant lui, elle lui jeta un coup d'œil par-dessus son épaule.

— J'espère que vous conduisez plus tranquillement quand vous êtes en voiture que lorsque vous pilotez un avion, monsieur O'Brian.

Il lui opposa un haussement d'épaule énigmatique.

— Vous allez bientôt le savoir.

Laine regarda ses bagages, qui les attendaient à côté d'un coupé décapotable. Elle leva les yeux sur lui.

— Décidément, vous êtes très efficace.

Il commença à les mettre dans le coffre.

— En réalité, j'avais espéré les renvoyer en même temps que vous à la destination d'où vous venez. Mais visiblement, c'est inenvisageable pour l'instant.

Il se glissa au volant et fit démarrer le moteur. Laine s'installa à côté de lui. Il n'avait pas pris la peine de lui ouvrir la portière. Dès qu'elle l'eut refermée, il fit bondir la voiture en avant à une vitesse qui la plaqua contre le dossier confortablement rembourré.

Tandis qu'il manœuvrait habilement dans la circulation de l'aéroport, il demanda sans se soucier de faire des préliminaires :

— Que lui avez-vous dit ?

— Le fait que vous soyez l'associé de mon père ne vous donne pas le droit de connaître nos conversations privées, rétorqua-t-elle d'une voix pleine de rancœur.

— Ecoutez, Duchesse, je ne vais pas rester les bras croisés pendant que vous venez semer la perturbation dans la vie du capitaine. Je n'ai pas aimé l'expression qu'il avait quand je suis arrivé dans son bureau. Je vous ai laissée dix minutes, et pendant ces dix minutes, vous vous êtes débrouillée pour le blesser. Ne m'obligez pas à arrêter la voiture et à vous convaincre de me répondre.

Il fit une courte pause puis, baissant la voix :

— Vous trouveriez mes méthodes peu raffinées.

La menace vibrait dans ses paroles prononcées d'une voix tranquille.

Soudain, Laine se sentit trop fatiguée pour se battre. Après plusieurs nuits blanches et des journées de pression et d'anxiété, sans parler du long voyage fastidieux qu'elle venait de faire, elle n'en pouvait plus. D'un geste las, elle ôta son chapeau et se laissa aller contre l'appui-tête en fermant les yeux.

— Monsieur O'Brian, je n'avais aucunement l'intention de blesser mon père. Pendant ces dix minutes, nous nous sommes dit très peu de choses. Peut-être est-ce l'annonce de la mort de ma mère qui l'a bouleversé. Quoi qu'il en soit, il aurait fini par l'apprendre.

Elle parlait d'une voix blanche. Il lui jeta un coup d'œil en biais. C'était surprenant de la voir si fragile, maintenant que son visage n'était plus partiellement caché par le chapeau. Elle avait les cheveux clairs, une peau d'ivoire. Pour la première fois, il vit des traces violettes sur ses paupières.

— Il y a combien de temps ?

Troublée, Laine ouvrit les yeux. Ne venait-elle pas de discerner une marque de sympathie dans son ton ?

— Trois mois, répondit-elle.

Elle tourna la tête vers lui pour le regarder en face.

— Elle a eu un accident de voiture. Elle est rentrée dans un poteau téléphonique. Il paraît qu'elle est morte sur le coup.

« Et sans souffrir, anesthésiée par les nombreuses coupes de champagne qu'elle avait absorbées avant de prendre le volant », ajouta-t-elle mentalement.

Dillon resta silencieux. Laine poussa un léger soupir. Elle était soulagée. Dieu merci, Dillon ne se croyait pas obligé de lui sortir des fadaises en signe de sympathie. Elle avait eu sa dose de formules toutes prêtes. Son silence était beaucoup plus appréciable. Du coin de l'œil, elle étudia son profil aux contours précis, sa bouche ferme, qui semblait toujours avoir un petit sourire ironique. Comment cet homme, qui avait un comportement si peu raffiné, pouvait-il être doté de ce profil parfait ? C'était un mystère.

Laine tourna les yeux vers le paysage.

L'air était imprégné de l'odeur du Pacifique. Les couleurs étaient étourdissantes. Des pins tortueux, d'un vert velouté très profond, se laissaient bercer par la brise légère. Le bleu de l'eau étincelante contrastait avec le sable blanc. D'immenses arbres en forme de dômes étendaient leur ombre, semblant inviter le passant à venir s'y reposer.

De la voiture, Laine n'avait que de brefs aperçus de la mer. Le soleil tombait en nappes de lumières, offrant sa chaleur, de sorte que les fleurs n'avaient pas à se tendre vers lui mais baignaient paresseusement dans son éclat.

Dillon tourna dans une allée bordée de palmiers au tronc massif. En voyant la maison carrée, à deux étages, Laine sourit. Une agréable impression de fraîcheur s'en dégageait, avec ses lignes simples et ses murs blancs. Malgré ses nombreuses fenêtres, riantes sous les rayons du soleil, elle donnait une impression de robustesse. Laine eut un petit soupir de plaisir. Pour la première fois, elle avait l'impression d'être la bienvenue.

— Elle est adorable.

— Pas aussi luxueuse que vous deviez l'imaginer, objecta Dillon en garant la voiture au bout de l'allée. Mais Cap'taine l'aime telle qu'elle est.

Laine se raidit imperceptiblement. Apparemment, la trêve était déjà terminée. Dillon descendit du véhicule et alla prendre les bagages dans le coffre.

Sans faire de commentaire, elle ouvrit sa portière et se glissa dehors. Abritant ses yeux du soleil, elle examina la demeure de son père. Quelques marches d'escalier conduisaient à un porche arrondi. Dillon les grimpa prestement et entra sans s'annoncer. Laine le suivit.

— Fermez la porte ! Je n'aime pas les insectes ! dit une voix féminine au fort accent de l'île.

Levant les yeux, Laine resta muette de stupeur et d'admiration. Une femme très corpulente descendait l'escalier intérieur avec la vélocité et la grâce d'une fillette de dix ans. Elle était vêtue d'un sarong de soie moirée, noué à la taille. Ses magnifiques cheveux noirs tirés en arrière étaient attachés sur la nuque. Sa peau avait la nuance du miel de châtaignier et ses yeux noirs, veloutés, étaient largement espacés. Il était difficile de lui donner un âge. Elle baissa les yeux et examina longuement Laine, sans la moindre inhibition.

— Qui est-ce ? demanda-t-elle à Dillon en croisant les bras sur son imposante poitrine.

— C'est la fille de Cap'taine Simmons.

Posant les valises, il s'accouda à la rampe et observa les deux femmes.

— La fille de Cap'taine Simmons…

Elle fit une petite moue et plissa les yeux.

— Mon Dieu ! Elle est ravissante, mais bien trop pâle et trop maigre. Vous ne mangez jamais ?

S'approchant de Laine, elle prit ses poignets entre le pouce et l'index.

— Eh bien, oui, je mange…

— Pas assez, apparemment !

Lui lâchant le bras, la femme lui tripota une boucle de cheveux, qu'elle étudia avec intérêt.

— Mmm… très jolis, très jolis. Mais pourquoi les porter si courts ?

— Je…

— Vous auriez dû venir des années plus tôt. Enfin, vous êtes là maintenant.

Hochant la tête, elle lui caressa la joue.

— Vous devez être épuisée. Je vais préparer votre chambre.

— Merci, je…

— Mais vous allez commencer par manger, ordonna la femme avant de hisser deux valises au premier étage.

— C'est Miri, déclara Dillon en fourrant les mains dans ses poches. Elle dirige la maison.

— Oui, c'est ce que j'ai cru comprendre.

Incapable de s'en empêcher, elle porta une main à ses cheveux. Etaient-ils vraiment trop courts ?

— N'auriez-vous pas dû monter les bagages vous-même ? interrogea-t-elle.

— Miri pourrait m'emporter sur son dos en haut de l'escalier sans même prendre le temps de ralentir. De plus, il ne faut pas se mêler de ce qu'elle considère comme son devoir.

Il l'attrapa par un bras et lui fit traverser le hall.

— Venez, je vais vous servir un verre.

Aussi à l'aise que s'il était chez lui, Dillon ouvrit un placard à double porte. Laine observa la pièce aux murs blanc cassé. La simplicité régnait à l'intérieur comme à l'extérieur. A voir l'état impeccable de la cuisine, il était clair que Miri était d'une rare efficacité. Cependant, il n'y avait vraisemblablement pas de place pour une femme dans cet univers typiquement masculin.

— Que voulez-vous boire ?

La question de Dillon la tira de ses réflexions. Laine secoua la tête et posa son chapeau sur une petite table, où il parut ridicule, complètement déplacé.

— Rien, merci, répondit-elle.

— Mettez-vous à l'aise.

Il versa une mesure de liqueur dans un verre et s'assit sur une chaise.

— Nous n'avons pas l'habitude de faire des formalités, Duchesse. Tant que vous résiderez ici, vous devrez vous contenter d'un mode de vie tout ce qu'il y a de plus rustique.

Laine posa son sac près de son chapeau.

— Est-il malgré tout permis de se laver les mains avant de passer à table ?

— Pas de problème, dit-il, ignorant le sarcasme. Nous ne manquons pas d'eau.

— Où vivez-vous, monsieur O'Brian ?

— Ici.

Il allongea les jambes et lui adressa un sourire satisfait. Laine fronça les sourcils.

— Pour une ou deux semaines, précisa-t-il. Pendant que je fais faire quelques travaux dans ma maison.

— Comme c'est dommage ! Pour vous comme pour moi ! commenta-t-elle en allant et venant dans la pièce.

— Ne vous inquiétez pas, vous allez survivre, Duchesse.

Levant son verre, il dit d'une voix narquoise :

— Je suppose que vous avez déjà eu une foule d'expériences dans le domaine de la survie.

— Vous ne croyez pas si bien dire, monsieur O'Brian. En revanche, j'ai le sentiment que vous, vous n'en avez pas la moindre.

Il éclata de rire.

— Vous ne manquez pas de cran, chère madame !

Il but d'un trait. Quand elle se retourna pour lui faire face, il se renfrogna.

— Votre opinion est dûment notée et classée, ironisa-t-elle.

— Avez-vous fait ce voyage pour avoir encore plus d'argent ? Est-il possible que vous soyez cupide à ce point ?

Il se leva d'un mouvement souple, traversa la pièce et la saisit par les épaules avant qu'elle puisse échapper à sa colère.

— N'avez-vous pas suffisamment pressé votre père comme un citron ? Sans jamais rien lui offrir en retour, ni prendre la peine de répondre à ses lettres ! En laissant les années s'accumuler sans donner le moindre signe de vie ! Bon sang, qu'espérez-vous encore lui soutirer ?

Il reprit son souffle, le regard rivé sur elle. Livide, Laine avait les yeux arrondis de stupeur. La voyant chanceler, il la soutint et l'observa d'un air confus.

— Qu'êtes-vous venue faire ici ? dit-il plus doucement.

— Je… monsieur O'Brian, finalement, je boirais bien quelque chose, s'il vous plaît.

Dillon fronça les sourcils. Il l'accompagna vers une chaise avant de lui remplir un verre. Laine accepta la boisson en murmurant un vague remerciement. La première gorgée la fit grimacer. Elle n'était pas habituée à la brûlure du cognac. Cependant, la pièce se stabilisa bientôt autour d'elle et la brume qui s'était étendue devant ses yeux s'éclaircit.

— Monsieur O'Brian, je… dois-je comprendre…

Faisant une pause, elle ferma un instant les yeux.

— Etes-vous en train de me dire que mon père m'a écrit ?

— Vous le savez parfaitement ! répondit-il d'un ton furieux. Il est venu dans ces îles juste après que vous et votre mère l'avez quitté, et il vous a écrit régulièrement. La dernière lettre date de cinq ans. A partir de ce moment-là, il s'est découragé. Mais il a continué à vous envoyer de l'argent.

Dillon alluma son briquet.

— Oui, les mandats sont partis jusqu'à ce que vous ayez vingt et un ans, au début de l'année, précisa-t-il.

— Vous mentez ! s'écria Laine en bondissant de sa chaise.

Dillon lui jeta un coup d'œil étonné. Elle avait les joues en feu, les yeux étincelant de rage.

— Tiens, tiens, on dirait que la jeune fille de glace a fondu ! dit-il en ricanant.

Il souffla un panache de fumée et se remit à parler d'un air sérieux.

— Je ne mens jamais, Duchesse. Je trouve la vérité beaucoup plus intéressante.

— Il ne m'a jamais écrit ! Jamais !

Elle se dirigea vers lui.

— Pas une seule fois pendant toutes ces années. Toutes

les lettres que je lui ai envoyées me sont revenues, parce qu'il avait déménagé sans même me dire où il allait.

Lentement, Dillon écrasa son mégot et se leva. Il se planta devant elle.

— Croyez-vous me faire avaler cette salade ? Vous vous trompez d'interlocuteur, mademoiselle Simmons. J'ai vu les lettres que le Cap'taine envoyait, *ainsi que* les chèques, chaque mois.

Tendant la main vers elle, il fit courir un doigt le long de sa manche.

— Apparemment, vous avez fait bon usage de son argent.

— Je vous ai dit que je n'avais jamais reçu le moindre courrier, avec ou sans chèque !

Laine repoussa sa main et pencha la tête en arrière pour le regarder dans les yeux.

— Je n'ai plus reçu la moindre nouvelle de mon père depuis que j'ai eu sept ans.

— Mademoiselle Simmons, j'ai mis moi-même plus d'une lettre à la poste. Ce n'était pourtant pas l'envie qui me manquait de les jeter dans le Pacifique. Des cadeaux, aussi. Les premières années, c'étaient des poupées. Vous devez avoir une sacrée collection de poupées en porcelaine. Ensuite, ce furent les bijoux. Je me souviens très précisément du cadeau que Cap'taine vous a envoyé pour vos dix-huit ans : des boucles d'oreilles en opale, en forme de fleurs.

— Des poupées, des boucles d'oreilles, murmura Laine.

Soudain, la pièce recommença à tourner autour d'elle. Elle prit une profonde inspiration.

— Exactement, confirma-t-il d'une voix rude.

Il se servit un autre verre de cognac.

— Tous ces cadeaux sont partis à la même adresse : 17, rue de la Bourse, à Paris, précisa-t-il.

Sentant de nouveau le sang se retirer de son visage, elle leva une main vers sa tempe.

— L'adresse de ma mère…

Elle alla s'asseoir avant que ses jambes ne la trahissent.

— Moi, j'étais en pension. Mais ma mère vivait à cette adresse.

Dillon but une petite gorgée avant de revenir s'asseoir sur le canapé.

— Vos études ont été longues et coûteuses.

Laine hocha vaguement la tête. La pension dans laquelle elle avait passé toutes ces années n'avait rien de luxueux, avec sa nourriture simple mais saine, ses draps de coton et ses fuites dans le toit. Laine pressa ses paupières du bout des doigts.

— Je ne savais pas que c'était mon père qui finançait mes études.

— Ah oui ? Vous ne vous demandiez pas qui payait pour que vous puissiez porter des vêtements à la mode et suivre des cours de peinture ?

Laine soupira. Pourquoi fallait-il qu'il prenne ce ton terriblement blessant ? Elle agita légèrement les mains avant de les laisser retomber sur ses genoux.

— Vanessa… je veux dire, ma mère, me disait qu'elle avait des revenus. Je ne posais pas de questions. Elle ne m'a jamais parlé des lettres de mon père, répondit-elle d'une voix morne.

Dillon se leva, horripilé.

— C'est la chanson que vous voulez chanter à votre père ? Quelle comédienne vous faites ! Si je ne connaissais pas la vérité, je pourrais vous croire !

— Non, monsieur O'Brian. Mais au point où nous en sommes, cela n'a plus beaucoup d'importance, n'est-ce pas ? De toute façon, je doute qu'il soit plus enclin que vous à m'écouter. Je vais lui faire une brève visite et je retournerai en France.

Prenant son verre, elle plongea son regard dans le liquide couleur d'ambre. Elle l'examina un instant d'un air rêveur. Etait-ce l'alcool qui lui paralysait ainsi les méninges ?

— J'aimerais rester une semaine ou deux. J'apprécierais que vous ne parliez pas de notre conversation à mon père. Cela ne ferait que compliquer les choses.

Dillon eut un rire bref, puis il sirota sa boisson.

— Rassurez-vous, je n'avais aucunement l'intention de lui dévoiler le moindre détail de ce petit conte de fées.

— Donnez-moi votre parole, monsieur O'Brian.

Surpris, Dillon la dévisagea. L'anxiété était presque palpable dans la voix de Laine Simmons.

— Je veux votre parole ! répéta-t-elle.

Elle planta les yeux dans les siens, et soutint son regard.

— Vous avez ma parole, mademoiselle Simmons, finit-il par dire à voix basse.

Hochant la tête, elle prit son sac et son chapeau et se leva.

— Je vais aller dans ma chambre maintenant. Je suis très fatiguée.

Dillon ne broncha pas. Il fronçait les sourcils en regardant son verre de cognac. Sans jeter un coup d'œil derrière elle, Laine quitta la pièce.

3

Laine étudia son visage, dans le miroir. Il était pâle, avec des yeux élargis et cernés. Attrapant son poudrier, elle se passa un peu de poudre sur les joues.

Elle connaissait depuis longtemps les défauts de sa mère, notamment son égoïsme et sa superficialité. Naturellement, pendant son enfance, il était facile d'ignorer ses failles et de la mettre sur un piédestal quand elle venait la voir. Ses visites étaient rares, mais toujours excitantes. Elle la voyait comme un personnage de conte de fées. Les crèmes glacées et les robes de soirées offraient un tel contraste avec le porridge et l'uniforme quotidiens. Cependant, à mesure qu'elle grandissait, les visites s'espaçaient de plus en plus. Elles devenaient plus courtes, aussi. Et progressivement, elle s'était habituée à passer ses vacances dans le giron des bonnes sœurs. Elle avait commencé à comprendre, avec une certaine lucidité, l'attitude égoïste de sa mère, qui souhaitait par-dessus tout garder éternellement sa beauté et sa jeunesse. Une fille ne pouvait que lui faire de l'ombre. En grandissant, elle lui rappelait trop son âge, et le fait qu'elle n'était pas éternelle.

Vanessa avait toujours eu peur d'être perdante. De perdre son apparence, sa jeunesse, ses amis, ses amants, malgré les tonnes de crèmes et de potions, de teintures et de lotions qu'elle utilisait.

Fermant les yeux, Laine poussa un soupir. Oui, elle se souvenait très bien de la collection de poupées en porcelaine. Elle avait toujours cru qu'elle appartenait à sa mère. Il y en avait douze, chacune provenant d'un pays différent. La poupée espagnole était particulièrement belle, avec son grand peigne et sa mantille. Laine ferma les yeux. Quant aux boucles d'oreilles… Rouvrant les yeux, elle posa violemment sa brosse et se mit à arpenter fébrilement la chambre. Ces adorables boucles en opale qui paraissaient si fragiles aux oreilles de sa mère, elle les revoyait aussi précisément que si elle les avait sous les yeux. Mais elle se rappelait aussi les avoir inscrites sur une liste, avec les douze poupées de porcelaine, pour une vente aux enchères. Laine secoua la tête. Sa mère s'était-elle encore approprié d'autres choses qui lui appartenaient à elle ?

Laine regarda par la fenêtre. La vue imprenable sur les îles, qui commençaient à se couvrir de fleurs, ne lui mit aucun baume sur le cœur. Au contraire, ce paysage idyllique semblait la narguer.

Accablée, elle détourna les yeux. Comment Vanessa avait-elle pu prendre ce qui lui appartenait pour satisfaire son propre plaisir ? Elle avait dû utiliser les chèques pour payer son appartement parisien, pour s'acheter des robes luxueuses et organiser de folles soirées. Mais le pire, c'est qu'elle l'avait laissée croire, année après année, que son père l'avait oubliée. C'était elle qui les avait séparés. Laine serra les dents. Elle lui en voulait terriblement. Pas pour l'argent, mais pour ses mensonges et pour l'avoir éloignée de son père.

Ecœurée, elle serra très fort les paupières. Du moins savait-elle maintenant pourquoi Vanessa l'avait emmenée avec elle en France : pour avoir la garantie de recevoir régulièrement des sommes rondelettes. Pendant près de quinze ans, elle avait vécu en volant sa propre fille. Et cela ne lui suffisait même pas. Laine serra très fort ses paupières gonflées de larmes. Dieu, comme son père devait la haïr pour son ingratitude et sa froideur ! Jamais il ne la croirait.

Elle soupira. Ne l'avait-il pas déjà assimilée à sa mère ? Ne lui avait-il pas déjà dit, en la voyant : « Tu ressembles à ta mère » ?

Ouvrant les yeux, elle retourna s'examiner dans le miroir.

Son père avait raison. Elle fit courir le bout de ses doigts sur ses joues. La ressemblance était là, dans l'architecture du visage, dans la nuance de la peau. Elle fronça les sourcils. Cet héritage ne lui apportait aucun plaisir. Cap'taine n'avait qu'à la regarder pour voir la femme qu'il avait aimée. Il n'avait qu'à la regarder pour se souvenir. Il allait penser exactement la même chose que Dillon O'Brian. Comment aurait-elle pu espérer autre chose ? Pendant quelques instants, elle resta immobile, les yeux rivés sur son propre reflet.

Faisant une petite moue, comme chaque fois qu'elle se plongeait profondément dans ses réflexions, elle se murmura à elle-même :

« Peut-être qu'en une ou deux semaines, j'arriverai à retrouver quelque chose de ce qui existait entre nous, une petite part de l'amitié que nous partagions, lui et moi. Je m'en contenterais. Mais pour cela, il ne doit absolument pas croire que je suis venue pour réclamer de l'argent. Je dois faire en sorte qu'il ne sache pas que j'en ai très peu. Et surtout, je dois me méfier de cet O'Brian. »

Elle éprouva un bref accès de colère. Quel homme arrogant ! C'était certainement le plus mal élevé qu'elle ait jamais rencontré. Il était mille fois pire que le pire des amants de Vanessa. Eux, au moins, se débrouillaient pour afficher un semblant de respectabilité. Mais Dillon ! Son père avait dû le ramasser sur la plage et en faire son associé par pitié.

Laine commença à se brosser énergiquement les cheveux.

Ce Dillon O'Brian l'avait regardée avec un regard

insolent, comme s'il savait la sensation qu'il aurait en la tenant dans ses bras. Ce n'était qu'un macho.

Posant brutalement la brosse sur la table, elle regarda d'un air furieux la femme qui lui faisait face dans le miroir. « Cet homme est une brute, un sale type arrogant », fulmina-t-elle entre ses dents. Il n'y avait qu'à voir la façon dont il s'était conduit dans l'avion !

Son regard courroucé s'adoucit. Elle passa lentement un doigt sur ses lèvres. Le souvenir de leur turbulente capture venait de l'assaillir. Laine redressa les épaules. « Du calme ! se dit-elle, ce n'est pas la première fois qu'un homme t'embrasse. » Elle secoua la tête pour chasser les sensations qui montaient en elle. « Oui, mais aucun ne t'a embrassée de cette façon, murmura une petite voix dans sa tête. Jamais comme cela ! »

— Oh, allez au diable, Dillon O'Brian ! dit-elle à voix haute.

Elle lutta contre l'envie de faire claquer la porte en sortant de la chambre.

En haut de l'escalier, elle hésita. Des voix masculines résonnaient au rez-de-chaussée. C'était un son nouveau pour elle, habituée à un entourage féminin. Un son plutôt agréable. Il y avait un mélange de voix graves et d'accent un peu laconique, celui de Dillon. Entendant un petit rire, suivi d'un grand éclat de rire, très séduisant, elle fit une grimace. C'était le rire de Dillon. Prenant une profonde inspiration, elle descendit silencieusement l'escalier.

— Ensuite, quand j'ai enlevé le carburateur, il l'a regardé en marmonnant un flot d'imprécations, puis il a secoué la tête. Finalement, c'est moi qui l'ai posé.

— Et en quatrième vitesse !

Le rire de Cap'taine résonna quand elle pénétra dans la pièce.

Ils étaient confortablement installés, Dillon affalé sur le canapé, son père assis sur une chaise. Ils paraissaient parfaitement détendus, et si heureux d'être en compagnie l'un de l'autre qu'elle eut envie de faire demi-tour pour ne pas les déranger. Elle avait l'impression d'être une intruse. Avec un bref pincement d'envie, elle recula d'un pas.

Son mouvement attira l'attention de Dillon. Avant qu'elle puisse retourner dans sa chambre, elle se trouva clouée par son regard, aussi sûrement que s'il l'avait prise dans ses bras.

Dillon l'observa longuement. Elle avait changé ses vêtements sophistiqués contre une robe blanche toute simple, qui soulignait la finesse et l'innocence de ses lignes.

Suivant le regard de Dillon, dont le sourire s'était évanoui, Cap'taine se leva. Son assurance se transforma en maladresse.

— Salut, Laine. Tu es bien installée ?

Laine se força à porter son attention sur son père.

— Oui, merci.

Nerveuse, elle s'humecta les lèvres.

— La chambre est très agréable. Je suis vraiment désolée de vous avoir dérangés.

— Pas du tout. Entre, nous allons bavarder un peu !

Elle hésita encore un instant, avant d'obtempérer.

— Veux-tu boire quelque chose ? demanda son père en marchant vers le bar.

Pendant tout ce temps, Dillon avait gardé le silence.

— Non, merci.

Laine se força à sourire.

— Ta maison est magnifique. Je suis heureuse de voir la mer de ma fenêtre.

Prenant la place qui restait sur le canapé, elle laissa la plus grande distance possible entre Dillon et elle.

— Ce doit être merveilleux d'avoir la mer si près quand on a envie de se baigner.

— J'aime moins l'eau qu'autrefois, déclara son père.

Il revint s'asseoir.

— J'ai souvent fait de la plongée. Maintenant, c'est lui

qui adore ça, dit-il en jetant à Dillon un regard souriant et chargé d'affection.

Sa voix était devenue chaleureuse.

— Je trouve que le ciel et la mer ont beaucoup de points communs, commenta Dillon.

Il tendit la main vers son verre.

— Liberté et défi, continua-t-il en adressant un sourire complice à James. J'ai appris au Cap'taine à explorer les profondeurs. Lui, il m'a appris à fendre les airs.

— Je crois que je suis plutôt terrienne, répliqua Laine en se forçant à le regarder dans les yeux. Je n'ai d'expérience ni en l'air, ni dans la mer.

Dillon fit tourner son verre dans sa paume, mais son regard plein de défi soutenait le sien.

— Vous savez nager ?

— Je me débrouille.

Il but une gorgée.

— Je vous apprendrai à plonger.

Posant son verre, il reprit sa position désinvolte.

— Nous commencerons demain, de bonne heure, dit-il sans lui demander son avis.

Laine ravala une protestation. Mais elle rétorqua d'un ton froid et dissuasif :

— Je ne voudrais pas vous faire perdre de temps, monsieur O'Brian.

Indifférent à sa voix glaciale, Dillon insista :

— Pas de problème. Je n'ai rien de prévu pour demain matin.

Il tourna la tête vers James Simmons.

— Vous avez bien du matériel à lui prêter, Cap ?

— Oui, il y a tout ce qu'il faut dans l'arrière-salle.

James parut soulagé. Laine ferma brièvement les yeux.

— Tu vas bien t'amuser, Laine. Dillon est un excellent professeur. Et il connaît ces fonds comme sa poche.

Laine adressa à Dillon un sourire poli. Peut-être serait-il capable de deviner ses pensées ?

— Croyez bien que j'apprécie vraiment votre offre, monsieur O'Brian.

Il arqua les sourcils. Apparemment, leur communication silencieuse se déroulait dans la plus parfaite compréhension.

— J'en suis sûr, mademoiselle Simmons.

— Le dîner est servi ! vint annoncer abruptement Miri.

Laine sursauta.

Miri pointa vers elle un doigt accusateur qu'elle replia ensuite dans un geste autoritaire.

— Vous ! continua-t-elle d'une voix rieuse. Venez à table ! Et attention ! Je ne veux pas vous voir picorer !

Faisant demi-tour dans une envolée de jupons chatoyants, elle marmonna :

— Elle est bien trop maigre, cette petite.

Laine se leva du canapé en poussant un soupir. Miri était tombée à point pour mettre un terme à cet échange pénible. Laine se dirigea vers la salle à manger. Cependant, elle n'avait pas fait trois pas qu'elle se sentit saisie par le bras. Dillon la fit ralentir et ils se retrouvèrent seuls dans le corridor.

— Je vous félicite pour votre entrée. Digne d'une jeune fille de bonne famille qui n'a rien à se reprocher.

— Je ne doute pas un seul instant de votre désir de m'envoyer à tous les diables, monsieur O'Brian. Mais peut-être me permettrez-vous de savourer mon dernier repas en paix.

— Mademoiselle Simmons…

Lui faisant la révérence avec une fausse galanterie, il augmenta la pression de la main sur son bras.

— Même moi, je peux me surpasser à l'occasion, pour accompagner une dame à un dîner.

— En vous concentrant très fort, il vous serait certainement possible de ne pas me casser le bras ?

Elle serra les dents tandis qu'ils pénétraient dans la salle à manger aux parois de verre. Dillon lui tira sa chaise. Elle lui jeta un coup d'œil glacial.

— Merci, monsieur O'Brian, murmura-t-elle en se glissant sur son siège.

Ses yeux flamboyaient de colère. Dillon O'Brian était vraiment insupportable !

Inclinant poliment la tête, Dillon contourna la table et se laissa tomber sur une chaise.

— Dis donc, Cap'taine, le petit bimoteur dans lequel j'ai amené Mlle Simmons m'a l'air d'avoir besoin d'une sérieuse révision. J'aimerais l'inspecter avant le prochain vol.

— Mmm… à ton avis, quel est le problème ?

Ils entamèrent une discussion technique. Pendant ce temps, Miri arriva avec un grand plat de poisson, qu'elle déposa devant Laine. Avant de s'éloigner, elle lui fit signe de se servir.

Tandis que James et Dillon continuaient leur conversation, Laine fit honneur au plat de Miri. Gardant un silence quasi absolu, elle mangea en observant discrètement les deux hommes. Apparemment, l'attitude indifférente de son père n'était pas délibérée. Elle était plutôt due à des années de solitude, et au fait qu'il avait davantage l'habitude de côtoyer des hommes que des femmes. Oui, indubitablement, il était à l'aise en leur compagnie. En présence des femmes, il devait se sentir intimidé. En revanche, la grossièreté de Dillon à son égard était intentionnelle, cela crevait les yeux. Cependant, c'était son père qui la faisait souffrir.

Profitant d'une petite pause dans leur conversation, elle se leva.

— Vous ne m'en voudrez pas si je vous fausse compagnie ?

Une expression embarrassée traversa aussitôt les yeux de James Simmons, et elle regretta aussitôt ses paroles.

— Je suis un peu fatiguée, dit-elle pour se justifier.

Elle lui sourit.

— Ne te dérange pas, je connais le chemin.

Alors qu'elle sortait, elle eut l'impression que l'atmosphère de la pièce s'allégeait considérablement.

Une fois dans sa chambre, Laine essaya de se détendre. Elle étouffait. Cette maison était trop calme. La lune trônait au firmament, et les rideaux se soulevaient légèrement sous les tendres assauts d'une brise parfumée. Mais cette solitude entre quatre murs était insupportable.

Elle descendit l'escalier à pas de loup et sortit dans la nuit. Elle se mit à marcher au hasard. Les oiseaux nocturnes s'interpellaient, perçant le silence de leur étrange musique. Le murmure des vagues semblait inviter à les rejoindre. N'y tenant plus, elle se débarrassa de ses chaussures et traversa la fine couche de sable blanc pour s'approcher de la plage.

L'eau formait un grand arc en arrivant sur la grève, caressant le sable avant de retourner dans le sein de l'immensité bleue. Sa surface scintillait du reflet des étoiles. Laine prit une profonde inspiration, savourant ses senteurs qui se mêlaient à l'air embaumé.

Soudain, elle secoua la tête. Ce paradis n'était pas pour elle. Son père et Dillon l'en avaient bannie. C'était toujours la même histoire. Combien de fois ne s'était-elle pas sentie exclue lors de ses visites à sa mère, dans son appartement parisien ? Et voilà qu'à des milliers de kilomètres, elle n'était encore qu'une intruse.

Aurait-elle la force de jouer pendant une semaine cette mascarade en offrant des sourires forcés à un père qui ne voulait plus entendre parler d'elle ? Sa place n'était pas plus avec lui qu'elle ne l'avait été auprès de Vanessa. Se laissant tomber sur le sable, elle ramena ses genoux sous son menton et se mit à sangloter pour toutes ces années perdues.

— Je n'ai pas de mouchoir. Il faudra vous débrouiller sans !

Laine tressaillit. Elle serra plus fort ses genoux entre ses bras.

— Allez-vous-en, je vous en prie !

— Quel est le problème, Duchesse ? interrogea Dillon d'une voix sèche, impatiente.

Il n'avait pas voulu se montrer brutal mais il ne supportait pas de voir une femme pleurer.

— On dirait que rien ne va comme vous l'aviez prévu, continua-t-il. Mais ce n'est pas en pleurant sur la plage que les choses vont s'arranger. Surtout s'il n'y a personne pour vous consoler.

— Allez-vous-en ! répéta-t-elle sans relever la tête. Je veux que vous me laissiez tranquille. Je veux être seule !

— Au fond, pourquoi pas, il vaut mieux commencer à vous y habituer, rétorqua-t-il sans ménagement. J'ai bien l'intention de vous avoir à l'œil jusqu'à ce que vous retourniez en Europe. Cap'taine est trop doux pour résister trop longtemps aux larmes, même si ce sont des larmes de crocodile.

Laine ne fit qu'un bond et se jeta sur lui. Il chancela un bref instant sous l'impact de ce petit missile inattendu.

— C'est mon père, est-ce que vous comprenez ? Mon *père* ! J'ai le droit d'être avec lui ! J'ai le droit de le connaître !

Prise de fureur, elle se mit à lui frapper le torse à grands coups de poing. Ebahi par cette soudaine attaque, Dillon finit par réagir. La prenant par les bras, il l'attira contre lui.

— Eh bien ! Il y a du feu sous cette apparence de glace ! s'exclama-t-il d'un ton plein de dérision. Vous pouvez toujours essayer de convaincre votre père en lui racontant que ses lettres ne sont jamais arrivées.

— Je ne veux pas de sa pitié, vous m'entendez ?

Elle essaya de le repousser de toutes ses forces et se débattit pendant qu'il la maintenait en fournissant un minimum d'efforts.

— J'aimerais mieux qu'il me haïsse plutôt que de

se désintéresser de moi. Mais je préférerais encore son indifférence à sa pitié !

— Tenez-vous tranquille, bon sang ! ordonna Dillon.

Cette scène commençait à lui faire perdre patience.

— Je n'ai pas envie de me tenir tranquille ! Arrêtez de me traiter comme une gamine qui a fait une bêtise. Je vais passer deux semaines ici, et je ne laisserai personne me les gâcher.

Elle rejeta la tête en arrière. Les larmes ruisselaient sur ses joues, mais maintenant, son regard n'était plus triste. Il lançait des éclairs.

— Laissez-moi ! Je ne veux pas que vous me touchiez !

Elle se remit à tambouriner sur ses pectoraux avec une énergie renouvelée, tout en lui donnant des coups de pied. Elle faillit les faire tomber tous les deux dans le sable.

— Vous ne croyez pas que ça suffit ?

D'un geste vif, il l'attira contre lui et la réduisit au silence en la bâillonnant d'une main.

Il commença à la faire tourner, l'entraînant dans un véritable tourbillon et bientôt, toute notion du temps et de l'existence se fondit dans ce mouvement. Elle sentit le goût de ses larmes mêlé à une senteur piquante, vitale, qui venait de lui. Une vague de chaleur se répandit sur sa peau. Elle lutta contre ces sensations nouvelles aussi désespérément que contre les bras qui l'emprisonnaient. Quelques instants plus tard, la bouche de Dillon prit la sienne. D'un seul coup, sa résistance s'évanouit et elle fondit dans ses bras. Ses lèvres s'adoucirent. Elle était vaincue. Quand Dillon s'écarta d'elle, elle posa la tête contre sa poitrine. Elle tremblait. Il passa une main légère sur ses cheveux, tandis qu'elle se blottissait contre lui. Brusquement réchauffée, elle ferma les yeux et laissa un torrent d'émotions l'envahir.

— Qui êtes-vous, Laine Simmons ? demanda Dillon d'une voix plus douce.

La maintenant à bout de bras, il posa une main ferme

sous son menton et lui releva la tête, qu'elle s'obstinait à baisser.

— Regardez-moi !

Les paupières plissées, il la dévisagea.

Laine avait les yeux élargis et brillants. Des larmes tremblaient encore au bout de ses cils. Elles avaient eu raison de l'attitude farouche qu'elle affichait quelques instants plus tôt, pour ne laisser paraître que sa vulnérabilité.

Dillon finit par conclure avec un juron impatient :

— La glace, le feu, et maintenant les larmes… Non ! s'écria-t-il comme elle voulait baisser de nouveau la tête. Ne me poussez pas à bout !

Il poussa un profond soupir.

— Vous n'allez apporter que des complications, ici. J'aurais dû m'en rendre compte tout de suite. Mais puisque vous êtes là, il faudra bien trouver un terrain d'entente.

— Monsieur O'Brian…

— Bon sang, vous ne pouvez pas m'appeler Dillon, comme tout le monde ? Inutile de vous rendre plus ridicule que nécessaire.

— Dillon…, répéta-t-elle à contrecœur.

Elle renifla, furieuse contre elle-même. Comment pouvait-elle capituler ainsi devant un étranger, grossier de surcroît ?

—… je ne crois pas être assez cohérente ce soir pour discuter efficacement. Laissez-moi partir. Nous pourrons toujours établir un contrat demain.

— Inutile. Les conditions seront simples car c'est moi qui vais les poser.

— Voilà qui me paraît excessivement raisonnable.

Elle redressa la tête. Dieu merci, elle retrouvait son ironie. C'était mieux que ces larmes stupides.

Dillon ne fit pas de commentaire.

— Pendant votre séjour, continua-t-il, nous allons être amenés à nous trouver souvent côte à côte. Je vous servirai d'ange gardien jusqu'à ce que vous repartiez en

Europe. Si vous faites un faux pas avec Cap'taine, je vous tomberai dessus avec une telle rapidité que vous n'aurez même pas le temps de cligner vos yeux de petite fille.

— Mon père est-il tellement sans défense qu'il ait besoin de quelqu'un pour le protéger de sa propre fille ?

Elle essuya d'une main furibonde les larmes qui recommençaient à couler.

— Aucun homme vivant ne peut se passer d'une protection contre vous, Duchesse.

Inclinant la tête, il étudia son visage mouillé.

— Si vous êtes une comédienne, tant mieux pour le théâtre. Vous êtes excellente. Si vous êtes sincère, j'aurai toujours la possibilité de vous présenter des excuses le moment venu.

— J'espère qu'elles vous étoufferont !

Dillon éclata de rire. Ce rire, elle l'avait déjà entendu tout à l'heure, en descendant dans le salon. Il produisit sur elle le même effet perturbant. Excédée par sa propre réaction autant que par l'attitude odieuse de Dillon, elle leva la main pour le gifler.

— Quelle idée ! dit-il en lui attrapant le poignet. Ne gaspillez pas vos forces.

Faisant une pause, il l'examina encore d'un œil à la fois admiratif et narquois.

— Savez-vous que vous êtes fabuleuse quand vous crachez des flammes ? Je vous préfère mille fois ainsi que dans le rôle de la froide demoiselle débarquée de Paris. Ecoutez-moi, Laine…

Elle tressaillit légèrement. Dillon avait prononcé son nom d'une façon extrêmement troublante.

— Si nous observions une trêve ? Du moins en public, continua-t-il. Dans le privé, nous pourrons toujours entamer un autre round, avec ou sans gants de boxe.

— Cela vous conviendrait, naturellement. Vous auriez tout de suite l'avantage, avec votre taille et votre poids.

Dillon relâcha légèrement son étreinte. Elle se débattit et parvint à libérer son bras.

— Oui…

Il sourit et haussa les épaules.

— J'ai appris à vivre avec. Venez !

Il lui prit la main dans un geste amical qui la déconcerta.

— Au lit ! continua-t-il. Vous devrez vous lever tôt demain matin. J'ai horreur de gâcher une belle matinée.

— Je n'ai aucune intention de vous accompagner, demain, affirma-t-elle en dégageant sa main.

Elle enfonça ses talons dans le sable.

— Vous aurez probablement l'idée de me noyer et de cacher mon corps.

Dillon soupira, faussement horripilé.

— Laine, si je dois vous tirer du lit demain matin, ce n'est pas uniquement la plongée que vous allez apprendre. Maintenant, êtes-vous prête à rentrer à la maison, ou faut-il que je vous porte sur mon dos ?

— Votre arrogance n'a d'égale que votre muflerie, Dillon O'Brian !

Sur ces mots, elle lui tourna le dos et se mit à courir. Dillon la regarda jusqu'au moment où l'obscurité engloutit sa silhouette blanche. Puis il se baissa lentement pour ramasser ses chaussures.

4

Comme d'habitude, Laine se réveilla de bonne heure. Un soleil éblouissant entrait par les persiennes entrouvertes. Clignant des paupières, elle observa la chambre. Les murs avaient une teinte vert clair, et aucun rideau n'habillait les fenêtres. Chez elle, elle avait un bureau tout simple, mais ici trônait une belle table en acajou sur laquelle était posé un vase rempli de roses rouges. Un silence absolu régnait. Pas le moindre rire, pas de bruits de pas ou de voix devant la maison. Ce calme troublant n'était interrompu que par les trilles intermittent d'un oiseau, qu'elle ne voyait pas.

Avec un soupir, elle se laissa retomber contre son oreiller. Si au moins elle pouvait se rendormir ! Mais l'habitude de se lever tôt était trop enracinée en elle. Chassant les souvenirs qui affluaient à sa mémoire, elle bâilla et s'étira. Puis elle alla prendre une douche rapide et s'habiller.

Une amie lui avait prêté un maillot de bain plus approprié que celui qu'elle portait à la piscine. Elle se glissa dans le minuscule Bikini. Le bleu argenté lui allait très bien, il soulignait ses courbes subtiles, mais il n'y avait décidément pas assez de tissu. Laine haussa les épaules. Au fond, ce n'était pas si grave.

— Quelle idiote ! marmonna-t-elle en ajustant ses bretelles de soutien-gorge. Toutes les femmes portent ce genre de maillot, et après tout, je n'ai pas de quoi attirer l'attention.

Trop maigre, avait décrété Miri. Faisant une petite grimace, elle ajusta une dernière fois le soutien-gorge. Puis elle enfila un jean blanc et un T-shirt rouge à l'encolure ovale. Elle n'avait pas besoin de décolleté pour affronter Dillon O'Brian.

Alors qu'elle descendait l'escalier, la maison commença à se réveiller doucement. Dans la salle à manger, le soleil entrait à flots. Laine alla se planter devant la fenêtre et contempla les jeunes fougères et les pavots multicolores aux pétales luisants. La scène était charmante. Elle poussa un soupir imperceptible. Après tout, pourquoi n'essaierait-elle pas de jouir au maximum de cette belle journée ? Il ne tenait qu'à elle que rien ne vienne la gâcher. Elle aurait bien le temps, plus tard, quand elle aurait retrouvé ses habitudes, de se pencher sur les rejets et autres humiliations qu'elle avait subis. Aujourd'hui, le soleil éclatant était plein de promesses.

— Vous êtes prête pour le petit déjeuner ! s'exclama joyeusement Miri en entrant dans la pièce.

Laine se tourna vers elle en souriant. Malgré son embonpoint, Miri arrivait à se déplacer avec une grâce et une discrétion peu courantes.

— Bonjour, Miri. Quel temps superbe !

— Il va vous donner quelques couleurs, ce ne sera pas du luxe.

Miri s'approcha d'elle et passa un doigt sur son bras.

— Du rouge, déjà, si vous ne prenez pas de précautions. En attendant, venez vous asseoir, et je vais faire venir un peu de chair sur ces bras maigrichons.

Elle tapota d'un geste impérieux le dossier d'une chaise. Laine obtempéra en riant.

— Miri, cela fait longtemps que vous travaillez chez mon père ?

— Dix ans.

Secouant la tête, elle versa du café brûlant dans une tasse.

— Ah, je le lui ai dit souvent. Ce n'est pas bon pour un homme de rester aussi longtemps sans femme.

Tournant la tête vers elle, elle continua :

— Votre mère était aussi maigre que vous ?

— Euh… je ne dirais pas… c'est-à-dire…

Elle fit une pause. A partir de combien de kilos Miri considérait-elle qu'une femme était présentable ?

Miri éclata d'un rire chaleureux qui fit trembler les fleurs roses et orange de son boubou.

— Vous n'osez pas dire qu'elle était moins enrobée que moi ! dit-elle.

Elle regarda ses hanches bien arrondies. Et brusquement, de façon inattendue, elle déclara en prenant une boucle des cheveux de Laine :

— Vous êtes une très jolie fille. Et bien trop jeune pour être triste.

Laine resta sans voix. Elle n'était pas habituée aux démonstrations d'affection. La regardant de ses grands yeux noirs pleins de chaleur, Miri soupira.

— Je vais chercher votre petit déjeuner, et vous me ferez le plaisir de ne pas en laisser une seule miette.

— Apportez-en deux, Miri ! cria Dillon en entrant.

Il était vêtu d'un jean bien coupé et d'une chemise blanche qui mettait son magnifique bronzage en valeur.

— Bonjour, Duchesse. Vous avez bien dormi ?

Dillon s'installa en face d'elle et se servit une tasse de café. Il avait les gestes déliés, le regard vif. Rien dans son comportement ne trahissait la léthargie que ressentent la plupart des gens quand ils se lèvent tôt. Laine poussa un soupir silencieux. Apparemment, Dillon O'Brian faisait partie de cette espèce rare d'humains qui passaient instantanément de l'état de sommeil à l'éveil le plus alerte. Cependant, d'autres remarques s'imposaient à son esprit, beaucoup moins intéressantes. Non seulement Dillon était l'homme le plus séduisant qu'elle ait jamais connu, mais également le plus fascinant. Luttant contre un désir aussi soudain que malvenu, elle essaya de se concentrer sur son aspect décontracté.

— Bonjour, Dillon, répondit-elle de sa voix la plus neutre. J'ai l'impression que cette journée va être radieuse.

— Ce n'est pas exceptionnel de ce côté de l'île.

— De ce côté ?

Dillon se passa une main dans les cheveux, d'un geste qui ajouta encore une petite note à son charme.

— Mmm... de l'autre côté, il pleut presque tous les jours, expliqua-t-il.

Rivant ses yeux verts sur elle, il avala plusieurs gorgées de café. Laine contempla ses mains aux longs doigts dorés. Elles paraissaient fortes et efficaces et contrastaient avec la douce couleur crème de la faïence. Soudain, elle se rappela la sensation qu'elle avait éprouvée quand elles s'étaient posées sur son visage.

— Quelque chose ne va pas ? s'enquit Dillon.

— Pardon ?

Clignant des paupières, elle détourna les yeux.

— Non, j'étais en train de réfléchir... je veux faire le tour de l'île pendant mon séjour, improvisa-t-elle en parlant à toute vitesse. Est-ce que votre... votre maison est près d'ici ?

— Pas très loin.

Dillon leva de nouveau sa tasse, et continua de la regarder par-dessus le bord. Laine plongea les yeux dans son café avec une concentration excessive. Elle s'était bien juré de ne pas le boire, elle avait gardé un trop mauvais souvenir du café américain bu dans l'avion.

— Voici le petit déjeuner ! annonça Miri en se glissant dans la pièce avec un plateau débordant de victuailles. Bon appétit !

Les sourcils froncés, elle remplit une assiette qu'elle tendit à Laine.

— Quand vous aurez fini, je ne veux plus vous voir dans ma cuisine. J'ai le ménage à faire.

Elle dirigea sa cuillère vers Dillon, qui remplissait sa propre assiette avec une délectation évidente.

— Et vous ! ajouta-t-elle, si vous revenez encore ici avec vos chaussures pleines de sable, vous allez m'entendre !

Il lui répondit d'une brève phrase en dialecte local, accompagnée d'un sourire en coin. Miri quitta la salle à manger, laissant son rire perlé ricocher derrière elle.

— Dillon, commença Laine en fixant d'un regard ébahi la montagne de nourriture posée devant elle. Je ne pourrai jamais manger tout cela !

Haussant les épaules, Dillon enfourna une bouchée d'œufs brouillés.

— Essayez toujours. Miri a décidé de vous faire grossir.

Il avala sa bouchée et ajouta d'un air sérieux, en se beurrant une tartine :

— Même si vous pensez ne pas en avoir besoin — ce qui n'est pas le cas — il ne faut pas la contrarier, sinon elle se fâche tout rouge. Imaginez que c'est de la bouillabaisse ou des escargots, conseilla-t-il en riant.

Laine se raidit instinctivement, sur la défensive.

— Je ne me plains pas de la qualité de la nourriture, mais de sa quantité ! rétorqua-t-elle.

Dillon haussa encore les épaules. Agacée, elle attaqua son petit déjeuner. Quelques instants plus tard, elle jeta un regard découragé sur son assiette. Où allait-elle trouver la place de loger une autre bouchée d'œufs ? Brusquement, Dillon se leva et contourna la table pour lui tirer sa chaise.

— J'ai l'impression que vous allez vous sentir mal si vous avalez une bouchée de plus. Je vous emmène avant que Miri ne revienne.

Laine serra les dents. Peut-être cela l'aiderait-il à garder une attitude humble.

— Merci.

Alors que Dillon l'entraînait vers la porte d'entrée, James Simmons descendit l'escalier. Tous les trois firent une pause. James les regarda longuement.

— Bonjour. C'est une belle journée pour ta première leçon de plongée, Laine.

— Oui, je suis impatiente de commencer.

Elle sourit, faisant un violent effort pour paraître enjouée.

— Tu ne seras pas déçue. Tu vas voir, Dillon est comme un poisson dans l'eau, dit James.

Son sourire se fit plus chaleureux quand il tourna les yeux vers son associé.

— En rentrant, cet après-midi, jette un coup d'œil au nouveau biplan, dit-il. Je crois que les modifications que tu as conseillées sont au point.

— D'accord. Je vais travailler sur cet avion. Laisse Tinker à l'écart.

Cap'taine se mit à rire à cette plaisanterie qu'eux seuls pouvaient comprendre. Posant de nouveau les yeux sur sa fille, il lui adressa un vague sourire et un petit salut de politesse.

— A ce soir. Amuse-toi bien.

— Merci.

Elle le regarda s'éloigner et, un court instant, les larmes lui montèrent aux yeux. Elle se retourna vers Dillon qui l'observait d'un air sombre.

— Venez, dit-il avec une soudaine vigueur en lui prenant la main.

Dans le hall, il s'empara d'un sac de toile aux couleurs passées, qu'il jeta sur son épaule.

— Où est votre maillot ? s'enquit-il.

— Je l'ai sur moi.

Dillon partit à grandes enjambées sans se soucier d'elle. Laine fit de son mieux pour le suivre.

Il emprunta un sentier plein d'ornières, bordé de fleurs et de fougères. Laine était émerveillée. Y avait-il un autre endroit dans le monde où les couleurs étaient si vives, où le vert offrait un tel éventail de nuances ? L'héliotrope ajoutait une note vanillée à l'odeur des embruns. Avec un cri aigu, une alouette zébra le ciel et disparut.

Ils marchèrent en silence sous le soleil qu'aucun nuage ne venait rafraîchir.

Dix minutes plus tard, Laine déclara, essoufflée :

— J'espère que ce n'est plus très loin. Je n'ai pas couru le décathlon depuis des années.

Dillon tourna la tête. Elle se prépara à entendre une réplique cinglante. Mais contre toute attente, il ralentit. Laine lui accorda un léger sourire de satisfaction. C'était même une petite victoire d'avoir réussi à lui parler sans qu'il la remette à sa place. Cependant, quelques instants plus tard, elle oublia tout devant le spectacle que la baie leur offrait. C'était éblouissant. Bordée de palmiers et d'hibiscus aux pétales satinés, elle étalait sa beauté exotique, étincelante comme un diamant. C'était époustouflant. Il avait dû tomber quelques gouttes de pluie, ce matin, car elle brillait et scintillait comme sous une multitude de gouttelettes.

Poussant un petit cri d'admiration, Laine s'engagea entre les palmiers. Tout l'enchantait. Le soleil, le sable, ce paysage de rêve.

Elle fit rapidement deux fois le tour de la plage, comme pour s'assurer qu'aucune merveille ne lui échappait.

— C'est splendide. Et parfait ! Absolument parfait !

Le rire de Dillon éclata comme une brise fraîche, chassant les nuages. Un court instant, la complicité remplaça la tension qui était entre eux, rebondissant de l'un à l'autre avec une aisance aussi inattendue qu'apaisante. Mais Dillon ne tarda pas à se rembrunir. Il s'accroupit pour fouiller dans son sac, d'où il sortit les tubas et les masques. Sans préambule, il se mit à lui parler de la plongée.

— C'est facile, une fois que vous avez appris à respirer. L'important, c'est de se détendre, et d'être toujours très vigilant.

En termes simples, il lui expliqua la technique de respiration, tout en ajustant son masque.

— Ce n'est pas la peine de prendre un ton si professoral, finit-elle par dire, irritée par ses airs de supériorité et son air renfrogné. Je vous assure que j'ai un cerveau qui fonctionne. Inutile de me répéter dix fois la même chose.

— On ne sait jamais ! commenta-t-il en lui adressant un sourire en coin.

Laine le fusilla des yeux.

Il lui tendit le masque et le tuba.

— Faisons un essai !

Il ôta sa chemise et la laissa tomber sur son sac. Puis il mit son masque. Laine resta pétrifiée.

Des poils bruns ombraient le torse athlétique de Dillon. Son jean délavé tombait sur ses hanches minces. Abasourdie, Laine se força à détourner les yeux. Une sensation qu'elle n'avait jamais éprouvée lui titilla le ventre et lui réchauffa les veines. Elle baissa les yeux sur le sable, qu'elle regarda attentivement, comme si elle y cherchait quelque chose.

— Déshabillez-vous !

Elle sentit ses yeux s'élargir et fit vivement un pas en arrière.

— A moins que vous n'ayez l'intention de nager tout habillée, ajouta Dillon.

Ses lèvres se retroussèrent légèrement, puis il lui tourna le dos et marcha vers la mer.

Ne sachant plus où se mettre, elle fit de son mieux pour paraître aussi décontractée que lui. Timidement, elle se débarrassa de son T-shirt, puis de son jean. Elle les plia, les posa sur sa serviette et suivit Dillon vers la baie. Les jambes dans l'eau, il la regarda approcher.

Il la parcourut des yeux sans manquer un centimètre carré de peau. Puis il leva les yeux vers son visage.

— Ne vous éloignez pas, recommanda-t-il quand elle fut près de lui. Nous allons nager un moment à la surface jusqu'à ce que vous ayez pigé.

Il lui glissa son masque sur le visage et l'ajusta.

Ils commencèrent à se déplacer tranquillement le long

des trous d'eau, où les rayons du soleil atteignaient le fond sablonneux. Oubliant les instructions qu'il lui avait données, Laine aspira plus d'eau que d'air et sortit rapidement la tête de l'eau. Elle se mit à cracher et à tousser.

— Qu'est-ce qui vous arrive ? Faites un peu attention !

Lui donnant une bonne claque dans le dos, il lui remit son masque en place.

— Prête ?

Après trois profondes inspirations, Laine retrouva sa voix.

— Oui, fin prête !

Progressivement, elle se mit à plonger plus profondément, sans s'éloigner de Dillon. Il nageait avec une aisance et une confiance en lui innées. Bientôt, elle sut traduire les signaux aquatiques qu'il lui faisait avec la main, et elle commença à improviser les siens. De curieux poissons aux yeux ronds, sans paupières, filaient sous eux, se livrant à un véritable ballet aquatique.

Les rayons du soleil donnaient à l'eau une apparence féerique, caressant les algues, faisant luire les coquillages et les rochers lisses. Bien que le fond de la mer soit grouillant, c'était un monde silencieux. Les doigts rose pâle des coraux se rassemblaient pour offrir une cachette à de petits poissons bleu électrique. Fascinée, Laine regarda un bernard-l'hermite se glisser hors de son abri d'emprunt et s'éloigner à toutes pattes. Deux étoiles de mer orangées s'accrochèrent à un rocher, et un oursin se nicha dans une solitude épineuse.

Laine était ravie. C'était une découverte extraordinaire. Et comme il était agréable de nager près de cet homme étrange et taciturne. Elle était heureuse de partager avec lui le plaisir que lui causait cette nouvelle expérience. Le changement dans leurs relations s'était passé en douceur, elle ne s'en était même pas rendu compte au moment où il s'était produit. Depuis qu'ils étaient dans l'eau, ils n'étaient plus qu'un homme et une femme baignant dans un univers silencieux. Impulsivement, elle souleva un gros coquillage conique, dont l'habitant avait dû être expulsé depuis longtemps. Elle le tendit vers Dillon pour le lui montrer, puis elle remonta vers la surface étincelante.

Une fois la tête hors de l'eau, elle repoussa son masque et s'ébroua. Debout, de l'eau jusqu'au ventre, elle s'exclama :

— C'est merveilleux. Je n'ai jamais rien vu d'aussi beau !

Elle coinça quelques mèches de cheveux derrière ses oreilles.

— Toutes ces couleurs, ces nuances de bleus et de verts qui se fondent. J'avais l'impression que plus rien d'autre n'existait !

Sans rien dire, Dillon ôta son masque et l'observa, un sourire ambigu aux lèvres. Laine était très belle. L'excitation rosissait ses joues, et ses yeux semblaient avoir emprunté leur teinte indigo à la mer. Ses cheveux blonds entouraient son visage comme un casque. Sans la douceur de ses boucles, ses traits semblaient encore plus fins et plus fragiles.

— Je n'avais jamais rien fait de semblable. Il me semble que je pourrais passer ma vie sous l'eau. Il y a tant de choses à voir, à toucher. Regardez ce que j'ai trouvé. C'est magnifique ! dit-elle.

Elle lui tendit le coquillage qu'elle tenait à deux mains, et passa un doigt sur ses lignes couleur d'ambre. Comme Dillon ne bougeait pas, elle interrogea :

— Qu'y a-t-il ?

Sans répondre, il prit le coquillage, le retourna et l'examina avant de le lui rendre.

— C'est une volute musicale. Il y en a des quantités sur ces côtes.

— Est-ce que je peux le garder ? Cet endroit appartient-il à quelqu'un ?

Dillon se mit à rire. L'enthousiasme de Laine faisait plaisir à voir.

— C'est une baie privée, mais je connais le propriétaire. Je pense que ça lui sera égal.

— Il paraît qu'on entend la mer dans ces coquillages. C'est vrai ?

Elle le porta à son oreille. Et aussitôt, ses yeux s'élargirent.

— Oh ! C'est incroyable ! s'écria-t-elle.

De surprise, elle avait parlé en français.

Accompagnant ses paroles de gestes de sa main libre, elle riva ses yeux dans ceux de Dillon.

— On entend le bruit des vagues ! C'est incroyable. Dillon, écoutez ! continua-t-elle, toujours en français.

Elle lui tendit le coquillage. Elle voulait partager cette découverte. Mais Dillon éclata de rire, ce rire qu'elle avait entendu la veille, quand il parlait avec son père.

— Désolé, Duchesse, mais j'ai quelques phrases de retard !

— Oh, je suis désolée. L'enthousiasme m'a fait automatiquement retrouver le français.

Passant la main sur ses cheveux mouillés, elle sourit.

— C'est vrai, on entend la mer !

Elle ne quittait pas Dillon des yeux. Et brusquement, sa voix faiblit. La lueur d'amusement qu'elle avait lue dans son regard s'était envolée. Maintenant, elle était remplacée par une émotion qui lui fit bondir le cœur. Sa raison lui conseilla aussitôt de battre en retraite ; mais son corps et sa volonté fondirent quand les bras de Dillon se glissèrent autour de sa taille. Chassant toute pensée, elle releva la tête, lui offrant délibérément ses lèvres.

Dillon caressa sa peau nue. Il n'y avait rien d'autre entre eux que des gouttelettes d'eau. Sous le soleil brûlant, son cœur s'ouvrait, et ses lèvres répondaient aux lèvres exigeantes de l'homme qui lui faisait tourner la tête. Son corps vibrait sous ses mains. S'ils avaient pu ne faire qu'un seul être, au moins jusqu'au coucher du soleil, songea-t-elle, éperdue.

Dillon desserra lentement son étreinte, comme à regret.

Elle poussa un soupir mêlé de plaisir et de déception. Pourquoi la privait-il déjà de ce trésor qu'il venait de lui offrir ?

Dillon la regarda droit dans les yeux.

— Soit vous êtes une actrice hors pair, soit vous sortez du couvent, marmonna-t-il.

Laine sentit ses joues s'empourprer. Elle lui tourna le dos pour s'éloigner, mais il la retint par un bras.

— Attendez un peu !

La faisant pivoter vers lui, il la dévisagea. Laine était devenue écarlate. Il fronça les sourcils.

— Voilà un hommage dont je n'avais pas été gratifié depuis des années, Duchesse. Vous me stupéfiez !

Il eut un sourire moqueur, mais qui n'avait rien à voir avec les airs narquois qui semblaient lui être habituels quand il lui parlait.

— Quoi qu'il en soit, que vous soyez innocente ou calculatrice, vous m'étonnez vraiment !

Il la prit dans ses bras.

Cette fois, il lui donna un baiser tendre. Cependant, elle avait encore moins de défense contre la tendresse que contre la passion, et son corps répondait dangereusement à celui de Dillon. Elle se sentit prise de vertige. Soudain, Dillon mit fin à leur baiser. Il examina longuement ses yeux embrumés, ses lèvres gonflées. Jouait-elle l'innocence ou était-elle sincère ? Il n'aurait su le dire mais, innocemment ou non, elle se conduisait comme une véritable tentatrice.

— Vous êtes une femme étonnante, dit-il dans un souffle. Allons nous asseoir un moment au soleil.

Sans attendre son accord, il la prit par la main et l'entraîna vers la plage. Après avoir étendu une grande serviette sur le sable, il s'assit. Voyant Laine hésiter, il la tira vers lui.

— N'ayez pas peur, je ne mords pas, je me contente de grignoter ! dit-il avec un sourire charmeur.

Il prit une cigarette dans son sac et l'alluma, puis il s'appuya sur un coude. Sa peau luisait d'eau et de soleil.

Mal à l'aise, Laine resta assise, très droite, le coquillage dans les mains. Elle voulait comprendre pourquoi elle avait réagi ainsi dans les bras de Dillon. Ce qui venait de se passer entre eux était important pour elle, et resterait important jusqu'à la fin de ses jours, elle le savait. C'était un cadeau auquel elle ne pouvait pas encore donner de nom. Les yeux rivés sur le coquillage, elle sentit une joie immense lui soulever la poitrine. Elle était aussi heureuse qu'au moment où le coquillage avait chanté à son oreille.

— Vous traitez ce coquillage comme si c'était votre premier nouveau-né, railla Dillon.

Elle tourna la tête vers lui. Il lui fit un sourire étincelant. Oui, c'était bien vrai, elle n'avait jamais été si heureuse.

— C'est mon premier souvenir. Et c'est la première fois que je plonge pour rapporter des trésors engloutis, dit-elle.

— Pensez un peu à tous les requins que vous avez dû repousser pour mettre la main sur lui ! plaisanta-t-il.

Il souffla la fumée de sa cigarette vers le ciel tandis qu'elle plissait le nez.

— Vous êtes jaloux parce que vous n'en avez pas trouvé. Je suis égoïste de ne pas vous en avoir rapporté un.

— Ne vous inquiétez pas, je survivrai.

— On ne trouve pas de coquillage à Paris, continua-t-elle, soudain très à l'aise. Les enfants vont être ravis.

— Les enfants ?

Laine couvait son trophée des yeux, le caressant du bout des doigts.

— Mes élèves. La plupart n'ont jamais vu une chose pareille, excepté dans les livres.

— Vous êtes enseignante ?

Trop absorbée par la contemplation des sinuosités du coquillage, elle ne remarqua pas son ton ébahi. L'esprit ailleurs, elle répondit :

— Oui. J'enseigne l'anglais aux pensionnaires françaises,

et le français aux Anglaises. J'ai commencé à travailler là où j'ai obtenu mes diplômes. Je ne voyais pas d'autre endroit où aller, et je me sentais chez moi.

Faisant une pause, elle tourna la tête vers lui.

— Dillon, croyez-vous que je pourrais revenir ici pour essayer de trouver un ou deux autres coquillages ? Les filles seraient fascinées, elles ont si peu de distractions.

— Où était votre mère ?

— Pardon ?

Elle arqua les sourcils. Il plongea un regard pénétrant dans le sien.

— Qu'avez-vous dit ? demanda-t-elle.

Pourquoi avait-il si brusquement changé d'humeur ?

— J'ai dit : où était votre mère ?

La colère était presque palpable dans la voix de Dillon. Que lui arrivait-il ?

— Quand… quand j'étais à l'école ? Elle était à Paris.

Affolée, elle essaya de changer de sujet.

— J'aimerais revoir l'aéroport. Croyez-vous…

— Arrêtez ! cria-t-il.

Laine sursauta. Puis, suivant son vieil instinct, elle se réfugia dans son armure invisible.

— Vous n'avez pas besoin de crier ! Je vous entends très bien à cette distance.

— Ne recommencez pas à prendre vos grands airs, Duchesse. Je veux des réponses.

Il jeta sa cigarette. Son visage reflétait une détermination mêlée de rage.

— Je suis désolée, Dillon, mais…

Elle se leva et fit quelques pas.

—… je ne suis vraiment pas d'humeur à subir un interrogatoire.

Marmonnant un juron, Dillon bondit sur ses pieds et lui prit le bras avec une rapidité qui la laissa abasourdie.

— Vous êtes un drôle de numéro, dit-il d'une voix

sifflante. Vous changez si souvent. Je n'arrive pas à comprendre cette petite mascarade. Qui êtes-vous, à la fin ?

— J'en ai assez de vous dire qui je suis, répondit-elle calmement. Que voulez-vous que je vous raconte ? Je ne sais pas ce que vous aimeriez que je sois.

Sa réponse et sa voix douce exacerbèrent sa fureur. Resserrant sa main sur son bras, il la secoua.

— Vous passez votre temps à faire du cinéma. Qu'est-ce que ça signifie ?

Avant de pouvoir répondre, elle se retrouva attirée contre lui dans un nouvel accès de colère. Cependant, elle n'eut pas le temps de connaître la nature de sa punition. Quelqu'un appela Dillon. Serrant les dents, il la lâcha et se tourna vers la personne qui arrivait entre deux rangées de palmiers.

Laine suivit son regard et resta bouche bée devant l'apparition mythique qui semblait glisser sur le sable fin. La peau de la jeune femme avait la couleur mordorée du miel. Elle portait un sarong pourpre et bleu nuit. Une avalanche de cheveux noir d'ébène cascadaient jusqu'à sa taille, et dansaient au rythme de ses mouvements gracieux. Ses yeux en amande, couleur d'ambre, étaient frangés de velours noir. Un sourire pulpeux illuminait un visage exotique et parfait. Elle leva la main pour accueillir Dillon, qui répondit :

— Bonjour, Orchidée !

Laine avala la boule qui venait de se former dans sa gorge. Non, ce n'était pas une déesse, mais une femme en chair et en os, comme le prouvait le baiser qu'elle posa sur les lèvres de Dillon.

— Miri m'a dit que tu étais parti faire de la plongée. Je savais que je te trouverais là.

Sa voix flotta comme une musique légère.

Voyant l'attitude figée de Laine, Dillon fit les présentations avec sa désinvolture coutumière.

— Je te présente Laine Simmons. Orchidée King.

Laine marmonna quelques paroles inintelligibles. Elle se sentait brusquement aussi déplacée qu'un cheveu dans le potage.

— Laine est la fille de Cap'taine, expliqua-t-il.

— Oh, je vois.

Laine dut subir un examen plus approfondi. Visiblement, Orchidée se posait des questions, malgré le sourire composé qu'elle affichait.

— C'est bien que vous soyez enfin venue. Allez-vous rester longtemps ?

— Une ou deux semaines.

Laine retrouva son aplomb. Ses yeux rencontrèrent brièvement ceux de Dillon, puis elle se tourna vers la jeune fille.

— Est-ce que vous vivez sur l'île ?

— Oui, répondit Orchidée. Mais je passe le plus clair de mon temps ailleurs. Je suis hôtesse de l'air. J'ai quelques jours de congé. J'avais envie d'échanger le ciel contre la mer. J'espère que vous aviez prévu de retourner dans l'eau ?

Adressant un sourire éblouissant à Dillon, elle passa une main sous son bras.

— J'apprécierais beaucoup un peu de compagnie.

Laine observa Dillon. Son charme filtrait naturellement. Il n'avait rien d'autre à faire que sourire, et la magie opérait.

— Pas de problème. J'ai deux heures devant moi.

— Je vais rentrer à la maison, dit vivement Laine.

Elle se sentait de nouveau une intruse.

— Je préfère ne pas rester trop longtemps au soleil, le premier jour, dit-elle pour se justifier.

Elle prit son T-shirt et l'enfila promptement.

— Merci pour la leçon, Dillon.

Elle se baissa pour ramasser son jean et ses chaussures avant de dire :

— Ravie de vous avoir rencontrée, mademoiselle King.

— J'espère que nous nous reverrons !

Otant son sarong, Orchidée révéla un Bikini très sexy, et un corps époustouflant.

— L'île est petite, n'est-ce pas, cousin ?

C'était la façon dont les habitants s'adressaient les uns aux autres, Laine le savait. Cependant, la manière dont Orchidée prononça le mot « cousin » évoquait une relation beaucoup plus intime. Dillon se mit à rire.

— En effet.

Visiblement, il la connaissait bien. Il était tellement à l'aise avec elle ! Sans doute était-il également coutumier de ses charmes. Laine murmura un vague « au revoir » et se dirigea vers la palmeraie. Elle entendit le rire d'Orchidée, puis sa voix. La jeune fille parlait dans la langue musicale de l'île. Laine jeta un coup d'œil par-dessus son épaule avant que les feuilles se referment sur elle. Et juste à temps pour voir des bras dorés enlacer le cou de Dillon.

5

Elle retourna à la maison à pas lents. C'était un excellent moyen de réfléchir aux diverses émotions provoquées par l'associé de son père depuis son arrivée. Pour commencer, elle avait ressenti de l'agacement, de la rancœur mêlée à de la colère, auxquels s'ajoutait maintenant une inquiétude causée par son manque d'expérience avec les hommes. Cependant, ce matin, il y avait eu quelques instants harmonieux avec Dillon. Elle s'était même sentie très bien en sa compagnie. C'était une nouveauté. Jusqu'à présent, elle n'avait jamais été vraiment à l'aise lorsqu'elle se trouvait en tête à tête avec un représentant du sexe masculin.

Elle poussa un profond soupir. Tout cela était si troublant. Mais peut-être était-ce simplement l'excitation causée par cette petite aventure aquatique qui était responsable de sa réaction par rapport à lui, quand il l'avait embrassée ? Cela avait paru si naturel. Leurs bouches semblaient être créées l'une pour l'autre. Elle s'était subitement sentie libre dans ses bras, totalement en éveil. Comme si les murs de verre qui l'emprisonnaient avaient explosé, la laissant pour la première fois aux prises avec une foule de sensations.

Faisant une pause, Laine cueillit un hibiscus rose foncé. Elle l'examina un instant en souriant. Puis, reprenant sa marche, elle fit tourner la tige entre ses doigts. Ses sentiments ténus avaient commencé à se dissiper devant la colère inexplicable de Dillon. L'apparition de la jeune beauté à la peau sombre avait fait le reste.

Orchidée King, se répéta-t-elle, songeuse. Puis un autre prénom lui revint à la mémoire : *Rose*. Celui de l'hôtesse qui flirtait avec Dillon, au bureau d'accueil. Apparemment, il aimait les femmes portant des noms de fleurs. Laine fronça les sourcils, puis elle secoua la tête. Après tout, que lui importait ? Inconsciemment, elle se mit à effeuiller l'hibiscus. Visiblement, il était aussi vital pour Dillon de recevoir et de donner des baisers que pour une souris de grignoter du fromage. Elle-même, il avait dû l'embrasser parce qu'il n'avait pas d'autre femme sous la main. Haussant les épaules, elle jeta un pétale. A l'évidence, Orchidée King avait beaucoup plus de trésors à lui offrir qu'elle-même n'en aurait jamais.

Continuant d'arracher les pétales de la fleur sans s'en rendre compte, elle soupira. Face à la jeune insulaire, elle s'était sentie aussi attirante qu'une volaille pâle et informe face à un superbe flamant rose aux couleurs vibrantes. Même si Dillon ne la détestait pas déjà, elle n'avait aucune chance de lui plaire.

Elle haussa encore les épaules. Après tout, elle n'avait aucune envie de plaire à cet homme insupportable. C'était même la dernière chose qu'elle souhaitait ! Elle regarda sans le voir l'hibiscus mutilé. Puis, avec un petit gémissement, elle le jeta et accéléra le pas.

Une fois arrivée chez son père, elle monta déposer le coquillage dans sa chambre. Elle prit une douche et se changea, puis redescendit au rez-de-chaussée. Elle se sentait sans énergie et complètement désemparée. En France, elle n'avait pas le temps de se pencher sur ses états d'âme. Avec l'enchaînement des cours, des repas et des activités secondaires, elle avait un emploi du temps toujours très chronométré. Ici, personne ne lui demandait de faire quoi que ce soit, ce qui était très pénible. Dire que la plupart du temps, elle rêvait d'une heure de liberté pour s'offrir un moment de lecture ou, tout simplement, de solitude ! Maintenant, la journée entière s'étirait devant elle, et elle n'avait qu'une envie : trouver une occupation. Elle soupira. Le problème quand on ne faisait rien, c'est qu'on avait trop de temps pour réfléchir.

Décidée à ne pas gâcher son séjour, Laine redressa les épaules. Au fond, il ne tenait qu'à elle de repousser les pensées qui la dérangeaient. En particulier, sa situation, et son avenir.

Pour commencer, elle allait visiter la maison. Il était inutile de faire perdre du temps à quelqu'un pour cela. Elle pouvait le faire seule. Elle découvrit bientôt que son père vivait simplement, mais confortablement. Il avait beaucoup de livres, et une incroyable quantité de magazines d'aéronautique. A en juger par la façon dont ils étaient écornés, ils devaient faire partie de ses lectures favorites.

Dans chaque pièce, les rideaux traditionnels étaient remplacés par des persiennes en bambou, et les tapis par des nattes.

Son père semblait se contenter d'une existence sans surprises, remplie d'habitudes, et organisée autour de son principal centre d'intérêt : l'aviation. Laine hocha pensivement la tête. Maintenant, elle commençait à comprendre pourquoi le mariage de ses parents avait tourné court. Le mode de vie de son père était proportionnellement aussi modeste que celui de sa mère était prétentieux. Aucun des deux n'aurait pu se satisfaire de ce que l'autre avait à lui offrir. Laine fronça les sourcils. Elle-même ne se voyait vivre ni à la mode maternelle ni à la mode paternelle.

Elle prit dans sa main une photographie au cadre noir posée sur le bureau. Un portrait de son père, quand il était jeune. Il souriait, un bras passé autour des épaules de Dillon. Celui-ci était encore adolescent, mais il avait déjà le même sourire, à la fois malicieux et effronté. Laine observa attentivement le cliché. L'affection qui rapprochait les deux hommes ne lui aurait pas paru plus réelle s'ils avaient été en chair et en os sous ses yeux. Leur regard et leur attitude révélaient une grande complicité et une compréhension mutuelle. Laine eut un coup au cœur. En fait, ils ne s'entendraient certainement pas mieux s'ils étaient père et fils. Elle secoua tristement la tête. Elle ne connaîtrait jamais cela avec son père.

— Ce n'est pas juste, murmura-t-elle en prenant le cadre à deux mains.

Elle eut un léger frisson et ferma les yeux. Au fond, à qui faisait-elle des reproches ? A son père, parce qu'il avait eu besoin de quelqu'un ? A Dillon, qui avait été là pour lui ? Ce n'était pas cette attitude qui allait l'aider, et la recherche du passé était inutile. Il était temps qu'elle tourne les yeux vers l'avenir, vers une nouvelle vie.

Poussant un profond soupir, elle remit le cadre à sa place et sortit dans le hall. Elle se retrouva bientôt dans la cuisine, entourée d'appareils ménagers d'une propreté impeccable et d'ustensiles de cuivre accrochés aux murs. Miri se trouvait devant la cuisinière. L'entendant entrer, elle se retourna et lui adressa un sourire satisfait.

— Vous êtes rentrée pour le déjeuner, j'aime mieux cela !

Elle inclina la tête et plissa les yeux.

— Vous avez déjà des couleurs.

Laine baissa les yeux sur ses bras nus. Ils avaient pris un léger hâle.

— C'est vrai ! Mais en fait, je ne suis pas rentrée pour déjeuner.

Elle sourit et fit un large geste du bras.

— Je visitais la maison.

— C'est parfait, mais cela ne vous empêche pas de manger. Asseyez-vous ici ! décréta Miri.

Elle désigna un siège du bout de son couteau.

— Et demain, je ne veux pas que vous fassiez votre lit. C'est mon travail.

Elle posa un verre de lait devant elle.

— Est-ce que vous faisiez votre lit vous-même dans cette école pour riches ?

— Ce n'est pas vraiment une école pour riches, corrigea Laine.

Elle leva les yeux sur Miri, qui préparait un gigantesque sandwich.

— En réalité, c'est un pensionnat religieux qui se trouve près de Paris.

— Vous viviez dans un pensionnat ?

Miri fit une pause. Elle paraissait sceptique.

— Oui. Sauf quand j'allais voir ma mère. Miri…

Elle lui jeta un regard affolé. Miri venait de placer le sandwich devant elle sur une assiette.

— Je ne pourrai jamais avaler tout ça !

— Mangez, Petit Osselet. Et cette matinée avec Dillon, elle s'est bien passée ?

— Très bien.

Mal à l'aise, Laine se concentra sur son sandwich tandis que Miri venait s'asseoir en face d'elle.

— Je n'aurais jamais cru qu'il y ait tant de choses à voir sous l'eau. Dillon est un excellent guide, dit-elle.

— Ah, celui-là…

Miri secoua la tête.

— Quand il n'est pas sous l'eau, il est dans le ciel. Il devrait avoir plus souvent les pieds sur la terre.

Se renversant contre son dossier, Miri la regarda manger.

— Il ne vous quitte pas des yeux, dit-elle après quelques secondes de silence.

Laine faillit avaler une bouchée de travers.

— J'en ai bien peur, marmonna-t-elle.

Elle but une gorgée d'eau avant de continuer en haussant la voix :

— J'ai fait la connaissance de Mlle King. Elle est venue dans la baie.

— Orchidée King…

Miri grommela quelques paroles inintelligibles en hawaïen.

Laine arqua les sourcils.

— Elle est très jolie, pleine de vie et… frappante. Je suppose que Dillon la connaît depuis longtemps ?

Elle avait parlé du ton le plus neutre possible, mais ce petit commentaire la surprenait. Il était sorti de sa bouche avant même qu'elle y ait pensé.

— Depuis assez longtemps, oui. Mais ses appâts n'ont pas encore pris le poisson dans son filet.

Elle eut un sourire complice.

— Comment trouvez-vous Dillon ?

— Comment je le trouve ? répéta Laine en fronçant les sourcils malgré elle. Eh bien, il est très séduisant. Du moins, je suppose… je n'ai pas rencontré énormément d'hommes jusqu'à présent.

— Vous devriez lui sourire plus souvent, conseilla Miri avec un hochement de tête. Une femme intelligente se sert de ses sourires pour faire comprendre son état d'esprit à un homme.

— Il ne m'a pas donné beaucoup de raisons de lui sourire, répliqua Laine entre deux bouchées. Quoi qu'il en soit, les femmes doivent se bousculer autour de lui.

— Il y en a beaucoup auxquelles il s'intéresse. C'est un homme très généreux, dit Miri en gloussant.

Laine rougit.

— Il n'a pas encore rencontré une femme qui pourrait le rendre égoïste, continua Miri. Maintenant, vous…

Elle se tapota une aile du nez en réfléchissant.

— Vous seriez bien avec lui. Il pourrait vous apprendre des choses, et vous lui en apprendriez d'autres.

— Moi, apprendre des choses à Dillon ?

Secouant la tête, Laine eut un petit rire.

— Que voulez-vous que je lui enseigne, Miri ? Et puis, je connais Dillon depuis hier. Tout ce qu'il a fait jusqu'à maintenant, c'est me troubler l'esprit. D'une minute à l'autre, je ne sais jamais s'il va être agréable ou s'il va me faire tourner en bourrique.

Elle soupira.

— Je trouve les hommes très bizarres. Je ne les comprends pas du tout.

— Les comprendre ?

Le rire de Miri explosa dans la cuisine.

— Quel besoin avez-vous de les comprendre ? Il vous suffit de les apprécier. J'ai eu trois maris, et je n'en ai compris aucun des trois. Cela ne m'a pas empêchée d'être bien.

Elle eut soudain un sourire de jeune fille.

— Vous êtes très jeune. Rien que cela, c'est attirant pour un homme habitué aux femmes averties, continua-t-elle.

— Je ne sais pas… je veux dire, bien sûr, je ne voudrais pas qu'il le fasse, mais…

Laine se mit à bégayer lamentablement. Ses pensées étaient trop confuses.

— Je suis sûre que Dillon ne s'intéresse pas à moi. Apparemment, il s'entend très bien avec Mlle King. De plus…

Sentant la déprime s'abattre sur elle, elle haussa les épaules.

—… il ne me fait pas confiance, termina-t-elle.

— Vous voulez que je vous dise ? C'est stupide de laisser le passé interférer avec le présent.

Miri se renversa contre son dossier.

— Vous voulez l'amour de votre père, Petit Osselet ? Le temps et la patience vous le donneront. Vous voulez Dillon ?

Voyant que Laine allait protester, elle leva une main impérieuse.

— Si vous le voulez, vous apprendrez à vous servir des armes d'une femme.

Elle se leva, faisant trembler sa généreuse poitrine.

— Bien, maintenant, je vous chasse. J'ai du travail.

Obéissante, Laine se leva et gagna la porte.
— Miri…, dit-elle en se retournant.
Elle se mordilla la lèvre.
— Vous êtes très proche de mon père depuis longtemps. Est-ce que…
Elle hésita, puis elle se dépêcha d'ajouter :
— Est-ce que vous m'en voulez de réapparaître comme cela après toutes ces années ?
— Vous en vouloir ?
Songeuse, Miri se passa lentement la langue sur les lèvres.
— Je n'en veux jamais à personne, parce que la rancœur, c'est une perte de temps. Mais surtout, je ne pourrais pas en vouloir à un enfant.
Elle prit une grande cuillère et s'en tapota la paume.
— Quand vous êtes partie, vous étiez petite, et c'est votre mère qui vous a emmenée. Maintenant, vous n'êtes plus une enfant, et vous êtes là. De quoi pourrais-je bien vous en vouloir ?
Miri haussa les épaules en secouant légèrement la tête, puis elle se tourna vers la cuisinière.
Laine sentit les larmes lui monter aux yeux. Elle prit une profonde inspiration.
— Merci, Miri, murmura-t-elle.
De retour dans sa chambre, elle s'assit au bord du lit. Les pensées tourbillonnaient dans sa tête. Les baisers de Dillon avaient éveillé en elle des sensations inconnues, et les paroles de Miri avaient ouvert une porte sur des pensées endormies. « Du temps et de la patience », se répéta-t-elle silencieusement. Miri lui avait prescrit du temps et de la patience pour qu'elle voie clair dans son cœur troublé. Laine soupira. Elle avait si peu de temps, et encore moins de patience. Comment pourrait-elle retrouver l'amour de son père en quelques jours ? Elle secoua la tête. C'était une question sans réponse. Et Dillon ? murmura son cœur tandis qu'elle se jetait sur le

lit et rivait ses yeux au plafond. Pourquoi fallait-il qu'il complique une situation qui était déjà assez difficile ?

« Pourquoi m'a-t-il embrassée ? se demanda-t-elle. Pourquoi a-t-il révélé en moi des sensations de femme avant de me repousser en me faisant des reproches ? »

Il pouvait être si doux quand elle était dans ses bras, si tendre. Et l'instant d'après…

Frustrée, elle roula sur le ventre et posa sa joue sur l'oreiller.

Pourquoi était-il devenu soudain si froid, avec ce regard dur ? Si au moins elle avait pu cesser de penser à lui, de se rappeler ce qu'elle avait éprouvé quand il l'avait embrassée. Le problème, c'est qu'elle n'avait aucune expérience, alors que lui était loin d'en manquer. Elle se retourna encore sur le lit. Ce qu'elle ressentait ne devait être qu'un attrait physique, un éveil de ses sens. Il était impossible que ce soit autre chose…

Le coup frappé à la porte la fit sursauter. Se redressant sur le lit, elle repoussa ses cheveux en arrière et se leva pour aller ouvrir. Dillon avait troqué son bermuda contre un jean. Il paraissait en pleine forme, alors qu'elle devait avoir une mine épouvantable, avec ses paupières gonflées. Elle le regarda sans rien dire, incapable de mettre de l'ordre dans ses pensées. Les sourcils froncés, il la dévisagea. Elle avait les joues rouges et les yeux embrumés de sommeil.

— Je vous réveille ?

— Non, je…

Elle jeta un coup d'œil à la pendule. C'était incroyable, mais une heure entière s'était écoulée depuis qu'elle s'était allongée sur le lit.

— En fait, oui… Je suppose que je ne suis pas encore remise du décalage horaire.

Elle se passa une main dans les cheveux, luttant pour retrouver son aplomb.

— Je ne me suis même pas rendu compte que j'avais dormi.

— Ils sont bien réels ?

— De quoi parlez-vous ? demanda-t-elle en clignant des paupières.

— Vos cils.

Le cœur battant à coups redoublés, Laine se força à soutenir son regard pénétrant.

Avec sa désinvolture coutumière, Dillon s'appuya au chambranle de la porte et poursuivit son examen.

— Je vais à l'aéroport. J'ai pensé que vous auriez envie d'y aller. Vous m'avez dit que vous vouliez le revoir.

— C'est vrai.

Sa courtoisie était surprenante.

— Alors, c'est par ici…, dit-il en faisant un geste pour qu'elle le suive.

— J'arrive. Laissez-moi une minute pour me préparer.

— Vous avez l'air tout à fait prête.

— Je dois me recoiffer.

— Inutile. Vos cheveux sont très bien comme ils sont.

Il la prit par la main et l'entraîna avant qu'elle puisse protester.

Devant la maison, Dillon lui fourra un casque dans les mains. Voyant la moto qui semblait les attendre, Laine hésita.

— Nous y allons… là-dessus ?

— Oui. Je prends rarement la voiture quand je dois aller à l'aéroport.

— Je ne suis jamais montée sur un engin comme celui-ci, dit Laine, mais je suppose qu'il n'est jamais trop tard pour commencer.

— Duchesse, la seule chose que vous avez à faire, c'est vous asseoir et vous accrocher fermement.

Dillon lui prit le casque des mains et le lui fixa sur la tête.

Puis il mit le sien, enfourcha le véhicule et démarra.

— Allez hop, montez !

Avant même d'avoir eu le temps de dire ouf, Laine se retrouva à cheval sur la selle, crispée contre Dillon, les bras lui enlaçant la taille. Très vite, elle se détendit. Après tout, il ne roulait pas très vite, et la moto semblait tenir parfaitement la route.

Ils empruntèrent une petite voie qui longeait une rivière. Laine sourit. C'était très excitant de rouler ainsi à l'air libre, de sentir les muscles durs de Dillon sous ses mains. Une impression de liberté l'envahit. En vingt-quatre heures, Dillon lui avait déjà fait vivre des expériences qu'elle n'aurait peut-être jamais connues. Brusquement, plus rien ne comptait que cette randonnée. Peu importait ce qui allait suivre. Elle aurait bien le temps de réfléchir plus tard.

En arrivant devant l'aéroport, Dillon zigzagua dans la circulation. Il s'arrêta devant un hangar.

— Terminus, Duchesse ! Il faut descendre.

Elle obéit et tenta d'ôter son casque.

— Attendez !

Dillon le lui enleva et le rangea sur la moto avec le sien.

— Entière ?

— Absolument. Je me suis régalée ! dit-elle.

— C'est un moyen de transport qui a ses avantages.

Il lui caressa les bras, avant de la prendre par la taille. Laine retint son souffle quand il se pencha sur elle et lui effleura les lèvres de sa bouche. Des frissons de plaisir coururent sur sa peau.

— Nous continuerons cela plus tard, dit-il en reculant. J'ai l'intention de terminer ce que j'ai commencé avec vous. Mais pour l'instant, j'ai du travail.

Ses doigts tracèrent lentement des cercles sur ses hanches.

— Cap'taine va vous faire faire la visite. Il vous attend. Pourrez-vous retrouver le chemin ?

— Je crois que oui.

Affolée par les battements précipités de son cœur, elle s'écarta de lui. Mais cela ne changea rien.

— Il m'attend dans son bureau ?

— Oui, là où vous êtes allée la première fois. Il vous

montrera tout ce que vous voudrez. Attention à ce que vous dites, Laine !

Son regard perdit soudain sa chaleur, et sa voix devint plus grave.

— Tant que je ne suis pas sûr de vous, vous ne pourrez pas vous permettre la moindre erreur.

Laine eut un frisson, et son pouls affolé ralentit. Pendant un court instant, elle se contenta de le regarder fixement.

— J'ai bien peur d'en avoir déjà fait une, dit-elle d'une voix triste.

Elle tourna les talons et s'éloigna.

6

Laine se dirigea vers le petit bâtiment blanc dont l'entrée était flanquée de palmiers. Les événements des vingt-quatre heures qu'elle avait passées sur l'île se bousculaient dans sa tête. Elle avait revu son père après quinze ans de séparation, et appris la trahison de sa mère. Sans parler de Dillon. C'était vertigineux. Et maintenant, il fallait qu'elle essaie de savoir ce qu'elle souhaitait vraiment. La donne avait changé.

Pendant le court laps de temps qu'il faut au soleil pour se lever et se coucher, elle avait aussi découvert des plaisirs et des exigences de femme. Dillon lui avait offert des sensations nouvelles, magiques. Le cœur battant, elle essaya encore une fois de se raisonner. Ce qu'elle éprouvait n'était que le résultat d'une attraction physique, rien de plus. Cela ne pouvait pas être autre chose. On ne tombait pas amoureuse du jour au lendemain, et surtout pas d'un individu comme Dillon O'Brian. Il était dur, mal élevé. Elle et lui étaient vraiment aux antipodes l'un de l'autre. Dillon était extraverti, parfaitement bien dans sa peau. Laine soupira. Elle l'enviait. Mais elle avait tort de s'inquiéter. C'était la nouveauté de la situation qui lui jouait des tours, et cet éternel soleil, auquel elle n'était pas habituée. Voilà pourquoi elle ne savait plus où elle en était. Sa réaction était purement physique. Elle n'avait aucune raison d'être amoureuse.

Avec un soupir de soulagement, elle poussa la porte de l'immeuble.

Alors qu'elle entrait, son père sortit de son bureau. Il jeta un coup d'œil par-dessus son épaule à une jeune fille métisse armée d'un bloc-notes.

— Vérifiez la commande de fuel avec Dillon avant d'envoyer cette lettre. Il va aller en réunion dans une heure. Si vous ne le trouvez pas dans son bureau, essayez au hangar numéro quatre.

Laine s'immobilisa. Quand il la vit, il sourit et accéléra le pas.

— Bonjour, Laine. Dillon m'a dit que tu voulais visiter les lieux.

— Oui, j'aimerais beaucoup ça, si tu as le temps.

— Bien sûr.

Il se tourna vers la jeune fille qui l'accompagnait.

— Sharon, je vous présente ma fille. Laine, voici ma secrétaire, Sharon Kumocko, dit-il avec un enjouement forcé.

Laine lui serra la main. Elle sentit son père hésiter un bref instant, puis, visiblement un peu mal à l'aise, il la prit par le bras et la fit sortir dans la chaleur et la lumière. Elle poussa un soupir résigné. L'affection qui les liait quand elle était petite n'existait-elle que dans ses souvenirs ?

— Ce n'est pas un grand aéroport, dit-il. Nous transportons principalement des produits de consommation pour les touristes des îles. Nous avons aussi une école de pilotes. Ce qui est surtout l'œuvre de Dillon.

— Papa…

Impulsivement, elle lui coupa la parole et tourna la tête vers lui.

— Je sais que je t'ai mis dans une situation embarrassante. Je me rends compte maintenant que j'aurais dû t'écrire et te demander si je pouvais venir, plutôt que de tomber du ciel comme je l'ai fait. J'ai manqué de jugeote.

— Laine…

— Je t'en prie, écoute-moi…

Elle secoua la tête et reprit :

— Je me rends compte aussi que tu as ta vie, ta maison, tes amis. Tu as eu quinze ans pour te créer des habitudes. Je ne veux pas perturber ton emploi du temps. Crois-moi, je n'ai aucune envie de bouleverser ta vie, je ne veux pas que tu te sentes obligé de…

Elle eut un geste d'impuissance.

— J'aimerais simplement que nous soyons amis.

James ne l'avait pas quittée des yeux pendant qu'elle parlait. Le sourire qu'il lui adressa quand elle eut fini lui apporta plus de chaleur que les précédents.

— Tu sais…

Il soupira et se peigna les cheveux du bout des doigts.

— C'est un peu terrifiant de se retrouver face à une fille adulte. Toutes les étapes, tous les changements m'ont échappé. Je crois que je continuais à te voir comme une gamine au caractère emporté, coiffée d'une queue-de-cheval, avec des genoux éternellement écorchés. La jeune femme élégante qui est entrée dans mon bureau hier et qui m'a parlé avec l'accent français est une étrangère pour moi. De plus…

Il lui tripota un instant les cheveux.

— C'est une femme qui me rappelle des souvenirs que je croyais à jamais enfouis.

Faisant une pause, il enfonça les mains dans ses poches.

— Je connais mal les femmes, je crois que je ne les ai jamais bien connues. Ta mère était la femme la plus belle, la plus troublante que j'aie jamais rencontrée. Quand tu étais petite, et que nous vivions encore tous les trois ensemble, j'avais avec toi la complicité qui n'a jamais existé entre ta mère et moi. Tu étais la seule personne de sexe féminin que je comprenais. Je me suis toujours demandé si ce n'était pas une des raisons pour lesquelles les choses n'avaient pas marché dans mon couple.

Inclinant la tête, Laine l'observa longuement.

— Papa, pourquoi l'as-tu épousée ? Apparemment, vous n'aviez aucun point commun.

Il secoua la tête avec un rire bref.

— Tu ne te rappelles pas comment elle était lorsque tu étais petite. Elle a beaucoup changé avec le temps, Laine. Il y a des gens qui changent plus que d'autres.

Il hocha doucement la tête, les yeux perdus dans le vague.

— Je l'aimais. Je l'ai toujours aimée.

— Je suis désolée.

Les larmes commençaient à lui piquer les yeux. Elle baissa les yeux.

— Je ne veux pas te rendre les choses plus difficiles.

— Ne t'inquiète pas, ce n'est pas le cas. Nous avons eu quelques belles années.

Il resta un instant silencieux, les yeux perdus dans le vague.

— J'aime me les rappeler de temps à autre, reprit-il.

Lui prenant le bras, il se remit à marcher.

— Ta mère a-t-elle été heureuse, Laine ?

— Heureuse ?

Elle réfléchit. Vanessa était d'humeur changeante, et même quand elle paraissait joyeuse, le mécontentement n'était jamais loin sous la surface.

— Je suppose qu'elle l'était autant qu'elle en était capable. Vanessa adorait Paris, elle avait choisi sa vie.

— Vanessa...

James fronça les sourcils.

— Est-ce sous ce nom que tu penses à elle ?

— Je l'ai toujours appelée par son prénom.

Levant la main, elle se protégea les yeux du soleil pour regarder un charter atterrir.

— Elle disait que le mot « maman » la vieillissait. Elle détestait l'idée de vieillir... Je me sens mieux, maintenant que je te vois heureux, menant la vie que tu as choisie. Est-ce que tu pilotes encore des avions, papa ? Je me rappelle que tu adorais ça.

— Oui, j'effectue encore quelques heures de vol par semaine. Et toi, Laine…

Il la prit par les deux bras et la fit pivoter vers lui.

— Juste une question, ensuite, nous n'en parlerons plus. Es-tu heureuse ?

Cette question directe et le regard scrutateur de son père firent détourner les yeux à Laine. Elle regarda sans les voir les passagers qui descendaient du charter.

— J'ai beaucoup travaillé. Les bonnes sœurs ne plaisantent pas en matière d'éducation.

Il fronça ses sourcils broussailleux.

— Tu ne réponds pas à ma question.

— Je suis contente, dit-elle en souriant. J'ai appris beaucoup de choses, et ma vie me convient. Je crois que c'est suffisant.

— Pour quelqu'un de mon âge, oui, mais pas pour une jeune femme adorable comme toi.

Le sourire de Laine fit place à la perplexité.

— Non, ce n'est pas suffisant, Laine. Et je suis étonné que tu t'en contentes.

Il parlait d'une voix grave, teintée de désapprobation. Elle se sentit aussitôt sur la défensive.

— Papa, je n'ai pas eu la chance de…

Elle fit une pause. Mieux valait faire attention à ce qu'elle disait.

— Je n'ai pas pris beaucoup de temps pour m'amuser, corrigea-t-elle.

Elle leva les mains, les paumes tournées vers le ciel.

— Peut-être le moment est-il venu pour moi de commencer à y songer.

James eut un sourire.

— Bon, laissons tomber le sujet pour l'instant.

Laissant de côté les souvenirs, James l'emmena voir un hangar. Les avions étaient bien alignés. Il donna à chacun une petite tape amicale, comme s'il s'agissait d'un animal de compagnie. Puis il lui expliqua les particularités de chaque appareil, en vibrant de fierté, mais dans un langage incompréhensible pour une néophyte comme elle. Cependant, elle ne l'interrompit plus, heureuse de le voir évoluer dans son élément, comme un poisson dans l'eau. De temps à autre, elle risquait un commentaire qui le faisait rire. Son rire était si précieux.

Les bâtiments s'étalaient, bien entretenus mais sans prétention : hangars et entrepôts, bureaux de recherches et de comptabilité. Une tour de contrôle entourée de verre dominait le tout.

— Tu m'as dit qu'il n'était pas grand, dit-elle. Moi, je le trouve gigantesque.

— C'est plutôt un aérodrome, mais nous faisons de notre mieux pour qu'il fonctionne aussi bien que l'aéroport international d'Honolulu.

Bientôt, elle ne put s'empêcher de poser une question. Mais ce n'était que pure curiosité, elle en était convaincue.

— Et Dillon, que fait-il dans tout cela ?

— Oh, il s'occupe un peu de tout, répondit James d'un air vague.

C'était frustrant.

— Il a un don pour tout organiser. Il est capable de résoudre un problème avant même que je ne sache qu'il existe, et il sait si bien s'y prendre avec les gens qu'ils ne se rendent jamais compte qu'ils ont été manipulés. Il sait aussi démonter et remonter un avion.

Souriant, James secoua légèrement la tête.

— Je me demande ce que j'aurais fait sans lui. Sans son dynamisme, je me serais peut-être contenté de piloter un avion qui pulvérise les cultures.

— Son dynamisme ? répéta Laine. Oui, je suppose qu'il n'en manque pas quand il a décidé d'obtenir quelque chose. Mais n'est-il pas plutôt…

Elle chercha le mot juste.

— Plutôt désinvolte ?

— La vie sur l'île est propice à une certaine désinvolture, Laine, et Dillon est né ici.

Il l'emmena vers un autre bâtiment.

— Un homme bien dans sa peau, et sans prétention, ne manque pas forcément d'intelligence et de capacités. En tout cas, pas Dillon. Mais simplement, il réalise ses ambitions à sa manière.

Plus tard, alors qu'ils retournaient vers les hangars surmontés d'un dôme d'acier, Laine se détendit. Elle venait d'installer un nouveau mode de relation avec son père. Lui aussi était plus tranquille, ses sourires et ses discours étaient plus spontanés. Cependant, si elle avait mis de côté son bouclier, elle n'en était devenue que plus vulnérable.

En entrant dans le hangar, James consulta sa montre.

— J'ai un rendez-vous dans quelques minutes, annonça-t-il. Je vais te laisser avec Dillon maintenant, sauf si tu veux que je te fasse raccompagner à la maison ?

— Pas du tout. Je vais peut-être me balader toute seule. Je ne veux pas vous déranger.

— Tu ne m'as pas dérangé. Je suis content de t'avoir fait faire cette visite. Tu as gardé ta curiosité d'enfant. Je ne l'avais pas oubliée. Tu voulais toujours connaître le pourquoi et le comment des choses, et tu écoutais attentivement les réponses. Je crois que tu avais trois ans quand tu m'as demandé de t'expliquer comment fonctionnait le tableau de bord d'un Boeing 707 !

Il eut un petit rire, le même que celui qu'elle aimait tant, quand elle était petite.

— Tu prenais un air très sérieux, continua-t-il en souriant. J'aurais juré que tu comprenais tout ce que je te disais.

Il lui tapota la main, puis il sourit en regardant par-dessus sa tête.

— Dillon, je savais bien que nous te trouverions ici. Prends soin de Laine. J'ai un rendez-vous.

Laine se retourna. S'appuyant nonchalamment contre un avion, Dillon s'essuyait les mains sur sa salopette.

— Tout s'est bien passé avec les représentants du syndicat ? s'enquit James.

— Comme sur des roulettes. Tu pourras lire le rapport demain.

— Alors à ce soir.

James tourna les yeux vers Laine et, après une brève hésitation, lui caressa brièvement la joue avant de s'éloigner à grands pas.

En souriant, elle fit demi-tour et rencontra le regard sombre de Dillon. Avec un vague haussement d'épaules, celui-ci se tourna vers l'avion.

— La visite vous a plu ? interrogea-t-il d'un air faussement indifférent.

— Oui, beaucoup. J'ai bien peur de ne pas avoir compris le dixième de ce qu'il m'a expliqué, mais j'ai trouvé cela passionnant. Et c'était bon de le voir si enthousiaste.

— Quand il parle d'avions, c'est là qu'il est le plus heureux, commenta Dillon, l'air absent. Il se fiche pas mal que vous compreniez, tant que vous l'écoutez. Passez-moi une clé dynamométrique.

Laine regarda d'un air affolé l'assortiment d'outils, cherchant quelque chose qui ressemblerait le plus à une clé.

— Est-ce que c'est celle qu'il vous faut ?

Dillon tourna la tête et jeta un coup d'œil sur l'outil qu'elle lui tendait. Amusé malgré lui, il la regarda dans les yeux en secouant la tête.

— Non, Duchesse.

Il trouva lui-même l'outil adéquat.

— Voilà.

— Je n'ai pas dû passer assez de temps sous une voiture ou sous un avion, marmonna-t-elle.

Brusquement, elle se sentit horripilée. Il était peu probable que Dillon ait jamais demandé à Orchidée King de lui donner une clé dynamo… quelque chose.

— Mon père m'a dit que vous aviez créé une école de pilotes. Est-ce que c'est vous qui vous chargez des cours ?

— En partie.

Rassemblant son courage, elle demanda précipitamment :

— Vous m'apprendrez ?

— Pardon ?

Dillon jeta un coup d'œil par-dessus son épaule.

— Pourriez-vous m'apprendre à piloter un avion ?

Elle se mordit la lèvre inférieure. Bon sang, qu'est-ce qui lui arrivait ? Sa question paraissait-elle aussi ridicule à Dillon qu'elle l'était pour elle ?

— Peut-être, répondit-il sans cacher sa stupéfaction.

Il la regarda un instant dans les yeux. Elle paraissait très déterminée.

— Peut-être, répéta-t-il lentement. Mais pouvez-vous m'expliquer pourquoi ?

— Mon père m'avait dit qu'il m'apprendrait. Naturellement…

Elle écarta les bras.

— Je n'étais qu'une enfant, mais…

Poussant un soupir d'impatience, elle releva le menton.

— Parce que je trouve que ce serait amusant, voilà pourquoi !

Dillon observa son changement d'attitude, et sa petite moue obstinée. Il se mit à rire.

— Je vous emmènerai là-haut demain.

Il termina avec la clé, qu'il lui tendit pour qu'elle la range dans la boîte à outils. Elle contempla le manche noirci par le cambouis. Voyant sa répugnance, Dillon marmonna quelque chose qu'elle n'eut pas envie de mémoriser, puis il s'éloigna et prit une salopette à un crochet.

— Tenez, mettez ça. J'en ai encore pour un moment, autant que vous vous rendiez utile.

— Vous vous en sortirez mieux sans moi.

— Sans aucun doute, mais mettez-la quand même.

Laine soupira. Il était inutile de discuter. Dillon avait

prouvé qu'il pouvait être encore plus obstiné qu'elle. Elle fit ce qu'il lui demandait, sous son regard attentif.

— Bon sang, elle est immense !

S'accroupissant, il se mit à rouler le bas des jambes.

— Je suis sûre que je vais être plus une gêne qu'une aide ! déclara-t-elle fermement.

— C'est probable, répliqua-t-il d'un ton jovial tout en lui roulant plusieurs fois le bas des manches.

D'un mouvement vif, il fit glisser la fermeture Eclair jusqu'à son cou. Quand il en eut fini avec la salopette, il plongea son regard pénétrant dans le sien. Laine retint son souffle. L'expression pleine d'assurance de Dillon se modifia. Un bref instant, elle crut y voir un éclair de tendresse, mais il laissa vite échapper un soupir d'impatience.

Poussant un juron, il s'engouffra dans le ventre de l'avion.

— Très bien, se hâta-t-il de dire, passez-moi un tournevis. Celui qui a un manche rouge ! Dépêchez-vous !

Connaissant cet outil, Laine farfouilla dans la boîte et ne tarda pas à le trouver. Elle le posa dans sa main tendue.

Il travailla quelques minutes en silence, ne parlant que pour demander tel ou tel outil.

Laine finit par lui poser quelques questions sur le travail qu'il était en train de faire. Elle n'était pas obligée d'écouter ses réponses. Mais elle aimait entendre le son de sa voix. De plus, comme il était très absorbé, elle pouvait l'observer tranquillement sans qu'il s'en rende compte. Dans ses yeux luisait une expression étrange, très intense. Son menton et ses joues avaient une ligne ferme, et les muscles jouaient sur ses bras bronzés tandis qu'il les faisait travailler. Son menton était ombré d'une barbe naissante. Il n'avait pas dû se raser ce matin. Ses cheveux retombaient en boucles souples sur son col, et son sourcil droit remontait un peu plus haut que le gauche sous l'effet de la concentration.

Dillon se tourna vers elle pour lui demander quelque chose,

mais elle resta pétrifiée. Ce qu'elle venait de comprendre était affolant. Non, elle se trompait certainement.

— Vous avez un problème ? interrogea-t-il en fronçant les sourcils.

Secouant la tête, elle avala péniblement sa salive.

— Non. Qu'avez-vous demandé ? Je n'ai pas fait attention.

Elle se pencha sur la boîte à outils pour cacher son désarroi, mais Dillon se servit lui-même et se remit au travail. Laine ferma les yeux. Heureusement, il n'avait pas vu à quel point elle était perplexe.

Elle posa une main sur sa poitrine. Son cœur battait à grands coups. Pourquoi l'amour arrivait-il avec une telle rapidité et une telle intensité ? Il devrait s'épanouir lentement, en commençant par de la tendresse, des sentiments doux. Il ne devrait pas vous poignarder sans pitié, et sans prévenir. Comment pouvait-on aimer quelqu'un que l'on n'arrivait pas à comprendre ? Dillon O'Brian était une énigme, un homme dont l'humeur semblait toujours changer sans qu'elle sache pourquoi. Et le savait-il lui-même ? Elle ne le connaissait pas. Tout ce qu'elle savait de lui, c'est qu'il était l'associé de son père, qu'il connaissait aussi bien le ciel que la mer, et qu'il se déplaçait aussi facilement dans l'un que dans l'autre. Mais elle n'ignorait pas que c'était un homme qui connaissait les femmes et qui pouvait leur donner du plaisir.

Et comment pouvait-on lutter contre l'amour quand on n'en avait pas la moindre connaissance ? C'était peut-être une question d'équilibre.

Laine redressa les épaules. Il fallait qu'elle trouve le moyen de marcher sur la corde raide qui s'étirait devant elle sans pencher ni à droite ni à gauche. Le tout était d'éviter de tomber.

— On dirait que votre voyage prend une tournure inattendue, commenta Dillon en sortant un chiffon de la poche de sa salopette.

Tirée de ses pensées, Laine sursauta. Il lui adressa un sourire malicieux.

— Vous faites vraiment un mécanicien déplorable, Duchesse, et plutôt débraillé, si vous me permettez.

Il lui frotta la joue avec le chiffon, faisant disparaître une tache noire.

— Il y a un évier, là-bas, si vous voulez vous laver les mains, continua-t-il. Je finirai ces ajustements plus tard. Ce moteur commence à m'énerver.

Sautant sur cette occasion pour se ressaisir, Laine marcha lentement vers l'évier. Puis elle se débarrassa de la salopette, qu'elle suspendit à un crochet. Pendant que Dillon se nettoyait, elle fit un tour dans le hangar. Quelques minutes plus tard, elle consulta sa montre et fronça les sourcils. Le temps avait passé à vive allure pendant qu'elle assistait bien maladroitement Dillon. Maintenant, un petit voile masquait la clarté du jour. Le long des pistes de roulement, les lumières clignotaient comme de petits yeux rouges. Laine se retourna. Dillon la regardait. S'humectant les lèvres, elle fit de son mieux pour prendre un ton décontracté.

— Vous avez fini ?

— Pas encore. Venez ici.

Laine recula de quelques pas. La voix de Dillon était dure, autoritaire. Elle soupira, furieuse. Pour qui se prenait-il pour lui parler sur ce ton ? Voyant qu'elle restait immobile, Dillon releva un sourcil, puis il réitéra son ordre en ajoutant une nuance menaçante.

— Je vous ai dit de venir ici !

Le cœur battant la chamade, elle se mit à marcher malgré elle, comme poussée par une force qui la dépassait. Les jambes en coton, elle traversa l'espace qui les séparait. L'écho de ses pas résonnait comme le tonnerre et semblait rebondir d'un mur à l'autre. Pourvu que Dillon n'entende pas son cœur tambouriner dans sa poitrine, songea-t-elle. Elle se planta devant lui. Il l'examina longuement, comme s'il la voyait pour la première fois. Sans mot dire, il finit par poser les mains sur ses hanches et l'attirer contre lui. Leurs cuisses s'effleurèrent. Il la maintint fermement, sans la quitter des yeux. Prisonnière de ce regard brûlant, Laine tressaillit.

— Embrassez-moi, dit-il simplement.

Incapable de détourner les yeux, elle secoua la tête.

— Laine, je vous ai dit de m'embrasser.

Il l'attira encore plus près de lui, moulant son corps au sien. Son regard était devenu exigeant, sa bouche, tentante. Timidement, elle leva les bras et posa les mains sur ses épaules en se hissant sur la pointe des pieds. Elle soutint son regard tandis que leurs visages se rapprochaient et que leurs souffles commençaient à se mêler. Doucement, elle posa les lèvres sur les siennes.

Dillon attendit qu'elle devienne plus audacieuse et qu'elle lui enlace le cou. Bientôt, Laine soupira sous son baiser, plus pressant. Dillon glissa une main sous son chemisier et caressa sa peau douce, explorant lentement son dos, faisant naître de délicieux frissons sous ses doigts. Murmurant son nom contre sa bouche, elle s'arqua contre lui. Elle le désirait de tout son être. Une chaleur dévorante s'était emparée d'elle. Ses lèvres semblaient apprendre plus vite que ses neurones. Elles se mirent à chercher, à demander un plaisir qu'elle ne comprenait pas encore. Tout ce qui l'entourait s'évanouit. En cet instant précis, plus rien n'existait pour elle que Dillon et le désir qu'il faisait naître au plus profond d'elle.

Il finit par relâcher son étreinte. Muet, il scruta son regard, comme s'il y cherchait un message. Puis il écarta une mèche folle de sa joue.

— Je ferais mieux de vous ramener à la maison, dit-il d'une voix rauque.

— Dillon…

Elle fit une pause. Que pouvait-elle dire ? Tout cela était si affolant. Elle ferma les yeux.

— Allons, venez, Duchesse, vous avez eu une rude journée.

Il lui passa une main autour du cou et lui massa brièvement la nuque.

— Nous ne jouons pas sur un terrain d'égalité en ce moment. La plupart du temps, je préfère les combats à armes égales.

— Les combats ? répéta Laine d'une voix presque inaudible.

Faisant un violent effort, elle ouvrit les yeux.

— C'est cela pour vous, Dillon ? Un combat ?

— Le plus vieux de tous les temps, rétorqua-t-il.

Il eut un léger sourire, qui s'évanouit aussitôt. Brusquement, il la prit par le menton.

— Ce n'est pas terminé, Laine. Au prochain round, c'est le diable qui mènera le jeu.

7

Le lendemain matin, quand Laine descendit prendre son petit déjeuner, elle ne trouva que son père dans la maison.

— Bonjour, Petit Osselet ! cria Miri avant que James ne la voie. Asseyez-vous et déjeunez. Je vais vous faire du thé, puisque vous n'aimez pas mon café.

Partagée entre l'embarras et l'amusement, Laine sourit.

— Merci, Miri.

— Elle t'aime beaucoup, dit James en arrivant derrière elle. Laine se retourna.

Son père avait une lueur joyeuse dans les yeux.

— Depuis que tu es là, elle n'a qu'une idée : te faire grossir, continua-t-il en riant. Du coup, elle ne me fait plus de commentaire sur mon prétendu besoin de trouver une épouse.

Avec un petit sourire ironique, Laine le regarda se servir du café.

— Heureuse de t'aider, dit-elle. J'ai été un peu envahissante, hier. J'espère que je ne t'ai pas trop dérangé.

— Bien sûr que non.

Il eut un sourire contrit.

— C'est moi qui aurais dû te montrer la maison. J'ai manqué à tous mes devoirs.

— Ce n'était pas gênant. En réalité…

Inclinant la tête, elle lui rendit son sourire.

—… le fait de découvrir la maison toute seule m'a

permis de voir notre histoire sous un autre angle. Tu m'as dit que tu avais manqué toutes les étapes et que tu pensais toujours à moi comme si j'étais encore une petite fille. Je crois…

Elle écarta les doigts, comme si cela pouvait l'aider à clarifier ses pensées.

— Moi aussi, je les ai manquées, les étapes. Je veux dire que l'image que j'ai gardée de toi, c'est celle que j'avais dans mon enfance. Hier, j'ai commencé à voir James Simmons en chair et en os.

— Déçue ? dit-il d'un ton amusé.

— Impressionnée, corrigea-t-elle. J'ai vu un homme satisfait de lui et de sa vie, qui a l'amour et le respect des gens qui l'entourent. Je pense que mon père est un homme bien.

Le sourire qu'il lui adressa exprimait à la fois la surprise et le plaisir.

— C'est un sacré compliment, venant d'une fille adulte.

Il remplit sa tasse de café. Un silence complice s'installa quelques instants entre eux. Laine ne fit rien pour le rompre. Quelques instants plus tard, ses yeux glissèrent sur la chaise vide de Dillon.

— Dillon… n'est pas là ?

— Mmm ? Oh, il avait un déjeuner d'affaires. Il a un emploi du temps très chargé ce matin.

Il sirota son café. Laine l'observa. Il avait soudain un air radieux.

— Je vois, commenta-t-elle en faisant de son mieux pour cacher sa déception. Vous devez être surchargés de travail, tous les deux.

— La plupart du temps, oui.

James jeta un coup d'œil à sa montre et secoua lentement la tête d'un air plein de regret.

— En fait, moi aussi j'ai un rendez-vous. Je suis désolé de te laisser seule, mais…

— Je t'en prie, coupa Laine, je n'ai pas besoin que

quelqu'un me distraie, et je pensais ce que je t'ai dit hier. Je ne veux pas contrecarrer tes projets. Je suis sûre que je peux trouver une foule de choses à faire.

— Très bien. Alors à ce soir.

Il se leva et se dirigea vers la porte. Au lieu de l'ouvrir, il se retourna.

— Miri peut demander une voiture si tu veux aller faire un peu de shopping en ville.

— Merci.

Laine secoua la tête. Ses fonds très limités ne lui donnaient guère les moyens de faire des achats.

— J'irai peut-être, dit-elle.

Elle le regarda s'éloigner, puis elle soupira en voyant de nouveau le siège vide de Dillon.

Elle passa une matinée paresseuse. Miri avait repoussé toutes ses tentatives pour l'aider à mettre la maison en ordre, lui conseillant plutôt de profiter de sa liberté pour se promener.

Laine prit son sac de plage et partit en direction de la baie. Ses impressions de la veille ne l'avaient pas trompée, l'endroit était vraiment paradisiaque. L'eau transparente était d'un turquoise parfait, le sable blanc était aussi pur que si aucun être humain ne l'avait jamais foulé. Elle étala sa serviette de bain et s'assit. Puis elle sortit un bloc pour jeter ses impressions sur le papier. Elle écrivit plusieurs lettres pour la France, longues et détaillées, sans toutefois faire la moindre allusion à la situation troublante dans laquelle elle se trouvait.

Pendant qu'elle écrivait, le soleil atteignit le zénith. L'air était chaud et humide. Bercée par le doux clapotis des vagues et le calme qui régnait dans ce lieu, elle finit par s'endormir.

Elle avait les membres lourds, et derrière ses paupières closes s'étalait un brouillard rouge. Comment la mère supérieure faisait-elle pour que le vieux fourneau dégage une telle chaleur ? se demanda-t-elle dans sa demi-torpeur.

A contrecœur, elle lutta pour se réveiller tandis qu'une main la secouait par l'épaule.

— Un instant, ma sœur, marmonna-t-elle en français.

Elle soupira, comme si ces paroles l'avaient épuisée.

— J'arrive ! dit-elle dans la même langue.

Forçant ses yeux à s'ouvrir, elle resta interdite. Elle n'était pas au pensionnat, mais sur une plage déserte. Déserte, à l'exception de Dillon qui se tenait penché au-dessus d'elle.

— Décidément, j'ai pris l'habitude de vous réveiller, dit-il.

Il s'assit sur les talons et regarda ses yeux embrumés de sommeil.

— On ne vous a jamais dit de ne pas dormir en plein soleil, surtout avec votre peau claire ? Vous avez de la chance de ne pas avoir rôti complètement.

— Oh !

Chassant les dernières images de son rêve, elle s'assit, l'air penaud. Elle avait toujours la même sensation de culpabilité quand on la prenait en flagrant délit de sieste.

— Je ne sais pas pourquoi je me suis endormie. Ce doit être le calme.

— Ou la fatigue, rétorqua Dillon en fronçant les sourcils. Vous commencez à avoir les yeux moins cernés.

Laine posa sur lui un regard mi-étonné, mi-perturbé.

— Mon père m'a dit que vous étiez très occupé, ce matin.

Apparemment, Dillon était toujours là pour la surveiller, même quand il était censé se trouver ailleurs. C'était déconcertant. Elle s'empressa de ranger son papier à lettres.

— Mmm... Oui. Vous avez fait du courrier ?

Elle leva les yeux sur lui, puis elle se tapota la bouche du bout de son stylo.

— Mmm... Oui.

Il eut un petit sourire en coin en l'aidant à se mettre debout.

— Je croyais que vous vouliez apprendre à piloter un avion ?

— Oh ! s'exclama-t-elle, le visage illuminé de plaisir. Vous n'avez pas oublié ! Vous êtes sûr d'avoir le temps ? Mon père m'a dit…

— Non, je n'ai pas oublié, et oui, j'ai le temps.

Il ramassa sa serviette de bain.

— Cessez de babiller comme si vous aviez douze ans et comme si je vous emmenais au cirque manger de la barbe à papa.

— Bien sûr, répondit-elle avec un petit sourire amusé.

Dillon poussa un soupir d'exaspération avant de la saisir par la main et de l'entraîner à travers la plage. Il marmonna quelques paroles peu flatteuses à l'encontre des femmes en général.

Une heure plus tard, Laine était installée dans l'avion.

— Bon. C'est un monoplan tout simple. Un jour, je vous emmènerai dans le jet, pas…

— Vous avez un autre avion personnel ?

— Il y a des gens qui collectionnent les chapeaux, rétorqua sèchement Dillon.

Il désigna du doigt les différents indicateurs.

— Ce n'est pas plus compliqué de piloter un avion que de conduire une voiture, commença-t-il. La première chose indispensable, c'est de connaître les instruments et apprendre à les lire.

— Il y en a beaucoup…

Elle posa un regard dubitatif sur les chiffres et les aiguilles du tableau de bord.

— Pas tant que ça. Ce n'est pas un X-15.

Voyant son air affolé, il eut un petit rire et il fit démarrer le moteur.

— On y va ! Pendant que l'avion montera, je veux que vous observiez cette jauge. C'est l'altimètre, il…

— Il indique la hauteur de l'avion au-dessus de la mer ou du sol, termina Laine.

— Bravo.

Quand Dillon eut prévenu la tour de contrôle, il fit rouler l'avion sur la piste.

— Vous avez dévoré un des magazines de Cap'taine, cette nuit ? interrogea-t-il d'un ton narquois.

— Non, je me souviens de mes premières leçons. J'ai dû engranger tout ce que mon père disait quand j'étais petite.

Elle pointa une main fine et manucurée vers le tableau de bord.

— Ça, c'est le compas, et ça…

Elle fronça les sourcils pour se rappeler le nom exact.

— C'est un indicateur pour opérer un virage, mais je ne me souviens plus du terme précis.

Dillon poussa un petit sifflement.

— Je suis impressionné ! Mais vous êtes censée observer l'altimètre.

— Oh oui.

Plissant le nez, elle reporta les yeux sur l'appareil.

— Très bien.

Dillon lui adressa un bref sourire, qu'elle capta du coin de l'œil, puis il tourna son attention vers le ciel.

— La plus grande aiguille va faire un tour complet du cadran chaque fois que nous aurons pris trois cents mètres d'altitude. La plus petite fait la même chose tous les mille trois cents mètres. Une fois que vous connaîtrez les jauges et la façon de les lire, vous verrez que c'est moins compliqué qu'une voiture, et en général, il y a moins de circulation.

— Vous pourrez ensuite m'apprendre à conduire, suggéra Laine en observant la grande aiguille qui achevait son second tour complet du cadran.

— Vous ne savez pas conduire ? s'écria Dillon, incrédule.

— Non. C'est un crime, dans ce pays ? Je vous jure que d'après certaines personnes, j'ai une intelligence au-dessus de la moyenne. Je suis sûre que je vais apprendre à piloter cet engin aussi vite que n'importe lequel de vos élèves.

— C'est possible, marmonna-t-il. Mais comment se fait-il que vous n'ayez jamais passé votre permis de conduire ?

— Parce que je n'ai jamais eu de voiture. Cette réponse vous satisfait ? Et vous, dites-moi comment vous vous êtes cassé le nez ?

Dillon la regarda d'un air stupéfait. Elle eut un sourire contrit.

— Ma question est aussi peu pertinente que la vôtre, conclut-elle.

Dillon éclata de rire. Laine poussa un léger soupir de satisfaction. C'était agréable d'avoir remporté cette petite victoire.

— Quand ? demanda-t-il.

Cette fois, c'est elle qui lui jeta un coup d'œil perplexe.

— Je l'ai cassé à deux reprises, expliqua Dillon. La première, à dix ans. J'essayais de faire voler un avion en carton que j'avais monté moi-même. J'avais grimpé sur le toit du garage. Le système de propulsion n'était pas très au point. Je ne me suis cassé que le nez et le bras, mais on m'a dit que j'aurais pu me casser le cou.

— Et la seconde fois ?

— J'étais un peu plus âgé. C'était pendant une bagarre au sujet d'une fille. J'ai reçu un coup de poing sur le nez, et mon adversaire a perdu deux dents.

— Vous étiez plus vieux en âge, mais pas en sagesse, commenta Laine. Qui a eu la fille ?

Dillon lui adressa un sourire aussi bref qu'étincelant.

— Ni l'un ni l'autre. Nous avons conclu qu'après tout, elle ne valait pas la peine que nous nous bagarrions pour elle. Nous avons pansé nos blessures autour d'une bière.

— Quelle galanterie !

— Oui, je savais bien que vous aviez remarqué ce trait particulier qui me caractérise ! ironisa-t-il. C'est plus fort que moi. Maintenant, ne quittez pas des yeux votre fameux indicateur, et je vais vous expliquer comment il fonctionne.

Pendant une demi-heure, il se transforma en professeur accompli, répondant patiemment à ses questions. Laine n'en revenait pas. Dillon faisait preuve d'une patience vraiment inattendue.

Dans un ciel parsemé de petits nuages tout ronds, ils survolèrent les montagnes et la bouche béante du canyon Waimea aux teintes multiples. Ils tournoyèrent au-dessus de l'océan aux vagues moutonnantes. Laine était enchantée. Elle commençait à voir la similarité entre la liberté offerte par le ciel et celle de la mer. Et à comprendre la fascination à laquelle Dillon avait fait allusion, ainsi que le besoin de relever un défi, d'explorer. Elle l'écouta avec la plus extrême concentration, bien résolue à ne rien oublier de son enseignement.

— Un petit orage arrive derrière nous, annonça Dillon une heure plus tard. Nous n'allons pas y échapper.

Il se tourna vers elle en souriant.

— Vous allez être un peu secouée, Duchesse.

— Ah oui ?

Essayant d'adopter le même état d'esprit, Laine tourna la tête pour étudier les nuages noirs qui approchaient.

— Vous pouvez passer dans les nuages ? interrogea-t-elle d'un ton plus léger que son estomac, qui commençait à se nouer.

— Pourquoi pas ?

Laine tourna rapidement la tête vers lui. Dillon la regardait d'un air taquin. Elle poussa un soupir de soulagement.

— Vous avez un sens de l'humour très particulier ! dit-elle. Unique, en fait !

Elle retint son souffle. Les nuages les enveloppaient maintenant comme une couverture floconneuse. Subitement, ils se retrouvèrent dans l'obscurité, la pluie battant furieusement l'avion. A la première turbulence, Laine ravala un cri de frayeur.

— Je suis toujours fasciné quand je me trouve dans les nuages, dit tranquillement Dillon. Ce n'est rien d'autre que de la vapeur et de l'humidité, mais ils sont fabuleux.

Il parlait d'une voix calme, sereine. Laine sentit son cœur affolé se calmer un peu.

— Les cumulus d'orage sont les plus intéressants, mais il vaut mieux qu'ils soient accompagnés d'éclairs, continua-t-il d'un ton toujours dégagé.

— Je pense que je pourrais m'en passer, marmonna-t-elle.

— Vous dites cela parce que vous n'en avez jamais vu d'ici. Quand vous volez au-dessus des éclairs, vous pouvez les voir traverser les nuages. Les couleurs sont incroyables.

— Avez-vous traversé beaucoup d'orages en avion ?

Elle regarda par les hublots. Les cumulus noirs comme de l'encre se déplaçaient à toute allure.

— Plus que ma part, répondit-il. Celui-là, nous allons le retrouver en atterrissant. Mais il ne va pas durer longtemps.

L'avion tressauta de nouveau dans la tourmente. Les yeux élargis par l'angoisse, Laine resta muette. Dillon eut un large sourire.

Elle était furieuse. Dillon avait dû sentir qu'elle avait peur. Il fallait qu'elle se reprenne, sinon, il n'avait pas fini de se moquer d'elle. Prenant une profonde inspiration, elle se força à parler.

— Vous aimez ce genre de sensations, n'est-ce pas ? L'excitation que donne le sens du danger ?

— Cela permet de garder ses réflexes, Laine.

Il lui adressa un sourire dépourvu de cynisme.

— Et cela empêche la vie d'être ennuyeuse.

Il plongea les yeux dans les siens. Laine soutint un instant son regard, tandis que son cœur dansait dans sa poitrine.

— La vie est faite essentiellement de stabilité, dit-il en ajustant son pilotage pour compenser les effets du vent.

Le travail, les factures, les polices d'assurance… c'est ce qui en assure l'équilibre. Mais parfois, on a envie de chevaucher des montagnes russes, de faire une course, de partir sur les déferlantes. C'est ce qui fait le sel de la vie. Naturellement, il est préférable d'éviter que cet aspect prenne le pas sur l'autre.

Laine hocha vaguement la tête. Oui. C'est ce qui avait manqué à sa mère. Vanessa n'avait jamais été capable d'assurer cet équilibre. Elle passait son temps à se lasser de ce qu'elle avait, à convoiter toujours quelque chose de nouveau. Laine poussa un soupir imperceptible. Peut-être elle-même avait-elle surcompensé ce manque de stabilité en forçant trop dans la sécurité. Elle avait trop lu, et pas assez vécu. Elle commença à se détendre. Un léger sourire sur les lèvres, elle se tourna vers Dillon.

— Il y a longtemps que je ne suis pas allée sur les montagnes russes. Oh, regardez !

Pressant le nez contre la vitre, elle regarda en bas.

— On se croirait dans *Macbeth*, avec ce ciel sinistre, et cette brume. J'aimerais voir ces éclairs, Dillon, j'aimerais vraiment les voir !

Dillon se mit à rire. Elle avait parlé avec un tel enthousiasme !

— Je vais voir ce que je peux faire, dit-il en entamant la descente.

Les nuages parurent tourbillonner et se dissoudre tandis que l'avion perdait de l'altitude. Leur épaisseur se transforma en minces filaments gris pâle. En dessous, le paysage réapparut, ses couleurs ravivées par la pluie. Alors qu'ils atterrissaient, Laine fit une petite moue de déception. Elle éprouvait déjà une vague sensation de manque.

— Si vous voulez, je vous emmènerai de nouveau dans deux ou trois jours, déclara Dillon.

L'avion s'immobilisa sur la piste.

— Oh, oui ! J'aimerais beaucoup cela. Je ne sais pas comment vous remercier pour…

— Faites vos devoirs, dit-il en ouvrant sa portière. Je vais vous prêter quelques livres, vous pourrez vous familiariser avec les instruments.

— Oui, prof, dit-elle d'un air espiègle.

Dillon la regarda fixement quelques secondes avant de sauter de l'avion. Mais Laine manquait d'habitude en la matière. Il lui fallut plus de temps. Elle se sentit enlevée avant de terminer le processus.

Sous la pluie battante, ils restèrent face à face, les mains de Dillon posées sur sa taille. Elle sentait leur chaleur à travers son chemisier humide. Des mèches de cheveux noirs retombaient sur le front de Dillon. Sans y penser, elle leva une main pour les rejeter en arrière. Et elle se retrouva dans ses bras. Cela commençait à devenir une douce habitude, songea-t-elle, le cœur battant. Comme si c'était un endroit où elle se serait déjà trouvée une multitude de fois, avec la promesse que cela recommencerait éternellement. Le cœur gonflé, elle ravala un cri de plaisir.

— Vous êtes trempé, dit-elle en posant la main sur sa joue.

— Vous aussi.

Il resserra ses mains autour de sa taille, mais il ne l'attira pas plus près de lui.

— Cela m'est égal.

En soupirant, Dillon posa le menton sur le haut de sa tête.

— Miri va me passer un savon si je vous laisse attraper un rhume.

— Je n'ai pas froid, murmura-t-elle.

Elle éprouvait un plaisir indescriptible dans ses bras.

— Vous frissonnez.

Sans préambule, il la prit par un bras et l'entraîna à son côté.

— Allons dans mon bureau, vous pourrez vous sécher avant que je vous ramène.

Pendant qu'ils marchaient, la pluie se transforma en bruine. De timides rayons dorés la transpercèrent, et quelques minutes plus tard, un soleil éclatant effaça les dernières gouttes. Laine leva les yeux sur les bâtiments. Elle se rappelait celui dans lequel se trouvait le bureau de Dillon. En souriant, elle repoussa une mèche de cheveux derrière l'oreille et s'écarta de lui.

— J'arriverai avant vous ! le défia-t-elle en s'élançant sur le pavé mouillé.

Il la rattrapa à la porte. Laine était radieuse, et essoufflée. Ils éclatèrent de rire. Soudain très à l'aise, elle lui enlaça le cou. Elle se sentait prête à toutes les folies, et désespérément amoureuse.

— Vous êtes rapide, remarqua Dillon.

Elle renversa la tête en arrière pour le regarder dans les yeux.

— Si vous ne l'êtes pas, vous apprenez vite à le devenir, quand vous dormez en dortoir. Arriver la première à la salle de bains est une vraie compétition.

Elle aurait juré que le sourire de Dillon s'était évanoui avant que leur tête-à-tête ne soit interrompu.

— Dillon, je suis désolée de vous déranger…

Laine jeta un coup d'œil par-dessus son épaule. C'était une jeune femme à la beauté classique, aux cheveux corbeau ramenés en chignon sur sa nuque gracile. Elle la regarda avec une curiosité qu'elle ne chercha pas à cacher. Laine se fit violence pour s'extraire des bras de Dillon.

— Pas de problème, Fran. Je vous présente Laine Simmons, la fille de James. Laine, voici Fran, ma comptable.

— Il veut dire, sa secrétaire, corrigea Fran avec un soupir d'exaspération. Mais cet après-midi, j'ai plutôt l'impression d'être transformée en répondeur téléphonique. Vous avez une douzaine de messages sur votre bureau.

— Sont-ils urgents ? s'enquit Dillon en entrant dans une petite pièce adjacente au bureau.

— Non.

Laine était restée dans l'entrée. Fran lui adressa un sourire amical.

— Les personnes qui ont appelé ne veulent pas prendre de décision avant d'avoir l'avis du seigneur et maître, railla-t-elle. Je leur ai dit que vous n'étiez pas là aujourd'hui et que vous les rappelleriez demain.

— Parfait.

Ressortant dans le hall, Dillon lança une serviette-éponge à Laine avant d'entrer dans le bureau.

— Je croyais que vous deviez prendre quelques jours de congé, marmonna Fran tandis qu'il consultait les messages.

— Mmm, apparemment, il n'y a rien d'urgent dans tout ça.

— Je vous l'ai déjà dit !

Fran les lui arracha des mains.

Dillon sourit et lui tapota la joue.

— Savez-vous ce que voulait Orchidée ?

Laine se séchait les cheveux. Elle fit une pause, puis elle recommença.

— Non, répondit Fran. Mais je crains bien d'avoir été un peu abrupte avec elle à son troisième appel.

— Elle devrait pouvoir survivre, plaisanta Dillon.

Il se tourna vers Laine.

— Prête ?

— Oui.

Brusquement découragée, elle traversa la pièce et lui rendit la serviette.

— Merci.

— Pas de quoi !

D'un geste désinvolte, il jeta la serviette vers Fran.

— A demain, cousine.

— Oui, monsieur ! dit Fran en riant.

Elle leur adressa un petit geste amical. Dillon prit Laine par un bras et ils sortirent.

Pendant le trajet de retour, Laine fit un effort surhumain pour chasser Orchidée King de sa pensée. Après le dîner, elle s'installa sur la terrasse en compagnie de son père et de Dillon. Le soleil commençait à passer sous la ligne d'horizon. La luminosité du ciel était magnifique. Le bleu intense des Tropiques laissait la place à des nuances dorées et pourpres, et les nuages bas étaient zébrés de roses et de mauves. Ce crépuscule avait quelque chose de magique et d'apaisant. Assise dans un fauteuil en rotin, Laine se régala de ce spectacle. Pendant que les hommes parlaient affaires, elle passa sa journée en revue. Elle se sentait dans une douce torpeur. Pour la première fois de son existence, elle était détendue à la fois physiquement et mentalement. Sans doute était-ce dû aux aventures de ces derniers jours, à la nouveauté des sensations et émotions multiples qu'elle avait éprouvées.

Marmonnant au sujet d'une tasse de café, James se leva et se glissa dans la maison. Laine lui fit un sourire absent quand il passa près d'elle. Repliant les jambes sous ses fesses, elle contempla les premières étoiles qui clignotaient.

— Vous êtes très silencieuse ce soir, fit remarquer Dillon en se renversant dans son fauteuil.

Il eut un petit rire, qui ricocha dans la nuit.

— Je me disais que c'est un pays merveilleux.

Elle poussa un soupir de contentement.

— Je suis sûre que c'est le plus bel endroit de la planète.

— Plus beau que Paris ? questionna Dillon avec une petite pointe de provocation dans la voix.

Laine tourna vers lui un regard interrogateur.

— Ce n'est pas comparable, finit-elle par répondre. Certains quartiers de Paris sont beaux, avec leurs vieux immeubles patinés par le temps. D'autres sont élégants, et chic. Cette ville ressemble à une femme qui aurait souvent entendu dire qu'elle était charmante. Mais la beauté est plus primitive, ici. Cette île est en même temps innocente et sans âge.

— Beaucoup de gens se lassent de l'innocence, fit remarquer Dillon en haussant les épaules.

Il tira longuement sur sa cigarette.

— Je suppose que c'est vrai, admit-elle.

Elle fit une pause. Pourquoi Dillon paraissait-il tout à coup distant et cynique ?

— Dans cette lumière, vous ressemblez beaucoup à votre mère, dit-il brusquement.

Laine tressaillit.

— Comment pourriez-vous le savoir ? Vous ne l'avez jamais vue.

— Cap'taine a une photographie.

Il se tourna vers elle, mais son visage resta dans l'ombre.

— Vous lui ressemblez vraiment beaucoup, insista-t-il.

— C'est l'exacte vérité ! renchérit James.

Il réapparut sur la terrasse, portant un plateau, qu'il posa sur la petite table ronde de verre. Puis il la regarda attentivement.

— Oui, c'est renversant. La lumière tombe sous un certain angle, ou bien tu as une certaine expression, et tout d'un coup, c'est ta mère vingt ans plus tôt.

— Je ne suis pas Vanessa !

Laine bondit de son siège. Sa voix vibrait de fureur.

— Je ne lui ressemble pas !

Sentant les larmes gonfler ses paupières, elle se mordit la lèvre inférieure. Elle n'allait certainement pas pleurer devant eux. Son père l'observa d'un air étonné.

— Je ne lui ressemble pas, répéta-t-elle, la gorge serrée. Je ne veux pas qu'on me compare à elle !

Folle de rage contre eux et contre elle-même, elle tourna les talons et entra en trombe dans la maison. En se précipitant vers l'escalier, elle entra en collision avec Miri. Bafouillant une excuse, elle grimpa les marches quatre à quatre et alla s'enfermer dans sa chambre.

Elle faisait les cent pas depuis cinq minutes quand Miri entra.

— Qu'est-ce qui se passe dans cette maison ? demanda-t-elle en croisant les bras sur son ample poitrine.

Secouant la tête, Laine s'assit sur le lit. Plus furieuse que jamais contre sa faiblesse, elle fondit en larmes. Miri fit claquer sa langue avant de parler doucement en hawaïen, puis elle s'approcha d'elle et, sans rien dire, la prit dans ses bras et la serra contre son cœur.

— C'est la faute de Dillon, n'est-ce pas ? finit-elle par murmurer en la berçant.

— Non, ce n'est pas sa faute, objecta Laine, subjuguée par ce réconfort nouveau pour elle. Enfin, si… c'est… leur faute à tous les deux.

Eprouvant soudain un besoin désespéré d'être rassurée, elle continua d'une voix entrecoupée de sanglots :

— Je ne suis pas du tout comme elle, Miri. Pas du tout !

— Bien sûr, bien sûr, dit Miri d'une voix apaisante en caressant ses boucles blondes. Mais de qui parlez-vous ?

— De Vanessa.

Laine essuya ses larmes du revers de la main.

— Ma mère. Ils me regardaient tous les deux en disant que je suis son portrait tout craché.

— Mais qu'est-ce que ça veut dire ? Toutes ces larmes parce que vous ressemblez à votre mère ?

Miri la repoussa doucement en la tenant par les épaules.

— Pourquoi pleurer pour ça ? Je croyais que vous étiez une fille intelligente, et voilà que vous versez toutes ces larmes inutiles.

— Vous ne pouvez pas comprendre.

Ramenant ses genoux contre sa poitrine, Laine y posa son menton.

— Je ne veux pas être comparée à elle. Vanessa était égoïste, égocentrique et malhonnête.

— C'était votre mère, dit Miri en la foudroyant du regard.

Laine resta bouche bée.

— Vous devez parler d'elle avec respect. Elle est morte, et quoi qu'elle ait fait, c'est terminé maintenant. Vous devez oublier.

Elle la secoua doucement.

— Sinon, vous ne serez jamais heureuse. Dillon et votre père vous ont-ils dit que vous étiez égoïste, égocentrique et malhonnête ?

— Non, mais…

— Qu'est-ce que votre père vous a dit ?

Laine poussa un profond soupir.

— Il m'a dit que je ressemblais à ma mère.

— C'est vrai ? Ou est-ce qu'il dit n'importe quoi ?

— Oui, je crois que c'est vrai.

— Eh bien, votre mère était une jolie femme, vous êtes une jolie femme.

Lui prenant le menton entre deux doigts, elle lui fit relever la tête.

— Savez-vous qui vous êtes, Laine Simmons ?

— Oui, je crois.

— Alors, je ne vois pas où est le problème.

Miri lui tapota affectueusement la joue.

— Oh, Miri !

Laine se mit à rire en s'essuyant les yeux.

— J'ai l'impression de m'être comportée de façon ridicule.

— C'est la vérité.

Laine hocha la tête.

— J'imagine que je dois aller leur présenter des excuses.

Elle se dirigea vers la porte, mais Miri croisa les bras et lui bloqua le passage.

— Vous ne le ferez pas !

Laine la regarda dans les yeux.

— Mais vous venez de dire…

— J'ai dit que vous étiez stupide de pleurer. Mais M. Simmons et M. Dillon le sont autant que vous. Aucune femme ne devrait être comparée à une autre. Vous êtes spéciale, vous êtes unique. Parfois, les hommes ne voient que l'apparence.

Miri lui tapota les joues du bout des doigts.

— Cela leur prend du temps pour voir ce qu'il y a à l'intérieur. Alors…

Elle lui adressa un sourire étincelant.

— Vous n'allez certainement pas vous excuser. C'est eux qui vont le faire.

— Je vois, dit Laine.

Elle secoua la tête. Et soudain, elle éclata de rire et retourna s'asseoir sur son lit.

— Merci, Miri, je me sens beaucoup mieux.

— Tant mieux. Et maintenant, au lit ! Moi, je descends voir Dillon et Cap'taine. Je vais leur frotter les oreilles !

Laine sourit. Miri semblait se réjouir à l'avance, c'était très perceptible dans sa voix.

8

Le lendemain matin, Laine enfila sa robe couleur tilleul, l'une de ses préférées. Le tissu soyeux était comme une seconde peau. Mal à l'aise à cause de l'incident de la veille, elle descendit lentement l'escalier et fit une pause sur le seuil de la salle à manger. Dillon et son père avaient commencé leur petit déjeuner. Ils étaient plongés dans une conversation animée.

— Si Bob a besoin de sa semaine, je peux le remplacer sur les charters, annonça Dillon en remplissant une tasse de café.

— Non, tu as assez de boulot. Mais au fait, tu devais bien prendre quelques jours ? Tu as changé d'avis ?

James accepta la tasse qu'il lui tendait. Il lui jeta un coup d'œil sévère.

— Je n'ai pas été beaucoup au bureau la semaine dernière, fit remarquer Dillon en souriant.

Comme l'expression de James ne changeait pas, il haussa les épaules.

— Je prendrai une semaine le mois prochain.

— Où ai-je déjà entendu ces paroles ? demanda James en regardant le plafond.

Dillon sourit encore.

— Je ne t'ai pas dit que je prenais ma retraite l'année prochaine ? dit-il d'un ton taquin.

Il sirota lentement son café.

— Pendant que tu continueras à suer sang et eau, je

commencerai à faire du deltaplane, continua-t-il. Qui vas-tu asticoter si je ne suis pas là toute la journée ?

— Quand tu pourras t'éloigner d'ici plus d'une semaine, il sera temps que je prenne ma retraite. Le problème avec toi…

Il leva vers Dillon une cuillère accusatrice.

—… c'est que tu es trop malin et que tu l'as montré à trop de gens. Maintenant, tu es coincé. Tu n'aurais jamais dû dire que tu avais ce diplôme d'ingénieur aéronautique.

Il se mit à rire.

— Du deltaplane… !

Voyant Laine, il leva sa tasse.

— Bonjour, Laine !

Elle sursauta.

— Bonjour !

Pourvu que sa petite démonstration de fureur ne lui ait pas coûté une partie des minuscules progrès qu'elle avait faits avec son père !

— Est-ce que je peux me permettre de t'inviter à entrer ?

Il avait un sourire penaud, mais il lui fit signe d'avancer.

— Je me souviens que tes colères étaient fréquentes, violentes, mais de courte durée.

Laine poussa un imperceptible soupir de soulagement. Dieu merci, il ne s'était pas cru obligé de lui présenter des excuses en prenant un air guindé.

— Ta mémoire est bonne, mais je t'assure que ça arrive de moins en moins souvent.

Elle tourna vers Dillon un pâle sourire. Elle avait décidé d'aborder ce sujet avec le maximum de détachement.

— Bonjour, Dillon.

— Bonjour, Duchesse. Du café ?

Avant qu'elle ait le temps de refuser, il lui remplit une tasse.

— Merci, murmura-t-elle. C'est difficile à croire, mais il me semble que cette journée est encore plus belle qu'hier. Je crois que je ne m'habituerai jamais à vivre au paradis.

— Tu n'en as vu qu'une infime partie, commenta James. Tu devrais aller dans la montagne. Ou au centre de l'île. C'est l'un des points les plus humides de la planète. La forêt tropicale est une merveille qu'il ne faut pas rater.

— Le paysage semble très varié, dit-elle en remuant son café. J'ai du mal à imaginer qu'il existe un endroit encore plus beau que celui où nous sommes.

— Demain, je vous emmènerai voir du pays, annonça Dillon.

Laine lui jeta un coup d'œil acéré.

— Je ne veux pas que vous changiez votre emploi du temps pour moi. Je vous ai déjà fait perdre beaucoup de temps.

Elle n'avait pas encore retrouvé sa sérénité par rapport à lui. Elle se sentait à la fois méfiante et vulnérable.

— J'en ai encore plus à partager, affirma-t-il.

Il se leva brusquement.

— Je vais régler deux ou trois affaires. Je serai de retour vers 11 heures. A tout à l'heure, Cap'taine.

Il sortit à grands pas sans attendre qu'elle lui fasse part de son accord.

Miri entra en portant une assiette débordante de fruits, qu'elle posa devant elle. Baissant les yeux sur sa tasse, elle fronça les sourcils.

— Pourquoi prenez-vous du café puisque vous n'en buvez pas ?

Avec un profond soupir, elle prit la tasse et sortit de la salle à manger. Laine choisit un fruit, et fit de son mieux pour ne pas se laisser dominer par l'anxiété. Que lui réservait cette journée ? Elle aurait aimé le savoir à l'avance.

En fait, la matinée passa très vite.

Comme si elle lui octroyait une faveur royale, Miri accepta qu'elle change l'eau des fleurs. Entre deux vases à rafraîchir, elle fit un tour dans le jardin. Il n'était pas comme celui de son enfance en Amérique, ni comme le petit jardin du pensionnat dans lequel elle avait grandi. C'était une étendue luxuriante, qui offrait une infinie variété de verts et d'autres couleurs éclatantes. Les plantes n'étaient pas disposées en rangées bien tracées mais semblaient pousser où bon leur semblait. Ce désordre apparent formait un ensemble envoûtant. Elle ne put s'empêcher de penser aux jonquilles qui devaient commencer à fleurir sous sa fenêtre, au collège. C'était curieux, mais elle n'éprouvait absolument pas le mal du pays. Elle n'avait aucune hâte de retrouver la voix douce des religieuses, ni les voix parfois suraiguës de ses élèves. C'était probablement très dangereux, mais elle commençait à se sentir chez elle à Kauai.

A l'idée de retourner en France et de retrouver le cours normal de sa vie, elle frissonna.

Elle posa le vase de frangipanier sur le bureau de son père et examina la photographie sur laquelle il posait avec Dillon. La vie était vraiment étrange. Ils allaient bientôt lui manquer terriblement. Poussant un soupir, elle enfouit son visage dans le bouquet.

— Les fleurs vous rendent triste ?

Faisant volte-face, elle faillit renverser le vase. Pendant un instant, elle fixa Dillon sans parler. Elle sentait la tension qui s'installait entre eux, mais elle n'aurait su en dire la cause ni la signification. Elle finit par répondre par une autre question.

— Bonjour. Il est déjà 11 heures ?

— Il est bientôt midi. Je suis en retard.

La dévorant des yeux, Dillon fourra les mains dans ses poches. Derrière elle, le soleil tombait à flots sur ses cheveux, les enveloppant d'un halo doré.

— Vous avez faim ?

— Non, répondit-elle en secouant la tête.

Un sourire passa dans le regard de Dillon.

— Alors, on y va ?

— Oui. Je vais dire à Miri que je ne déjeune pas.

— Elle le sait déjà.

Traversant le bureau, Dillon fit glisser la porte coulissante qui donnait sur l'extérieur. Il se retourna vers Laine et attendit qu'elle le précède.

Il conduisait sans parler. Respectant son silence, Laine contempla le paysage. Des montagnes verdoyantes se dressaient de chaque côté de la route. La voiture longeait maintenant un précipice. Quelques kilomètres plus loin, la mer apparut au fond du ravin.

— Autrefois, on jetait des torches enflammées par-dessus les falaises pour vénérer les divinités, dit brusquement Dillon. D'après la légende, le peuple des lutins vivait ici, il y a plusieurs milliers d'années. Vous voyez, là-bas ?

Il arrêta la voiture et montra un profond précipice surmonté de bosquets.

— C'était leur escalier. Ils construisaient des bassins à poissons à la clarté de la lune.

— Où sont-ils maintenant ? demanda Laine en riant.

Dillon ouvrit la portière.

— Oh, ils sont toujours là. Mais ils se cachent.

Ils descendirent de voiture et marchèrent au bord de la falaise. Laine sentit son cœur chavirer. La hauteur était vertigineuse. Des vagues écumantes venaient se fracasser tout en bas contre les rochers. Un bref instant, elle eut l'impression qu'elle allait tomber.

Ne souffrant pas de vertige, Dillon regardait tranquillement la mer. La brise taquinait ses cheveux, emmêlant ses boucles noires.

— Vous avez la remarquable capacité de savoir à quel moment il faut rester silencieuse, fit-il remarquer.

— Vous paraissiez préoccupé.

Le vent lui envoya des mèches dans les yeux. Elle les repoussa d'une main légère.

— J'ai pensé que vous réfléchissiez peut-être à un problème.

— Et vous ?

Il tourna la tête vers elle. Il avait à la fois l'air amusé et agacé.

— Je veux vous parler de votre mère.

Cette déclaration était si inattendue que Laine resta un instant interdite.

— Et moi, je n'en ai aucune envie, finit-elle par rétorquer.

Il la prit par le bras.

— Vous étiez furieuse, hier soir. Pourquoi ?

Elle secoua la tête, faisant danser ses cheveux blonds.

— J'ai mal réagi. C'était ridicule. Il m'arrive de me laisser emporter par ma mauvaise humeur. Heureusement, c'est plutôt rare.

Elle le regarda dans les yeux. Visiblement, Dillon n'était pas satisfait de sa réponse. Elle aurait tant aimé lui dire à quel point elle s'était sentie blessée, mais elle se rappela leur première conversation dans la maison de son père, et le jugement glacial qu'il avait porté sur elle.

— Dillon, toute ma vie j'ai été acceptée pour ce que je suis.

Elle parlait lentement, choisissant prudemment ses mots.

— Je ne veux pas être comparée à Vanessa parce que nous partageons quelques traits physiques.

— Croyez-vous que votre père vous comparait à elle sur un autre plan ?

— Peut-être, peut-être pas.

Elle releva le menton un peu plus haut.

— Mais vous, c'est ce que vous avez fait.

— Vraiment ?

C'était une question qui ne demandait pas de réponse. Laine ne dit rien.

— Pourquoi êtes-vous si amère à son sujet, Laine ?

Elle haussa légèrement les épaules et se tourna vers la mer.

— Je ne suis pas amère, Dillon, du moins, je ne le suis plus. Vanessa est morte, et cette partie de ma vie est derrière moi. Je ne veux pas parler d'elle tant que je n'arriverai pas à analyser mes sentiments.

— Comme vous voulez.

Ils restèrent quelques instants immobiles dans la brise parfumée.

— J'ai beaucoup plus de problèmes avec vous que je n'avais craint, finit-il par marmonner.

— Je ne vois pas de quoi vous parlez.

— Bien sûr.

Il plongea un regard pénétrant dans le sien. Laine tressaillit. C'était comme s'il lisait jusqu'au plus profond d'elle.

— Je suis sûr que vous êtes sincère, continua-t-il.

Il s'éloigna, puis il fit une pause. Après une seconde d'hésitation, il se tourna vers elle et lui tendit la main. Laine ne bougea pas. Que cherchait-il exactement ? Elle haussa imperceptiblement les épaules. Après tout, ne s'était-elle pas promis de ne plus rêvasser à son sujet ? C'était trop dangereux. Dans huit jours, elle serait loin.

Avançant vers lui, elle lui prit la main.

Ils marchèrent encore quelques minutes, puis ils remontèrent en voiture. Dillon avait retrouvé sa décontraction coutumière. Laine se détendit. Le paysage était un enchantement. Les fleurs s'épanouissaient, formant un véritable feu d'artifice. La mousse, d'un vert vibrant, s'accrochait aux falaises, aux pierres. Ils passèrent les oreilles d'éléphant, dont les feuilles étaient assez larges pour protéger de la pluie ou du soleil. Là, les frangipaniers étaient plus variés, et plus brillants. Quand Dillon arrêta encore la voiture, Laine n'hésita pas à prendre sa main.

Il la conduisit le long d'un sentier abrité du soleil par des palmiers. Il semblait connaître très bien le chemin. Laine entendit l'eau cascader avant même qu'ils soient entrés dans la clairière. La vue lui coupa le souffle. Un étang rond, entouré de gros arbres, était alimenté par une cascade qui scintillait sous les rayons tamisés du soleil.

— Oh, Dillon, quel paysage de rêve ! Il ne doit pas y avoir deux endroits au monde comme celui-ci !

Elle courut jusqu'au bord du lac, puis elle trempa ses mains dans l'eau, chaude et douce comme de la soie.

— Si je pouvais, je viendrais prendre un bain de minuit, dit-elle.

En riant, elle fit éclabousser l'eau.

— Avec des fleurs dans mes cheveux et rien d'autre !

— C'est la seule façon de prendre un bain de minuit qui soit permise selon les lois de l'île ! renchérit Dillon en riant.

Enchantée, Laine se tourna vers un massif et cueillit un hibiscus écarlate.

— Je suppose que je n'ai pas besoin d'avoir de longs cheveux bruns et la peau mate pour y être autorisée ?

Lui prenant la fleur, Dillon la lui posa sur l'oreille. Après avoir examiné le résultat, il lui adressa un sourire ensorcelant en passant un doigt sur sa joue.

— L'ivoire et le miel suffisent amplement. Il y a une époque où vous auriez été adorée avec toute la pompe et les cérémonies d'usage, puis jetée par-dessus une falaise en offrande à des dieux jaloux.

Laine éclata de rire.

— Mmm, je ne crois pas que cela m'aurait convenu…

Elle regarda autour d'elle.

— Est-ce que c'est un lieu secret ? C'est l'impression que j'ai depuis que nous sommes arrivés ici.

Otant ses chaussures, elle s'assit au bord du lac et plongea les pieds dans l'eau.

— Pourquoi pas, si vous le voyez ainsi !

Dillon s'assit en tailleur à côté d'elle.

— Mais ce n'est pas indiqué sur la carte touristique, reprit-il.

— Je suis sûre que c'est un lieu magique, exactement comme cette petite baie. Vous ne le sentez pas, Dillon ?

Vous rendez-vous compte à quel point tout cela est merveilleux et rafraîchissant, ou êtes-vous complètement blasé ?

— Je ne suis pas blasé devant la beauté.

Il lui prit la main et l'effleura de ses lèvres. Laine posa sur lui des yeux élargis par le plaisir. Le baiser de Dillon avait provoqué un petit picotement le long de son bras. Souriant, il retourna sa main et embrassa longuement sa paume.

— Vous ne pouvez pas avoir vécu à Paris pendant quinze ans sans qu'on vous baise au moins une fois la main. J'ai vu cela dans des films, dit-il, mi-sérieux, mi-railleur.

Il parlait avec légèreté. Prenant une profonde inspiration, Laine essaya de retrouver ses esprits.

— En fait, tout le monde me baise la main gauche. Vous m'avez décontenancée en embrassant la droite !

Elle fit gicler de l'eau avec ses pieds et regarda les gouttes briller dans le soleil avant d'être englouties par le lac.

— Quand la pluie tombera, à l'automne, et que l'humidité se faufilera par les fenêtres, je penserai à cet endroit.

Sa voix avait changé, elle était devenue mélancolique, et vibrante de désir.

— Et quand ce sera le printemps et que les fleurs embaumeront l'air, je penserai aux parfums d'ici. Et le dimanche, quand le soleil brillera, je marcherai le long de la Seine en me rappelant cette merveilleuse cascade.

La pluie arriva sans prévenir, véritable douche irisée de soleil. Prenant la main de Laine, Dillon se remit debout et l'entraîna à l'abri d'un massif de palmiers.

— Oh, comme elle est chaude ! s'exclama-t-elle en offrant son visage au ciel.

Se penchant hors du toit de verdure, elle mit ses mains en coupe pour récolter quelques perles de pluie.

— On dirait qu'elle vient tout droit du soleil.

— Ici, les gens l'appellent le soleil liquide.

Il la tira par la main pour qu'elle se remette à l'abri.

— Vous allez être trempée. On dirait que vous aimez prendre une douche en restant habillée.

Il lui ébouriffa les cheveux, envoyant une multitude de fines gouttelettes dans l'air.

— Oui, je crois que j'aime beaucoup cela.

Elle contempla les couleurs changeantes du ciel. Les fleurs tremblaient sous la pluie.

— Il y a tant de choses qui n'ont pas été souillées sur cette île, comme si personne ne les avait jamais approchées.

Elle poussa un profond soupir de contentement.

— Tout à l'heure, quand nous étions sur la falaise et que nous regardions le gouffre, j'avais peur. J'ai toujours été lâche. Mais c'était si beau, si incroyablement beau que je n'ai pas pu détourner les yeux.

— Lâche ? répéta Dillon d'un ton sceptique.

Il s'assit sur le sol moelleux et l'incita à en faire autant. Elle posa la tête dans le creux de son épaule.

— Je dirais plutôt que vous avez été remarquablement intrépide, corrigea-t-il. Vous n'avez même pas paniqué pendant l'orage, hier.

— Non, mais je ne suis pas passée loin de la panique.

Il se mit à rire.

— Vous n'avez pas bronché non plus dans l'avion, quand nous sommes venus d'Oahu.

— Parce que j'étais en colère.

Elle rejeta en arrière ses cheveux mouillés, les yeux rivés sur le rideau de pluie translucide.

— A cause de vous, continua-t-elle. Vous étiez vraiment désagréable.

— Oui, il m'arrive souvent d'être désagréable, reconnut-il avec un sourire faussement innocent.

— Je crois que le plus souvent, vous êtes agréable. Mais je parierais que vous n'aimez pas qu'on vous colle cette étiquette.

— C'est une opinion vraiment bizarre de la part de quelqu'un qui me connaît depuis peu.

Pour toute réponse, elle haussa les épaules. Dillon fronça les sourcils.

— Cette école où vous travaillez, dit-il. Comment est-elle ?

— Comme une autre. Une école de filles, avec des règlements comme partout ailleurs.

— C'est un pensionnat ? demanda-t-il.

Elle haussa de nouveau les épaules.

— Oui… Dillon, je n'ai pas envie de parler de cela ici. Je serai obligée d'y penser bien assez tôt. Pour l'instant, je préfère croire que ma place est dans ce lieu merveilleux.

Faisant une pause, elle releva la tête et s'exclama en français :

— Oh, regardez ! Un arc-en-ciel !

— Je crois avoir compris de quoi vous parlez !

Il examina le ciel, puis il reporta les yeux sur son visage radieux.

— Il y en a deux. Comment est-ce possible ? demanda-t-elle.

Ils s'étiraient, très haut, d'une cime de la montagne à une autre, en deux demi-cercles parfaits. Tandis que le soleil faisait étinceler les gouttes de pluie, les couleurs augmentèrent en intensité, transformant le ciel en une palette d'une richesse infinie.

— Les arcs-en-ciel doubles sont courants ici, expliqua Dillon.

Il s'appuya au tronc du palmier.

— En soufflant contre la montagne, les vents créent une frontière pluvieuse. Il pleut d'un côté de l'île pendant que le soleil brille de l'autre. Le soleil frappe les gouttes d'eau, et…

— Non, ne me dites rien, coupa Laine en agitant la main. Cela va enlever toute la magie.

Elle sourit. Les choses précieuses devraient rester inexpliquées, songea-t-elle.

— Je ne veux pas le savoir !

Elle voulait accueillir ce merveilleux spectacle comme elle accueillait son amour pour Dillon, même s'il était voué à l'échec, sans se poser de questions, sans avoir recours à la logique.

— Je veux juste me régaler les yeux.

Renversant la tête en arrière, elle lui offrit sa bouche.

— Voulez-vous m'embrasser ?

Plongeant un regard pénétrant dans le sien, il lui caressa doucement la joue. En silence, il explora du bout des doigts l'architecture parfaite de son visage. Et bientôt, sa bouche rejoignit ses doigts. Laine ferma les yeux. Elle n'avait jamais rien connu d'aussi doux que les lèvres de Dillon sur sa peau. Toujours avec une grande douceur, il lui effleura la bouche dans un baiser léger comme un murmure, qui mit tous ses sens en alerte. Il savourait lentement le satin de sa peau. Ses lèvres se promenèrent sur son cou, et il lui mordilla le lobe de l'oreille.

Quand sa langue lui taquina les lèvres, elle les entrouvrit dans un soupir béat. Son cœur tambourinait dans ses oreilles. Dillon l'emporta aux limites de la raison avec des caresses tendres mais sensuelles. Le désir commençait à la submerger. Elle se serra contre lui, remuant contre son corps dans un mouvement plein de tentation.

Brusquement, Dillon poussa un juron et la repoussa. Elle garda les bras autour de son cou, les doigts dans ses cheveux bruns et bouclés. Il posa sur elle un regard affolé. Laine avait les yeux embrumés de passion. Apparemment, elle ne se rendait pas compte de ses pouvoirs de séduction. Elle poussa un petit soupir et l'embrassa sur les deux joues.

— J'ai envie de vous, murmura-t-il d'une voix rauque.

Il la bâillonna de ses lèvres avant qu'elle puisse répondre. Laine s'arqua contre lui comme un jeune saule dans le vent.

Dillon fit courir ses mains sur son corps, dans un besoin désespéré de connaître la moindre surface, de découvrir tous ses secrets. Laine renversa la tête en arrière avec un léger râle de plaisir. Elle se sentait fondre sous les doigts de Dillon, mais en même temps, un volcan s'éveillait en elle, exigeant, menaçant de déborder. Elle frémissait sous ses mains. Les mains de Dillon lui apprenaient ce qu'elle n'avait encore jamais connu. Tremblante, elle chuchota son nom, à la fois exaltée et effrayée par les sensations inconnues qu'il provoquait en elle.

Dillon écarta ses lèvres et les posa sur ses cheveux. Elle sentait son cœur battre aussi violemment que le sien. Avec un profond soupir, il finit par la repousser doucement. Il se leva et lui tourna le dos en fourrant les mains dans ses poches.

— Il ne pleut plus, dit-il d'une voix à peine audible.

Il prit une profonde inspiration avant de tourner la tête vers elle.

— Nous ferions mieux d'y aller.

Il avait une expression insondable. Désespérée, Laine chercha vainement les mots susceptibles de combler le fossé qui s'était soudain creusé entre eux. Elle plongea les yeux dans les siens, posant silencieusement des questions que ses lèvres n'arrivaient pas à prononcer. Dillon ouvrit la bouche pour parler, mais il la referma aussitôt et se pencha vers elle, la main tendue pour l'aider à se lever. Elle ne put soutenir son regard. Dillon lui prit le menton entre deux doigts et traça le contour de ses lèvres, encore gonflées de ses baisers. Puis il secoua la tête. Sans un mot, il l'embrassa tendrement et l'entraîna sur le sentier.

9

Pendant le trajet du retour, Dillon parla à bâtons rompus, comme si son attitude passionnée ne pouvait s'exprimer qu'à proximité d'un lac protégé d'un rideau de pluie. Faisant de son mieux pour paraître aussi détendue que lui, Laine soupira intérieurement. Visiblement, les hommes se débrouillaient mieux avec les exigences du corps que les femmes avec celles du cœur. Dillon la désirait, c'était évident. Il n'avait pas besoin de le lui dire pour qu'elle le sache. Elle sentit ses joues s'empourprer en se rappelant sa propre réaction. Elle détourna les yeux vers sa vitre. Le paysage défilait, d'une beauté toujours inégalée. Et si sa vue continuait de provoquer en elle une joie qu'elle n'aurait jamais crue possible, elle ne chassait pas de ses pensées la question qui lui tournait impitoyablement dans la tête : qu'allait-elle faire ?

Elle devait quitter Kauai dans une semaine. Non seulement elle allait quitter le père qui lui avait manqué pendant toute sa jeunesse, mais aussi l'homme qui avait fait battre son cœur comme jamais auparavant. Peut-être était-elle vouée à un amour impossible ? Miri lui avait conseillé de lutter avec ses armes de femme, mais par où commencer ? Elle fronça les sourcils. Peut-être par l'honnêteté, songea-t-elle. Elle devrait trouver le temps et le lieu adéquats pour parler de ses sentiments à Dillon. S'il savait qu'elle n'attendait rien d'autre de lui que son affection, ce serait déjà une bonne base. Elle pourrait trouver le moyen de rester un peu plus longtemps. Prendre un travail. Avec le temps, elle commencerait peut-être à compter pour lui un peu plus que physiquement.

Légèrement rassérénée par cette idée, elle s'offrit le plaisir de contempler tranquillement le paysage.

— Dillon, est-ce que ce sont des bambous ?

Ils longeaient un champ de tiges très hautes aux touffes cylindriques et dorées.

— De la canne à sucre, répondit-il sans regarder.

— C'est une vraie jungle. Je ne savais pas que les cannes à sucre étaient si hautes.

— En général, elles font un peu plus de cinq mètres, mais ici, elles ne poussent pas aussi vite que dans la jungle. Pour atteindre leur hauteur maximum, il faut attendre entre un an et demi et deux ans.

— Ce champ est immense !

Laine tourna la tête vers lui. L'esprit ailleurs, elle repoussa des boucles qui lui chatouillaient les joues.

— Je suppose que c'est une plantation, bien que j'aie du mal à concevoir qu'une seule personne puisse posséder tant de terres. Il doit y avoir une main-d'œuvre abondante pour les récoltes.

— Mmm…

Dillon sortit de la route principale pour emprunter une petite route à deux voies.

— Il faut dix machines pour couper les cannes, expliqua-t-il. Les couper à la main prend trop de temps. Et les ouvriers sont payés une misère.

— L'avez-vous déjà fait ? interrogea-t-elle.

Dillon eut un bref sourire.

— Une ou deux fois. Ce qui explique pourquoi je préfère être aux commandes d'un avion.

Laine regarda autour d'eux l'infinité des cultures. Aurait-elle le temps de voir les machines à l'œuvre avant de repartir ? Au détour d'un virage, la vue détourna ses pensées. Une grande maison blanche se dressait au loin, avec ses gracieuses lignes coloniales et ses fines colonnes. Des pelouses d'un vert profond l'entouraient. Les balustrades des balcons étaient habillées de plantes grimpantes aux fleurs orange et rouges ; les fenêtres, hautes et étroites, étaient protégées du soleil par des persiennes gris perle. Cette maison avait la patine du temps, et paraissait particulièrement accueillante. Elle faisait penser à une maison de planteur en Louisiane.

— Elle est superbe. Et on doit avoir une vue imprenable des balcons.

Dillon arrêta encore une fois la voiture.

— Croyez-vous que nous puissions aller la voir de plus près ? s'enquit-elle.

Il hocha vaguement la tête.

— Bien sûr, elle est à moi, dit-il en se penchant pour lui ouvrir la portière.

Il se glissa dehors et s'appuya contre le capot. Laine resta muette de stupeur.

— Avez-vous l'intention de rester assise bouche bée ou de venir avec moi ? demanda-t-il.

Secouant sa torpeur, Laine s'empressa de le rejoindre. Il tourna vers elle un regard malicieux.

— Je suppose que vous vous attendiez à trouver une hutte en paille et un hamac ?

— Eh bien, non, pas du tout… je ne sais pas très bien à quoi je m'attendais, pour tout vous dire.

Faisant un ample geste du bras, elle regarda autour d'elle. Une sourde inquiétude commençait à monter en elle.

— Tous ces champs de canne à sucre, ils sont… à vous ?

— Ils vont avec la maison.

Laine hocha lentement la tête. Sans rien dire, elle suivit Dillon, et ils se retrouvèrent bientôt devant une grande porte en acajou. A l'intérieur, un escalier de bois dominait le hall. Laine aperçut des aquarelles accrochées aux murs, et des sculptures tandis qu'elle marchait dans les pas de Dillon. Il la fit entrer dans un salon.

Les murs étaient d'une riche couleur crème qui mettait en valeur les vieux meubles de bois foncé. Un tapis aux délicats points de broderie recouvrait en partie le plancher ciré. Des auvents de toile étaient relevés, dégageant la vue sur une pelouse verdoyante.

Dillon lui indiqua une chaise.

— Asseyez-vous, je vais chercher des boissons fraîches.

Laine hocha encore la tête. Ces quelques secondes de solitude allaient peut-être lui permettre de remettre de l'ordre dans ses pensées. Elle entendit les pas de Dillon s'éloigner de l'autre côté du hall.

Assise sur une chaise à haut dossier, elle parcourut lentement la pièce du regard. L'ambiance était cossue. Elle n'aurait jamais imaginé Dillon dans ce genre d'environnement. Mais surtout, elle n'aurait jamais imaginé que Dillon était si riche. Et cette découverte était écrasante. Elle s'avérait être un obstacle insurmontable. Dillon ne la croirait pas quand elle lui jurerait que son amour était dépourvu de tout intérêt terre à terre. Tel qu'elle commençait à le connaître, il penserait qu'elle s'intéressait surtout à ses biens. Poussant un petit gémissement, elle ferma les yeux. Puis elle se leva et se dirigea vers la fenêtre, essayant bravement d'accepter l'effondrement de ses espoirs.

Avec un sourire amer, elle posa le front contre la vitre fraîche. Que ne pouvait-elle revenir quelques jours en arrière ! Si elle avait su ce qu'elle rencontrerait en venant ici, elle aurait annulé son billet d'avion, tout simplement. Les pas de Dillon se firent entendre. Elle redressa la tête et se tourna vers lui, un pâle sourire aux lèvres.

— Dillon, votre maison est absolument superbe.

Après avoir pris le grand verre qu'il lui offrait, elle retourna à sa chaise.

— Elle n'est pas mal, reconnut-il.

S'asseyant en face d'elle, il arqua légèrement un sourcil. Pourquoi Laine prenait-elle ce ton officiel ?

— L'avez-vous construite vous-même ? s'enquit-elle.

— Non, c'est mon grand-père.

Avec sa nonchalance habituelle, il croisa les jambes, sans cesser de l'observer.

— Il était marin. Un jour, il a compris qu'après la mer, c'était Kauai qu'il aimait le plus.

— Cette maison a donc abrité plusieurs générations.

Laine sirota son verre.

— Mais vous, vous avez trouvé les avions plus tentants que la mer ou les champs de canne à sucre, continua-t-elle du même ton distant.

— Les champs ont leur utilité.

Il fronça les sourcils. Décidément, Laine avait décidé de se croire en visite chez le président de la République.

— Ils fournissent un rendement intéressant, et du travail pour les insulaires. C'est une culture profitable, qui n'occupe qu'une partie de mon temps.

Il posa son verre sur la table.

— Mon père est mort quelques mois avant que je rencontre Cap'taine. Lui et moi traversions une mauvaise période, mais moi, j'étais plein de colère, alors que lui…

Faisant une pause, il haussa les épaules.

— Il était comme il a toujours été. Nous nous entendions bien. Il avait un petit avion, avec lequel il emmenait les touristes sur l'île. Je n'arrivais pas à apprendre assez vite le pilotage, mais Cap'taine avait besoin d'enseigner. Et moi, j'avais besoin de trouver un équilibre. Quelques années plus tard, nous avons décidé de créer cet aéroport.

Laine baissa les yeux sur son verre.

— C'est avec l'argent de la canne à sucre que vous avez construit l'aéroport ? s'enquit-elle d'une petite voix.

— Comme je vous l'ai dit, la canne a son utilité.

— Et la baie où nous avons nagé ?

Prise d'une brusque intuition, elle le regarda dans les yeux.

— Elle vous appartient aussi ?

— Oui, répondit-il sans changer d'expression.

— Et la maison de mon père ?

Laine avala la grosse boule qui s'était formée dans sa gorge.

— Fait-elle également partie de votre propriété ?

Pour la première fois depuis le début de cette conversation, Dillon montra un signe d'agacement. Il répondit d'une voix neutre :

— Cap'taine avait eu un coup de cœur pour cette bande de terre, alors il l'a achetée.

— A qui ? A vous ?

— Oui, à moi. Est-ce que c'est un problème ?

— Non… Mais je commence à y voir plus clair. Beaucoup plus clair.

Elle posa sa boisson et croisa les mains sur ses genoux.

— Il se trouve que vous êtes davantage le fils de mon père que je ne serai jamais sa fille.

— Laine…

Poussant un léger soupir, il se leva et se mit à arpenter nerveusement la pièce.

— Cap'taine et moi, nous nous comprenons. Cela fait bientôt quinze ans que nous nous connaissons, et dix ans qu'il fait partie de ma vie.

— Je ne vous demande pas de vous justifier, Dillon. Je suis désolée si j'ai pu vous laisser croire que c'était ce que je voulais.

Faisant un violent effort pour garder une voix calme, elle se leva.

— Quand je retournerai en France la semaine prochaine, ce sera bon de savoir que mon père peut compter sur vous.

— La semaine prochaine ?

Dillon se leva.

— Vous avez l'intention de partir la semaine prochaine ?

— Oui, répondit-elle simplement.

Ce n'était pas le moment de penser à quelle vitesse ces sept jours allaient passer.

— Nous étions d'accord pour que je reste deux semaines. Ma vie est là-bas. Il sera temps que je la reprenne.

— Vous êtes triste parce que votre père n'a pas réagi comme vous l'espériez par rapport à vous.

Surprise par la gentillesse de ses paroles et la douceur de sa voix, elle leva les yeux vers lui. Le mince fil qui la retenait de s'effondrer menaçait de rompre. Elle fit un violent effort pour rester calme et soutenir son regard.

— J'ai changé d'avis… par rapport à beaucoup de choses, dit-elle doucement.

Comme il ouvrait la bouche, elle secoua la tête.

— Je vous en prie, Dillon… Je préférerais ne pas en parler. Cela ne fait qu'ajouter aux difficultés…

— Laine.

Il posa les mains sur ses épaules pour l'empêcher de se détourner.

— Nous avons beaucoup de sujets à aborder, vous et moi, qu'ils soient difficiles ou non. Vous ne pouvez pas continuer à vous refermer sur vous comme vous le faites. Je voudrais…

La sonnette de la porte lui coupa la parole. Poussant un juron, il laissa retomber ses mains et se dirigea à grands pas vers l'entrée.

Une voix légère, musicale, s'éleva. Quand Orchidée King entra dans le salon au bras de Dillon, Laine lui adressa un sourire figé. Elle garda les yeux rivés sur eux. C'était frappant de voir à quel point ils allaient bien ensemble. Ils formaient un couple parfait. La beauté exotique d'Orchidée répondait à l'aspect un peu rude de Dillon, et ses formes pulpeuses étaient encore plus évidentes comparées à la minceur de son partenaire. Ses cheveux d'ébène cascadaient jusqu'à sa taille fine sur son dos nu. Laine poussa un soupir silencieux. Face à Orchidée, elle se sentait maladroite et provinciale.

— Bonjour, mademoiselle Simmons !

La jeune fille resserra sa main sur le bras de Dillon dans un geste possessif.

— C'est bon de vous revoir déjà ! dit-elle avec un sourire forcé.

— Bonjour, mademoiselle King, dit Laine d'un ton plus sec qu'elle n'aurait souhaité.

Horripilée par le sentiment d'insécurité qu'elle éprouvait, elle plongea un regard froid dans les yeux de la jeune Hawaïenne.

— Vous avez pu visiter l'île ? demanda celle-ci.

Ce fut Dillon qui répondit.

— Je lui ai fait faire un tour ce matin.

Les yeux d'Orchidée flamboyèrent.

— Vous n'auriez pas pu avoir un meilleur guide !

Se tournant vers Dillon, elle lui adressa son sourire le plus sensuel.

— Je suis si heureuse de te trouver chez toi. Je voulais m'assurer que tu viendrais à la fête, demain soir. Sans toi, elle serait gâchée.

— Je viendrai, promit Dillon.

Un léger sourire retroussa le coin de ses lèvres.

— Tu danseras ? interrogea-t-il.

— Bien sûr ! Tommy y compte bien, répondit Orchidée d'une voix ronronnante.

Tendue comme un arc, Laine les regardait tour à tour. Orchidée lui faisait de plus en plus penser à un jeune félin.

Le sourire de Dillon s'élargit. Il leva les yeux par-dessus la tête d'Orchidée pour rencontrer les siens.

— Tommy est le neveu de Miri, expliqua-t-il. J'espère que vous viendrez. Je suis sûr que cela vous plaira.

— Oh, oui, renchérit Orchidée avec un sourire forcé. Aucun touriste ne doit quitter l'île sans avoir participé à cette fête. Avez-vous l'intention de voir les autres îles ?

— Je ne pense pas en avoir le temps. Je suis désolée, mais je n'ai pas vraiment vécu en touriste. Le but de ma visite était de revoir mon père.

D'un geste impatient, Dillon se dégagea du bras d'Orchidée.

— Je dois voir le contremaître, annonça-t-il. Peux-tu tenir compagnie à Laine quelques minutes ?

— Certainement.

Orchidée rejeta une mèche de cheveux derrière ses épaules.

— Comment se passent les réparations ? s'enquit-elle.

— Très bien.

Inclinant la tête en direction de Laine, il sortit de la pièce.

— Mademoiselle Simmons, faites comme chez vous !

Assumant son rôle d'hôtesse, Orchidée fit un geste gracieux de la main.

— Voulez-vous une boisson fraîche ?

Horripilée par cette situation, Laine fit un effort pour masquer sa mauvaise humeur.

— Non, merci. Je n'ai pas fini le verre que Dillon m'a offert.

— Vous avez passé beaucoup de temps en sa compagnie, commenta Orchidée en s'asseyant.

Elle croisa ses longues jambes fines. Elle faisait penser à une publicité vantant les attractions fascinantes de Kauai.

— Surtout pour quelqu'un qui est venu rendre visite à son père, continua-t-elle.

— En effet. Dillon m'a généreusement accordé une grande partie de son temps, répliqua Laine d'un ton glacial.

— Oh, Dillon est un homme très généreux !

Elle eut un sourire indulgent et possessif.

— Il est très facile de mal interpréter sa générosité tant qu'on ne le connaît pas très bien. Il peut être si charmant.

— Charmant ?

Laine la regarda d'un air sceptique.

— Comme c'est curieux ! Charmant n'est vraiment pas l'adjectif que j'emploierais pour le décrire.

Faisant une pause, elle haussa imperceptiblement les épaules.

— Mais il est vrai que vous le connaissez beaucoup mieux que moi.

Orchidée joignit les mains devant son visage et la regarda par-dessus.

— Mademoiselle Simmons, nous pourrions peut-être nous dispenser de cette conversation polie pendant que nous sommes seules.

Laine hocha lentement la tête.

— Comme vous voudrez, mademoiselle King.

— J'ai l'intention d'épouser Dillon.

— C'est un projet formidable, rétorqua Laine, le cœur serré. Je suppose que Dillon est au courant ?

— Il sait que je le veux.

Orchidée ne cacha pas son irritation.

— Je n'apprécie pas que vous ayez passé tout ce temps avec lui.

— Quel dommage, mademoiselle King !

Prenant son verre, Laine sirota sa boisson.

— Mais à mon avis, ce n'est pas avec moi qu'il faut discuter. Je pense qu'il serait plus productif d'en parler avec Dillon.

— Je ne crois pas que ce soit nécessaire.

Orchidée lui adressa un sourire faussement amical, qui révéla ses petites dents blanches.

— Je suis sûre que nous pouvons mettre les choses au point toutes les deux. Ne trouvez-vous pas que c'était un peu ridicule de faire croire à Dillon que vous aviez envie de piloter un avion ?

Laine faillit bondir de sa chaise, mais elle réussit à se contenir. Pourquoi Dillon lui en avait-il parlé ?

— Ridicule ? répéta-t-elle d'une voix coupante.

Orchidée eut un geste d'impatience.

— Dillon est attiré par vous, sans doute parce que vous êtes différente du type de femmes qui l'attire habituellement. Mais le genre lait et miel ne le passionnera pas longtemps.

Sa voix musicale se durcit.

— La sophistication n'entretient pas la passion chez un homme, et Dillon est vraiment un homme.

— Oui, c'est ce que j'ai cru comprendre, ironisa Laine.

— Je vous préviens une bonne fois pour toutes ! Gardez vos distances. Je peux vous rendre la situation très pénible.

— Je n'en doute pas.

Laine haussa encore les épaules.

— Mais les situations pénibles, je connais.

— Je vous préviens, Dillon peut être très vindicatif quand il croit qu'on s'est moqué de lui. Vous risquez de perdre beaucoup et de repartir encore plus pauvre que lorsque vous êtes arrivée.

— Arrêtez, ça suffit ! hurla Laine en français.

Se levant, elle fit un geste méprisant de la main.

— Je ne suis venue que pour voir mon père, pour rien d'autre ! Je trouve que cette scène est ridicule ! Dillon n'en vaut pas la peine !

Orchidée s'enfonça sur son siège. Visiblement, elle était ravie de la voir sortir ainsi de ses gonds.

— Vous feriez mieux de partir. Je n'ai pas envie de vous supporter plus longtemps, dit-elle.

— Me supporter ?

Laine fit une pause. Elle tremblait de rage.

— Personne, mademoiselle King, ne m'a jamais parlé ainsi ! Mais je ne vois pas pourquoi vous vous inquiétez à cause de moi. Dans quelques jours, je serai à des milliers de kilomètres d'ici. Votre manque de confiance en vous est aussi pitoyable que vos menaces !

Visiblement folle de rage, Orchidée se leva à son tour, les poings serrés.

— Qu'attendez-vous de moi ? interrogea Laine. Voulez-vous que je vous garantisse que je ne vous mettrai pas des bâtons dans les roues ? Très bien. Je vous en donne ma parole, et avec plaisir ! Dillon est à vous.

— Quelle générosité !

Laine fit volte-face. Dillon était là, adossé à la porte. Il avait les bras croisés, les yeux très sombres.

— Oh, Dillon, tu as été rapide ! dit Orchidée d'une voix faible.

— Apparemment, pas assez !

Il avait les yeux rivés à ceux de Laine.

— Quel est le problème ?

Reprenant ses esprits, Orchidée se glissa vers lui.

— Une petite discussion entre femmes. Nous faisions connaissance, Laine et moi.

— Laine, que se passe-t-il ?

— Rien d'important. Si c'est possible, j'aimerais rentrer immédiatement, répondit-elle.

Sans attendre une réponse, elle ramassa son sac et se dirigea vers la porte d'entrée.

Dillon l'arrêta en la prenant par le bras.

— Je vous ai posé une question !

— Et je vous ai donné la seule réponse que j'aie envie de vous donner.

Elle se libéra et lui fit face.

— Je ne veux pas subir encore votre interrogatoire. Vous n'avez aucune raison de me harceler ainsi. Je ne suis rien pour vous ! Vous n'avez pas le droit de me critiquer comme vous l'avez fait depuis la première minute.

Sa colère était mêlée de désespoir.

— Et je ne vous autorise pas non plus à m'embrasser juste parce que cela vous amuse !

Elle s'élança et claqua la porte derrière elle.

10

Dès qu'ils arrivèrent chez son père, Laine alla s'enfermer dans sa chambre. Ravalant les larmes qui lui brouillaient la vue, elle fouilla dans son sac. Elle ne voulait pas s'appesantir sur la scène qui avait eu lieu chez Dillon, ni sur le silence qui avait régné dans la voiture pendant qu'ils retournaient chez son père. Apparemment, Dillon et elle n'arrivaient pas à s'entendre plus que quelques heures consécutives. Il était grand temps qu'elle s'en aille.

Commençant à préparer son retour en France, elle fit ses comptes et fronça les sourcils. Elle avait tout juste de quoi se payer un billet d'avion. Ensuite, elle n'aurait plus un centime. Elle soupira. Ses économies avaient été sérieusement entamées quand elle avait remboursé les dettes de sa mère, et le billet pour venir ici avait fait le reste. Mais elle ne pouvait tout de même pas retourner en France sans un sou en poche. Que ferait-elle en cas de problème ?

Elle se passa une main lasse sur le front. Pourquoi n'avait-elle pas réfléchi avant de se lancer dans cette expédition ? Maintenant, elle se trouvait dans une situation impossible.

Elle se frotta les tempes du bout des doigts pour chasser une migraine naissante. Elle devait réfléchir sérieusement. Il était hors de question qu'elle demande à son père de lui prêter de l'argent. Elle n'allait pas non plus téléphoner à des amies pour se faire dépanner. Son amour-propre l'en empêchait. Elle regarda le petit paquet de billets de banque, qui semblait la narguer. Elle aurait beau les contempler, ils ne proliféreraient pas tout seuls. C'est elle qui devait trouver le moyen de les multiplier.

Elle sortit une petite boîte de la penderie et en examina le contenu pendant quelques secondes. C'était un médaillon en or, que son père avait offert à Vanessa. Puis sa mère le lui avait transmis pour son seizième anniversaire. Laine le caressa du bout du doigt. Elle avait été si heureuse de recevoir un cadeau de son père, même indirectement ! Elle l'avait porté chaque jour, jusqu'au moment où elle avait pris l'avion pour venir ici. Craignant qu'il cause du chagrin à son père, elle l'avait soigneusement déposé dans une boîte qu'elle avait cachée, avec l'espoir que les souvenirs douloureux seraient enfouis avec lui. C'était le seul objet de valeur qu'elle possédait, et maintenant, elle était obligée de le vendre.

Brusquement, sa porte s'ouvrit en grand. Laine sursauta et cacha la boîte dans son dos. Miri entra dans un tourbillon de tissus colorés. Les sourcils arqués, elle observa ses joues rouges.

— Vous avez cassé quelque chose ? interrogea-t-elle.

— Non.

— Alors pourquoi prenez-vous cet air coupable ?

Elle étala un tissu soyeux sur lit.

— C'est pour vous ! Vous le mettrez pour la fête !

— Oh !

Laine contempla la ravissante étoffe bleue et blanche. Elle sentait déjà son contact sur sa peau.

— Il est magnifique. Mais…

Elle leva un regard plein de désir et de regret sur Miri.

—… Mais je ne peux pas le prendre.

— Vous n'aimez pas mon cadeau ? demanda Miri d'un ton à la fois impérieux et déçu.

— Oh, ce n'est pas ça !

Désolée de l'avoir offensée, Laine chercha désespérément une explication.

— Je le trouve vraiment superbe. C'est seulement que…

— Vous feriez mieux d'apprendre à dire merci et à ne pas discuter. Cela vous ira très bien !

Miri accompagna ses paroles d'un petit hochement de tête satisfait.

— Demain, je vous montrerai comment il faut le mettre.

N'y tenant plus, Laine s'approcha du lit et passa sa main sur le sarong. Avec un soupir, elle capitula.

— Merci, Miri, vous êtes vraiment adorable.

Miri lui caressa brièvement les cheveux.

— Vous êtes une jolie fille. Mais vous devriez sourire plus souvent. Quand vous souriez, toute votre tristesse s'envole.

Laine hocha la tête. La petite boîte pesait comme une pierre au creux de sa main. Elle la ramena devant elle et l'ouvrit.

— Miri, pourriez-vous me dire où je pourrais vendre ce bijou ?

Miri étudia longuement le médaillon, puis elle leva ses yeux aussi noirs et brillants que le jais. Elle fronçait si fort les sourcils qu'une ligne verticale lui partageait le front en deux.

— Pourquoi voulez-vous vendre un si joli petit bijou ? Il ne vous plaît pas ?

— Oh si, je l'aime beaucoup.

Mal à l'aise sous le regard scrutateur de Miri, elle haussa légèrement les épaules.

— Mais j'ai besoin d'argent.

— D'argent ? Pour quoi faire ?

— Pour mon billet d'avion…

— Vous vous ennuyez à Kauai ? demanda-t-elle d'un air indigné.

Laine ne put s'empêcher de sourire. Elle secoua la tête.

— Kauai est une île de rêve. J'adorerais rester ici toute ma vie. Mais je dois reprendre mon travail.

Miri s'assit et croisa les bras.

— Qu'est-ce que c'est, votre travail ?

— Je suis professeur.

Laine s'assit au bord du lit et referma la boîte.

— Vous n'êtes pas payée ? dit Miri en faisant une petite moue réprobatrice. Qu'avez-vous fait de votre argent ?

Laine rougit jusqu'aux oreilles. Elle avait l'impression d'être une gamine venant de dépenser tout son argent de poche en bonbons, prise en flagrant délit.

— Il y avait… des dettes et j'ai…

— Vous avez des dettes ?

— Eh bien, non, pas moi…

Faisant une pause, elle rentra les épaules. C'était accablant. Comment expliquer tout cela à Miri ? Cependant, Miri semblait bien décidée à s'incruster dans la chambre tant qu'elle n'aurait pas une réponse satisfaisante. Laine hocha la tête. Lentement, elle se mit à parler de la montagne de dettes qu'elle avait dû affronter à la mort de sa mère, de la nécessité de liquider des actions, des ponctions continuelles dans ses propres ressources. En se confiant à Miri, qui l'écouta sans l'interrompre, elle sentit fondre son amertume.

— Ensuite, quand j'ai trouvé l'adresse de mon père dans les papiers de ma mère, j'ai pris le peu d'argent qui me restait et je suis venue ici. J'ai bien peur d'avoir oublié de réfléchir. Et pour repartir…

Elle haussa encore les épaules. Miri hocha pensivement la tête.

— Pourquoi n'avez-vous rien dit à James Simmons ? Il ne laisserait pas sa fille vendre ses bijoux. C'est un homme bon, il n'aimerait pas savoir que vous comptez le moindre centime dans un pays que vous ne connaissez pas.

— Il ne me doit rien.

— C'est votre père ! s'exclama Miri en redressant le menton et en la regardant droit dans les yeux.

— Oui, mais il n'est pas responsable de la situation. Il risque de croire…

Elle secoua la tête.

— Non, je ne veux pas qu'il le sache, continua-t-elle. C'est très important pour moi qu'il ne soit pas au courant. Promettez-moi de ne rien lui dire.

Miri fronça les sourcils.

— Ce qui est sûr, c'est que vous êtes bougrement entêtée ! marmonna-t-elle.

Elle la regarda d'un air mécontent. Laine soutint son regard.

— Très bien ! finit par dire Miri en poussant un gros soupir. Faites ce que vous avez à faire. Demain, vous rencontrerez Tommy, mon neveu. Demandez-lui de venir examiner votre bijou. Il est joaillier. Il vous en donnera un bon prix.

— Merci, Miri.

Laine sourit. Une partie de son fardeau s'était envolée.

Miri se leva dans un bruissement soyeux.

— Vous avez passé une bonne journée avec Dillon ?

— Il m'a montré sa maison, répondit Laine évasivement. Elle est très impressionnante.

— Oui, c'est une belle maison, admit Miri.

Elle chassa un microscopique grain de poussière du dossier de la chaise.

— Mon cousin fait la cuisine chez lui. Mais pas aussi bien que moi !

Laine sourit.

— Mlle King est passée pendant que nous étions là-bas, dit-elle en se forçant à prendre un ton indifférent.

Miri releva les sourcils.

— Mmm…

Elle lissa son sarong.

— Nous avons eu une discussion très désagréable

pendant que Dillon nous avait laissées seules. Et quand il est revenu…

Laine fit une pause et fronça les sourcils.

— Je lui ai crié après !

Miri éclata de rire. Pendant plusieurs secondes, son hilarité emplit la pièce.

— Alors comme ça, vous êtes capable de crier, Petit Osselet ? J'aurais aimé entendre ça !

— Je ne crois pas que Dillon ait trouvé cela très amusant, dit Laine avec une moue réprobatrice.

Mais elle finit par sourire malgré elle.

— Oh, celui-là ! fit Miri.

Retrouvant son sérieux, elle s'essuya les yeux et secoua la tête.

— Il est trop habitué à faire ce qu'il veut avec les femmes. Il est trop séduisant, et il a trop d'argent ! Il faut reconnaître que c'est un patron honnête, et il n'hésite pas à travailler dans les champs quand on a besoin de lui. Il a beaucoup de diplômes, et beaucoup de neurones, dit-elle en se tapotant la tempe du bout du doigt.

Mais elle ne paraissait pas impressionnée.

— Si vous l'aviez vu quand il était petit. C'était un sale garnement. Il en a fait, des bêtises !

Elle ne put ravaler un sourire.

— Il est resté un sale garnement. Ce qui ne l'empêche pas d'être très intelligent, et très important, dit-elle avec un ample geste des deux bras.

Sa voix avait une note critique, toute maternelle.

— En tout cas, il connaît mille fois moins les femmes que les avions.

Elle lui tapota la tête et pointa un doigt vers le tissu de soie.

— Demain, vous allez porter cela et mettre une fleur dans vos cheveux. Ce sera la pleine lune.

C'était une nuit de velours et d'argent. De la fenêtre de sa chambre, Laine contemplait les reflets étincelants de la mer qui dansaient sous la lune. Elle savoura longuement la douceur de la brise caressant ses épaules nues. La nuit était idéale pour faire la fête sous les étoiles.

Elle n'avait pas revu Dillon depuis la veille. Il était rentré tard, le soir, bien après qu'elle se fut retirée dans sa chambre. Et quand elle s'était réveillée, il était déjà reparti. Laine soupira. Elle avait pris une décision et comptait bien s'y tenir. Elle ne laisserait pas leur dernière rencontre gâcher la beauté de cette soirée. Si elle devait passer encore quelques jours près de lui, elle ferait tout ce qui serait en son pouvoir pour qu'ils soient agréables.

S'éloignant de la fenêtre, elle jeta un dernier coup d'œil dans le miroir. Ce n'était pas si mal. Le bleu brillant du sarong s'harmonisait avec ses yeux, formant un camaïeu très réussi. Elle avait pris un peu de hâle depuis son arrivée, comme en témoignaient ses épaules et ses bras nus.

Elle donna un dernier coup de brosse à ses cheveux et sortit de la chambre. Elle fit aussitôt une pause. Dillon parlait au bas de l'escalier. Laine frémit. Elle avait l'impression que des années s'étaient écoulées depuis la dernière fois qu'elle avait entendu sa voix.

— Nous commencerons la récolte le mois prochain, mais si je connais le programme des réunions à l'avance, je pourrai…

La voyant arriver, il se tut et se servit un verre. Puis il leva la tête sur elle et l'observa. Laine sentit son cœur s'emballer. Bientôt, les yeux de Dillon rencontrèrent les siens.

James était en train de bourrer sa pipe. Il la regarda intensément.

— Eh bien, Laine ! dit-il d'un ton admiratif.

Elle sourit. A sa grande surprise, son père se leva et traversa le salon pour lui prendre les mains.

— Tu es magnifique !

— Tu trouves ? Je ne suis pas habituée à ce genre de vêtement.

— Ça te va merveilleusement bien. Justement, je parlais de toi. Ma fille est une très belle femme, qu'en penses-tu, Dillon ? demanda-t-il sans la quitter des yeux.

Ses yeux souriaient.

— Oui, reconnut Dillon. Très belle.

— Je suis heureuse qu'elle soit là.

Il pressa ses petits doigts dans ses mains.

— Elle m'a manqué.

Il se pencha pour l'embrasser sur la joue, puis il se tourna vers Dillon.

— Allez-y, vous deux. Je vais voir si Miri est prête, ce qui m'étonnerait fort. Nous serons un peu en retard.

Le regardant s'éloigner, Laine leva la main vers sa joue. C'était incroyable qu'un geste si simple et si naturel venant de son père la bouleverse à ce point.

— Vous êtes prête ? interrogea Dillon.

Incapable de prononcer un mot, elle fit un petit signe affirmatif de la tête. La main de Dillon se posa sur son épaule.

— Ce n'est pas facile de combler un vide de quinze ans, mais c'est un bon début, déclara-t-il doucement.

Surprise, Laine ravala les larmes de joie qui lui montaient aux yeux.

— Merci. C'est très important pour moi, ce que vous venez de dire. Dillon, hier, j'ai…

— Ne nous préoccupons pas d'hier pour l'instant.

Son sourire la priait de lui pardonner, tout en acceptant ses excuses. Elle le lui rendit. Il la couva encore des yeux avant de porter sa main à ses lèvres.

— Vous êtes incroyablement belle, comme un bouton de fleur accroché à une branche hors de portée.

Laine ravala une envie de crier. Non, elle n'était pas hors de sa portée. Mais la timidité l'emporta. Elle ne put rien faire d'autre que le regarder intensément.

— Venez !

Sans lui lâcher la main, il l'entraîna vers la porte et, quelques secondes plus tard, ils s'installèrent dans sa voiture.

— Vous devriez tout essayer au moins une fois.

Il parlait de nouveau d'un ton léger.

— Savez-vous que vous n'êtes pas très grande ?

— Parce que vous me regardez de toute votre hauteur ! contra-t-elle en riant.

Il était agréable de voir enfin leurs rapports se détendre.

— Que fait-on à cette fête, Dillon ? J'ai un peu peur. Je vais être mal vue si je refuse de manger du poisson cru. Mais…

Posant la tête contre le dossier, elle sourit aux étoiles.

— Mais tant pis, je n'en mangerai pas !

— Nous ne jetons plus les offenseurs à la mer.

Il lui décocha un coup d'œil en coin.

— Vous n'avez pas beaucoup de hanches, commenta-t-il. Mais vous devriez essayer de danser le hula.

— Je suis sûre que je peux y arriver. Mes hanches n'ont rien d'anormal, dit-elle en lui jetant un regard taquin. Est-ce que vous dansez, Dillon ?

Il eut un large sourire et la regarda furtivement dans les yeux.

— Je préfère regarder les autres. Il faut des années de pratique pour bien exécuter le hula. Ces danseurs sont excellents.

— Je vois.

Elle se tourna vers lui.

— Il y aura beaucoup de monde ?

— Mmm…

L'air absent, il tapota le volant du bout du doigt.

— Une centaine de personnes environ.

— Une centaine !

Elle repoussa des souvenirs pénibles. Les soirées que

sa mère avait l'habitude de donner étaient toujours trop élégantes, et surtout, elles attiraient toujours trop de monde.

— Tommy a une très grande famille, expliqua Dillon. Tommy est notre hôte, ce soir.

— Quelle chance ! murmura-t-elle, peu convaincue.

Finalement, les « petites » familles avaient leurs avantages.

11

Le son grave des tambours vibrait dans l'air, que la fumée de la viande rôtie rendait âcre. Des torches flambaient, fichées dans de grandes tiges, leur flamme envoyant une lumière vacillante contre le ciel noir. La pelouse était criblée d'invités, certains vêtus d'habits traditionnels, d'autres, comme Dillon, en tenue décontractée, jean et T-shirt. Des rires fusaient, et une myriade de voix et de langages différents se mélangeaient. Ravie par cette ambiance, Laine ouvrait de grands yeux. Elle ne voulait pas perdre une bribe de ce qui l'entourait.

Un grand nombre d'aliments, aussi variés que mystérieux, étaient disposés dans des bols de bois et des petits plateaux sur un gros tapis tissé. Des jeunes filles aux cheveux d'ébène, en vêtements indigènes, s'agenouillaient pour remplir les assiettes. Des arômes succulents flottaient dans l'air, titillant l'appétit. Des hommes, torse nu, la taille enveloppée d'un pagne, faisaient naître des rythmes envoûtants en tapant sur de hauts tambours coniques.

Laine avait été présentée à plusieurs personnes, mais leurs visages se confondaient dans sa tête. Elle se laissa aller à l'état d'esprit de la foule. Il semblait régner une amitié universelle, une joie toute simple causée par le simple fait d'exister.

Bientôt encadrée de Dillon et de son père, elle s'assit sur l'herbe et contempla son assiette, remplie de mets inconnus. Des cris de joie se firent entendre par-dessus la musique quand quelqu'un fit glisser le cochon de lait rôti de sa broche et entreprit de le découper.

Laine trempa son doigt dans son assiette et goûta. Elle plissa le nez. Dillon se mit à rire, ce qui lui fit hausser les épaules.

— Il doit falloir être né ici pour aimer ça, dit-elle en essuyant son doigt sur une serviette.

— Goûtez ça ! conseilla Dillon.

Levant vers elle une bouchée piquée au bout d'une fourchette, il la poussa dans sa bouche. Etonnée, elle émit un petit grognement de gourmandise.

— C'est délicieux, dit-elle. Qu'est-ce que c'est ?

— Du laulau.

— Cela ne m'éclaire pas beaucoup ! fit-elle remarquer en riant.

— Puisque c'est bon, que voulez-vous savoir de plus ?

La logique de Dillon lui fit relever les sourcils.

— C'est du porc et de l'ananas cuits dans des feuilles de thé, expliqua-t-il en secouant la tête. Tenez, goûtez cela aussi !

Il lui présenta de nouveau sa fourchette. Laine accepta sans hésiter.

— Oh, qu'est-ce que c'est ? Je n'ai jamais rien mangé qui ait un goût pareil.

— C'est de la pieuvre, répondit-il.

Voyant son expression affolée, il hurla de rire.

— Je veux dire, du calamar !

— Je crois que je vais me contenter de porc à l'ananas, dit-elle d'un ton mi-sérieux, mi-amusé.

— Ce n'est pas ainsi que vous allez prendre des hanches.

— J'apprendrai à vivre sans. Qu'est-ce que c'est que cette boisson ?

Son père gloussa de rire.

— Non, s'empressa-t-elle de dire. Je préfère ne pas savoir.

Evitant le calamar, elle se régala de viande. De temps à

autre, quelqu'un venait s'asseoir près d'eux pour échanger quelques paroles ou une longue histoire. Tout le monde la traitait amicalement, et bientôt, elle se sentit très à l'aise. Son père aussi semblait se trouver bien avec elle. Malgré la complicité qui existait entre Dillon et lui, et qui semblait l'exclure, elle ne se sentait plus une intruse. La musique et les rires, les senteurs suaves flottaient autour d'elle. Jamais elle n'avait été à ce point consciente de ce qui l'entourait.

Soudain, le rythme des tambours s'enfiévra. Puis le silence s'installa brusquement. Orchidée s'avança dans le cercle lumineux formé par les torches, qui faisaient luire sa peau couleur de pain d'épice. Ses yeux dorés avaient une expression pleine d'assurance, voire d'arrogance. Son corps parfait était revêtu d'un minuscule morceau de tissu qui lui couvrait les seins, et d'un sarong de soie écarlate drapé autour des hanches. Elle resta complètement immobile, attendant qu'un silence absolu s'installe. Puis elle se mit à onduler des hanches. Un seul tambour suivit le rythme qu'elle imposait.

Ses longs cheveux noirs couronnés de boutons de roses caressaient son dos nu. Ses mains et ses courbes agiles avaient des gestes fascinants, tandis que le sarong de soie dessinait le contour de ses cuisses. Ses gestes sensuels coulaient au rythme du tambour. Laine avait le souffle coupé. Orchidée rivait ses yeux dorés dans ceux de Dillon. Elle lui adressa un sourire à peine perceptible, et commença à danser un peu plus vite. Plus le tambour devenait insistant, plus les ondulations de son corps devenaient lascives. Elle affichait un sourire serein. Et soudain, comme au début, tout s'arrêta.

Les applaudissements éclatèrent, auxquels Laine participa à contrecœur. Orchidée lui décocha un regard triomphal, puis elle prit la couronne de fleurs qu'elle avait sur la tête et la lança sur les genoux de Dillon. Avec un petit rire sensuel, elle disparut dans l'ombre.

James se tourna vers Dillon.

— On dirait que tu as reçu une invitation, commenta-t-il. C'est stupéfiant.

Il eut une petite moue pensive.

Dillon haussa les épaules et leva son verre.

— Vous aimeriez bouger comme ça, Petit Osselet ?

Laine se tourna vers Miri, assise derrière eux. Elle avait une allure plus royale que jamais dans sa haute chaise en rotin.

— Mangez, et Miri vous apprendra, continua-t-elle.

Laine rougit. Elle mourait d'envie de se livrer à la musique avec un tel abandon. Elle évita le regard de Dillon.

— Je crois que les dons de Mlle King sont naturels, objecta-t-elle.

— Vous devriez y arriver, Duchesse, déclara Dillon en souriant.

Laine baissa les yeux.

— J'espère que vous me permettrez d'assister aux leçons, Miri, continua-t-il. Comme vous le savez, j'ai l'œil, et le bon.

Laine eut envie de protester. Mais il regarda ses jambes nues, puis il remonta lentement les yeux avant de les plonger dans les siens. Elle resta muette.

Miri marmonna quelques paroles en hawaïen. Dillon se mit à rire et lui répondit dans la même langue. Miri se tourna vers Laine.

— Venez avec moi !

Elle se leva et la tira par la main.

— Qu'est-ce que vous lui avez dit ? interrogea Laine en lui emboîtant le pas.

— Je lui ai dit qu'il ressemblait à un gros chat affamé courant après une petite souris.

— Je ne suis pas une souris ! protesta Laine, indignée.

Sans ralentir, Miri éclata de rire.

— Dillon est du même avis que vous. Il dit que vous

êtes un oiseau qui a parfois le bec dur sous des plumes soyeuses.

— Oh !

Ne sachant pas si elle devait être contente ou agacée, Laine préféra garder le silence.

— J'ai dit à Tommy que vous aviez un bijou à vendre, annonça Miri. Vous allez pouvoir lui parler.

— Oh, merci, murmura Laine.

Cette nuit enchanteresse lui avait fait oublier le médaillon.

Miri s'arrêta devant l'hôte de la fête. C'était un homme grand et mince, aux cheveux très noirs, au sourire et au regard chaleureux. Il devait avoir la trentaine. Laine l'avait vu mettre ses invités à l'aise. Il avait un charme bien particulier.

— Voici la fille de Cap'taine Simmons, dit Miri en plaçant une main protectrice sur l'épaule de Laine. Tu lui fais un bon prix, sinon je te tire les oreilles !

— Oui, Miri, répondit-il en posant sur elle ses yeux rieurs.

Il la regarda s'éloigner, puis il prit Laine par les épaules et l'entraîna doucement à l'écart, sous les arbres.

— Miri est le chef de la famille, dit-il en souriant. Elle dirige tout d'une main de fer.

— Oui, c'est ce que j'ai cru comprendre. Il est impossible de lui dire non, n'est-ce pas ?

Tandis qu'ils marchaient, le son des tambours s'amenuisa.

— J'avoue que je n'ai jamais essayé. Je suis trop lâche !

Il éclata de rire.

— J'apprécie que vous ayez bien voulu m'accorder du temps, monsieur Kinimoko, dit-elle.

— Appelez-moi Tommy, et moi, si vous le voulez bien, je vous appellerai Laine.

Elle sourit. Alors qu'ils marchaient lentement, le murmure de la mer se fit bientôt entendre.

— Miri m'a dit que vous aviez un bijou à vendre. Mais elle ne m'a même pas dit de quoi il s'agissait.

— C'est un médaillon en or.

Grâce au ton amical de Tommy, elle se sentait très détendue.

— Il est en forme de cœur, et il est accompagné d'une chaîne tressée. Je n'ai aucune idée de sa valeur.

Elle fit une pause. Si au moins elle avait eu une autre solution que de le vendre.

— J'ai besoin de cet argent, dit-elle à voix très basse.

Tommy regarda son profil délicat, puis il lui tapota l'épaule.

— Je suppose que vous ne voulez pas que votre père le sache ?

Elle secoua la tête.

— Très bien. J'ai un peu de temps libre demain matin. Je viendrai y jeter un coup d'œil. Ce sera plus pratique pour vous que de venir dans ma boutique.

— C'est très gentil à vous.

Laine sourit. C'était bon de savoir que le premier obstacle était franchi.

— J'espère que cela ne vous dérangera pas trop, dit-elle.

— J'aime me déranger quand il s'agit de servir une belle femme.

Il garda le bras sur ses épaules et ils firent demi-tour.

— Vous avez entendu ce que Miri a dit. Vous ne voudriez pas qu'elle me tire les oreilles ?

— Je ne me pardonnerais jamais si j'étais responsable d'une chose pareille ! Je vais lui dire que vous avez été très bien avec la fille de Cap'taine, et elle laissera vos oreilles tranquilles.

En riant, elle leva le visage vers lui tandis qu'ils sortaient du rideau d'arbres.

— Ta sœur te cherche, Tommy ! cria Dillon.

Laine sursauta. Bizarrement, elle eut un sentiment de culpabilité.

— Merci, Dillon. Prends soin de Laine, lui conseilla-t-il gravement. Elle est sous la protection de Miri.

— Je ne l'oublierai pas !

Silencieux, il regarda Tommy se fondre dans la foule. Puis il se tourna vers elle.

Avec une note d'agacement dans la voix, il dit lentement :

— Il y a une vieille coutume hawaïenne… que je viens juste d'inventer. Quand une femme vient à cette fête en compagnie d'un homme, elle ne doit pas aller courir dans les bosquets avec un autre.

— Allez-vous me jeter aux requins pour avoir enfreint la loi ? demanda-t-elle.

Son sourire taquin s'évanouit quand Dillon s'approcha d'elle.

— Arrêtez, Laine.

Il lui posa une main sur la nuque.

— Je ne suis pas très doué pour contraindre.

Elle chancela vers lui, s'abandonnant à une nécessité urgente.

— Dillon, murmura-t-elle en lui offrant sa bouche.

Elle sentait ses doigts forts sur son cou. Elle appuya ses deux mains contre son torse. Le cœur de Dillon battait violemment. Dillon soupira doucement. Visiblement, il luttait contre ses émotions. Une lueur traversa ses yeux et s'effaça avant que ses doigts se détendent.

— Une vahiné qui reste dans l'ombre des arbres sous la pleine lune doit être embrassée.

— Est-ce une autre tradition hawaïenne ?

Les bras de Dillon glissèrent autour de sa taille. Elle se fondit contre lui.

— Oui, c'est une tradition qui a déjà dix secondes d'existence.

Avec une douceur inattendue, il posa les lèvres sur sa bouche. Au premier contact, elle éprouva des ondes de plaisir dans tout son corps. Paraissant très loin, le son des tambours arrivait à leurs oreilles, leur rythme allant crescendo, tout comme celui de son cœur. Sous ses mains, les épaules de Dillon étaient dures, tendues. Elle les caressa, puis elle lui enlaça le cou et l'attira contre elle. Trop vite, il s'écarta, et ses bras se dénouèrent.

— Encore, murmura-t-elle, frustrée.

Elle attira de nouveau son visage vers le sien.

Cette fois, il l'étreignit violemment. La puissance de son baiser lui ôta toute pensée cohérente. Elle goûtait ses lèvres affamées, elle sentait la chaleur se répandre sur la peau de Dillon, et sur la sienne. L'air semblait vibrer autour d'eux. En cet instant, son corps appartenait davantage à cet homme qu'à elle-même. S'il existait autre chose au monde que les lèvres brûlantes et les mains caressantes de Dillon, rien n'avait plus de sens pour elle.

Mais encore une fois, Dillon la repoussa doucement. Il parla d'une voix rauque.

— Retournons vers les autres avant qu'une autre tradition ne me vienne à l'esprit.

Le lendemain matin, Laine traîna au lit. Poussant un grand soupir de satisfaction, elle offrit son visage au soleil, qui inondait la chambre. Elle avait encore le goût des lèvres de Dillon sur sa bouche, et tous ses sens en émoi. Elle s'étira voluptueusement, revivant les sensations qui l'avaient subjuguée au cours de cette fête inoubliable.

Mais bientôt, Miri entra dans sa chambre. A contrecœur, Laine s'assit dans son lit.

— On n'a pas idée de gâcher une belle matinée comme celle-ci ! déclara Miri d'une voix faussement sévère.

Elle posa un regard indulgent sur elle.

— Cela permet de prolonger la nuit, répliqua Laine en lui souriant.

— Vous avez aimé le cochon rôti aux ananas ? s'enquit Miri avec un sourire malicieux.

— C'était délicieux.

Miri éclata de rire et s'apprêta à repartir.

— Je vais au marché. Mon neveu est arrivé pour voir votre bijou. Voulez-vous qu'il attende ?

— Oh ! J'arrive !

Se forçant à redescendre sur terre, Laine se coiffa du bout des doigts.

— Je ne savais pas qu'il était si tard. Je ne veux pas le retarder… il n'y a personne d'autre à la maison ?

— Non, les hommes sont partis.

Laine se leva et enfila un peignoir.

— Il pourrait peut-être monter pour le regarder. Je ne veux pas lui faire perdre de temps.

— Il vous en donnera un bon prix. Sinon, vous me le direz.

Laine prit le médaillon dans son tiroir. Il scintilla sous un rayon de soleil. Bien qu'il ne contienne aucune photographie, elle l'ouvrit.

— Bonjour, Laine !

Levant la tête, elle adressa un sourire triste à Tommy, qui se tenait sur le seuil de la chambre.

— Bonjour, Tommy. Merci d'être venu. Pardonnez-moi, j'ai fait la grasse matinée.

— Cela prouve que la fête était réussie.

Il lui adressa un petit signe de tête tandis qu'elle s'approchait de lui en lui tendant le bijou.

— Je suis sûre que je ne l'oublierai jamais, dit-elle en souriant.

Elle serra nerveusement ses mains l'une contre l'autre pendant qu'il examinait le médaillon.

— C'est très joli, finit-il par dire.

Levant les yeux, il l'observa.

— Laine, vous n'avez pas vraiment envie de le vendre… cela se lit sur votre visage.

— C'est vrai. Mais je ne peux pas faire autrement, répondit-elle d'une voix aussi ferme que possible.

Tommy hocha lentement la tête et replaça le bijou dans sa petite boîte.

— Je peux vous en donner une centaine de dollars, bien qu'il ait certainement une valeur beaucoup plus importante pour vous.

Laine hocha la tête et prit la boîte qu'il lui tendait.

— C'est parfait. Vous pourriez peut-être l'emporter tout de suite. J'aimerais autant.

— Comme vous voulez, dit-il en sortant son portefeuille de sa poche.

Il compta les billets.

— J'ai apporté un peu de liquide. J'ai pensé que ce serait plus pratique pour vous qu'un chèque.

— Merci.

Elle prit l'argent et le fixa un instant des yeux. Tommy posa une main amicale sur son épaule.

— Laine… je connais Cap'taine depuis longtemps. Voulez-vous considérer cet argent comme un prêt sans intérêts ?

— Non, certainement pas.

Secouant la tête, elle se força à sourire pour adoucir sa réponse.

— Non, c'est très gentil de votre part, mais je préfère qu'il en soit ainsi.

Tommy soupira.

— Très bien.

Il prit la boîte qu'elle lui tendait et la glissa dans sa poche.

— Je vais le garder quelque temps, au cas où vous changeriez d'avis.

— Merci. Et merci de ne pas m'avoir posé de questions.

— Je m'en vais.

Il lui prit la main et la serra doucement.

— Dites à Miri de me contacter si vous voulez le récupérer, dit-il avant de sortir.

— D'accord.

Quand il fut parti, Laine se laissa lourdement tomber sur le lit, les yeux fixés sur les billets qu'elle tenait toujours à la main. C'était la seule solution, songea-t-elle tristement. Elle secoua la tête. Après tout, ce n'était pas si grave. Ce médaillon n'était qu'un petit objet en métal doré. Maintenant qu'elle ne l'avait plus, il valait mieux qu'elle le chasse de son esprit.

— Bonjour, Duchesse. J'ai l'impression que vous avez eu une matinée profitable !

Laine releva vivement la tête. Le regard de Dillon était aussi glacial qu'un lac gelé. Elle resta sans rien dire, incapable d'éclaircir ses pensées. Dillon la déshabilla d'un regard dur. Instinctivement, elle porta la main au décolleté de son peignoir. S'approchant d'elle, il lui prit brusquement l'argent des mains et le jeta sur la table de chevet.

— Vous avez de la classe, Duchesse, dit-il d'une voix sèche. C'est plutôt réussi, pour une matinée de travail.

— De quoi parlez-vous ? dit-elle en cherchant désespérément un moyen d'éviter le sujet du médaillon.

— Je crois que c'est assez clair. Je suppose que je dois présenter des excuses à Orchidée.

Il fourra furieusement ses mains dans ses poches et se balança d'avant en arrière sur les talons. Cette attitude désinvolte ne fit que souligner la lueur flamboyante de son regard.

— Quand elle m'a parlé de ce petit arrangement, je l'ai rabrouée. Pourtant, elle avait raison, apparemment. Vous êtes efficace, Laine. Vous n'avez pas passé plus de dix minutes avec Tommy, hier soir. Vous avez certainement battu un record.

Laine ouvrit de grands yeux étonnés. Pourquoi la vente de son médaillon le mettait-elle dans un tel état ?

— Je ne comprends pas pourquoi vous êtes en colère, dit-elle. Mlle King a dû surprendre ma conversation avec Tommy.

Brusquement, elle se rappela. Pendant qu'elle parlait avec le neveu de Miri, sous les arbres, il y avait eu un grand bruissement de feuillages.

— Mais pourquoi s'est-elle crue obligée de vous parler de cette histoire…

— Comment avez-vous réussi à vous débarrasser de Miri pendant que vous faisiez vos petites affaires ? interrogea Dillon d'une voix dure. Elle a un code moral très strict, vous le savez. Si elle apprend comment vous avez gagné cet argent, elle va vous tomber dessus.

— Mais de quoi…

Brusquement, elle poussa un petit cri. La lumière venait de se faire dans son esprit. Dillon ne faisait pas allusion à son médaillon. Il croyait qu'elle s'était vendue elle-même pour cent dollars ! Elle devint livide.

— Vous ne croyez pas sérieusement que je…

Sa voix se brisa. Le regard accusateur de Dillon la paralysait.

— Vous êtes un individu méprisable ! s'écria-t-elle soudain. Vous avez l'esprit pervers !

Au bord des larmes, elle fit une pause. Des doigts glacés lui serraient le cœur.

— Je ne vais pas me laisser insulter !

— Ah oui ?

Dillon la prit sans ménagement par le bras et l'obligea à se lever.

— Avez-vous une meilleure explication pour la visite de Tommy et ce paquet de billets ? Si vous en avez une, allez-y, je vous écoute.

— Oui, vous m'écoutez…, dit-elle avec un petit rire amer. Cependant, je ne vous dirai rien. Excusez-moi, mais la visite de Tommy et cet argent ne regardent que moi. Je ne vous dois aucune explication. Vous n'en valez pas la peine, avec vos conclusions écœurantes. Le fait que vous ayez accordé crédit aux paroles d'Orchidée et que vous soyez venu me surveiller prouve bien que nous n'avons plus rien à nous dire.

— Je ne suis pas venu pour vous surveiller.

Il la regarda d'un air menaçant, mais elle ne baissa pas les yeux.

— Je suis venu parce que vous m'aviez dit que vous aimeriez refaire un tour en avion. Vous vouliez apprendre à piloter. Si vous voulez que je vous présente des excuses, tout ce que vous avez à faire est de me donner une explication valable.

— J'ai passé trop de temps à m'expliquer devant vous. Depuis le premier jour, vous n'avez pas cessé de me poser des questions. Pas une seule fois vous ne m'avez fait confiance.

Faisant une pause, elle prit une profonde inspiration. Son regard indigné lançait des éclairs.

— Maintenant, je veux que vous sortiez de cette chambre ! Et que vous me laissiez tranquille pendant le peu de temps qu'il me reste à passer chez mon père !

Au lieu de se relâcher, les mains de Dillon se resserrèrent sur son bras. Elle retint son souffle.

— Je vais partir, ne vous inquiétez pas, mais avant, j'aimerais vous féliciter, dit-il d'un ton cinglant. Vous avez joué à la perfection le rôle de la jeune fille innocente. Tout y était.

Il l'attira brutalement contre lui.

— Lâchez-moi, vous me faites mal !

Comme si elle n'avait rien dit, il continua :

— Je vous désirais, Laine. Hier soir, je n'en pouvais plus, je mourais d'envie de vous séduire. Mais je vous ai respectée, comme je n'ai jamais respecté une autre femme. Vous aviez cette aura de fragilité qui peut rendre un homme complètement fou. Vous n'auriez pas dû jouer ce petit jeu avec moi, Duchesse.

Laine essaya de se libérer, mais il l'en empêcha.

— La partie est finie, maintenant, je vais récolter ce qui m'est dû, dit-il.

Laine ouvrit la bouche pour protester, mais il la réduisit au silence par un baiser dur, impitoyable. Elle essaya de se débattre, mais les bras puissants de Dillon la retenaient prisonnière. Soudain, la chambre se mit à tourner, et elle se retrouva écrasée sous son poids. Dillon l'avait jetée sur le lit.

Elle lutta désespérément contre lui. Cependant, les mains et la bouche de Dillon restaient les plus forts. Furieux, il voulait la posséder sur-le-champ.

Brusquement, il commença à se calmer. La punition devint séduction tandis que ses mains se mettaient à la caresser avec lenteur. Il posa les lèvres sur sa gorge. Avec un petit sanglot, Laine se rendit. Son corps se liquéfiait sous le sien, sa volonté s'évaporait. Les sensations qu'elle éprouvait étaient trop intenses. Les larmes lui gonflèrent les yeux, mais elle ne fit aucune tentative pour les retenir.

Dillon s'immobilisa. Un silence pesant tomba dans la chambre, interrompu seulement par le bruit de leur respiration haletante. Relevant la tête, Dillon suivit des yeux une larme qui coulait sur sa joue. Il poussa un juron retentissant et se leva. Il se passa une main nerveuse dans les cheveux et lui tourna le dos.

— C'est la première fois que je me sens capable de violer une femme, dit-il d'une voix grinçante.

Faisant volte-face, il la dévisagea. Laine restait sans bouger. Elle semblait épuisée. Elle n'essaya même pas de se couvrir. Elle le regardait avec des yeux d'enfant blessé.

— Je ne supporte pas ce que vous m'avez fait, Laine !

Tournant les talons, il sortit de la pièce en claquant la porte. Laine resta immobile. Jamais aucun bruit n'avait résonné aussi effroyablement à ses oreilles.

12

De la fenêtre de sa chambre, Laine regardait l'herbe printanière qui devenait plus verte sous les rayons du soleil. Une bande de filles marchait dans le couloir, en direction du réfectoire. C'était l'heure du petit déjeuner. Laine soupira. D'habitude, leurs joyeux bavardages la faisaient sourire. Mais aujourd'hui, elle n'en avait aucune envie.

Elle était rentrée à Paris depuis quinze jours à peine. En voyant ses bagages, Miri avait froncé les sourcils et lui avait posé une foule de questions. Mais elle avait tenu bon, refusant de reporter son départ et de donner des réponses précises. Quant à la lettre qu'elle avait laissée pour son père, elle ne contenait pas plus de détails. Elle lui demandait seulement de lui pardonner de partir si vite, et lui promettait de lui écrire dès qu'elle serait de retour en France. Cependant, elle n'avait pas encore trouvé le courage de le faire.

Les souvenirs des derniers moments passés avec Dillon continuaient de la hanter. Elle sentait encore le parfum enivrant des fleurs de l'île, la chaleur, et l'air humide qui montait de la mer. La lune, dont le reflet finissait maintenant de s'effacer, paraissait bien petite et bien pâle à Paris. Laine soupira. Elle avait espéré qu'avec le temps, ces souvenirs s'évanouiraient. Il ne fallait pas qu'elle pense à Kauai et à ses promesses. Tout cela était définitivement derrière elle.

Et c'était beaucoup mieux ainsi. Oui, il n'y avait aucun doute là-dessus.

Laine prit sa brosse à cheveux et se prépara pour partir travailler. C'était même beaucoup mieux pour tout le monde. Son père avait ses habitudes, et il serait content de communiquer par courrier avec elle. Peut-être viendrait-il un jour lui rendre visite. Mais il n'était pas question qu'elle retourne là-bas. Sa vie, son travail, ses amies étaient ici. Ici, elle savait ce que l'on attendait d'elle. Elle aurait une existence tranquille, à l'abri des émotions violentes.

Elle ferma les yeux sur l'image de Dillon.

Il était encore trop tôt pour penser à lui sans souffrir, songea-t-elle. Plus tard, quand son souvenir se serait estompé, elle pourrait revenir inspecter ce coin de sa mémoire. Quand elle se permettrait de penser de nouveau à lui, ce serait pour se rappeler les bons moments, en toute sérénité.

Et oublier serait plus facile si elle reprenait ses habitudes, si elle avait le moins de temps libre possible. Toutes ses journées étaient prises par son travail jusqu'au milieu de l'après-midi. Elle devait trouver d'autres occupations pour les heures suivantes. N'importe quoi, pourvu qu'elle s'occupe l'esprit.

La pluie tomba toute la journée. Et avec elle, l'inévitable fuite du toit, qui tambourinait avec une régularité surprenante en tombant dans la cuvette. L'école était très ancienne et mal entretenue, les réparations étant toujours réduites au minimum. Bien que toutes les fenêtres soient fermées, l'humidité s'infiltrait dans la pièce. Pour le dernier cours de la journée, elle avait de jeunes Anglaises tout juste adolescentes, qui semblaient s'ennuyer ferme devant leur livre de grammaire française. C'était samedi, et il n'y avait cours que le matin, mais les heures se traînaient péniblement. Resserrant sa veste sur sa poitrine, Laine s'arma de courage. L'après-midi serait plus agréable. Elle lirait un bon livre au coin du feu.

— Eloise, dit-elle. Vous pourriez attendre cet après-midi pour faire la sieste !

La jeune fille ouvrit les yeux. Elle sourit vaguement en entendant ses camarades éclater de rire.

— Oui, mademoiselle Simmons.

Laine ravala un soupir.

— Vous serez libres dans dix minutes, dit-elle en s'asseyant au bord du bureau. Au cas où vous l'auriez oublié, nous sommes samedi, ce qui signifie que demain, c'est dimanche.

Cette information provoqua des murmures d'approbation. Quelques têtes se redressèrent bravement. Voyant qu'elle avait réussi à capter leur attention, elle continua :

— Nous allons conjuguer le verbe chanter… je chante, tu chantes…

— Vous chantez !

Sa voix faiblit soudain. Une silhouette masculine se dessinait contre la porte ouverte, au fond de la salle.

Les filles se mirent à répéter en chœur la conjugaison. Affolée, Laine en profita pour se retirer derrière son bureau. Son cœur menaçait de lâcher. Dillon était au fond de la salle, les yeux fixés sur elle. Quand les élèves se turent, Laine resta un instant indécise. Elle ne devait pas oublier l'emploi du temps qu'elle s'était assigné.

— Très bien. Pour lundi, vous allez écrire plusieurs phrases en utilisant ce verbe sous toutes ses formes. Eloise, je vous préviens, je ne me contenterai pas de miniphrases comme « il chante ».

— Oui, mademoiselle Simmons.

La sonnerie signala la fin du cours.

— Et je vous prie de sortir sans courir ! dit Laine en essayant de garder un ton ferme.

Elle serra les mains l'une contre l'autre et les suivit des yeux, faisant reculer le plus possible le moment où elle devrait affronter Dillon. Lui aussi regardait les élèves, un petit sourire au coin des lèvres. Dès que la dernière fut sortie, il traversa la salle à grands pas et se planta devant Laine.

— Bonjour, Dillon, dit-elle en essayant de maîtriser le tremblement de sa voix. Vous avez produit un effet fantastique sur mes élèves.

Elle parlait à toute vitesse pour cacher son trouble.

Dillon l'observait en silence. Submergée par l'émotion, elle fit de son mieux pour composer son attitude.

— Vous n'avez pas changé, finit-il par dire. Je ne sais pas pourquoi j'avais peur que vous ayez changé.

Il mit la main dans sa poche, d'où il sortit le médaillon en forme de cœur, qu'il posa sur le bureau. Incapable de dire un mot, Laine prit le bijou, et ses yeux s'emplirent de larmes.

— Ce n'est pas terrible, comme excuse, mais je n'ai pas beaucoup de pratique en la matière.

Sa voix enfla de colère. Laine leva un regard effrayé.

— Bon Dieu, Laine, si vous aviez besoin d'argent, pourquoi ne m'en avez-vous pas parlé ?

— Pour que vous soyez conforté dans votre opinion sur le motif de ma visite ?

Lui tournant le dos, Dillon s'approcha de la fenêtre et regarda le rideau de pluie.

— Je m'y attendais, à cette réponse-là, murmura-t-il.

Il posa les mains sur l'appui de la fenêtre et baissa la tête.

Un peu ébranlée par son air triste, Laine continua :

— Il est inutile de remuer tout cela, Dillon. Je vous suis très reconnaissante d'avoir pris le temps et la peine de me rapporter ce médaillon. C'est plus important pour moi que je ne pourrai jamais vous le dire. Je ne sais pas comment vous remercier. Je…

Dillon fit volte-face. Devant son visage furieux, elle recula. Visiblement, il luttait pour se contrôler.

— Non, ne dites rien, laissez-moi parler une minute !

Il remit les mains dans ses poches. Pendant un long moment, il fit les cent pas dans la pièce. Petit à petit, il commença à se calmer.

— Le toit fuit, fit-il remarquer.

— Seulement quand il pleut.

Il eut un drôle de rire et se tourna de nouveau vers elle.

— Vous allez peut-être me trouver ridicule, mais je suis sincèrement désolé. Non…

Il secoua la tête pour l'empêcher de parler.

— Ne soyez pas si généreuse, cela ne fait qu'augmenter mon sentiment de culpabilité.

Il voulut allumer une cigarette, mais il se ravisa et poussa un profond soupir.

— Après ma belle démonstration de stupidité, j'ai fait beaucoup de sorties en avion. Il se trouve que j'ai les idées bien plus claires quand je plane à quelques centaines de mètres au-dessus du sol. Vous allez trouver cela difficile à croire, et je suppose que c'est encore plus ridicule de ma part d'espérer que vous allez me pardonner, mais je suis arrivé à voir les choses en face. Je ne croyais pas un seul mot de ce que je vous ai dit, l'autre matin.

Il se passa les deux mains sur les joues. Laine ne le quittait pas des yeux. Il paraissait fatigué, et déprimé.

— Tout ce que je sais, c'est qu'à partir de la première seconde où je vous ai vue, je suis devenu cinglé. L'autre jour, je suis retourné à la maison avec l'intention de vous présenter mes excuses, toutes plus creuses les unes que les autres. J'ai fini par me rendre compte que toutes les accusations que j'avais proférées contre vous étaient en réalité destinées à votre père.

Secouant la tête, il eut un léger sourire.

— Mais cela n'a servi à rien.

— Dillon…

— Laine, ne m'interrompez pas, je n'en ai pas la patience pour le moment.

Il se remit à arpenter la salle de classe. Silencieuse, Laine attendit.

— Je ne suis pas très doué pour parler, alors j'aimerais que vous ne disiez rien avant que j'aie fini.

Il continua de faire les cent pas.

— Quand je suis rentré, Miri m'attendait. Sur le coup, je n'ai rien pu obtenir d'elle, excepté une avalanche de reproches virulents. Et puis elle a fini par m'annoncer que vous étiez partie, et elle m'a parlé de votre médaillon. Il a fallu que je lui donne ma parole que je n'en parlerais pas à Cap'taine. Apparemment, elle a tenu la promesse qu'elle vous avait faite.

Il secoua la tête.

— Cela fait dix jours que je suis en France, à essayer de vous retrouver.

Il fit un grand geste du bras.

— Dix jours ! répéta-t-il comme si c'était toute une vie. Ce n'est que ce matin que j'ai retrouvé la trace de la gouvernante qui travaillait pour votre mère. Elle a été très coopérative. Elle m'a fait un compte rendu complet des dettes et des actions de Vanessa, et elle m'a longuement parlé de l'adolescente qui passait ses vacances de Noël au pensionnat pendant que sa mère allait à Saint-Moritz. Pour finir, elle m'a donné l'adresse de l'école où vous travaillez.

Il fit une pause. Pendant un bref instant, il n'y eut que le bruit de la gouttière qui s'écoulait dans la cuvette.

— Vous ne pouvez rien me dire que je ne me sois déjà dit à moi-même en termes certainement plus imagés, continua-t-il en soupirant. Mais j'ai pensé que je devais vous en offrir la possibilité.

Voyant qu'il avait enfin fini, Laine prit une profonde inspiration.

— Dillon, j'ai beaucoup pensé à ce que ma situation pouvait représenter pour vous. Vous n'en connaissiez qu'un aspect, et vous étiez d'emblée du côté de mon père.

Quand je suis calme, j'ai du mal à vous en vouloir de votre loyauté envers lui. Quant à ce qui s'est passé ce matin-là…

Faisant une pause, elle avala péniblement sa salive. Elle avait la gorge sèche.

— Je crois que c'était aussi pénible pour vous que pour moi, peut-être plus difficile encore.

— J'aimerais mieux que vous me fassiez des reproches, dit-il.

— Je suis désolée.

Avec un léger sourire, elle haussa les épaules.

— Il faudrait que je sois vraiment furieuse pour pouvoir le faire, surtout ici. Les bonnes sœurs n'apprécient pas les accès de colère.

— Cap'taine veut que vous rentriez à la maison.

Le sourire de Laine s'évanouit, tandis que son regard s'attristait. Secouant la tête, elle s'approcha de la fenêtre.

— Ma maison, c'est ici.

— Votre maison est à Kauai. Cap veut que vous reveniez. Vous ne trouvez pas injuste qu'il vous perde deux fois ?

Faisant de son mieux pour ignorer la douleur que les paroles de Dillon venaient de provoquer en elle, elle rétorqua :

— Vous ne trouvez pas injuste de me demander de tourner le dos à ma vie et de repartir ? Ne me parlez pas de justice, Dillon.

— Ecoutez, je comprends que vous soyez amère à mon sujet. Je le mérite, mais votre père, lui, n'a rien fait. Comment croyez-vous qu'il a réagi en apprenant quelle enfance vous aviez eue ?

Laine fit volte-face.

— Vous lui en avez parlé ?

Pour la première fois depuis qu'il était entré dans la salle, elle perdit le contrôle d'elle-même.

— Vous n'aviez pas le droit ! s'écria-t-elle.

— Bien sûr que si. Tout comme votre père avait le droit de savoir. Laine, écoutez-moi.

Elle fit quelques pas pour s'éloigner de lui.

— Il vous aime. Il n'a jamais cessé de vous aimer pendant toutes ces années. Je suppose que c'est la raison pour laquelle j'ai réagi avec agressivité par rapport à vous.

Poussant un soupir d'impatience, il se passa une main dans les cheveux.

— Pendant quinze ans, il a souffert à cause de vous.

— Croyez-vous que je ne le sache pas ?

— Laine, les quelques jours que vous avez passés chez lui lui ont rendu sa fille. Il n'a pas demandé pourquoi vous n'aviez jamais répondu à ses lettres. Il n'a jamais porté contre vous les accusations que j'ai moi-même portées.

Il ferma brièvement les yeux, et sa fatigue fut de nouveau évidente.

— Il n'a pas besoin d'explications, ni d'excuses. Il ne fallait pas continuer à lui cacher la vérité. Quand il a vu que vous étiez partie, il a voulu venir lui-même en France pour vous ramener là-bas. Je l'ai prié de me laisser partir seul, parce que c'était à cause de moi que vous étiez rentrée à Paris.

Laine soupira et glissa le médaillon dans sa poche.

— Après tout, vous avez peut-être eu raison de lui parler, dit-elle d'une voix lasse. Je vais lui écrire, ce soir. Je n'aurais pas dû m'en aller sans l'avoir revu. Ce que vous venez de me dire est le plus beau cadeau que j'aie jamais reçu. Je ne veux pas que vous croyiez, lui et vous, que mon retour en France était provoqué par de la rancœur. J'espère que mon père va bientôt venir me voir. Je vais écrire une lettre que vous lui transmettrez.

Les yeux de Dillon s'assombrirent encore plus. Sa voix vibra de colère.

— Cela ne va pas lui plaire de savoir que vous vous enterrez dans cette école.

Laine se détourna et regarda par la fenêtre.

— Je ne m'enterre pas, Dillon. Cette école représente mon chez-moi et mon gagne-pain.

— Et votre cachette !

Comme elle se raidissait, il poussa un juron sonore et se remit à faire anxieusement les cent pas.

— Désolé, c'était nul, marmonna-t-il.

— Cessez de vous excuser, Dillon.

Il s'arrêta derrière elle. Laine lui tournait le dos, mais il devinait la courbe de son menton caressée par ses boucles blondes. Dans son blazer bleu marine et sa jupe blanche plissée, elle ressemblait davantage à une étudiante qu'à un professeur. Il se remit à parler plus doucement.

— Ecoutez, Duchesse, je vais passer quelques jours à Paris, pour jouer les touristes. Si vous me montriez un peu ce qu'il y a à voir ? Vous pourriez me servir de guide et d'interprète.

Laine ferma les yeux. Quelques jours en sa compagnie seraient un véritable supplice. Il était inutile de prolonger ainsi son calvaire.

— Je suis désolée, Dillon, mais cela tombe très mal. Je n'ai pas une minute en ce moment. J'ai accumulé beaucoup de retard dans mon travail quand j'étais à Kauai.

— Vous avez décidé de me compliquer les choses, c'est ça ?

— Pas du tout, Dillon.

Elle se tourna vers lui, un sourire désolé sur les lèvres.

— Une autre fois, peut-être.

— Il n'y aura pas d'autre fois. Je fais de mon mieux pour agir comme il faut, mais je ne sais pas très bien où je mets les pieds. Je n'ai jamais eu affaire à une femme comme vous. Toutes les règles sont différentes.

Elle leva sur lui un regard étonné. L'assurance légendaire de Dillon avait disparu. Il avança vers elle, fit une pause, puis il se dirigea vers le tableau noir. Il regarda quelques instants sans les voir les conjugaisons des verbes français.

— Dînons ensemble ce soir ! finit-il par dire.

— Non, Dillon, je…

Il fit demi-tour si rapidement qu'elle ravala la fin de sa phrase.

— Si vous ne voulez même pas dîner avec moi, comment pourrai-je vous convaincre de rentrer à Kauai ? Quand pourrai-je commencer à vous faire la cour ? N'importe quel imbécile verrait que je ne suis pas très doué pour cela. J'ai déjà commis pas mal de dégâts. Je ne sais pas combien de temps je vais encore pouvoir rester raisonnable et cohérent. Je vous aime, Laine, et cela me rend fou. Venez avec moi à Kauai, pour que nous puissions nous marier.

Abasourdie, Laine leva sur lui des yeux incrédules.

— Dillon… venez-vous de dire que vous m'aimez ?

— Oui, j'ai dit que je vous aimais. Voulez-vous l'entendre encore ?

Il posa les mains sur ses épaules, les lèvres sur ses cheveux.

— Je vous aime tant que je n'arrive même plus à faire des choses aussi vitales que manger et dormir. Je ne pense qu'à vous. Je n'arrête pas de vous revoir avec ce coquillage contre l'oreille. Vous étiez debout sur la plage, et l'eau coulait de vos cheveux. Vos yeux avaient la couleur du ciel et de la mer. Je suis tombé follement amoureux de vous. J'ai essayé de l'ignorer, mais je perdais pied chaque fois que vous vous approchiez de moi. Et quand vous êtes partie, j'ai eu l'impression qu'on m'arrachait une partie de moi-même. Sans vous, je ne suis plus un être complet.

— Dillon, murmura-t-elle.

— Je vous jure que je n'avais pas l'intention de mettre la pression sur vous. Je ne voulais pas vous dire cela à Paris. Je vous donnerai tout ce que vous voudrez, les fleurs, les bougies. Vous serez étonnée de voir à quel point je peux être conventionnel quand c'est nécessaire. Rentrez avec moi, Laine. Je vous laisserai le temps de réfléchir avant de renouveler ma demande en mariage.

— Non.

Elle secoua la tête, puis elle prit une longue inspiration.

— Je ne rentrerai pas avec vous, sauf si vous m'épousez avant.

— Laine…

Il resserra les mains sur ses épaules. Puis, avec un petit râle de plaisir, il l'embrassa sur la bouche.

— Ne comptez pas sur moi pour vous laisser le temps de changer d'avis, coupa-t-elle.

Levant les bras, elle joignit ses mains autour de son cou, puis elle posa la joue contre sa joue.

— Vous me donnerez les fleurs et les bougies plus tard. Quand nous serons mariés !

— Marché conclu, Duchesse ! Je vais vous épouser avant même que vous ne preniez conscience de ce que vous faites. Certaines personnes vous diront peut-être que j'ai quelques défauts… par exemple, que je perds patience de temps à autre.

— Vraiment ?

Laine le regarda d'un air espiègle.

— Je n'ai jamais connu personne qui soit plus calme que vous… Cependant…

Elle lui caressa la gorge du bout des doigts et joua avec le bouton supérieur de sa chemise.

— … je devrais sans doute confesser que je suis par nature très jalouse. C'est plus fort que moi. Et si je revois une femme en train de danser le hula spécialement pour vous, il se peut bien que je la jette du haut de la falaise la plus proche !

— Vous le feriez ? interrogea-t-il avec un sourire d'intense satisfaction.

Il prit son visage entre ses mains.

— Alors je crois que Miri devra vous apprendre à

danser dès que nous serons de retour. Je vous préviens, j'ai bien l'intention d'assister à chaque leçon.

— Je suis sûre que j'apprendrai vite.

Se hissant sur la pointe des pieds, elle l'attira contre lui.

— Mais pour l'instant, il y a d'autres choses que j'aimerais apprendre. Embrassez-moi encore, Dillon !

SOUS LE SOLEIL D'ARIZONA

Prologue

… et dans le ciel noir, la pleine lune était blanche et froide. Il vit les ombres glisser, frémissantes et vives sur la neige que recouvrait une couche de givre. Noir sur blanc. A perte de vue, il n'y avait que le vide, l'absence de couleurs. Le gémissement du vent sur les arbres sans feuilles était l'unique son qu'il percevait. Il savait cependant qu'il n'était pas seul, et le noir comme le blanc le rassuraient. Pourtant, son cœur glacé se serra. Sa respiration, difficile, presque éteinte, formait de petits nuages de vapeur. Sur le sol gelé, il vit une ombre noire s'abattre brutalement. Inutile de courir, le voyage était fini.

Hunter tira une bouffée de sa cigarette puis fixa les mots sur son écran. La fumée les rendait flous. Michael Trent était mort. Hunter l'avait créé, façonné, à seule fin de l'amener vers cette mort pathétique par une nuit de pleine lune. Curieusement, il ressentit une sorte d'euphorie, plus que du remords, pour avoir anéanti cet homme qu'il connaissait mieux que lui-même.

Il décida de s'arrêter là et de laisser ses lecteurs imaginer eux-mêmes les détails du meurtre. L'atmosphère était créée, les secrets à demi dévoilés, la fatalité se devinait sans être expliquée. Il savait que son habitude de laisser ouvertes les fins de ses romans était source à la fois de frustration et de fascination. C'était exactement le genre d'émotions qu'il avait envie de faire naître, et qui lui procurait un sentiment de satisfaction aussi intense que rare.

Hunter donnait corps à la terreur, celle qui coupe le souffle et ne peut être décrite. Il explorait les cauchemars les plus sombres de l'esprit humain et, avec une précision méticuleuse, les rendait tangibles. L'impossible devenait plausible et le mystère un lieu commun. Le quotidien le plus ordinaire finissait par faire froid dans le dos. Il se servait des mots comme un peintre de sa palette. Ses histoires, à la fois simples et extraordinaires, happaient le lecteur dès les premières pages.

Son métier, c'était l'épouvante, et il connaissait un succès phénoménal.

Depuis cinq ans, il était considéré comme un maître du genre. Il avait écrit six best-sellers qui étaient déjà épuisés, et dont quatre avaient été adaptés au cinéma. Les critiques s'extasiaient, les ventes explosaient, les courriers de fans affluaient du monde entier. Hunter, lui, semblait se moquer de tout cela. Il écrivait avant tout pour lui-même, car raconter des histoires était ce qu'il faisait le mieux. S'il distrayait les gens avec ses écrits, cela lui convenait. Mais il savait que, quelle que soit la réaction des critiques ou des lecteurs, cela ne l'empêcherait pas d'écrire. Son travail et son intimité étaient les deux choses qui comptaient le plus dans sa vie.

Il ne se considérait pas vraiment comme une personne solitaire ou asociale. Il vivait simplement comme il l'avait décidé, comme il vivait six ans auparavant, avant que le succès, la célébrité et l'argent ne couronnent son travail.

Sa vie n'avait en rien été bouleversée par tout cela. Il était déjà écrivain avant *En attendant le diable*, qui l'avait propulsé en tête des listes du *New York Times*.

D'aucuns suggéraient que son style de vie était calculé, et qu'il essayait, à dessein, de se faire passer pour un excentrique.

quête d'informations sur Hunter Brown n'avaient en rien entamé sa détermination. D'une façon ou d'une autre, elle finirait par obtenir ce qu'elle voulait.

— Pour l'instant, je n'ai rien de plus que le nom de son agent et le numéro de téléphone de son éditeur, répondit-elle d'une voix légèrement abattue. Je n'ai jamais eu affaire à des gens aussi peu bavards.

— Son dernier roman est sorti la semaine dernière, observa Bryan en saisissant machinalement un document sur une pile de dossiers à côté d'elle. Est-ce que tu l'as lu ?

— Non, je l'ai acheté, mais je n'ai pas eu le temps de le commencer.

Bryan repoussa une des longues tresses couleur miel qui lui tombaient sur les épaules.

— Je te déconseille de lire les romans de ce type le soir, dit-elle en riant. La dernière fois que ça m'est arrivé, j'ai dû dormir avec toutes les lumières allumées ! Je ne sais pas comment il arrive à faire cela.

Lee leva les yeux vers elle.

— C'est bien ce que je compte découvrir.

Bryan savait que Lee y arriverait, elle la connaissait depuis trois ans et ne l'avait jamais vue abandonner un sujet avant d'en avoir tiré tout ce qu'elle voulait.

— Pourquoi tant d'intérêt pour lui, d'ailleurs ? demanda Bryan en la scrutant de ses yeux en amande.

— Parce que personne n'a jamais pu l'approcher, répondit Lee aussitôt.

— Tu es une véritable aventurière !

Un rapide coup d'œil à la scène aurait donné l'impression que deux jolies jeunes femmes étaient en train de discuter dans un bureau au design soigné. Mais, en y regardant de plus près, le contraste était frappant. Bryan portait un jean et un T-shirt moulant et avait une allure totalement anticonventionnelle. Elle semblait parfaitement décontractée, avec ses baskets usées et ses tresses flottantes. Son visage aux traits fins n'était pas maquillé, à l'exception d'une touche de mascara sur les cils.

Lee, quant à elle, portait un élégant tailleur d'un bleu métallique, et l'on devinait son opiniâtreté à ses mains qui n'étaient jamais totalement immobiles. Elle avait une coupe de cheveux à la mode, assez courte et dynamique, qui accentuait son côté femme active. Sa couleur de cheveux oscillait entre le cuivre et le blond. Sa peau était délicate, presque laiteuse, avec de discrètes taches de rousseur. Son maquillage, bien que discret, était particulièrement raffiné, avec une ombre à paupières d'un bleu cendré assorti à ses yeux. Elle avait les traits fins, presque aristocratiques, et qui contrastaient avec ses lèvres charnues à la moue décidée.

Les deux jeunes femmes avaient des styles et des goûts tout à fait différents, mais, curieusement, elles étaient devenues amies dès leur première rencontre. Même si Bryan n'était pas toujours d'accord avec les décisions très arrêtées de Lee, et si Lee n'approuvait pas toujours le manque de ténacité de Bryan, leur amitié n'avait jamais fléchi depuis qu'elles se connaissaient.

— Bien, reprit Bryan, quel est donc ton plan machiavélique ?

— Continuer à creuser, répondit Lee avec un regard malicieux. J'ai quelques contacts chez Horizon, sa maison d'édition. Peut-être que quelqu'un finira par me donner une piste. Parce que, pour l'instant, c'est l'homme invisible, je n'arrive même pas à savoir dans quel Etat il vit.

— J'aurais plutôt tendance à croire les rumeurs, répondit Bryan, pensive. Je dirais qu'il vit dans une grotte quelque part, parmi les chauves-souris et avec deux loups pour animaux de compagnie. Il écrit probablement ses manuscrits avec le sang d'agneaux sacrifiés selon un obscur rituel.

— Et tu crois qu'il égorge de jeunes vierges les soirs de pleine lune ?

— Cela ne me surprendrait pas ! lança Bryan. Je te dis que cet homme ne doit pas être tout à fait normal !

— *Hurlement silencieux* fait déjà partie des meilleures ventes.

— Je n'ai jamais dit qu'il n'était pas talentueux, répliqua Bryan. Je dis qu'il est bizarre. Il doit avoir un esprit sacrément torturé. Je peux t'assurer que j'aurais aimé ne jamais avoir ouvert son livre quand j'ai passé la nuit toutes lumières allumées, le cœur battant.

— C'est ça ! s'exclama Lee en se levant pour arpenter son bureau. Quel genre d'esprit a-t-il ? Quel genre de vie mène-t-il ? Est-il marié ? A-t-il soixante-cinq ou vingt-cinq ans ? Pourquoi aborde-t-il toujours des thématiques proches du surnaturel ?

Lee s'arrêta devant la fenêtre. Elle se moquait bien de la vue sur Los Angeles qui s'étendait sous ses yeux. Elle avait besoin de réponses.

— Pourquoi lis-tu ses romans ? demanda-t-elle subitement à Bryan.

— Parce qu'ils sont fascinants, répondit cette dernière sans réfléchir. Parce qu'aussitôt que j'ai lu les deux premières pages je ne peux plus lâcher mon livre.

— Tu es une femme intelligente, commença Lee.

— Pour sûr ! répondit Bryan amusée. Et alors ?

— Comment se fait-il que des gens intelligents achètent des livres qui les terrorisent ? Lorsque tu prends un Hunter Brown, tu sais bien ce qu'il va se passer, et pourtant chacun de ses ouvrages est en tête des ventes aussitôt. Pourquoi un homme, qui est sans conteste intelligent, écrit-il de tels livres ?

— Je me trompe ou je sens une nuance de désapprobation dans ta voix ?

— Peut-être, oui, reconnut Lee. Cet homme est l'un des meilleurs écrivains du pays. Lorsqu'il décrit une pièce dans une vieille maison, on peut presque sentir l'odeur de la poussière. Ses personnages sont tellement réels que l'on a l'impression que ce sont des gens que l'on connaît. Et pourtant il utilise son talent à écrire des romans d'épouvante. J'ai besoin de comprendre !

— Je connais moi-même une femme qui a un esprit d'analyse des plus fins, un talent inouï pour rendre les histoires les plus ordinaires absolument palpitantes. Elle est ambitieuse, a un style fantastique, et pourtant elle travaille pour un magazine et s'obstine à ne pas terminer le roman qu'elle a entamé. Elle est jolie mais refuse la plupart des rendez-vous galants qu'on lui propose. Et pour couronner le tout, elle a la sale manie de sculpter des trombones pendant qu'elle parle.

Lee baissa les yeux sur le petit fil de métal tordu qu'elle tenait entre ses doigts, avant de les relever pour fixer Bryan.

— Et est-ce que tu sais pourquoi ?

— J'essaye de le découvrir depuis que je la connais, répondit Bryan avec un sourire amusé qui contrastait avec le sérieux de sa voix. Mais je continue à n'y rien comprendre.

Lee lui rendit son sourire et jeta le trombone dans une corbeille à papier.

— Dans ce cas, tu n'es pas une vraie reporter !

Par esprit de contradiction, Lee alluma sa lampe de chevet et ouvrit le roman de Hunter Brown. Elle en lirait un chapitre ou deux et se coucherait tôt. Une longue nuit était un véritable luxe après la semaine qu'elle venait de passer à *Celebrity*.

Sa chambre était peinte dans des camaïeux de bleu, adoucis par des teintes ivoire. Sur le sol, elle avait mis un immense tapis persan qu'elle avait couvert de nombreux coussins moelleux. Sur un guéridon ancien se trouvait un vase avec des plumes de paon et des branches d'eucalyptus. Près de la fenêtre, un ficus magnifique complétait le tableau.

Pour Lee, cette pièce était vraiment son seul et unique refuge. Il symbolisait son intimité. En tant que journaliste, elle acceptait le fait d'être un personnage public, au moins autant que les gens sur qui elle écrivait, mais ici elle pouvait se détendre et oublier qu'elle avait du travail à terminer et des échelles à grimper. Elle pouvait feindre de croire que Los Angeles ne bouillonnait pas à l'extérieur. Sans cela, elle savait que le surmenage la guettait.

Lee se connaissait bien et savait qu'elle avait tendance à en faire toujours plus, à ne jamais s'arrêter. Lorsqu'elle retrouvait le calme de sa chambre, elle parvenait alors à recharger ses batteries et à se sentir d'aplomb pour attaquer sa nouvelle journée de travail.

Détendue, elle commença la lecture du roman.

En moins d'une demi-heure, elle se sentait déjà angoissée, mal à l'aise et totalement captivée ! Si elle n'avait pas été aussi avide de savoir la suite, elle aurait presque pu se mettre en colère contre l'auteur qui lui faisait ressentir de telles émotions. Il avait placé un homme tout à fait ordinaire au cœur d'une intrigue extraordinaire, et ce avec tellement de talent que Lee avait l'impression d'être elle-même cet enseignant pris au piège dans une petite ville aux sombres secrets.

Le style était parfaitement fluide, et les dialogues si naturels qu'elle avait l'impression d'entendre les personnages s'exprimer. La description de la ville regorgeait de détails qui lui semblaient familiers, si bien qu'elle aurait pu jurer qu'elle s'y était déjà rendue. Elle avait beau savoir que ce roman allait lui faire passer plus d'un sale quart d'heure, elle ne pouvait se résoudre à interrompre sa lecture. C'était la magie du conteur qui s'exerçait. En le maudissant, elle continua à tourner les pages, jusqu'à ce que la sonnerie du téléphone la fasse sursauter et lâcher son livre. Nerveuse, Lee décrocha le combiné.

Sa nervosité s'estompa cependant rapidement, et elle s'empara d'un crayon pour noter les indications qu'on lui communiquait. Elle serait à jamais redevable à son contact new-yorkais de l'information qu'il venait de lui transmettre. Mais le plus important, pour l'instant, était d'organiser son voyage à Flagstaff, dans l'Arizona, afin d'assister à la conférence littéraire qui devait s'y tenir.

Elle devait bien admettre que la campagne était magnifique. Comme à son habitude, elle avait profité de son vol de Los Angeles à Phoenix pour travailler, mais une fois dans le petit avion régional qui la menait à Flagstaff elle avait abandonné toutes ses notes. L'avion traversait de fines masses nuageuses qui s'estompaient soudain pour laisser découvrir l'immensité sauvage de la nature. C'était un paysage qu'il lui était difficile de concevoir, alors qu'elle venait à peine de quitter Los Angeles et ses gratte-ciel. Elle contemplait les vallées et les pics rocheux semblables à des châteaux forts dans le canyon d'Oak Creek et sentait une excitation fébrile s'emparer d'elle. Si seulement elle avait eu un peu plus de temps…

Lee soupira en descendant d'avion. Elle était toujours à court de temps.

Le minuscule aéroport disposait d'un petit hall avec un ou deux stands et un distributeur automatique. Il n'y avait pas de haut-parleur pour annoncer les vols, et personne ne vint lui proposer un chariot pour transporter ses valises. Pas de file de taxis à l'extérieur non plus. Ses sacs à bout de bras, Lee fronça les sourcils. La patience n'était pas vraiment sa qualité principale.

L'employé leva le regard de son écran d'ordinateur. Son sourire poli se figea lorsqu'il vit le visage de Lee. Elle lui rappelait un camée que sa grand-mère avait l'habitude de porter pour les grandes occasions.

— Souhaitez-vous louer un véhicule ?

Lee réfléchit un instant à cette possibilité, puis se dit qu'elle n'était pas venue ici pour faire du tourisme.

— Non, je cherche simplement un moyen de transport jusqu'à Flagstaff, expliqua-t-elle en lui tendant la carte de son hôtel. Ont-ils un service de chauffeurs ?

— Oui, certainement. Leur numéro est indiqué sur la liste accrochée près de ce téléphone, répondit-il en lui indiquant une cabine un peu plus loin. Ils vous enverront quelqu'un.

— Merci.

Il la regarda s'éloigner avec attention. Cette jeune femme avait quelque chose qui ne laissait pas indifférent.

En traversant le hall, Lee reconnut l'odeur des hot-dogs. Comme elle avait refusé le plateau qu'on lui avait proposé pendant le vol, elle commençait à avoir l'estomac dans les talons. Elle composa le numéro de l'hôtel et on lui assura qu'une voiture serait là une vingtaine de minutes plus tard. Elle alla ensuite s'acheter un hot-dog et prit place sur l'un des sièges en plastique de l'entrée.

Elle allait obtenir ce qu'elle était venue chercher, décida-t-elle en contemplant les montagnes au loin. Elle ne serait pas venue pour rien. Après trois mois de recherches inabouties, elle allait enfin rencontrer Hunter Brown.

Elle avait dû faire usage de tout son pouvoir de persuasion pour convaincre son rédacteur en chef de financer son escapade. Mais il ne le regretterait pas. Elle commença à passer en revue les questions qu'elle comptait poser à Hunter Brown, aussitôt qu'elle lui aurait mis la main dessus.

Tout ce dont elle aurait besoin, ce serait d'une heure avec lui. Soixante minutes. Cela lui suffirait pour obtenir les informations nécessaires à la rédaction de son article. Après tout, elle avait déjà réussi un sacré tour de force cette année en obtenant une interview du lauréat des oscars, malgré ses réticences. Et elle avait renouvelé l'expérience avec ce candidat aux élections présidentielles qui s'était montré franchement hostile à leur entrevue. Hunter Brown serait certainement à la fois réticent et hostile, mais peu lui importait. Cela ajouterait du piquant à leur rencontre.

Si elle avait rêvé d'une vie simple et sans surprise, elle aurait cédé aux pressions sociales et familiales en épousant Jonathan. A l'heure qu'il était, elle serait certainement en train d'organiser sa prochaine garden-party.

Lee se retint de rire. Des garden-parties, des tournois de bridge et le yacht-club. Cela aurait certainement convenu à sa famille, mais elle rêvait d'autre chose. « De quoi, précisément ? », lui avait demandé sa mère. D'autre chose.

Lee vérifia sa montre et laissa ses sacs pour aller aux toilettes. La porte venait à peine de se refermer derrière elle que l'homme qui occupait toutes ses pensées entra dans le hall.

Les bonnes actions n'étaient pas vraiment son genre et il les réservait généralement à ses proches. Mais, étant donné qu'il était arrivé en ville en avance, Hunter avait fait un saut jusqu'à l'aéroport pour accueillir son éditrice. Il se rendit directement au guichet où Lee était allée se renseigner quelques minutes auparavant.

— Le vol 741 est arrivé ?

— Oui, monsieur, il y a dix minutes.

— Est-ce que par hasard vous auriez vu arriver une femme, assez jolie, d'environ vingt-cinq ans ?

— Oui, monsieur, répondit l'employé. Ce sont ses valises, là-bas.

— Merci, répondit Hunter en se dirigeant vers le siège de Lee.

Il passa en revue les trois valises en songeant que décidément l'idée de voyager léger était totalement étrangère à toutes les femmes. Sarah elle-même n'avait-elle pas emporté deux valises pour aller passer trois jours avec sa sœur à Phoenix ? Il trouvait étrange que sa fille puisse avoir déjà des comportements de femme. Mais sans doute était-ce normal, après tout. C'était peut-être pour cela qu'il accordait plus facilement sa confiance aux hommes.

Lee remarqua l'homme qui se tenait à côté de ses valises et lui tournait le dos. Il était grand, plutôt mince, avec des cheveux noirs en bataille. « Juste à l'heure ! », se dit-elle.

— Je suis Lee Radcliffe.

Lorsqu'il se retourna, Lee, sans bien comprendre pourquoi, se figea brusquement.

Indéniablement, cet homme était beau, peut-être même un peu trop. Il avait un visage fin, assez masculin, et ses traits étaient anguleux sans être durs. Son nez droit contrastait avec ses lèvres pleines. « Une bouche de poète », se dit-elle. Ses cheveux étaient noirs et légèrement bouclés. Pourtant, ce n'était rien de tout cela qui lui avait fait perdre la voix. C'étaient ses yeux.

Elle n'avait jamais vu un regard aussi sombre, aussi direct, aussi… troublant ! Elle avait l'impression qu'il la perçait à jour. Comme si, en l'espace de dix secondes, il avait lu dans son âme.

Hunter pendant ce temps découvrait un visage ravissant, à la peau laiteuse et aux grands yeux mélancoliques. Il s'attarda sur la bouche féminine et attirante. Il apprécia le menton décidé et admira les cheveux d'un roux lumineux qui devaient être doux comme de la soie sous les doigts. Il devina que la femme qui se trouvait devant lui, et qui était calme en apparence, devait bouillonner à l'intérieur. Enfin il se dit qu'elle sentait aussi bon qu'une soirée de printemps et ressemblait à une couverture du magazine *Vogue*.

Pourtant, il n'aurait pas prêté plus attention à elle s'il n'avait pas perçu son caractère bien trempé, car c'est ce que les gens cachaient sous leur carapace policée qui le passionnait.

— Oui ?

— Eh bien, je…, balbutia-t-elle, furieuse contre elle-même. Si vous êtes venu me chercher, nous pouvons y aller. Voilà mes valises.

Il la considéra en silence. Son erreur était simple et évidente, et il lui aurait suffi d'un instant pour éclaircir cette méprise. Mais après tout, c'était elle qui s'était trompée, pas lui. Et puis Hunter avait toujours cru aux impulsions qui vous font agir, plutôt qu'aux prudentes explications. Il se saisit donc de ses valises.

— La voiture est juste là.

Lee retrouvait une contenance. Elle était étonnée de sa réaction, car elle n'était pas du genre à se laisser surprendre. Encore moins par un homme. C'était certainement dû à l'excitation de sa prochaine rencontre avec Hunter. Elle avait, avant toute chose, besoin de se détendre dans un bon bain.

Le véhicule dont il lui avait parlé n'était pas une voiture ordinaire, mais une Jeep. Etant donné le climat et la condition des routes dans la région, ce devait être normal.

— Vous n'êtes pas d'ici, n'est-ce pas ? demanda Hunter en la détaillant du coin de l'œil.

— Non, je suis venue pour la conférence littéraire.

Il s'installa au volant et ferma sa portière. Maintenant il savait où l'emmener.

— Vous êtes écrivain ?

Lee pensa aux deux premiers chapitres de son roman inachevé qu'elle avait emportés avec elle au cas où on lui poserait des questions.

— Oui.

Hunter traversa le parking avant de rejoindre la bretelle d'autoroute.

— Et qu'écrivez-vous ?

Lee considéra qu'il valait mieux qu'elle expérimente son discours avec lui avant de se retrouver au milieu de deux cents éditeurs et écrivains.

— J'ai surtout écrit des articles et quelques nouvelles,

Il tapota sur son clavier et ouvrit un nouveau chapitre. Le chapitre suivant, le mot suivant, le livre suivant avaient bien plus d'intérêt pour lui que n'importe quelle analyse de sa personnalité.

Il avait travaillé pendant six heures, ce jour-là, et il pensait qu'il lui faudrait deux heures de plus. L'histoire lui semblait s'écouler de lui comme l'eau d'un glacier. Elle était froide et claire.

Ses mains qui jouaient avec le clavier attiraient toujours l'attention. Elles étaient fines, longues et puissantes à la fois. En les regardant, on aurait pu penser qu'il composait des concertos ou des poèmes épiques. Elles orchestraient en fait des mauvais rêves et des frayeurs nocturnes. Elles façonnaient des monstres. Pas de ceux qui sont couverts d'écailles dans les mauvais films, mais des monstres suffisamment réels pour donner la chair de poule. Car ses romans étaient toujours assez réalistes pour que l'horreur devienne normale et plausible. Il y avait toujours une créature étrange qui hantait les placards sombres de ses histoires, et cette créature était la peur de chaque lecteur. D'abord il trouvait cette peur, puis, centimètre par centimètre, il ouvrait la porte du placard.

Sa cigarette finissait de se consumer dans un cendrier prêt à déborder. Il fumait trop. C'était peut-être le seul signe extérieur de la pression qu'il subissait. Une pression qu'il n'aurait jamais toléré que quiconque lui impose. Il voulait avoir terminé son livre avant la fin du mois. C'était le délai qu'il s'était lui-même imparti. Il ne savait pas vraiment pourquoi il avait accepté de participer à une conférence à Flagstaff durant la première semaine de juin.

Il refusait la plupart du temps d'apparaître en public. Pourtant, cette fois, il avait fini par donner son accord, sachant qu'il n'y aurait pas plus de deux cents écrivains confirmés ou débutants à cette manifestation, et qu'il pourrait participer à l'un des ateliers, répondre à quelques questions et rentrer rapidement chez lui.

Au cours de cette seule année, Hunter avait décliné des invitations provenant des maisons d'édition les plus prestigieuses du pays. Le prestige ne lui faisait ni chaud ni froid, en revanche, il considérait que sa contribution à l'Association des écrivains d'Arizona serait une façon de payer la dette qu'il avait envers cette institution. Hunter avait compris que dans la vie rien n'était gratuit.

En fin d'après-midi, le chien étendu à ses pieds leva brusquement la tête. C'était un chien fin, au pelage gris et au regard perçant de loup.

— C'est déjà l'heure, Santanas ?

Hunter passa la main sur la tête de l'animal avec douceur. Bien décidé à reprendre son travail un peu plus tard, il éteignit son ordinateur.

Suivi de son chien, Hunter sortit du chaos de son bureau pour entrer dans un grand salon bien rangé. La pièce sentait la vanille et était entièrement vitrée sur l'un de ses côtés.

Il fit coulisser l'une des portes-fenêtres et entra dans un grand patio. Son regard se perdit un instant dans l'immensité des bois qui entouraient la maison. Ces bois le protégeaient et maintenaient les curieux à l'écart. Hunter avait besoin de cela. Il avait besoin de paix, de mystère et de beauté, tout autant que des immenses falaises rouges des canyons. Le seul bruit qui venait troubler le silence était celui de l'eau du ruisseau qui coulait en contrebas. Il inspira profondément l'air pur et frais. Il savait que tout cela était un vrai luxe.

Il la vit alors, avançant tranquillement le long du sentier qui menait à la maison. Le chien se mit à remuer la queue.

Parfois, lorsqu'il la regardait ainsi, Hunter se disait qu'il était impossible qu'une telle beauté lui appartienne. Elle était brune et fine, et avançait avec une grâce insouciante qui le faisait sourire et lui faisait mal à la fois. C'était Sarah. Son travail et son intimité étaient deux choses vitales pour lui. Sarah, elle, était sa vie. Quand il pensait à elle, il se disait qu'il avait bien fait de se battre, de souffrir et d'affronter la peur. Elle valait tellement plus que ces quelques épreuves.

Levant les yeux, elle eut un large sourire qui révéla son appareil dentaire.

— Papa !

1

La semaine qui précédait la mise sous presse d'un magazine comme *Celebrity* était généralement un chaos total. Dans chaque service régnait une ambiance électrique. Les bureaux étaient couverts de montagnes de dossiers, les téléphones occupés, et bon nombre de repas sautés. Il y avait dans l'air un vague sentiment de panique, qui croissait jour après jour. Les susceptibilités se réveillaient, les exigences devenaient extravagantes. La plupart des bureaux restaient allumés jusque tard dans la nuit, l'odeur du café se mêlait à celle de la fumée de cigarette. Après avoir passé cinq ans dans cette rédaction, ce moment de stress mensuel était devenu habituel pour Lee.

Celebrity était une publication respectée, qui affichait plusieurs millions de dollars de ventes par an. Outre les articles concernant les célébrités, il y avait aussi des colonnes écrites par d'éminents psychologues et journalistes, et des interviews d'hommes politiques côtoyant celles de rock stars internationales. Les photographies étaient toutes choisies avec soin, et la qualité des articles devait toujours être irréprochable. Même si ses détracteurs et ses concurrents le rangeaient dans la catégorie « presse à scandale » de qualité, ce mot même de qualité dans leur bouche voulait tout dire.

D'ailleurs, Lee Radcliffe n'aurait jamais signé avec eux sans avoir la garantie au préalable d'exercer son talent dans l'un des magazines les plus reconnus du pays.

répondit-elle assez honnêtement. Et puis j'ai commencé un roman.

Très peu de gens dans son entourage étaient au courant de cette information.

— Et vous comptez le terminer un jour ? demanda-t-il tandis que la Jeep avançait à vive allure sur l'autoroute.

— Je crois que cela va dépendre de beaucoup de choses, répondit-elle, embarrassée.

— Ah oui ? Et de quoi par exemple ?

Intimidée, Lee s'efforça de rester immobile sur son siège. Après tout, c'était probablement le genre de questions auxquelles elle aurait à répondre durant tout le week-end.

— Eh bien, il faut savoir si ce que j'ai déjà écrit est bon ou pas, par exemple.

Lee se dit que sa réponse et son malaise étaient tous les deux plutôt justifiés.

— Vous rendez-vous à beaucoup de conférences ?

— Non, c'est la première.

Cela pouvait expliquer son trac, mais Hunter sentait qu'il n'avait pas encore mis au jour tous les motifs de sa nervosité.

— J'espère que ce sera instructif, reprit-elle. Je m'y suis inscrite à la dernière minute, mais quand j'ai su que Hunter Brown serait présent, je n'ai pas pu résister.

Il fronça les sourcils un instant. Il avait accepté de participer à un atelier parce qu'on lui avait assuré qu'aucune publicité ne serait faite autour de cela. Comment cette charmante rouquine avec ses chaussures italiennes et ses yeux de braise avait-elle bien pu avoir vent de sa présence ?

— Qui ça ?

— Hunter Brown, le romancier.

— Vous aimez ce qu'il fait ? demanda-t-il en suivant une nouvelle fois une impulsion un peu folle.

Surprise, Lee se tourna vers lui et étudia son profil. Il lui était infiniment plus simple de le regarder lorsque ses yeux n'étaient pas braqués sur elle.

— Vous n'avez jamais rien lu de lui ?

— Non, pourquoi, j'aurais dû ?

— Remarquez, ça dépend si vous aimez lire barricadé chez vous avec toutes les lumières allumées. Il écrit des romans d'épouvante.

Lee nè perçut pas la petite étincelle qui brilla dans ses yeux l'espace d'un instant.

— Des trucs avec des morts vivants et des crochets de boucher ?

— Pas exactement, répondit-elle. Ce serait trop simple. En fait, il arrive à mettre des mots sur ce qui vous effraie personnellement.

Hunter rit, plutôt satisfait de ce compliment.

— Alors comme ça vous aimez avoir peur ? demanda-t-il d'un ton intrigué.

— Non, déclara Lee catégoriquement.

— Dans ce cas, pourquoi lisez-vous ses romans ?

— C'est ce que je me demande quand je suis en train d'en finir un à 3 heures du matin, répondit Lee en haussant les épaules. C'est plus fort que moi. Je suppose que Hunter Brown doit avoir un caractère très particulier. Il est impossible qu'il soit tout à fait... comme le commun des mortels !

— Vraiment ? lança Hunter en garant sa Jeep devant l'hôtel. Mais l'écriture, n'est-ce pas simplement une histoire de mots et d'imagination ?

— Oui, c'est aussi de la sueur et du sang, rétorqua-t-elle. Je ne vois pas comment il peut avoir une vie normale avec une imagination telle que la sienne. J'aimerais savoir ce qu'il en pense.

— C'est ce que vous lui demanderez, dit Hunter, amusé, en descendant de voiture pour attraper ses valises.

— Oui, exactement !

Ils restèrent sur le trottoir un instant, silencieux. Il la regardait avec une expression de vague intérêt dans le regard. Pourtant, sans savoir pourquoi, Lee eut l'impres-

— Comment s'est passée l'exposition de sculptures ?

Lee leva un regard interrogateur en direction de Bryan Mitchell, l'une des meilleures photographes de la côte Ouest. Elle accepta avec gratitude le café qu'elle lui tendait. A vrai dire, elle n'avait pas réussi à additionner plus de vingt heures de sommeil au cours des quatre derniers jours.

— J'ai vu des œuvres d'art plus intéressantes dans les rayons de mon supermarché, répondit-elle avec un sourire moqueur.

— Certaines personnes aiment les choses un peu excentriques et obscures, reprit Lee, qui était du même avis que Bryan, au fond.

Cette dernière se mit à rire en secouant la tête.

— Quand ils m'ont demandé de mettre en valeur ce fouillis de fils électriques rouges et noirs, j'ai failli leur demander d'éteindre toutes les lumières !

— Tu l'as pourtant rendu presque mystique.

— Je pourrais rendre une Déchetterie mystique avec un bon éclairage, répondit-elle en souriant à Lee. Tout comme tu serais capable de le faire avec ta plume.

Les deux jeunes femmes échangèrent un regard complice et Bryan vint s'appuyer sur le bureau de Lee, qui était plutôt bien rangé, comparé aux autres.

— Au fait, demanda Bryan, tu es toujours sur les traces de Hunter Brown ?

Lee fronça légèrement les sourcils. Hunter Brown était en train de devenir l'objet de toutes ses pensées, presque une obsession. Peut-être était-ce justement parce qu'il était inaccessible que Lee s'était mis en tête d'être la première à percer l'aura de mystère qui l'entourait.

Devenir reporter lui avait pris presque cinq ans et elle avait maintenant la réputation d'être une personne tenace, méthodique, avec des idées arrêtées. Lee savait qu'elle était à la hauteur de ces qualificatifs. Les trois mois qu'elle venait de passer à se heurter à des murs dans sa sion qu'il y avait autre chose. En tout cas, plus que ce qu'un chauffeur pouvait se permettre de manifester à l'égard d'une des clientes de l'hôtel. Encore une fois, elle se força à rester immobile afin de ne pas trahir sa nervosité. Sans un mot, Hunter se dirigea vers l'hôtel, ses bagages à la main.

Lee n'eut pas la présence d'esprit de se dire que cette conversation était différente de toutes celles qu'elle avait pu avoir avec des chauffeurs jusqu'à présent. Elle le regarda s'avancer jusqu'au comptoir et eut l'impression qu'il émanait de lui une aura de force tranquille, mêlée à une curieuse arrogance. Que faisait un homme comme lui à un poste de chauffeur ? Comment parvenait-il à se contenter de faire des allers-retours, sans jamais vraiment avancer dans la vie ?

Peu lui importait après tout, elle avait bien d'autres préoccupations !

— Lenore Radcliffe, annonça-t-elle à l'employé. J'ai réservé une chambre.

— Tout à fait, mademoiselle Radcliffe, répondit-il en lui tendant sa fiche et sa clé. Nous vous souhaitons la bienvenue dans notre établissement.

Hunter ne lui laissa pas le temps de tendre la main et les attrapa. C'est à ce moment-là que Lee remarqua le curieux anneau qu'il portait au petit doigt. Il s'agissait de quatre fils d'or et d'argent entrelacés.

— Je vous accompagne, déclara-t-il en traversant le hall d'un pas assuré.

Il emprunta un long couloir sur la gauche et avança jusqu'à la porte dont le numéro était indiqué sur la fiche. Il l'ouvrit avant de s'écarter pour laisser entrer Lee.

La chambre était claire et agréable. C'était un rez-de-jardin, avec de larges baies vitrées qui permettaient de sortir directement dans le jardin.

— N'hésitez pas à appeler la réception si vous aviez besoin de quoi que ce soit.

— Bien sûr, répondit Lee, en allumant machinalement la télévision.

Elle ouvrit alors son sac et fouilla dans son porte-monnaie pour en tirer un billet de cinq dollars.

— Merci, dit-elle en le lui tendant.

Leurs regards se croisèrent une nouvelle fois, provoquant la même tension qu'à l'aéroport. Lee remarqua que ses doigts tremblaient légèrement. Il eut un sourire fugace, mais dévastateur, qui la laissa sans voix.

— C'est moi qui vous remercie, mademoiselle Radcliffe, lâcha-t-il laconiquement.

Puis, sans un mot de plus, il empocha le billet et quitta la chambre.

2

Lee savait déjà que les écrivains étaient des gens à part mais, cette fois, elle allait découvrir que les conférences littéraires étaient elles aussi très particulières.

Comme la plupart des quelque deux cents participants, Lee dut faire la queue dès 8 heures du matin pour s'inscrire. De toute évidence, la plupart des invités se connaissaient déjà, et il régnait dans le hall une excitation notable.

Lee apprécia cette atmosphère, mais s'efforça de paraître calme et assurée, tandis qu'on lui tendait son badge et le programme de la manifestation.

Elle alla ensuite s'asseoir un peu à l'écart, et détailla le planning afin de trouver l'atelier animé par Hunter Brown. Avec un sourire satisfait, elle entoura l'une des cases.

« Comment créer le sentiment d'épouvante par l'émotion et l'atmosphère ? »

Bien que le nom de Hunter Brown ne soit pas mentionné, Lee était convaincue qu'il s'agissait de son atelier. Elle devait maintenant s'assurer d'être bien placée. Il lui restait trois heures pour revoir les questions qu'elle poserait. Autour d'elle, les discussions battaient leur plein.

— Si on rejette mon manuscrit encore une fois, je peux t'assurer que je vais finir par mettre ma tête dans mon four !

— Judy, ton four est électrique !

— Oui, mais c'est l'intention qui compte !

Amusée, Lee tendit l'oreille, tout en relisant ses notes d'un œil distrait. La diversité des caractères qui étaient reflétés par ces bribes de conversations la frappa. Certains invités étaient plutôt timides et introvertis, d'autres franchement exubérants ou sophistiqués. Il y avait aussi quelques excentriques, en particulier un homme qui traversa les salons, drapé d'une longue cape noire.

Lee aimait cette diversité, car si elle utilisait essentiellement son talent à dépeindre des personnalités elle restait avant tout une conteuse. Obtenir son poste au magazine n'avait pas été de tout repos, et c'est autour de cet objectif qu'elle avait construit sa vie. Car, malgré ses grandes ambitions, elle était aussi pétrifiée à l'idée de se voir rejetée, et c'était la raison pour laquelle elle avait laissé son roman inachevé au fond d'un tiroir. Le magazine lui procurait le succès, la reconnaissance, la sécurité et des perspectives d'avenir. Ses salaires lui permettaient de vivre confortablement.

Si elle n'avait pas tant voulu se prouver qu'elle était capable d'obtenir tout cela, peut-être aurait-elle tenté sa chance et envoyé ses cent premières pages à une maison d'édition… Chassant ces pensées de son esprit, Lee se concentra de nouveau sur le flot de gens. Tous les types, tous les styles, tous les âges étaient représentés. Certains étaient habillés en tailleur ou costume plutôt stricts, d'autres en jean ; certains avaient même enfilé un smoking pour l'occasion. Lee baissa les yeux vers le dossier qui contenait les premières pages de son roman. C'était simplement un alibi. Elle ne pensait pas avoir suffisamment de talent pour devenir un grand écrivain, alors qu'elle avait la certitude d'être une excellente journaliste. Et elle n'accepterait jamais d'être un auteur de seconde zone.

Pourtant, rien ne l'empêchait de profiter de sa présence ici pour participer à un ou deux séminaires. Peut-être en tirerait-elle quelque enseignement, ou trouverait-elle matière à un article sur les tenants et aboutissants de ce genre de conférence.

Une heure plus tard, après avoir assisté à un premier atelier, elle se rendit à la cafétéria. Elle ferait une courte pause, reprendrait ses notes et irait ensuite réserver sa place pour l'intervention de Hunter Brown.

Hunter leva les yeux de son journal et la regarda entrer dans la cafétéria. Elle avait réussi à piquer sa curiosité. Il lui trouvait une personnalité surprenante, faite de franchise et de sophistication. Il considérait que les personnages, avec leur complexité et leurs traits particuliers, étaient le centre de gravité de ses romans, et aimait creuser un peu le caractère des gens qu'il rencontrait. D'instinct, il sentait que Lee Radcliffe ferait un personnage passionnant.

Il profita de ce qu'elle ne l'avait pas encore vu pour l'observer tout à loisir. Son regard un peu absent tout en étant aux aguets lui fit penser qu'elle était préoccupée. Elle portait un tailleur simple mais qui attestait de son goût, par le choix de sa couleur et sa coupe élégante. Elle faisait partie de ces femmes qui pouvaient tout se permettre au niveau vestimentaire, car elle avait une classe naturelle qui se percevait au premier coup d'œil. Elle devait avoir grandi dans une certaine opulence raffinée. Il était assez aisé pour un œil habitué de faire la différence entre les gens nés dans un environnement fortuné et ceux qui avaient dû travailler pendant des années pour y parvenir.

Mais d'où pouvait lui venir son tempérament de feu ? Hunter décida qu'il le découvrirait.

Repliant son journal, il alluma une cigarette sans cesser de la suivre du regard. Il savait qu'elle ne tarderait pas à sentir qu'elle était observée.

Tout à son prochain article, Lee en oublia presque qu'elle était venue chercher un café. Soudain, un étrange frisson lui parcourut le dos. Elle se retourna et croisa le regard de l'homme de l'aéroport.

Ces yeux… Il avait des yeux noirs comme du jais, qui vous hypnotisaient et semblaient lire en vous comme dans un livre ouvert. Lee avait l'impression que ces yeux avaient mis au jour tous ses secrets les plus intimes. C'était à la fois effrayant et… fascinant.

Lee s'étonna soudain de ce que ce genre de pensée puisse l'envahir, elle qui était si rationnelle d'habitude. Elle avança vers lui, en se répétant qu'il n'était qu'un homme comme les autres et qu'il n'y avait pas la moindre raison de se sentir troublée.

— Mademoiselle Radcliffe, dit-il en continuant de la fixer tout en lui indiquant le siège libre à côté de lui. Puis-je vous offrir un café ?

En temps normal, elle aurait poliment décliné son offre, mais là, pour une obscure raison, Lee sentait qu'elle ne devait pas battre en retraite. Elle avait l'impression confuse qu'elle avait quelque chose à prouver, à elle-même d'abord, mais aussi à cet homme.

— Oui, avec plaisir.

Il fit un signe à l'une des serveuses avant de demander :

— Alors, que pensez-vous de cette conférence ?

— Eh bien, malgré une désorganisation évidente, j'ai trouvé mon premier atelier passionnant.

— Vous avez un penchant pour les choses organisées ? s'enquit-il avec un léger sourire aux lèvres.

— Oui, je trouve que c'est plus productif.

Il était habillé de façon un peu plus conventionnelle que le jour précédent, mais son pantalon noir et sa chemise sans cravate lui donnaient une allure détendue. Lee se demanda pourquoi on ne lui demandait pas de porter un uniforme. En même temps, quelle que soit sa tenue, il avait quelque chose de rebelle dans le regard que rien ne semblait pouvoir masquer.

— Il me semble pourtant que la plupart des choses

fascinantes proviennent du chaos, n'êtes-vous pas de mon avis ?

— Peut-être, répondit Lee en baissant les yeux vers son café.

Pourquoi avait-elle ressenti le besoin impérieux d'éviter son regard, comme si elle avait eu peur d'être aspirée par un tourbillon ? Et que faisait-elle d'ailleurs, assise à cette table, à philosopher avec un inconnu au lieu de travailler ?

— Avez-vous vu Hunter Brown ? demanda-t-il en guettant sa réaction.

— Pardon ? répondit-elle en relevant les yeux.

— Je vous demandais si vous aviez finalement croisé Hunter Brown, reprit-il en la fixant toujours aussi intensément.

— Non, répondit Lee qui se sentit aussitôt sur la défensive sans pouvoir l'expliquer. Pourquoi ?

— Je me demandais si votre première impression serait aussi saisissante que la description que vous m'avez faite de son travail, expliqua-t-il avant de tirer une bouffée de sa cigarette. On se fait souvent une idée préconçue des gens, qui est la plupart du temps bien loin de la réalité.

— Il est plutôt difficile de se faire une idée de quelqu'un qui refuse tout contact avec le monde extérieur !

— Vous voulez dire qu'il se cache ? demanda-t-il les sourcils froncés.

— Oui, je crois que c'est le terme exact ! Il n'existe pas la moindre photographie de lui, aucune biographie non plus. Il refuse les interviews et délègue à sa place son agent ou son éditeur lorsqu'il obtient une récompense. Je sais seulement qu'il accepte exceptionnellement de venir à certaines conférences, mais à la condition expresse qu'il ne soit fait aucune publicité autour de sa participation.

Pendant qu'elle parlait, Hunter gardait le regard braqué sur elle, scrutant chacun de ses changements d'expression. Il vit passer sur son visage des signes de colère et d'impatience. Ses traits semblaient exprimer le calme, pourtant, ses doigts bougeaient sans cesse. Elle serait dans son prochain roman, décida-t-il. Il n'avait jamais rencontré quelqu'un qui lui donne autant de matière pour faire un personnage principal.

Son regard imperturbable gênait Lee qui avait du mal soudain à trouver ses mots. Elle décida de répliquer en le fixant à son tour sans complaisance.

— Pourquoi est-ce que vous me regardez ainsi ?

— Parce que vous êtes une femme intéressante, répondit-il avec assurance.

Un autre homme que lui aurait dit qu'elle était belle ou fascinante, et Lee aurait balayé ces réponses avec dédain.

— Pourquoi ?

— Vous avez un esprit structuré, un style original et vous êtes une boule de nerfs, expliqua-t-il, notant au passage son léger froncement de sourcils. J'ai toujours été intéressé par les personnalités complexes. Je me demande ce que vous pouvez encore cacher, mademoiselle Radcliffe.

Déstabilisée, Lee eut l'impression encore une fois qu'un frisson lui parcourait la colonne vertébrale. Il était difficile de rester à côté d'un homme qui vous faisait ressentir ce genre de sensation.

— Vous avez une curieuse façon de formuler les choses, murmura-t-elle.

— C'est ce qu'on dit, oui.

« Il faut vraiment que tu te lèves et que tu partes, maintenant », se dit Lee. Rester ainsi avec un homme qui la mettait mal à l'aise n'avait aucun sens. Après tout, il était simplement chauffeur. Ne lui avait-elle pas donné cinq dollars de pourboire, hier ?

— Que faites-vous à Flagstaff ? Vous ne me paraissez pas être le genre d'homme qui se contente de faire des allers-retours à l'aéroport…

— Les impressions sont à l'origine de petits tableaux

fascinants, ne pensez-vous pas ? demanda-t-il avec un large sourire.

Lee ne savait pas exactement pourquoi, mais elle avait l'impression qu'il se moquait d'elle. Pourtant, elle répondit presque involontairement à son sourire.

— Vous êtes vraiment un homme étrange.

— Cela aussi, on me l'a déjà dit, répondit-il, soudain grave. Venez dîner avec moi ce soir.

Lee fut moins surprise par sa demande que par l'envie immédiate qu'elle eut d'accepter. Elle fut sur le point de répondre oui, mais changea d'avis.

— Non, je ne crois pas que ce soit une bonne idée.

— Prévenez-moi si vous changez d'avis.

Là encore, sa réaction la surprit. La plupart des hommes auraient insisté.

— Je dois y aller, dit-elle en s'emparant de son attaché-case. Savez-vous où se trouve la salle Canyon ?

— Oui, suivez-moi, répondit-il en réprimant un sourire.

— Vous n'avez pas à m'accompagner, dit-elle en se levant.

— J'ai le temps, trancha-t-il en l'imitant. Avez-vous prévu de profiter de votre séjour pour visiter les environs ?

— Je n'en aurai pas le temps. Dès que la conférence est finie je dois rentrer.

— Où ça ?

— A Los Angeles.

— Trop grand, rétorqua-t-il aussitôt. N'avez-vous pas l'impression d'étouffer là-bas ?

Lee n'avait jamais pensé cela, même si elle avait parfois ressenti un sentiment diffus de claustrophobie. Mais c'était là-bas qu'elle vivait et qu'elle travaillait.

— Non, il me semble qu'il y a assez d'air pour tout le monde.

— Cela signifie que vous n'êtes jamais grimpée au sommet d'un canyon pour inspirer profondément face à l'immensité.

Lee lui jeta un regard de côté. Il avait une façon de décrire les sensations qui les rendait presque palpables. Peut-être aurait-elle dû trouver un moyen de rester deux jours de plus pour découvrir un peu l'Arizona, finalement.

— Une autre fois, répondit-elle en le suivant le long d'un couloir.

— Le temps est capricieux, observa-t-il. Lorsque vous en avez besoin, il file, et quand vous vous réveillez à 3 heures du matin, il semble s'étirer indéfiniment. C'est pour cela qu'il faut le prendre comme il vient au lieu d'anticiper les choses. Vous devriez essayer, cela vous permettrait d'être moins nerveuse.

— Je ne suis pas nerveuse, lança-t-elle, les sourcils froncés.

— Certaines personnes sont capables de lutter contre le stress pendant des semaines, mais il faut pour cela qu'elles trouvent leur soupape de sécurité, expliqua-t-il en frôlant ses cheveux du bout des doigts. Comment faites-vous retomber la pression, Lenore ?

Lee ressentit l'effleurement de ses doigts aussi nettement que s'il avait serré sa main. Elle ne se raidit pas et n'écarta pas sa main non plus. Elle essaya de faire face à une sensation étrange qu'elle ne se rappelait pas avoir déjà ressentie. Il émanait de cet homme quelque chose d'aussi fascinant qu'un orage. Il provoquait à la fois méfiance et attirance. Mais elle n'était pas prête à se laisser emporter par la tourmente.

— Je travaille, je n'ai pas besoin d'autre soupape, dit-elle en crispant sa main autour de la poignée de son attaché-case tout en essayant d'adopter son ton le plus hautain. Et personne ne m'appelle Lenore.

— Vraiment ? Pourtant, c'est un prénom qui vous va bien, féminin, élégant et un peu précieux. « Et le seul mot proféré fut un nom chuchoté : “Lenore !” », dit-il en laissant ses doigts s'attarder quelques secondes encore sur ses cheveux. Je suis sûr que vous auriez beaucoup plu à Edgar Poe.

Aussitôt, elle sentit ses jambes sur le point de se dérober sous elle. Lorsqu'il avait prononcé son prénom, elle avait eu l'impression qu'une plume la frôlait.

— Mais qui êtes-vous ? demanda Lee.

Il était impossible que quelqu'un la bouleverse à ce point alors qu'elle ne savait même pas comment il s'appelait. Il lui sourit tranquillement avant de répondre :

— C'est curieux que vous ne me l'ayez pas demandé plus tôt. Mais vous feriez mieux de vous dépêcher si vous voulez une bonne place.

Il lui indiqua de la main l'entrée de la salle Canyon où commençait à régner une certaine agitation.

— Oui, vous avez raison, murmura-t-elle.

Elle avait besoin de s'éloigner de lui pour lutter contre la curiosité qu'elle ressentait. Sans se retourner, elle entra dans la salle et alla se placer au premier rang. Il était temps qu'elle se concentre sur le motif de sa présence ici. C'était à Hunter Brown qu'elle devait penser, maintenant.

Elle prit son bloc-notes et un stylo. Dans quelques instants, elle allait voir le célèbre et mystérieux romancier. Elle l'entendrait parler et aurait peut-être même la possibilité de lui poser des questions. Avec un peu de chance, elle pourrait même solliciter une entrevue.

Elle avait bien réfléchi à tout cela et avait décidé qu'il n'était pas nécessaire de dire à Brown qu'elle était journaliste. Elle était ici en tant que jeune auteur et avait son manuscrit pour en attester... N'importe qui dans cette pièce avait le droit d'écrire un article et d'essayer de le faire publier, après tout. Sauf si Brown demandait expressément à ce que ses propos ne sortent pas de la salle.

Après cela, elle pourrait certainement gravir un nouvel échelon. Ce serait, somme toute, le premier article documenté et exclusif sur Hunter Brown.

De l'autre côté des portes, Hunter était avec son éditrice,

et écoutait d'une oreille distraite le compte rendu de sa rencontre avec un jeune auteur. Hunter comprit qu'elle était enthousiaste. Il avait la capacité de mener une discussion tout à fait cohérente même lorsque son esprit était centré sur autre chose. Il parlait donc à son éditrice tout en pensant à Lee Radcliffe.

Oui, il fallait qu'il fasse de Lee le personnage de son prochain roman. Même si l'intrigue restait très vague pour lui, il sentait qu'elle en serait le cœur. Au préalable, il devait continuer à creuser pour en découvrir un peu plus sur elle, mais il sentait qu'il ne risquait pas d'être déçu. D'après lui, lorsqu'elle le verrait monter sur l'estrade, elle aurait un premier moment de trouble, qui laisserait la place à la stupéfaction puis à la colère. Mais, si elle était aussi impatiente de parler à Hunter Brown qu'elle semblait le dire, elle oublierait vite ses rancœurs.

C'était une femme de tête. Elle cachait une volonté de fer sous une peau de velours. Ses yeux étaient vulnérables, mais son menton volontaire. Sans contraste, un personnage n'était rien. Il fallait des forces et des faiblesses. Sans oublier quelques secrets, qu'il se promettait bien de découvrir. Après tout, il lui restait près de deux jours pour faire plus ample connaissance avec Lenore Radcliffe. Cela devrait suffire.

Hunter entendait, venant de la salle, un brouhaha fébrile, mélange d'enthousiasme et d'appréhension. Cette ambiance était communicative et flattait son ego. Pourtant, il savait que, même si tout cela n'avait pas existé, il aurait continué à écrire. Son travail s'en serait ressenti, bien sûr, car ses émotions se frayaient toujours un passage dans ses romans, mais il n'aurait pas eu d'autre choix, qu'il le veuille ou non.

Après tout, c'était plutôt honnête comme contrat : il gardait pour lui sa vie privée, mais laissait en échange ses émotions et ses sentiments les plus intimes prendre corps dans ses romans, à la disposition de ceux qui se donnaient la peine de les lire.

La femme avec qui il parlait lui inspirait de l'affection et du respect. Ils s'étaient maintes fois disputés à propos de certaines structures de phrases ou à cause de leurs conceptions différentes de l'inspiration. Il s'était mis en colère, avait ri avec elle et l'avait soutenue pendant son divorce. Il connaissait son âge, sa boisson préférée et son petit faible pour les noix de cajou. Cela faisait trois ans qu'elle était son éditrice, ce qui était déjà un long mariage. Pourtant, elle-même ne savait pas qu'il avait une fille de dix ans prénommée Sarah, qui adorait préparer des cookies et jouer au football.

Hunter aspira une dernière bouffée de sa cigarette tandis que l'organisateur de la conférence, et président de l'association littéraire de Flagstaff, s'avançait vers lui. L'homme était un écrivain de science-fiction talentueux, dont Hunter connaissait et appréciait le travail. D'ailleurs, si cela n'avait pas été pour lui, il n'aurait pas accepté d'intervenir à cette conférence.

— Monsieur Brown, je ne vais pas vous répéter une fois encore à quel point nous sommes honorés de votre présence ici !

— Non, répondit Hunter en lui serrant la main, ce n'est pas la peine.

— Nous pensons que lorsque nous allons vous annoncer la salle risque d'être particulièrement surprise. Nous ferons notre possible après votre atelier pour éviter que tout le monde se jette sur vous.

— Ne vous inquiétez pas, je pense que je m'en sortirai.

— J'organise une petite réception dans ma suite ce soir, accepteriez-vous de vous joindre à nous ?

— Je vous remercie, mais j'ai déjà rendez-vous pour dîner.

— Bien. Si vous êtes prêt, je vais vous annoncer.

— Quand vous voudrez.

Hunter le suivit et se glissa dans la salle Canyon. Le murmure de la salle baissa lorsque le président monta sur l'estrade et commença à parler. Hunter parcourut la salle du regard, sans prêter attention à ce que disait le président. Il cherchait Lee.

Elle avait un sourire poli, mais son regard la trahissait. Il était sombre et impatient. Hunter suivit son profil des yeux et s'arrêta sur sa main. Elle s'ouvrait et se fermait nerveusement sur son stylo.

Cette fois encore, Lee sentit son regard sur elle et se tourna vers lui. Leurs regards se croisèrent longuement. Elle sembla se demander ce qu'il pouvait bien faire dans la salle de conférences. Imperturbable, Hunter resta adossé au mur et continua à la fixer.

— Sa notoriété n'a cessé de grimper depuis la publication de son premier roman, il y a cinq ans. Depuis *En attendant le diable*, il nous offre le plaisir de l'épouvante à chaque nouvel ouvrage.

Lorsque le titre du roman de Hunter Brown fut prononcé, une rumeur indistincte commença à s'élever de la salle. Hunter fixait toujours Lee, qui fronça les sourcils.

— Son dernier livre, *Hurlement silencieux*, est déjà en tête des ventes. Nous sommes honorés d'accueillir parmi nous le célèbre Hunter Brown.

Un tonnerre d'applaudissements retentit aussitôt. Hunter se redressa de façon assez désinvolte et avança jusqu'à l'estrade. Il vit le stylo de Lee lui échapper des mains et rouler par terre. Naturellement, il alla le ramasser et le lui tendit.

— Je crois que vous feriez mieux de ne pas le lâcher maintenant, dit-il en plongeant son regard dans le sien.

Comme il l'avait prévu, son air abasourdi se changea en un regard furibond.

— Vous êtes un…

— Oui, mais nous en parlerons plus tard !

Il gravit les deux marches de l'estrade et attendit que

les applaudissements s'arrêtent. Il parcourut la salle du regard et aussitôt on n'entendit plus une mouche voler.

— La terreur, dit-il dans son micro.

Il avait déjà captivé l'attention de l'assistance, et ce fut le cas pendant les quarante minutes suivantes. Personne ne bougea, personne ne sortit de la salle. Les dents serrées, Lee le fixait avec mépris.

Elle bouillonnait intérieurement et dut se faire violence pour ne pas s'en aller. Elle s'efforça de prendre des notes détaillées, mais ne put s'empêcher de griffonner en marge une caricature de Hunter Brown à qui elle planta un poignard en plein cœur. Elle se sentit aussitôt beaucoup mieux.

Lorsqu'il demanda à l'auditoire s'il y avait des questions, Lee leva la main la première. Hunter la regarda droit dans les yeux, lui sourit, et interrogea quelqu'un trois rangs derrière elle.

Il répondit professionnellement aux questions qui avaient trait à son métier et resta évasif dès que l'on touchait à sa vie privée. Lee devait admettre qu'il était vraiment doué pour quelqu'un qui ne parlait que très rarement en public. Il semblait parfaitement à l'aise et évita très soigneusement de l'interroger, malgré son impatience manifeste. Pourtant, elle était journaliste et elle savait que si elle ne prenait pas la parole, elle risquait de repartir bredouille.

— Monsieur Brown, commença-t-elle en se levant.

— Je regrette, répondit-il avec un demi-sourire, mais je vais m'arrêter là. Je vous remercie tous.

Il se leva et descendit de l'estrade tandis que les applaudissements se déchaînaient. Le temps que Lee arrive à la porte, elle avait entendu suffisamment de louanges enthousiastes sur Brown pour que sa colère se change en furie.

« Quel culot ! », se dit-elle en sortant dans le couloir. Elle était capable d'entendre toutes les critiques possibles sur son travail, mais elle ne tolérait pas que l'on se moque d'elle ainsi.

Des idées de vengeance lui vinrent à l'esprit. De petites vengeances mesquines et cruelles. Un jour, il lui paierait cela, et ce jour-là elle savourerait sa revanche.

Elle prit la direction des ascenseurs, trop furieuse pour essayer de retrouver Brown maintenant. Il fallait qu'elle se détende un moment avant de réfléchir posément à la suite qu'elle souhaitait donner aux événements.

Oui, elle allait le mettre au supplice.

Elle entra dans l'ascenseur mais alors que les portes étaient en train de se refermer, Hunter Brown se faufila près d'elle.

— Vous montez ? demanda-t-il en appuyant d'autorité sur le bouton.

Lee sentit la rage dans sa gorge. Elle essaya de contenir les paroles insultantes qui lui brûlaient les lèvres et détourna le regard.

— Vous avez cassé votre stylo, remarqua-t-il, amusé.

Son regard s'arrêta sur son carnet de notes et il aperçut la caricature.

— Bravo, dit-il. Je crois deviner que vous avez apprécié mon intervention ?

Lee lui jeta un regard glacial tandis que les portes de l'ascenseur s'ouvraient.

— Vous êtes une source intarissable de lieux communs, monsieur Brown.

— Vous avez un regard assassin, Lenore, dit-il en sortant avec elle de l'ascenseur. Mais cela va bien avec vos cheveux. D'ailleurs, votre croquis en dit long sur vos intentions. Ce que je me demande par contre, c'est pourquoi vous ne me poignardez pas maintenant que vous en avez l'occasion ?

Lee continua d'avancer, se refusant à lui offrir le plaisir de répondre. Elle ne dirait rien, pas un mot.

— Vous vous êtes bien amusé, n'est-ce pas ? lança-t-elle en cherchant les clés de sa chambre au fond de son sac.

— J'ai bien dû sourire une fois ou deux, je vous l'accorde. Vous avez perdu vos clés ?

— Non, je n'ai rien perdu du tout, rétorqua-t-elle en levant les yeux vers lui. Pourquoi n'allez-vous pas plutôt vous rasseoir sur vos lauriers ?

— J'ai toujours trouvé les lauriers inconfortables. En revanche, je vous conseille de vous délester de toute cette colère, Lenore, cela vous fera du bien.

— Ne m'appelez pas Lenore ! s'exclama-t-elle soudain. Je vous interdis de me manipuler comme vous le faites. Vous n'aviez aucun droit de vous faire passer pour le chauffeur de l'hôtel !

— C'est vous qui vous êtes trompée, rectifia-t-il. Je n'ai jamais rien affirmé de la sorte. Si je me souviens bien, c'est vous qui m'avez demandé de vous déposer à l'hôtel.

— Vous saviez très bien que je vous prenais pour le chauffeur. Vous étiez là, à côté de mes valises…

— C'est simplement un cas classique de méprise, dit-il en remarquant que la colère colorait légèrement ses joues. J'étais venu chercher mon éditrice qui avait raté son transfert à Phoenix. J'ai pensé que les bagages étaient les siens.

— Il vous suffisait alors de me le dire.

— Vous ne m'avez rien demandé, remarqua-t-il. Vous m'avez simplement dit de prendre vos valises.

— Vous êtes vraiment agaçant ! lança-t-elle en fulminant.

— Oui, mais aussi tellement brillant. C'est vous qui le disiez.

— Etre capable d'associer des mots est un talent admirable, monsieur Brown, dit-elle en essayant de mettre dans son ton tout le mépris dont elle était capable. Mais cela ne fait pas de vous quelqu'un d'admirable.

— Je n'ai jamais dit que je l'étais, rétorqua-t-il en

s'adossant au mur tandis qu'elle cherchait son trousseau de clés.

— Vous avez pris mes valises, poursuivit-elle, et je vous ai même donné un pourboire de cinq dollars.

— C'était très généreux de votre part.

Lee s'efforça de rester calme. Si ses mains n'avaient pas été occupées, elle n'aurait pas résisté à l'envie de le gifler.

— Vous vous êtes bien amusé, conclut-elle comme elle trouvait enfin ses clés. Maintenant, j'aimerais que vous me fassiez le plaisir de ne plus jamais m'adresser la parole.

— Et pourquoi vous accorderais-je cette faveur, je vous prie ?

Avant qu'elle ait eu le temps de déverrouiller la porte, il lui saisit la main. Elle frissonna et le maudit en silence.

— Vous disiez que vous aimeriez avoir une entrevue avec moi, reprit-il, amusé. Pourquoi pas ce soir, autour d'une table ?

Elle le fixa avec stupéfaction.

— Vous avez vraiment un culot impressionnant, monsieur Brown.

— Oui, vous l'avez déjà dit. Est-ce que 7 heures vous conviendrait, mademoiselle Radcliffe ?

Elle eut envie de lui répondre que, même s'il rampait devant elle, elle n'irait toujours pas dîner avec lui, mais elle avait un travail à faire. Un travail qui la tenait en haleine depuis trois mois. Sa réussite était plus importante que son amour-propre. Il lui proposait l'entretien après lequel elle courait depuis longtemps. Avec un peu de chance, elle pourrait peut-être même en profiter pour exercer sa vengeance…

— C'est d'accord, répondit-elle en ravalant sa fierté avec difficulté. Où vous retrouverai-je ?

Hunter remarqua qu'elle acceptait du bout des lèvres. Il n'avait jamais cru aux victoires trop faciles. Cette femme était un défi.

— Je passerai vous chercher, précisa-t-il en frôlant son poignet. Vous devriez apporter votre manuscrit, je suis curieux de découvrir votre travail.

Lee sourit et pensa à l'article qu'elle allait rédiger.

— Je serais honorée que vous acceptiez de jeter un œil à mon roman, répondit-elle en entrant rapidement dans sa chambre et lui claquant la porte au nez.

3

Une robe couleur de nuit… Lee avait eu du mal à choisir sa tenue pour la soirée avec Hunter. C'était un rendez-vous professionnel.

La soie d'un bleu profond, ornée de fils d'argent, eut raison de ses hésitations. Elle était élégante et sobre à la fois. Il suffirait à Lee de trouver une écharpe assortie. C'était un rendez-vous tout ce qu'il y avait de professionnel.

Elle se glissa dans le fourreau soyeux qui drapa harmonieusement ses courbes. Son reflet lui plut. Elle ne souriait pas et projetait exactement ce qu'elle souhaitait : l'image d'une femme élégante, sophistiquée et un peu distante. Cette image la rassurait, et elle en avait grandement besoin.

Si elle réfléchissait à sa vie, Lee n'avait aucun souvenir d'avoir été déjà mise en défaut. Elle était bien décidée à ce que cela ne commence pas ce jour-là.

Elle comptait bien faire perdre à Hunter Brown ce petit sourire amusé qu'il avait en permanence aux lèvres quand il s'adressait à elle. On ne se riait pas d'elle impunément. Et peu lui importait ce qu'il lui en coûterait, elle obtiendrait ce qu'elle voulait. Sa victoire serait totale le jour de la parution de son article.

On frappa alors à sa porte et Lee vérifia l'heure. Il était ponctuel. Il faudrait qu'elle le note. Elle prit sa pochette et alla ouvrir la porte avec assurance.

Il portait une chemise avec le col ouvert et une veste

sombre. Nombreux étaient les hommes qui, vêtus d'un smoking, n'étaient pas aussi élégants que Hunter Brown en jean. Il faudrait mentionner cela dans son article. D'ici à la fin de la soirée, elle saurait tout ce qu'il y avait à savoir sur Hunter Brown.

— Bonsoir, dit-elle en passant le seuil de la porte.

— Vous êtes ravissante, dit Hunter en lui prenant la main et en reculant d'un pas pour l'admirer.

La main de Lee était douce et fraîche, alors que ses yeux brillaient encore de colère. Il aima ce contraste.

— Il est rare de pouvoir porter de la soie et un parfum enivrant en ayant l'air intouchable, je suis impressionné.

— Je vous remercie, mais vos commentaires sont superflus.

— Tout analyser est la malédiction des écrivains, rétorqua-t-il. Mais vous devriez le savoir. Avez-vous pris votre manuscrit ?

Elle avait espéré qu'il oublie son roman. Sa question la prit de court. Elle balbutia :

— Ah, c'est-à-dire que, enfin…

— Prenez-le, demanda-t-il. Je veux y jeter un coup d'œil.

— Je n'en vois pas l'intérêt.

— Tout écrivain a envie d'être lu.

Ce n'était pas son cas. Son travail ne lui semblait pas encore assez abouti. Il n'était pas parfait. Et la dernière personne à qui elle avait envie de donner un aperçu de ses pensées les plus intimes était bien Hunter. Mais il resta impassible, ses yeux noirs rivés sur elle. Prise au piège, Lee rentra dans sa chambre et saisit la chemise qui contenait ses premiers chapitres. Il fallait maintenant qu'elle arrive à éviter le sujet avec suffisamment d'adresse pour qu'il pense à autre chose. De toute façon, il n'aurait même pas le temps d'y jeter un coup d'œil.

— Je ne sais pas si le restaurant est le meilleur endroit pour lire, fit-elle remarquer en refermant sa porte.

— En effet, c'est pour cette raison que nous dînerons dans ma suite.

Lee s'arrêta net. Prenant simplement sa main, il continua à avancer en direction des ascenseurs, exactement comme s'il n'avait rien remarqué.

— Peut-être n'avez-vous pas tout à fait saisi, commença Lee d'un ton glacial.

— Si, si, je pense avoir bien compris, répliqua-t-il sans la lâcher.

Sa paume n'était pas aussi délicate qu'elle l'aurait imaginé. Il avait beau avoir des mains d'intellectuel, elles étaient vigoureuses et cela procurait à Lee un sentiment assez étrange.

— Ne vous inquiétez pas, il ne s'agit pas d'une manœuvre de séduction détournée, mais je ne suis pas grand amateur de restaurants. Je n'aime pas la foule, tout simplement.

Il se tut quelques instants avant de reprendre d'un ton léger :

— Comment avez-vous trouvé la conférence, de façon générale ?

— Je pense que j'en repartirai avec ce que je suis venue y chercher, c'était donc une conférence instructive.

— Et qu'est-ce que vous veniez y chercher ?

— Je vous retourne la question. Vous n'êtes pas un grand habitué de ce genre de manifestation, et celle-ci était plutôt confidentielle.

— J'apprécie de temps en temps le contact avec le public et mes confrères, répondit-il en ouvrant la porte de sa suite et lui faisant signe d'entrer.

— Pourtant, on ne peut pas dire qu'il y ait beaucoup d'auteurs ayant un succès comparable au vôtre.

— Le succès n'a rien à voir avec l'écriture.

— Vous dites cela parce que vous êtes célèbre ! lança-t-elle en le regardant droit dans les yeux.

— Vraiment ? dit-il en haussant les épaules avant de

se tourner vers la grande baie vitrée. Vous devriez vous rassasier de ce paysage. Vous ne verrez jamais rien d'aussi beau par les fenêtres de Los Angeles.

— Vous n'aimez pas Los Angeles ? demanda-t-elle en regrettant de ne pas saisir la perche qu'il lui tendait pour essayer de découvrir où il vivait.

— C'est une ville qui a des avantages. Voulez-vous un peu de vin ?

— Oui, merci, répondit-elle en contemplant la vue.

L'immensité exerçait sur elle une forme de fascination presque effrayante. Une fois sorti de la ville, il était possible d'avancer pendant des kilomètres sans jamais voir un seul visage ou entendre une seule voix. L'isolement, ou peut-être simplement l'espace lui-même, semblait vous happer.

— Vous allez souvent là-bas ? interrogea-t-elle en tournant délibérément le dos à la fenêtre.

— Mmm ?

— A Los Angeles ?

— Non, répondit-il laconiquement en lui servant un vin couleur d'or.

— Préférez-vous la côte Est ou la côte Ouest ?

Hunter eut un petit sourire et leva son verre avant de répondre :

— Je m'arrange pour toujours préférer l'endroit où je suis.

Il était visiblement un as des réponses évasives. Il semblait aussi très doué pour mettre ses interlocuteurs mal à l'aise.

— Voyagez-vous beaucoup ?

— Seulement lorsque c'est nécessaire.

— Pourquoi vous montrez-vous si secret à votre sujet ? La plupart des gens à votre place essaieraient de profiter de tout ce qui peut servir leur carrière.

— Je ne pense pas être secret, pas plus que je ne pense être la plupart des gens.

— Oui, mais vous ne mettez même pas de biographie ou de photo de vous sur vos ouvrages.

— Mon visage et mon passé n'ont rien à voir avec les histoires que je raconte. Que pensez-vous du vin ?

— Il est très bon, répondit-elle automatiquement. Ne pensez-vous pas que le fait de satisfaire la curiosité de vos lecteurs fait partie de votre travail ?

— Non. Mon travail, ce sont les mots, et le fait de les agencer de manière à divertir, intriguer ou amuser celui qui les lira. Ces mots viennent de mon imagination et pas de faits concrets. Le conteur n'a aucun intérêt, c'est le conte qui en a.

— Serait-ce de la modestie ? demanda Lee avec une nuance de dédain dans la voix.

— Pas du tout, répliqua-t-il visiblement amusé par sa question. C'est une question de priorité et non d'humilité. Si vous me connaissiez un peu mieux, vous sauriez que je n'ai que très peu de vertus.

— Quelles vertus avez-vous donc ?

De toute évidence, elle ne voulait pas lâcher prise. Hunter s'en félicita et eut un sourire qui frappa Lee.

Un sourire de prédateur ? interrogea-t-elle. Non, c'était certainement son imagination qui lui jouait des tours.

— On dit souvent que les vices sont plus intéressants et en tout cas plus amusants que les vertus. Qu'en pensez-vous ? s'enquit-il en remplissant son verre.

— Plus intéressants et peut-être plus amusants, répondit-elle en soutenant son regard avant de boire une gorgée de vin. En tout cas, certainement plus exigeants.

— Vous avez un raisonnement captivant, Lenore. On voit que votre esprit est toujours en éveil.

— Je suis une femme qui n'aime pas regarder les autres se faire une place au soleil tandis qu'elle leur prépare le café, rétorqua-t-elle en regrettant aussitôt sa réponse.

Elle n'avait pourtant pas l'habitude de se livrer ainsi.

D'autant plus que c'était elle qui était censée l'interviewer, et non le contraire.

— C'est une bonne image.

Oui, on sentait qu'elle bouillonnait d'ambition. Hunter l'avait tout de suite vu, mais ce qu'il souhaitait comprendre, c'était ce qu'elle voulait accomplir. Il sentait aussi d'instinct qu'elle n'était pas du genre à marcher sur les autres pour arriver à son but, quel qu'il soit. C'était quelque chose qu'il respectait, qu'il admirait même.

— Dites-moi, reprit-il, vous ne vous détendez jamais ?

— Pardon ?

— Vos mains sont perpétuellement en mouvement, et pourtant vous semblez être un modèle de maîtrise par ailleurs. Depuis que vous êtes entrée, vos yeux ne se sont pas fixés plus de quelques secondes sur le même point. Est-ce que je vous rends nerveuse ?

Il nota qu'au moment où il avait parlé de ses mains elle avait cessé de jouer avec le rebord de son verre. Lee le regarda dans les yeux calmement, longuement, et s'installa dans le canapé.

— Non, répondit-elle, alors que son cœur se mettait à battre la chamade.

— Qu'est-ce qui vous rend nerveuse, alors ?

— Les petits chiens qui aboient tout le temps.

Hunter se mit à rire.

— Vous êtes très drôle, dit-il en lui prenant la main. Je dois vous dire que c'est le plus beau compliment que je puisse vous faire.

— Vraiment ?

— Oui, le monde est plutôt triste, ou pire : tiède.

La main de Lee était délicate, et la délicatesse l'avait toujours attiré. Ses yeux étaient mystérieux, et rien ne pouvait l'intriguer davantage.

— Est-ce que vous essayez de distraire les gens en leur faisant peur ?

Lee essaya de retirer ses doigts, mais il les serra imperceptiblement en la fixant d'un regard pénétrant.

— Oui, si vous êtes pétrifiée à l'idée de l'indicible horreur qui vous guette, vous oubliez votre rendez-vous chez le dentiste ou le fait que votre machine à laver a débordé.

— C'est une sorte de fuite, dans ce cas ?

Hunter tendit la main pour effleurer ses cheveux. Son geste semblait parfaitement naturel, mais Lee eut un mouvement de surprise.

— Appelez ça comme vous voudrez, répondit-il.

Il était dur de résister à une telle femme. Hunter laissa ses doigts glisser le long de son cou. Ses cheveux flamboyants, ses yeux vulnérables, sa bonne éducation que trahissait chacun de ses gestes, ses nerfs à fleur de peau... Elle ne ferait pas seulement un personnage fascinant, mais aussi une amante fascinante. Il avait déjà décidé d'en faire son personnage, il venait de se jurer d'en faire aussi son amante.

Lee sentit qu'il se passait quelque chose, lorsque son regard captura le sien de nouveau. C'était un mélange de détermination, de désir et de certitude. Elle avait la bouche sèche. Il était rare qu'elle se sente à tel point dominée par quelqu'un. Il était encore plus rare que quelqu'un l'effraie comme il l'effrayait. Même s'il ne prononçait pas un mot, ne bougeait pas d'un pouce, elle devait lutter contre sa peur et contre l'intuition que, quelle que soit la partie dans laquelle elle se lancerait avec lui, elle la perdrait, car il était évident qu'il n'avait qu'à regarder ses yeux pour deviner la carte qu'elle allait abattre.

On frappa à la porte, mais Hunter maintint son regard pendant quelques secondes avant de se lever.

— J'ai pris la liberté de commander le dîner, annonça-t-il.

Il avait l'air tellement calme que Lee se demanda si elle avait vraiment vu un éclair de passion dans son regard. Elle s'imaginait des choses, c'était certain. Pour commencer, il était impossible qu'il soit capable de lire dans ses pensées. Il n'était qu'un homme, après tout. C'était elle qui avait les cartes en main et il n'y avait aucune raison pour qu'elle perde.

Rassérénée, elle se dirigea vers la table.

Il avait commandé du saumon, qui avait l'air délicieux. Lee s'assit en se disant qu'il était temps qu'elle inverse la tendance et qu'elle parvienne à obtenir des réponses de la part de Hunter.

— Vous avez dit qu'il fallait qu'un écrivain s'oblige à travailler chaque jour, quel que soit son état d'esprit. Est-ce une règle que vous vous appliquez à vous-même ?

— Tous les écrivains doivent faire face à des moments de découragement. Ils doivent aussi affronter la critique ou l'échec.

— Avez-vous fait face à de nombreux refus avant que *En attendant le diable* ne soit publié ?

— Je n'aime pas les succès faciles, répondit-il en remplissant son verre une fois encore.

Elle avait des traits faits pour la lueur des bougies, décida-t-il en observant les ombres qui dansaient sur sa peau satinée. Il voulait découvrir ce qu'elle cachait sous ses airs délicats avant la fin de la soirée.

Il ne considérait pas le moins du monde qu'il était en train de se servir d'elle, même s'il avait la ferme intention de lui voler tout ce qui pourrait lui être utile pour son prochain roman. Après tout, cela faisait partie des privilèges de son métier.

— Comment êtes-vous devenu écrivain ?

— Je suis né écrivain, répondit-il sur le ton de l'évidence.

Lee réfléchit à ses prochaines questions. Il fallait qu'elle soit prudente et surtout qu'elle endorme sa méfiance. Loin d'elle l'idée même de se servir de lui, même si elle comptait bien lui soutirer tout ce dont elle avait besoin pour son prochain article. Après tout, cela faisait partie des privilèges de son métier.

— Né écrivain, répéta-t-elle. Considérez-vous vraiment que les choses soient si simples ? N'y a-t-il pas des éléments de votre vie, des circonstances ou des expériences qui vous ont mené à cette carrière ?

— Je n'ai jamais dit que c'était simple, corrigea Hunter. Nous naissons tous avec un certain nombre de choix à faire. Prendre les bonnes décisions est tout sauf simple et tous les romans sont des questions de choix. Mais j'étais destiné à devenir écrivain.

Lee était tellement captivée qu'elle en aurait presque oublié son interview.

— Alors vous avez toujours voulu être écrivain ?

— Vous prenez trop les choses au premier degré, observa Hunter en faisant tourner le vin dans son verre. Je voulais devenir footballeur professionnel.

— Footballeur ?

— Oui. Je voulais faire carrière, et j'aurais peut-être réussi, mais j'ai dû écrire.

Lee resta silencieuse un instant. Elle sentait que ce qu'il était en train de lui dire était vrai.

— Dans ce cas, vous êtes en quelque sorte devenu écrivain contre votre gré ?

— J'ai fait un choix, reprit Hunter, intrigué par son incorrigible logique. Je crois que beaucoup de gens naissent écrivains ou artistes et meurent sans jamais s'être révélés en tant que tels. Certains livres ne seront jamais écrits, certaines toiles, jamais peintes. Les plus chanceux sont ceux qui découvrent ce pour quoi ils sont faits. J'aurais peut-être été un excellent joueur, mais si j'avais essayé de mener les deux de front j'aurais sans aucun doute été médiocre. J'ai choisi de ne pas l'être.

— Il y a plusieurs millions de lecteurs qui pensent que vous avez fait le bon choix, lança Lee en s'appuyant sur la table. Mais pourquoi des romans d'épouvante ? Quelqu'un d'aussi doué que vous et avec autant d'imagination est capable d'écrire à peu près tout ce qu'il veut. Pourquoi appliquer vos talents à ce genre particulier ?

Hunter alluma une cigarette. Lee sentit l'odeur de la fumée.

— Pourquoi en lisez-vous ?

Lee fronça les sourcils. Il recommençait à détourner ses questions.

— A vrai dire, je n'en lis jamais. A part les vôtres, bien sûr.

— Je suis flatté, mais pourquoi ?

— Eh bien, on m'a recommandé votre premier roman et puis…

Elle hésita. Elle ne voulait pas lui dire qu'il l'avait captivée dès la première page. Elle passa son doigt sur le rebord de son verre, puis reprit :

— Vous avez une façon de créer une atmosphère et des personnages qui rend plausible une histoire a priori invraisemblable.

— Pensez-vous que mes histoires soient invraisemblables ? demanda-t-il en soufflant la fumée de sa cigarette.

Lee se mit à rire, et Hunter vit dans ses yeux qu'elle ne trichait pas. Cela donnait à son regard quelque chose d'accessible.

— Je ne crois pas vraiment que l'on puisse être possédé par le démon ni qu'une maison puisse être intrinsèquement mauvaise !

— Non ? demanda-t-il avec un léger sourire. Vous n'êtes pas superstitieuse, Lenore ?

— Non.

— C'est étrange, presque tout le monde a ses propres croyances.

— Vous aussi ?

— Bien sûr, mais toutes les superstitions me fascinent, répondit-il en lui prenant la main. Il paraît qu'on peut sentir l'aura d'une personne, ou sa personnalité si vous préférez, simplement en serrant sa main.

Lee sentit le contact ferme, chaud, de sa paume contre la sienne. Il ne la quittait pas du regard. Elle baissa les yeux et son regard s'arrêta sur l'anneau qu'il portait.

— Je ne crois pas à cela, répondit-elle, plus vraiment sûre de ce qu'elle affirmait.

— Vous ne croyez que ce que vous voyez, ou ressentez ? Que ce que vous pouvez percevoir avec vos cinq sens ? demanda-t-il en se levant et en l'incitant à faire de même. Tout ce qui existe est compréhensible. Tout ce qui est compréhensible n'est pas forcément explicable.

— Tout peut s'expliquer, protesta-t-elle d'une voix hésitante.

Elle aurait peut-être dû repousser sa main, mais, par son affirmation, elle venait déjà de le provoquer.

— Pouvez-vous expliquer pourquoi votre cœur bat plus vite lorsque je m'approche de vous ? déclara-t-il d'une voix grave. Vous me disiez que je ne vous faisais pas peur.

— Je n'ai pas peur.

— Pourtant, votre cœur bat la chamade, poursuivit-il en frôlant son cou du bout des doigts. Pouvez-vous m'expliquer pourquoi j'ai tellement envie de vous toucher ?

Lentement, il effleura la courbe de sa joue.

— Non, murmura-t-elle.

— Pouvez-vous expliquer ce genre d'attirance entre deux inconnus ?

Ses doigts passèrent sur les lèvres de Lee, qui frémit. Elle ne savait plus quoi dire, elle avait l'impression que son esprit était empli de brouillard.

— L'attirance physique n'est qu'une question de chimie.

— La science, alors ? demanda-t-il en levant la main de Lee à hauteur de ses lèvres et en déposant un baiser au creux de sa paume. Existe-t-il une équation pour expliquer cela ?

Lee avait les jambes en coton. Elle essayait de soutenir le regard intense de Hunter. Lentement, il effleura de ses lèvres l'intérieur de son poignet. Lee sentit sa peau se hérisser. C'était comme une brûlure. Soudain il s'avança vers elle et déposa un baiser au coin de ses lèvres en murmurant :

— Et est-ce que cela a à voir avec de la logique ?

— Je ne veux pas que vous me touchiez ainsi.

— Si, vous avez envie que je vous touche, mais vous ne pouvez pas l'expliquer, dit-il en glissant la main dans ses cheveux. Vous devriez laisser une chance à l'inexplicable.

Hunter s'avança lentement et ferma ses lèvres d'un baiser.

Le désir, fulgurant, la traversa. C'était comme une coulée de lave. Elle ressentait l'envie de lui sur chaque centimètre de sa peau. Elle resta immobile dans ses bras. Elle aurait dû refuser, elle était experte en la matière… Pourtant elle se trouvait soudain totalement dépourvue de volonté et de force.

Malgré toute l'intensité et toute la force qui se dégageaient de Hunter, son baiser était incroyablement tendre. Son étreinte était ferme et l'enserrait totalement, mais ses lèvres étaient douces. Lee se retrouva soudain en train de le serrer contre elle. Leurs corps étaient étroitement enlacés. Lee reconnut le goût âpre, vénéneux, du vin. Elle sentit son propre parfum et l'odeur de la cire fondue de la bougie. Son esprit si rationnel nageait en pleine confusion, emporté par un mélange enivrant de sensations.

Les lèvres de Lee lui parurent d'abord fraîches, mais elles se firent vite brûlantes. Son corps, qui était raide, se détendit progressivement. Il aima cela. Elle n'était pas femme à se donner facilement. Il devinait aussi qu'elle n'était pas femme à être facilement surprise.

Elle lui sembla soudain toute petite et frêle dans ses bras. Il eut envie de la protéger et, alors que l'ardeur l'emportait avec une force qu'il n'aurait jamais imaginée, son baiser se fit plus tendre encore. Il considérait que faire l'amour était un art. Il ne fallait pas se précipiter. Il devait doucement lui faire entrevoir ce qui pourrait être.

Lee avait l'impression que sa volonté, ses forces et sa logique lui échappaient petit à petit, comme aspirées par son baiser. Un flot de sensations les remplaçait, sur lequel elle n'avait aucune maîtrise. Elle ne pouvait que ressentir.

Un tel plaisir ne pouvait être contenu, un désir si fort ne pouvait être contrôlé. Elle perdait la main, et c'était ce qui l'effrayait le plus. Allait-elle aussi perdre pied ? Elle protesta dans un souffle et s'écarta, libérant ses lèvres des siennes.

Hunter se refusa à analyser ce qu'il ressentait. Il aurait le temps de le faire plus tard, lorsqu'il serait seul. Ce qu'il brûlait de comprendre était sa réaction à elle. Elle le fixait, comme frappée de stupeur, son visage était pâle et ses yeux, noirs. Elle entrouvrit la bouche, mais aucun son n'en sortit. Sous ses doigts, il pouvait sentir qu'un léger frisson la parcourait.

— Il y a des choses qui ne s'expliquent pas, même lorsqu'on les comprend, dit-il d'une voix si basse qu'elle y sentit de la menace.

— Je ne vous comprends vraiment pas, répondit-elle en lui prenant le bras comme pour le repousser. Et je crois que je n'ai plus envie d'essayer de le faire.

Impassible, il laissa sa main glisser de ses cheveux à ses épaules.

— Vous avez un choix à faire.

— Non, trancha-t-elle en se dégageant pour aller prendre son sac. La conférence se termine demain et je rentre à Los Angeles. Quant à vous, vous retournerez vous cacher dans votre trou !

Hunter pencha la tête. Il venait de se rendre compte que si elle ne s'était pas éloignée à ce moment-là il n'aurait plus été capable de la laisser partir.

— Peut-être. Nous en parlerons demain.

— Non, nous ne nous parlerons plus.

Hunter ne dit rien. Il la regarda prendre ses affaires

et sortir. Il resta au même endroit lorsque la porte se referma. Tôt ou tard, ils devraient reparler de tout ça.

Il prit son verre de vin, ramassa le manuscrit qu'elle avait oublié et qui avait glissé sur le sol et alla s'installer dans un fauteuil.

4

De la colère. Peut-être que ce qu'elle ressentait était simplement de la colère, et non un tourbillon d'émotions. Mais elle se demandait encore contre qui elle était en colère.

Ce qui s'était passé la veille aurait pu être évité. « Aurait dû être évité », rectifia-t-elle en sortant de la douche. C'était elle qui avait laissé Hunter décider de tout et s'était placée en position de vulnérabilité, ce qui en plus de tout lui avait fait perdre une occasion en or. Si Lee avait bien appris quelque chose en tant que journaliste, c'était que l'erreur impardonnable dans son métier était de laisser passer sa chance.

Mais n'avait-elle pas suffisamment de matière pour rédiger un article ?

A peine pour un paragraphe…

Elle n'avait probablement qu'une seule chance de rattraper le temps qu'elle avait perdu en se comportant avant tout comme une femme et non comme une journaliste. Il l'avait menée par le bout du nez, il fallait bien qu'elle le reconnaisse. Tandis qu'elle séchait ses cheveux, elle passa en revue le cours des événements. Elle s'était comportée comme une débutante et était passée à côté de l'interview la plus importante de sa carrière.

Lee sortit de la salle de bains et passa un peignoir avant d'aller prendre place à son bureau. Il lui restait un peu de temps avant le petit déjeuner. Elle sortit son bloc-notes et un crayon.

HUNTER BROWN.

Lee inscrivit son nom en lettres capitales en haut d'une page et le souligna. Le problème résidait dans le fait qu'elle n'avait pas approché son sujet de façon systématique et logique. Il faudrait qu'elle y remédie en faisant de lui une esquisse bien sentie. Après tout, elle l'avait vu, lui avait parlé, et lui avait même posé quelques questions. D'après ce qu'elle savait, aucun journaliste ne pouvait en dire autant. Il était temps qu'elle cesse de se blâmer de n'avoir pas mené de main de maître cette interview, et qu'elle essaie plutôt de valoriser le peu qu'elle avait réussi à tirer de cette mésaventure. Elle se mit à écrire d'une main ferme.

DESCRIPTION. Atypique. Elle aligna les mots. Ténébreux, élancé, carré. Il ressemblait à un coureur de fond. Elle fronça les sourcils en se remémorant son visage. Un visage aigu, à l'image de son intelligence. Trait caractéristique : ses yeux. Très sombres, très directs, très… troublants.

Etait-elle en train de porter des jugements ? Son regard aurait-il le même effet sur quelqu'un d'autre ? Ecartant cette dernière question, Lee se remit à écrire. Il était grand, probablement plus d'un mètre quatre-vingt-cinq pour soixante-dix kilos, à vue d'œil. Très assuré. Des mains de musicien et une bouche de poète.

Un peu surprise par sa propre description, Lee aborda la deuxième rubrique.

PERSONNALITE. Enigmatique. Mais ce n'était pas tout. Il était aussi susceptible. Arrogant, égocentrique, impoli.

Elle n'était décidément pas objective. Elle posa son stylo et inspira profondément avant de le reprendre. C'était un beau parleur, qui avait le don de vous envoûter par ses discours. Il était perspicace, distant, à la fois taciturne et jovial. Tactile.

Ce dernier mot la fit frémir. Aussitôt, lui revinrent à l'esprit les sensations de leur long, tendre, troublant baiser. La douceur de ses lèvres, le contact de ses mains. Non, elle allait rayer ce dernier mot. Elle n'avait pas besoin de notes pour se remémorer cet instant et ce qu'elle avait ressenti. Il serait en revanche sage qu'elle n'oublie pas qu'il était le genre d'homme qui n'hésite pas et sait comment obtenir ce qu'il désire.

Et l'humour ? Oui, sous sa carapace se cachait un sens de l'humour d'une grande finesse. Elle se rappela la façon qu'il avait eue de se moquer d'elle. Ce n'était pas très agréable, mais elle avait si peu de matière pour rédiger son article qu'elle ne devait négliger aucun trait de son caractère.

Elle avait très précisément à l'esprit tout ce qu'il lui avait dit pour expliquer sa vision de l'écriture. Comment pourrait-elle retranscrire quelque chose d'aussi impalpable en quelques phrases ? Elle aurait pu expliquer qu'il considérait son travail comme une obligation. Une vocation. Mais cela n'était pas assez. Il aurait fallu utiliser les propres mots de Hunter, plutôt qu'essayer de traduire son ressenti. Plus elle avançait et plus elle sentait à quel point elle aurait besoin de parler avec lui encore un peu.

Se passant les mains dans les cheveux, elle relut rapidement ses quelques notes. Pourquoi n'avait-elle pas gardé les rênes pendant leur discussion ? Elle était une experte de ce genre de conversations informelles et savait d'habitude en tirer des articles brillants. Elle avait déjà eu affaire à des personnalités plus secrètes que Hunter, plus méfiantes. Jamais personne cependant n'avait provoqué en elle un sentiment de frustration aussi aigu.

Pensive, elle se mit à tapoter la pointe de son stylo contre la table. Il fallait qu'elle arrive à rédiger cet article. Elle ne pouvait pas se laisser déborder par une mission.

Elle aurait dû anticiper et empêcher leur baiser. Elle ne savait d'ailleurs toujours pas exactement pourquoi elle ne l'avait pas fait. Elle aurait dû réagir de manière plus mesurée. Elle ne voulait pas savoir pourquoi elle ne l'avait pas fait. Il lui était bien trop facile de faire remonter les souvenirs de ce moment si étrange et intense. Elle allait donc tirer un trait sur cette sortie de route et se concentrer sur la raison première de sa venue à Flagstaff. Hunter Brown était sa mission, et elle ne devait pas sortir de ce cadre. Pour l'instant, son plus gros problème était de s'arranger pour le revoir, dans un cadre professionnel, bien sûr.

Mais quoi qu'elle fasse, à tout moment, un flot d'émotions inconnues s'emparait d'elle. Elle ressentait la vulnérabilité et la force, le besoin, le désir. C'était incompréhensible.

Il fallait peut-être qu'elle commence par mieux le cerner… Non ! Essayer de comprendre Hunter n'était en rien une façon de lutter contre le désir qu'elle ressentait à son égard. Elle avait envie qu'il la touche. C'était ce qui l'obsédait, bien avant son travail et sa mission. C'était la première fois qu'une telle chose lui arrivait. Elle devait maintenant en tirer des leçons.

Déstabilisée, elle leva les yeux et vit le visage d'une femme pâle, aux yeux las, reflété dans la vitre. Elle se vit si jeune et fragile. Personne ne la voyait jamais ainsi, mais elle savait ce que cachait son besoin de sophistication. Elle ne voulait pas que l'on devine qu'elle était effrayée, terriblement effrayée par l'échec.

Elle avait élevé une muraille de confiance pierre après pierre, méticuleusement, si bien que la plupart du temps elle arrivait à y croire elle-même. Mais dans des moments comme celui-ci, lorsqu'elle était seule, un peu fatiguée, un peu découragée, la femme qu'elle avait enfermée à l'intérieur d'elle-même se libérait, et entraînait avec elle les démons du doute et de la peur.

On lui avait appris depuis toute petite à être plus

qu'une jeune femme jolie et intelligente. Elle parlait bien, son apparence était impeccable, les bonnes manières n'avaient pas de secret pour elle. C'est ce que sa famille attendait d'elle.

Par quel caprice du destin n'était-elle jamais arrivée à se satisfaire du moule qu'on avait prévu pour elle ? Depuis sa plus tendre enfance, elle avait l'impression de vouloir plus. Après ses études, elle avait enfin réussi à affirmer sa volonté et avait quitté la voie royale qu'on lui avait tracée.

Lorsqu'elle avait annoncé à ses parents qu'elle ne deviendrait pas Mme Jonathan T. Willoby, et qu'elle quittait Palm Springs pour s'installer et travailler à Los Angeles, elle tremblait comme une feuille. Ce n'est que bien plus tard qu'elle avait compris que c'était son éducation qui lui interdisait auparavant de s'avouer ses véritables désirs. On lui avait toujours répété qu'il fallait rester calme et mesurée en toutes circonstances, ne jamais élever la voix, ne jamais laisser transparaître ses émotions. Lorsqu'elle avait enfin ouvert son cœur à ses parents, elle avait beau être intimement persuadée de faire le meilleur choix pour elle, elle n'avait pu s'empêcher de frémir à l'idée de quitter sa cage dorée, si confortable et rassurante.

Cinq ans plus tard, la peur s'était estompée, mais il en subsistait toujours des traces. Elle savait que son ambition professionnelle était en partie guidée par le besoin de prouver à ses parents qu'elle ne s'était pas trompée. Elle détourna le regard de son reflet dans la vitre. Elle n'avait rien à prouver à personne, si ce n'était à elle-même. Elle était venue écrire un article, et ce serait sa seule et unique préoccupation. Elle arriverait à ses fins, même si pour cela elle devait pourchasser Hunter Brown.

Lee parcourut ses notes encore une fois. D'ici à la fin de la journée, elle aurait bien plus qu'une simple colonne sur une page. C'était une promesse qu'elle venait de se faire. Il ne s'en tirerait pas aussi facilement, et ne la détournerait plus de sa tâche. Dès qu'elle serait prête, elle partirait à sa recherche.

Lorsqu'on frappa à sa porte, Lee leva les yeux en direction de son réveil. Elle était déjà en retard, et elle avait horreur de cela. Elle avait commandé son petit déjeuner pour 9 heures afin d'avoir le temps de se préparer avant. Il allait falloir qu'elle se dépêche si elle ne voulait pas passer à côté de sa chance une deuxième fois.

Furieuse contre elle-même, elle ouvrit la porte.

— Vous allez mourir de faim si vous avalez simplement une tartine et un café !

Avant même qu'elle ait eu le temps de réagir, Hunter était entré dans sa chambre, un plateau à la main.

— Une femme prévoyante n'ouvre jamais sa porte sans avoir demandé qui était derrière ! reprit-il en posant le plateau sur la table.

Elle avait l'air plus jeune sans maquillage. On discernait mieux sa part de fragilité lorsqu'elle n'était pas apprêtée, même si son peignoir de satin couleur saphir la mettait sans conteste en valeur. Hunter sentit une pointe de désir monter en lui, en même temps qu'un vague sentiment protecteur à son égard.

Elle n'allait certainement pas lui laisser entrevoir sa surprise, ou son embarras.

— D'abord chauffeur et maintenant garçon d'étage, observa-t-elle d'une voix contenue. Vous êtes un homme aux multiples facettes.

— Je pourrais vous retourner le compliment, dit-il en servant une tasse de café. La qualité première de l'écrivain étant d'être un bon menteur, je vois que vous êtes sur la bonne voie.

Il offrit un siège à Lee, la mettant dans la position d'invitée. Ignorant son geste, elle alla prendre place à table.

— Je vous aurais bien proposé de vous joindre à moi, mais il n'y a qu'une seule tasse, dit-elle en croquant dans un croissant. Mais peut-être pourriez-vous m'expliquer en quoi je vous ai menti ?

— Je suppose que c'est la qualité première d'un bon journaliste, répondit Hunter qui remarqua que ses mains recommençaient à bouger nerveusement.

— Non, rétorqua-t-elle en essayant de garder une contenance. Les journalistes travaillent avec la réalité et non la fiction.

Hunter ne répondit pas, mais son regard silencieux en disait bien plus long que n'importe quelle phrase. Lee décida de ne pas relever son attitude et se concentra sur son café.

— Je ne me rappelle pas vous avoir dit que j'étais journaliste, finit-elle par faire remarquer.

— Non, vous n'en avez pas parlé, dit-il en lui prenant le poignet d'une main ferme. Vous avez délibérément omis de mentionner ce petit détail.

D'un mouvement de la tête, Lee chassa la mèche de cheveux qui lui tombait devant les yeux. Si elle venait d'être démasquée, elle n'allait pas pour autant demander pardon à genoux.

— Je ne vois pas pourquoi j'aurais dû vous en parler, dit-elle en tâchant de ne pas penser au fait qu'il lui tenait toujours fermement le poignet. J'ai payé mon droit d'entrée à la conférence.

— Mais vous avez prétendu être quelqu'un que vous n'étiez pas.

Elle soutint son regard avant de répondre :

— Il semblerait que nous ayons tous deux prétendu être quelqu'un d'autre.

Hunter hocha la tête.

— En ce qui me concerne, ce n'était pas pour vous tromper ni vous abuser, tandis que vos intentions à vous n'étaient pas très honnêtes.

Lee n'aimait pas le ton qu'il employait. Il cherchait vraiment à avoir le dernier mot. Au fond, pourtant, il avait raison. Si ses doigts n'avaient pas été en train de broyer son poignet, elle aurait peut-être cherché à s'excuser, mais elle contre-attaqua.

— J'ai tout à fait le droit d'être ici et d'écrire un article sur cette conférence.

— Pour ma part, dit-il d'un ton anormalement calme, j'ai tout à fait le droit de vouloir préserver ma vie privée et de savoir si je suis en train de parler à une journaliste ou pas.

— Si je vous avais dit que je travaillais pour *Celebrity*, lança-t-elle en essayant pour la première fois de libérer son bras, vous ne m'auriez jamais adressé la parole, n'est-ce pas ?

Il tenait toujours son poignet. Il soutenait toujours son regard. Pendant quelques interminables secondes, il ne dit rien.

— Nous n'aurons jamais la réponse à cette question, dit-il finalement en ouvrant la main si brusquement que le poignet de Lee se cogna sur la tasse.

Il l'effrayait, maintenant. Elle ne pouvait plus se le cacher. Sa colère à peine contenue lui donnait des frissons. Elle ne le connaissait pas, ne le comprenait pas et n'avait donc pas la moindre idée de l'attitude à adopter. Il faisait usage d'une grande violence dans ses romans. Cette violence devait forcément être en lui. Essayant désespérément de ne pas perdre la face, elle avala une gorgée de café.

— Je serais curieuse de savoir comment vous avez découvert que j'étais journaliste, demanda-t-elle d'une voix calme, s'accrochant à sa tasse de café pour dissimuler les tremblements de ses mains.

Elle avait l'air d'un chaton effrayé, acculé dans un coin dont il ne peut plus s'échapper. Pourtant elle semblait prête à sortir les griffes, même si son cœur battait tellement fort que Hunter avait l'impression de l'entendre tambouriner dans sa poitrine. Comment pouvait-il respecter son courage, alors qu'il brûlait d'envie de l'étrangler ? Il s'en voulait de ressentir cette envie irrépressible de toucher la peau claire de ses joues. Etre déçu par une femme était à peu près la seule chose qui le mettait dans un tel état de rage.

— Eh bien, curieusement, je me suis quelque peu intéressé à vous, Lenore. La nuit dernière…

Il la vit se raidir à ces mots et en ressentit une certaine satisfaction. Il n'allait certainement pas lui faciliter la tâche en faisant comme si de rien n'était. Elle allait y penser autant que lui.

— La nuit dernière, reprit-il lentement en cherchant son regard, j'avais envie de faire l'amour avec vous. Je voulais aller au-delà de la surface policée que vous me présentiez et vous découvrir. Vous auriez ressemblé à la personne que je vois maintenant, douce, fragile, le regard mélancolique.

Elle se sentait fondre. Sa peau la brûlait alors qu'il ne l'avait pas touchée. C'était le son de sa voix qui la caressait et la frôlait avec la douceur de la brise.

— Je n'ai… Je n'avais pas la moindre intention de vous laisser me faire l'amour !

— Je ne fais pas l'amour à une femme, seulement avec, dit-il en sondant son regard et en se réjouissant d'y lire du trouble. Une fois que vous êtes partie, j'ai dû chercher un autre moyen de vous découvrir.

Le souffle court, Lee posa les mains sur ses genoux. Comment un homme pouvait-il avoir un tel pouvoir sur elle ? Que devait-elle faire pour lutter contre cela ? Pourquoi avait-elle l'impression qu'ils étaient déjà amants ? Pourquoi ressentait-elle comme une évidence que quelque chose d'inéluctable les liait ?

— Je ne vois pas ce que vous voulez dire, dit-elle d'une voix qui ne parvenait plus à masquer son émotion.

— Votre manuscrit.

Déroutée, elle l'interrogea du regard. Elle se souvint

alors qu'elle avait laissé le manuscrit chez lui. Elle était partie précipitamment tant elle avait eu peur de lui… Et d'elle-même. Ce matin, elle était encore tellement bouleversée qu'elle n'y avait pas pensé. Il ne manquait plus que cela. En plus du désir impérieux qu'elle éprouvait, elle se retrouvait dans la posture du disciple face à son maître.

— Je ne voulais pas que vous le lisiez, commença-t-elle. J'ai tiré un trait sur mes ambitions littéraires.

— Dans ce cas-là, vous êtes une menteuse doublée d'une inconsciente.

Personne ne lui avait jamais parlé sur ce ton.

— Je ne suis ni menteuse ni inconsciente, Hunter. Je suis une très bonne journaliste et je veux écrire un article sur vous pour vos lecteurs.

— Pourquoi perdre votre temps en commérages alors que vous avez un roman à terminer ?

Lee se raidit. Son regard teinté de désir et de mélancolie se fit glacial.

— Je ne donne pas dans le commérage !

— Vous pouvez donner à vos articles tout le lustre que vous voudrez, les orner intelligemment et avec style, mais cela n'en reste pas moins du commérage !

Hunter se leva. Les mots sortaient si vite de sa bouche et de façon si colérique que Lee ne pouvait essayer de se défendre.

— Vous n'avez pas le droit de travailler à quoi que ce soit si ce n'est à votre roman. Ce roman que vous portez en vous. Le revers de la médaille du talent, Lenore, c'est l'obligation.

— Je ne comprends pas un traître mot de ce que vous racontez, répliqua-t-elle en se levant à son tour et en découvrant qu'elle était tout aussi capable que lui de hausser le ton. Je connais mes obligations, et l'une d'entre elles est justement d'écrire un article pour le journal.

— Et votre roman ?

Levant les mains au ciel, elle se détourna de lui.

— Quoi, mon roman ?
— Quand pensez-vous le terminer ?
Le terminer ? Elle n'aurait surtout jamais dû le commencer…
— Mais bon sang, Hunter, c'est du vent… Une chimère !
— Il est bon.
Elle se retourna, les sourcils toujours froncés, mais le regard soudain las.
— Que voulez-vous dire ?
— S'il ne l'avait pas été, vos manœuvres seraient peut-être passées inaperçues, dit-il en attrapant une cigarette. J'étais à deux doigts de vous appeler hier pour savoir si vous aviez apporté la suite, et puis j'ai préféré appeler mon éditrice. Je lui ai donné les premiers chapitres à lire et elle a reconnu votre nom. C'est une grande lectrice de *Celebrity*, figurez-vous.
— Vous lui avez donné… Mais vous n'aviez aucun droit de montrer cela à qui que ce soit ! lança Lee stupéfaite en se laissant retomber sur sa chaise.
— Quand je l'ai fait, je pensais vraiment que vous étiez celle que vous prétendiez être.
— Eh bien, je suis journaliste et pas romancière, et j'aimerais que vous récupériez mon manuscrit et me le rendiez, demanda Lee d'une voix ferme en se levant.
Hunter aspira une bouffée de sa cigarette et fit tomber les cendres dans le cendrier. Ce n'est qu'à ce moment-là que son regard s'arrêta sur les notes écrites de Lee. Il les parcourut, à la fois amusé et piqué au vif. Ainsi, elle essayait de le faire rentrer dans ses petites cases bien définies. Eh bien, elle risquait de s'y casser les dents !
— Et pourquoi est-ce que je devrais vous obéir ?
— Parce qu'il m'appartient. Vous n'aviez pas le droit de le montrer.
— Qu'est-ce qui vous fait si peur ?
L'échec. Lee faillit laisser le mot s'échapper de ses lèvres.

— Je n'ai peur de rien. Je fais ce que je sais faire, et je compte bien poursuivre dans cette voie. Et vous, de quoi avez-vous peur ? De quoi vous cachez-vous ?

Elle n'aima pas le regard qu'il lui lança en se tournant vers elle. Ce n'était pas de la colère, ni de l'arrogance. C'était bien autre chose.

— Je fais ce que je sais faire, Lenore.

Il était entré dans sa chambre avec la ferme intention de lui faire regretter son mensonge et aussi de lui faire entendre à quel point elle faisait fausse route et gâchait son talent. En la regardant, maintenant, Hunter commençait à penser qu'il y avait une meilleure façon de lui faire comprendre ce qu'il pensait et qu'il pourrait en même temps apprendre à mieux la connaître. Il n'en avait pas fini avec Lenore Radcliffe. Loin de là.

— Vous tenez tant que cela à écrire un article sur moi ? demanda-t-il.

Surprise de son changement de ton, Lee le détailla du regard. Elle avait déjà tout tenté, il était peut-être temps d'essayer de toucher son ego.

— C'est très important pour moi. Cela fait trois mois que je cherche des informations sur vous. Vous êtes l'un des écrivains les plus populaires des dix dernières années. La critique vous encense. Si vous…

— Si j'acceptais de vous accorder une interview, il faudrait que nous passions beaucoup de temps ensemble, dit-il après l'avoir interrompue en levant la main. Et dans ce cas, c'est moi qui imposerais mes conditions.

Lee décida d'ignorer le sentiment de méfiance que lui inspirait sa proposition. La réussite était peut-être au bout du chemin.

— Nous pouvons définir ces conditions à l'avance, Hunter. Je suis une femme de parole.

— Je veux bien vous croire, dit-il en écrasant sa cigarette, mais encore faut-il que vous la donniez, cette parole.

Peut-être était-il en train d'aller au-devant d'ennuis

mais, après tout, cela faisait longtemps qu'il n'avait pas couru de risques, c'était le moment.

— Combien de pages de votre roman avez-vous en tout ? demanda-t-il.

— Cela n'a rien à voir avec le sujet qui nous intéresse, rétorqua Lee.

Il haussa un sourcil en soutenant son regard. Lee serra les dents, elle n'avait pas le choix, elle touchait au but.

— J'ai deux cents pages de plus que ce que vous avez lu.

— Envoyez-les à mon éditrice, dit-il avec un demi-sourire. Je pense que vous connaissez son nom.

— Quel est le rapport avec l'interview ?

— Cela fait partie de mes conditions, expliqua-t-il le plus naturellement du monde. D'ici à deux semaines, vous pourrez me rejoindre, si vous venez avec une copie de votre manuscrit.

— Vous rejoindre ? Où ça ?

— Je pars camper pendant quinze jours au canyon d'Oak Creek. Achetez-vous de bonnes chaussures.

— Camper ? répéta-t-elle incrédule. Ne préférez-vous pas que nous en finissions avec cette interview avant que vous ne partiez en vacances ?

Lee imaginait déjà la tente, les feux de camp et les nuées de moustiques.

— Mes conditions, lui rappela-t-il.

— Je vois, vous avez décidé de ne pas me faciliter la tâche.

— C'est exact, répondit-il amusé. Mais l'exclusivité mérite bien quelques sacrifices.

— Bien. Où dois-je vous retrouver ? Et quand ? demanda-t-elle en relevant le menton.

Son sourire s'élargit. Il aimait sa détermination.

— A Sedona. Je vous préviendrai aussitôt que j'aurai fixé la date et que mon éditrice aura reçu votre manuscrit.

— J'ai du mal à comprendre votre chantage à propos de mon manuscrit.

Hunter tendit la main et glissa ses doigts dans les cheveux de Lee. Son geste était tendre, presque amical, mais terriblement intime.

— Si vous voulez me cerner, la première chose à comprendre est que je suis plutôt excentrique… Quand les gens acceptent leurs excentricités, tout devient clair à leurs yeux. Ils peuvent alors comprendre leurs comportements. Tous, murmura-t-il en s'avançant et en posant ses lèvres sur les siennes.

Il la sentit se crisper et retenir son souffle. Mais elle ne le repoussa pas. Etait-elle en train de se mettre à l'épreuve, de se tester ? Ce qu'elle ne savait pas, c'est qu'elle le mettait lui aussi à l'épreuve. Il brûlait d'envie de la prendre dans ses bras et de la porter jusqu'au lit défait, d'arracher son peignoir de soie et de mêler son corps au sien. Il savait déjà que leurs corps étaient faits l'un pour l'autre. Comme s'ils étaient déjà amants, bien qu'il ne sache pas d'où lui venait cette certitude.

Il voulait la sentir se fondre en lui, sentir ses lèvres brûlantes et humides sur sa peau. Ils étaient seuls dans cette chambre et le désir était palpable. Pourtant, sans bien pouvoir l'expliquer, il sentait que s'ils faisaient l'amour maintenant, s'ils étanchaient leur soif, alors il ne la reverrait plus. Ils devaient d'abord affronter leurs peurs respectives avant de devenir amants.

Hunter profita d'un dernier long et délicieux baiser, se laissant emporter par les sensations, par le vertige de la passion, par le contact de son corps contre celui de Lee. Puis il reprit le contrôle, se rappela que chacun d'eux attendait quelque chose de l'autre. Les secrets et les mystères seraient mis en mots.

Il recula d'un pas en frôlant sa joue du bout des doigts. Elle ne dit rien.

— Si vous arrivez à survivre à ces deux semaines dans le canyon, alors vous aurez votre article.

Il lui tourna le dos sur ces mots et quitta la chambre.

— Si j'arrive à survivre à ces deux semaines, marmonna Lee en sortant un gros pull de son armoire. Tu sais, Bryan, je n'ai jamais rencontré quelqu'un qui arrive à me mettre autant en colère en si peu de mots.

Dix jours s'étaient écoulés depuis son retour à Los Angeles, mais sa colère ne s'était toujours pas apaisée.

Bryan toucha des doigts la laine délicate de son pull.

— Lee, tu n'as vraiment rien d'un peu moins…

— Si, j'ai acheté quelques sweat-shirts, répondit-elle. Mais je ne suis pas une habituée de la vie sous la tente.

— Un conseil, dans ce cas, intervint son amie avant que Lee ne mette un autre pantalon de ville dans le sac à dos qu'elle lui avait prêté.

Lee fronça les sourcils.

— Tu sais que j'ai horreur des conseils.

— Oui, je le sais, mais c'est pour cela que je ne peux m'empêcher de te les donner, dit Bryan en s'asseyant sur le lit. Je sais que tu as un jean, Lee, je t'ai vue le porter. Peu importe le style, il faut que tu le prennes et que tu oublies tes pantalons à soixante-quinze dollars pièce. Tu pourrais t'en acheter un ou deux autres. Tu peux aussi remettre ton ravissant pull en laine dans son armoire et prendre à la place des sous-pulls en coton. Cela t'évitera d'avoir froid la nuit. Prends des T-shirts à la place de tes chemisiers, un ou deux shorts et achète-toi une paire de chaussettes de laine. D'ailleurs, il faudrait aussi que tu marches avec tes nouvelles chaussures, sinon tu risques de souffrir le martyre.

— Mais le vendeur m'a dit…

— Elles sont parfaites, Lee, mais tu ne les as jamais sorties de leur boîte. Tu t'es plus inquiétée de tes stylos et de ton bloc-notes que de ton propre équipement. Si tu ne veux pas être ridicule, écoute maman Bryan !

En soupirant, Lee remit le pull dans l'armoire et claqua le battant.

— Je me suis déjà ridiculisée plus souvent qu'à mon

tour ! Mais il ne m'aura pas. Si je dois escalader des montagnes et dormir dans une tente pour obtenir mon article, eh bien, je le ferai !

— Je suis sûre qu'avec un peu de bonne volonté tu pourrais même arriver à t'amuser en même temps !

— Je n'y vais pas pour m'amuser. Je pars en quête de l'exclusivité !

— Je comprends… Mais tu sais que nous sommes amies.

C'était une affirmation plus qu'une question. Lee leva les yeux vers Bryan, sourit pour la première fois de la journée et répondit :

— Oui, nous sommes amies.

— Alors dis-moi quel est le problème avec lui. Cela fait une semaine que tu es à cran. Tu voulais interviewer Hunter Brown et c'est ce que tu vas faire. Comment se fait-il que tu aies l'air de partir en guerre ?

— C'est ce que je ressens, en fait, admit Lee. Avec lui je me mets à avoir envie de ce dont je refuse d'avoir envie, il me fait éprouver ce que je me refuse à éprouver. Bryan, il y a suffisamment de choses compliquées dans ma vie, je n'ai pas envie d'en rajouter.

— Qui te parle d'en rajouter ?

— Je sais exactement où je veux aller, expliqua-t-elle, et comment je veux y aller. Mais curieusement j'ai l'impression que Hunter est un détour.

— Les détours sont parfois plus intéressants que les lignes droites, tu sais. Et puis, l'essentiel, c'est qu'à la fin tu arrives au bon endroit.

— Lorsqu'il me regarde, j'ai l'impression qu'il devine mes pensées. Cela ne me facilite pas vraiment la tâche.

— Tu n'as jamais choisi les sentiers les plus faciles, de toute façon. Tu as toujours cherché le défi, tu n'avais simplement pas imaginé pouvoir le trouver dans un homme.

— Je ne veux pas d'un homme qui me mette au défi,

répliqua Lee en fourrant son sweat-shirt au fond de son sac. Le défi, c'est bon pour mon travail.

— Rien ne t'oblige à y aller, dans ce cas.

Lee releva la tête.

— Pas question de renoncer !

— Alors, n'y va pas en traînant les pieds. C'est une chance formidable pour toi. Professionnellement et personnellement. Le canyon d'Oak Creek est l'un des plus beaux du pays et l'homme avec qui tu pars continue à t'intriguer, ce qui est rare. Tu devrais profiter de tous ces changements !

— Je pars travailler, rappela Lee, pas cueillir des fleurs sauvages !

Bryan croisa les jambes.

— Mais même si tu en cueilles quelques-unes, tu auras ton article, de toute façon !

— Oui, et je mettrai Hunter Brown au supplice !

Bryan éclata de rire.

— Si c'est l'objectif que tu t'es fixé, je sais que tu arriveras à tes fins ! S'il ne m'avait pas fait cauchemarder pendant des mois, je me sentirais presque désolée pour lui ! dit Bryan avant de fixer son amie plus gravement. Mais, Lee, si jamais tu avais envie d'un peu plus que d'un article… Prends ce qu'il t'offre comme un cadeau, profite de ce que la vie a à t'offrir.

Lee resta silencieuse un moment avant de soupirer.

— Je ne sais pas si ce serait un cadeau ou une malédiction, dit-elle en se dirigeant vers sa commode. Combien de paires de chaussettes ?

— Mais est-ce qu'elle est jolie ? insista Sarah en s'asseyant en tailleur sur le tapis. Vraiment jolie ?

Hunter attrapa le panier à linge. Sarah lui avait fait remarquer que c'était son tour de lessive.

— Je crois que le mot « jolie » ne convient pas. Une corbeille à fruits peut être jolie.

Sarah se mit à rire. Elle aimait parler avec son père, car c'était la personne la plus fine qu'elle connaissait.

— Quel mot choisirais-tu alors ?

— Elle a une beauté assez rare, très classique, dont la plupart des femmes ne sauraient que faire.

— Et elle, elle sait ?

Hunter essaya de se la remémorer et, au lieu de son visage, c'est de son propre désir qu'il se souvint.

— Oui, elle sait.

Sarah s'allongea sur le dos et joua avec le chien. Elle aimait caresser son pelage, de la même manière qu'elle aimait fermer les yeux pour écouter son père.

— Elle a essayé de se moquer de toi, rappela-t-elle. Tu n'aimes pas cela généralement.

— De son point de vue, elle faisait simplement son travail.

La main sur le cou de Santanas, Sarah leva ses grands yeux sombres vers son père.

— Tu ne parles jamais aux journalistes.

— Ils ne m'intéressent pas, dit Hunter en sortant un jean troué du panier. Ce n'est pas le jean que je t'ai acheté la semaine dernière ?

— Si, si. Mais pourquoi est-ce que tu veux l'emmener camper avec toi, alors ?

— Pourquoi est-il déjà troué, dans ce cas ? Et puis je ne l'emmène pas, elle m'accompagne.

Sarah fouilla dans ses poches et en sortit un paquet de chewing-gums. Elle n'avait pas le droit d'en mâcher à cause de son appareil dentaire, et se contenta donc d'en respirer le parfum. Dans six mois, dès que l'interdiction serait levée, elle en mâcherait douze d'un coup !

— C'est parce qu'elle est journaliste ou parce qu'elle a une beauté assez rare, très classique ?

Hunter baissa le regard vers sa fille et reconnut son sourire moqueur. Elle était bien trop maligne, décidément.

— Les deux, mais c'est surtout parce que je trouve

qu'elle a du talent. Je veux essayer d'en savoir un peu plus sur elle, pendant qu'elle aussi essaiera de me percer à jour.

— Tu y arriveras, déclara Sarah. Tu réussis toujours ce que tu entreprends. D'ailleurs, tante Bonnie dit que tu ne vois pas assez de femmes. En particulier des femmes qui t'intriguent.

— Tante Bonnie ne pense qu'à me marier !

— Mais peut-être qu'elle saura t'inspirer une ardente passion ?

Hunter arrêta son mouvement.

— Pardon ?

— J'ai lu ça dans un livre. Il y a un homme qui rencontre une femme, et au début ils ne s'aiment pas trop, mais il y a une forte attirance physique et un désir irrépressible et…

— Je crois que je devine la suite, interrompit-il en détaillant le visage de sa fille.

Elle n'avait que dix ans, comment se faisait-il qu'ils soient en train d'évoquer le désir, la passion et l'attirance amoureuse ?

— Tu es bien placée pour savoir que les choses se passent rarement comme dans les romans, reprit-il.

— La fiction s'appuie sur la réalité pourtant, rétorqua Sarah, qui jubilait de servir à son père une de ses propres devises. Mais avant que tu ne tombes amoureux d'elle, ou que la passion ne soit trop ardente, je voudrais la rencontrer.

— Je m'en souviendrai, dit-il en brandissant trois chaussettes. Comment se fait-il que nous nous retrouvions chaque semaine avec un peu plus de chaussettes dépareillées ?

Sarah se releva.

— Je pense qu'il y a un univers parallèle dans le sèche-linge. Si ça se trouve, à l'instant même, il y a quelqu'un de l'autre côté du hublot qui brandit trois chaussettes dépareillées.

— C'est une théorie captivante, répondit Hunter en se penchant pour la prendre dans ses bras.

Tandis qu'elle riait à perdre haleine, il s'approcha du panier à linge et la laissa tomber dedans.

5

On aurait dit une scène de western. Sous ce soleil éblouissant, Lee pouvait imaginer une bande de hors-la-loi essayant d'échapper au shérif tandis que des Indiens se cachaient derrière les rochers. Elle avait même l'impression d'entendre résonner les sabots des chevaux. Mais ce devait être le bruit du moteur de sa voiture.

Les sommets rocheux s'élevaient, d'un rouge profond sur le fond bleu du ciel. Le mot immensité s'imposait, presque violemment, brut, dénudé. Tout cet espace lui nouait la gorge, et son cœur battait plus fort dans sa poitrine.

Il y avait bien du vert, le vert cendré des quelques plantes qui arrivaient à survivre dans cet environnement rocailleux, s'accrochant aux reliefs, presque désespérément. On distinguait çà et là des genévriers clairsemés, qui accentuaient encore le sentiment de vide. Pourtant, ce vide en lui-même faisait la richesse du lieu. Cet espace incommensurable fascinait Lee. Tout était trop… trop grand, trop aride, trop coloré.

Même lorsqu'elle arriva à l'orée de la première ville, elle se dit que les maisons et la présence humaine ne pouvaient pas lutter avec l'immensité. Les panneaux de signalisation, les lampadaires, les jardins, les plates-bandes ne faisaient pas le poids. Il y avait de plus en plus de voitures, mais cela restait ridicule par rapport à la force de la nature qu'elle venait de traverser. Ces paysages vous absorbaient, vous assommaient.

Elle tomba aussitôt sous le charme de Sedona. La rue principale était composée de petites boutiques aux devantures soignées. Le temps semblait s'être arrêté ici, on ne sentait strictement aucune urgence nulle part. La ville semblait tranquille et modeste sous le ciel immense et chamarré. Après tout, peut-être allait-elle passer un séjour agréable…

Lee se rendit à l'entreprise de location de véhicules pour y déposer sa voiture et, comme elle était en avance à son rendez-vous avec Hunter, elle en profita pour jouer les touristes. Il lui restait près d'une heure avant de se mettre au travail.

Les pendentifs en argent et turquoise la tentaient, mais elle passa son chemin. Elle aurait bien d'autres occasions de faire du lèche-vitrines une fois qu'elle aurait rempli sa mission.

Une odeur de caramel attira son attention. Une petite boutique annonçait qu'elle vendait les meilleures friandises du monde. Il était difficile de résister à une telle tentation. Lee s'en acheta un sachet. Elle goûta un caramel mou qui fondait littéralement dans la bouche. Un délice ! Mieux valait en profiter car Dieu seul savait ce qu'elle risquait de manger pendant les deux prochaines semaines. Hunter lui avait d'ailleurs précisé qu'il s'occuperait lui-même des courses. Ces caramels seraient sa ration de survie !

Et puis les conseils de Bryan avaient finalement fait leur chemin dans son esprit. A quoi bon se lancer dans cette aventure à contrecœur ? Autant profiter simplement de l'occasion qui lui était donnée de passer quelques jours dans la nature. Lee s'arrêta devant une boutique qui vendait des vêtements tout droit sortis des films sur la conquête de l'Ouest.

Pourquoi Lee croyait-elle qu'elle ne pouvait pas se permettre de porter ce genre de vêtements ? Ne s'enfermait-elle pas dans une fausse image d'elle-même, finalement ? Haussant les épaules, elle passa la main sur une veste en daim. Image ou pas, de toute façon, cela faisait trop longtemps qu'elle était comme cela, il n'était plus temps de changer. Elle n'en avait pas envie, d'ailleurs. Elle se dirigea vers les chapeaux.

Elle déposa son sac à dos à ses pieds, car il commençait à peser lourd sur ses épaules. Elle essaya un Stetson aux bords relevés, puis un plus petit chapeau orné de plumes. Elle n'était pas quelqu'un de frivole. Elle était quelqu'un de professionnel, de réaliste. Elle passa ensuite un chapeau noir au bord plat et contempla le résultat dans le miroir en face d'elle. « Conventionnelle, pensa-t-elle en souriant. Matérialiste et… »

— Vous ne le portez pas comme il faut.

Avant qu'elle ait eu le temps de réagir, deux mains saisirent le chapeau sur sa tête, et l'inclinèrent légèrement. Hunter recula d'un pas.

— Oui, il est fait pour vous. Le contraste avec vos cheveux et votre peau vous donne un certain panache, déclara-t-il en la prenant par les épaules pour la tourner vers le miroir.

Lee vit ses mains sur ses épaules, et ses doigts, longs, assurés. Elle se trouva vraiment petite et fragile par contraste. En un instant, l'émoi l'envahit. Cet émoi qu'elle craignait tant de ressentir en sa présence.

— Je ne compte pas l'acheter, dit-elle en ôtant le chapeau.

— Pourquoi ?

— Je n'en ai pas besoin.

— Vous voulez me faire croire que vous êtes une femme qui n'achète que ce dont elle a besoin ? dit-il avec un sourire narquois.

— Cela faisait longtemps que je n'avais pas entendu un commentaire aussi sexiste, commença-t-elle.

— Mais je maintiens que c'est dommage que vous

ne le preniez pas, reprit Hunter. Il vous donne un air plus… sûr de vous.

Ignorant sa remarque, Lee attrapa son sac à dos.

— J'espère que je ne vous ai pas fait attendre trop longtemps. Comme je suis arrivée un peu en avance, j'en ai profité pour faire un tour.

— Oui, je vous ai croisée en arrivant. Même en jean, on dirait que vous portez un tailleur, dit-il d'un ton qui aurait aussi bien pu exprimer une raillerie qu'un compliment. Lesquels avez-vous choisis ?

— Pardon ? demanda Lee.

— Vos caramels, indiqua-t-il en regardant le sac qu'elle tenait à la main. Lesquels avez-vous choisis ?

Décidément, rien ne lui échappait.

— Ceux au chocolat au lait.

— C'est un bon choix, dit-il en la prenant par le bras et en l'entraînant vers la sortie. Bien, si vous êtes décidée à résister à ce chapeau, nous pouvons y aller.

Lee repéra la Jeep qu'il avait déjà à Flagstaff, garée un peu plus loin.

— Vous êtes resté dans l'Arizona ? demanda-t-elle.

— J'avais des travaux à terminer.

— Des recherches ?

— Un écrivain est toujours en train de faire des recherches, répondit-il avec un sourire mystérieux.

Arrivé à hauteur de sa voiture, il se dirigea directement côté conducteur, sans lui ouvrir la porte ni lui proposer de poser ses affaires dans le coffre. Il ne comptait pas lui révéler que ses recherches sur Lenore Radcliffe lui avaient permis d'aboutir à quelques conclusions intéressantes.

— Avez-vous apporté votre manuscrit ?

Lee ne put se retenir de lui jeter un regard assassin.

— C'était une des conditions, il me semble.

— En effet, répondit-il en démarrant. Que pensez-vous de Sedona ?

— Je pense que le climat et l'atmosphère qui règnent

ici doivent rendre la ville très plaisante, dit-elle en se redressant sur son siège.

— On pourrait dire la même chose de n'importe quelle ville du sud de la France ou de Hawaii.

Lee détourna la tête et se concentra sur les rues qui défilaient.

— On dirait que cette ville a été ainsi de toute éternité. On ressent quelque chose de sauvage, d'inquiétant, mais de fascinant à la fois. Cette ville vous donne l'impression que vous venez de la découvrir perdue au milieu du canyon après des jours passés à cheval sans croiser âme qui vive. Sedona semble avoir été bâtie pour lutter contre le vide et l'immensité sauvage de l'Arizona.

— D'autres personnes ont pourtant préféré rester dans le désert ou les montagnes pour ne pas se faire happer et emprisonner par la ville.

Curieusement, Lee se dit qu'elle aurait fait partie des bâtisseurs, tandis que Hunter aurait choisi le désert et la liberté totale.

Une fois hors de Sedona, la route se fit de plus en plus étroite et tortueuse. Il conduisait comme s'il avait la certitude que, quoi qu'il arrive, il garderait le contrôle de son véhicule. Lee, elle, s'accrochait à la poignée, bien décidée à ne pas lui faire remarquer qu'il conduisait trop vite. Elle avait l'impression de se trouver sur des montagnes russes, tandis qu'ils descendaient au fond de la vallée. La route serpentait entre un abrupt mur de roche et une pente vertigineuse.

Cramponnée à la poignée, Lee devait se mordre les lèvres pour ne pas crier. Lorsqu'elle prit enfin la parole, elle fut soulagée que sa voix soit plutôt calme.

— Vous campez souvent ?

— Oui, de temps en temps.

— Je me demandais..., dit-elle avant de plaquer son pied au sol comme sur une pédale de frein imaginaire.

Pourquoi aller camper alors que vous auriez la possibilité de faire à peu près tout ce dont vous avez envie ?

— C'est ce dont j'ai envie.

— D'accord, mais pourquoi ?

— Tout le monde a besoin de retrouver une certaine simplicité, parfois.

— Etes-vous sûr que ce n'est pas encore une façon d'éviter les gens ?

— Oui, vous avez raison.

Lee ne s'était absolument pas attendue à ce qu'il acquiesce aussi vite. Elle se tourna vers lui, stupéfaite. Hunter s'amusa de sa réaction, mais son visage resta neutre.

— C'est aussi une façon de m'évader de mon travail, reprit-il. On n'échappe jamais à l'écriture, mais on peut parfois éviter tout ce qui va avec, les contraintes.

Lee le scruta avec une attention redoublée. Elle aurait aimé pouvoir sortir son carnet et prendre quelques notes, mais elle devait se résoudre à faire confiance à sa mémoire.

— Vous n'aimez pas les contraintes.

— On n'aime pas toujours ce qui est nécessaire.

Lee avait maintenant totalement oublié les virages, le vide et la vitesse. Elle le fixa. Elle sentit que Hunter aimait qu'elle soit intriguée et que cela se sente. Il aimait cela à peu près autant que sa beauté, digne du siècle des romantiques.

— Et quelles sont les contraintes de votre profession ?

— Le fait de devoir rester enfermé dans un bureau, le ronronnement de l'ordinateur, la paperasserie inévitable qui interfère avec le cours d'une histoire.

C'était curieux… C'était précisément ce dont elle avait besoin pour cadrer son activité.

— Si vous pouviez y changer quelque chose, que feriez-vous ?

Un sourire lui monta aux lèvres. Hunter n'avait jamais rencontré quelqu'un dont l'esprit soit aussi rectiligne, aussi terriblement logique.

— Je remonterais le temps de quelques siècles, jusqu'à une époque où je n'aurais eu qu'à voyager et raconter des histoires.

Lee savait qu'il était sincère. Il avait beau disposer de la fortune, du succès et de la reconnaissance, elle savait qu'il ne mentait pas.

— Rien d'autre ne compte pour vous, n'est-ce pas ? La gloire, l'admiration…

— L'admiration ? Laquelle ?

— Celle de vos lecteurs, des critiques.

Il s'arrêta à côté d'un poteau de bois qui servait de boîte aux lettres.

— Je ne suis pas indifférent à mes lecteurs, Lenore.

— Mais à vos critiques…

— Je suis impressionné par votre rigueur d'esprit, dit-il en descendant de voiture.

Finalement c'était plutôt un bon début, se dit Lee en descendant à son tour de la Jeep. Elle avait déjà réuni plus d'informations que n'importe qui d'autre, alors que ce n'était que le premier jour. Il fallait maintenant qu'elle continue à lui parler de tout et de rien avant de pouvoir connaître son point de vue sur des sujets plus précis. Il fallait qu'elle contienne sa curiosité et son impatience, surtout. Et qu'elle ne relâche pas son attention. Elle avait affaire au roi de la fuite.

— Où se trouve le bureau d'accueil du camping ?

Hunter sourit derrière elle, en la regardant se débattre avec son sac à dos.

— Ne vous inquiétez pas, je me suis déjà occupé de tout, répondit-il.

— Très bien.

Son sac était vraiment lourd, mais elle avait déjà décidé de refuser l'aide de Hunter. Elle se rendit rapidement compte que, de toute façon, il n'avait pas prévu de la lui proposer…

Il se tenait tranquillement à quelques pas d'elle et

paraissait s'amuser beaucoup de ses difficultés. La galanterie ne semblait décidément pas être son fort. Ce qui la gênait le plus, au fond, ce n'était pas vraiment qu'il ne lui propose pas de l'aider, mais plutôt qu'elle soit en train de rater cette occasion de lui prouver qu'elle était totalement autonome et qu'elle n'avait pas besoin de lui. Ses yeux pétillaient de malice. Il semblait encore une fois avoir lu dans son esprit.

— Voulez-vous que je porte les caramels ?

— Je crois que je vais m'en sortir, répondit-elle en serrant instinctivement le poing.

Son sac sur le dos, Hunter s'engagea sur un sentier, ne laissant d'autre choix à Lee que de le suivre. On aurait dit qu'il avait toujours pratiqué ce genre de chemin, tant son pas était assuré. Même si elle se sentait totalement ridicule avec ses chaussures de randonnée, Lee était bien décidée à ne pas broncher et surtout à ne pas se laisser distancer.

— Vous êtes déjà venu camper ici ?

— Mmm, mmm.

— Pourquoi cet endroit précisément ?

Hunter se tourna vers elle et la fixa de son regard noir et intense qui lui coupait le souffle chaque fois.

— Il me semble qu'il suffit d'ouvrir les yeux.

Lee regarda autour d'elle. Les pics rocheux du canyon s'élevaient, vertigineux, tendus vers le ciel. La couleur de la roche était vraiment unique, et la végétation éparse la mettait en valeur. Le paysage lui faisait le même effet que lorsqu'elle avait survolé la région. Elle pensa à des forteresses, des châteaux forts, mais cette fois-ci il n'y avait plus cette impression de distance, elle n'arrivait pas à savoir si c'était elle qui était en train de les prendre d'assaut ou si c'étaient eux qui l'encerclaient.

Il faisait chaud. Les arbres les protégeaient à peine des rayons du soleil. Il y avait quelques personnes sur les sentiers, des parents et leurs enfants, essentiellement, mais Lee avait la vague sensation d'être seule au monde.

Elle pensa à la peinture : c'était un peu comme si elle marchait sur une toile, impression irréelle et fascinante. Elle replaça son sac sur son dos et accéléra le pas.

— J'ai vu qu'il y avait des maisons, dit-elle. Je n'aurais pas imaginé que des gens puissent vivre ici.

— Oui, en effet.

Lee sentit qu'il avait l'esprit ailleurs et décida de faire une petite pause dans ses tentatives de conversation. Les choses avaient bien commencé, mieux valait ne pas le brusquer. Pour l'instant, elle se contenterait de le suivre, il semblait savoir où il allait.

Elle fut surprise de se rendre compte un peu plus tard qu'elle trouvait la promenade plutôt plaisante. Pendant des années, sa vie avait été régie par des contraintes, des délais, des exigences extérieures et personnelles, et elle avait toujours pensé que, si on lui avait proposé deux semaines de vacances, elle n'aurait pas su quoi en faire. D'ailleurs, elle n'aurait certainement jamais eu l'idée d'aller faire du camping dans les canyons d'Arizona. L'air pur et les paysages arides n'avaient jamais été sa tasse de thé.

Elle perçut alors un petit clapotis musical au loin. Il lui fallut quelques instants avant de reconnaître le bruit d'une rivière. Elle pouvait maintenant sentir l'odeur de l'eau. C'était vraiment une sensation nouvelle. Pourtant elle se retint de partager cela avec son guide, de peur de passer pour une citadine déconnectée de la nature.

Hunter se demanda si elle avait conscience du caractère décalé de sa tenue. Elle semblait totalement en dehors de son élément. On devinait au premier coup d'œil que ses chaussures et son jean sortaient tout juste du magasin. D'ailleurs, son T-shirt était trop bien coupé pour provenir d'une boutique d'articles de sport. Elle ressemblait à un mannequin faisant une publicité pour des affaires de camping. Quel genre de femme était capable de porter un vieux sac à dos avec des boucles en saphir aux oreilles ?

Il reconnut son parfum, transporté par la brise, et se dit qu'il avait deux semaines devant lui pour répondre à cette question. Elle avait peut-être l'intention de le percer à jour, mais ce qu'elle ignorait était qu'il était venu ici avec la même idée qu'elle. Avec un peu de chance, ils arriveraient tous deux au but qu'ils s'étaient fixé avant la fin du temps qui leur était imparti. A moins qu'ils n'aient à regretter cette expérience…

Il avait envie d'elle. Cela faisait longtemps qu'il n'avait pas désiré quoi ou qui que ce soit. Ces derniers jours, il avait souvent repensé à leur baiser…

Le silence le tranquillisait. Les imposants sommets du canyon aussi. Lee les voyait menaçants, il les trouvait apaisants. Chacun devait y trouver ce qu'il y cherchait.

— Pour une femme et une journaliste, vous avez une étonnante capacité au silence.

Le poids de son sac commençait à prendre le pas sur la beauté du paysage. Il ne lui avait pas demandé une seule fois si elle voulait faire une pause. Il ne s'était d'ailleurs même pas retourné pour vérifier qu'elle était bien derrière lui.

— Vous avez vous-même une étonnante capacité au commentaire blessant.

Cette fois, Hunter se retourna. Lee avait le souffle court, et quelques perles de sueur constellaient la naissance de ses cheveux. Mais cela ne changeait rien à sa beauté immatérielle.

— Pardon, dit-il d'une voix qui ne semblait pas le moins du monde désolée. Je marche peut-être un peu vite ? C'est que vous me semblez plutôt en forme.

Malgré la douleur qu'elle ressentait dans le dos, Lee redressa les épaules.

— Je suis en parfaite condition physique, répondit-elle.

Ses pieds aussi commençaient à la faire souffrir.

— Nous ne sommes plus très loin, reprit-il en attrapant la gourde qui pendait à sa ceinture. C'est un temps idéal pour randonner. Il doit faire un peu moins de vingt-cinq degrés, et il y a cette petite brise rafraîchissante.

Lee le regarda porter la gourde à ses lèvres.

— Vous n'avez pas un gobelet ? demanda-t-elle.

Il fallut un instant à Hunter pour se rendre compte qu'elle était sérieuse. Il se retint de rire.

— Non, il est empaqueté avec la porcelaine dans un autre carton.

— Bien, j'attendrai, dit-elle en essayant de soulager son dos.

— Comme vous voudrez, déclara-t-il en reprenant plusieurs gorgées d'eau sous le regard désapprobateur de Lee, avant de se remettre en chemin.

Sa gorge la brûlait tant elle avait soif. Il avait dû dire cela exprès pour la faire enrager. Elle avait bien vu la petite étincelle dans son regard. Mais bientôt elle lui rendrait la monnaie de sa pièce. Elle brûlait de terminer la rédaction de son article et de présenter Hunter sous son vrai jour à ses lecteurs, qui devaient être loin de s'imaginer à quel point il était arrogant et présomptueux.

Il était peut-être même en train de tourner délibérément en rond pour la faire souffrir. Bryan avait raison pour les chaussures. Lee avait perdu le compte des campings qu'ils avaient croisés. C'était peut-être sa façon à lui de la punir de ne pas lui avoir dit dès le début qu'elle travaillait pour *Celebrity*. Il était le genre d'homme capable d'élaborer une telle vengeance.

Epuisée, les jambes en coton, Lee finit par tendre la main pour saisir son bras.

— Il y a une chose que j'aimerais bien comprendre. Puisque vous méprisez à ce point les femmes et les journalistes, pourquoi avez-vous décidé de passer deux semaines en ma compagnie ?

— Mépriser les femmes ? répéta-t-il les yeux ronds.

Je pense être un peu plus nuancé que cela, Lenore. Vous ai-je donné l'impression de ne pas vous apprécier ?

En parlant, il posa sa main sur sa nuque. La peau de Lee était chaude et légèrement humide sous ses doigts. Lee eut un réflexe de protection.

— Je me moque bien de vos sentiments à mon égard, je suis ici pour des raisons professionnelles.

— Vous, peut-être, reprit-il en exerçant une légère pression des doigts. Moi, je suis en vacances. Savez-vous que vos lèvres sont aussi attirantes que la dernière fois ?

— Je ne veux pas que vous regardiez mes lèvres, dit-elle d'une voix qui laissait pourtant paraître son trouble. Je veux que vous me considériez comme une journaliste, et c'est tout.

Il eut un léger sourire pensif.

— D'accord, dit-il. Donnez-moi une minute…

Il s'avança alors vers elle et posa sa bouche sur la sienne, aussi légèrement que la première fois, mais créant en elle le même déferlement d'émotions. Elle resta immobile, saisie par l'intensité de ce qu'elle ressentait. Lorsqu'il la toucha, ou plutôt la frôla, elle eut le sentiment qu'on l'embrassait pour la première fois. C'était tellement différent, tellement nouveau… tellement fort ! Comment était-ce possible ?

Elle ne sentait déjà plus le poids de son sac sur son dos. La tension de ses muscles s'évanouit pour laisser place à un sentiment de manque et de désir criant. Ses lèvres s'entrouvrirent, presque contre sa volonté, et leurs langues se frôlèrent, ardentes, hésitantes.

Lee se sentait fiévreuse, avide, mais Hunter semblait garder le contrôle. Il restait si tendre et doux qu'elle ne pouvait imaginer combien il devait prendre sur lui. Il n'avait jamais pensé ressentir un désir aussi urgent. Il n'avait jamais été confronté à un tel tourbillon de sensations. Soudain il pouvait imaginer, très clairement, ce que ce serait de la prendre là, immédiatement, sur le sol, avec le soleil implacable au-dessus d'eux et le rempart du canyon tout autour. Le ciel deviendrait le dôme d'une cathédrale gigantesque.

Mais il sentait aussi les appréhensions de Lee.

— Vos lèvres se fondent aux miennes, Lenore, murmura-t-il. Je ne vais pas pouvoir résister.

Elle se recula aussitôt, embarrassée, pantelante et désespérée de sa réaction.

— Je ne veux pas me répéter, Hunter. Et je ne veux pas non plus vous servir des clichés assommants, mais notre rencontre est strictement professionnelle. Si nous voulons que les deux semaines à venir se passent dans les meilleures conditions, je crois que nous ne devrions pas perdre cela de vue.

— Je ne sais pas ce que vous appelez les meilleures conditions, répondit-il, mais nous nous en tiendrons aux vôtres.

Elle ne le croyait qu'à moitié mais, n'ayant pas d'autre choix, elle acquiesça en silence. Ils reprirent leur chemin et s'engagèrent sous les arbres. Ils pouvaient encore entendre le bruit du ruisseau dans le lointain. Plus près, tout autour d'eux, les petits animaux du sous-bois faisaient crisser les feuilles et craquer les brindilles. Ne pouvant s'empêcher de se retourner nerveusement de temps à autre, Lee essaya de se persuader qu'il ne s'agissait que d'écureuils ou de lapins.

Ainsi entourés par les arbres, ils auraient pu se trouver n'importe où. La lumière du soleil filtrait à travers les branches, ténue. Ils atteignirent une petite clairière, où ils remarquèrent les restes d'un feu de camp. Lee détaillait les environs, envahie par un sentiment de malaise indéfini. Elle n'avait pas imaginé que le camp serait aussi isolé, aussi calme et… désert.

— Il y a une douche et des toilettes un peu plus loin, dit Hunter en déposant son sac à terre. C'est plutôt sommaire, mais suffisant. Vous ferez attention à ne rien laisser traîner qui attire les animaux. Avez-vous le sens de l'orientation ?

Lee déposa son sac avec soulagement.

— Je me repère assez bien.

Elle allait enfin pouvoir enlever ses chaussures et se reposer, c'était tout ce qui comptait, maintenant.

— Parfait, alors vous pourrez aller chercher un peu de bois pour le feu pendant que je monte la tente.

Lee ouvrit la bouche pour lui préciser qu'elle ne comptait pas lui obéir au doigt et à l'œil, mais elle changea d'avis. Cela ne servirait à rien, sinon à lui donner un prétexte supplémentaire pour se moquer d'elle. Elle fit quelques pas avant que la fin de sa phrase ne lui revienne à l'esprit.

— Comment ça, « la » tente ?

— Personnellement je préfère dormir à l'abri en cas de pluie, répondit-il en ouvrant son sac.

— Mais en disant « la » tente vous employez un singulier, je me trompe ?

— Une tente, deux sacs de couchage, répondit-il sans même relever les yeux.

Garder son calme. C'était le plus important. Elle n'allait pas faire une scène.

— Je ne trouve pas franchement que ce soit un arrangement judicieux, dit-elle d'un ton excessivement contenu.

Hunter ne répondit pas tout de suite. Il semblait trop occupé à vider son sac.

— Si vous voulez dormir à la belle étoile, grand bien vous fasse. Mais, une fois que nous serons amants, ces « arrangements » ne seront plus d'aucune importance.

— Nous ne sommes pas venus ici pour devenir amants ! rétorqua Lee, furieuse.

— Une journaliste et son sujet, dit Hunter à mi-voix, ne devraient pas avoir la moindre difficulté à partager une tente. Il n'y a aucune ambiguïté dans tout ça.

Prise à son propre piège, Lee tourna les talons et s'éloigna à grands pas. Elle ne lui ferait pas le plaisir de réagir comme il l'attendait. Elle ne le laisserait certainement pas déceler la moindre vexation dans son regard.

Hunter leva les yeux et la vit prendre la direction du sous-bois à grandes enjambées. Ce serait elle qui ferait le premier pas, se promit-il, et jusqu'à ce moment-là, il serait absolument irréprochable. Elle reviendrait vers lui, et peut-être plus tôt que prévu.

Tandis qu'il installait le camp, il essayait de se convaincre que les choses étaient aussi simples qu'il en avait décidé.

6

« Pas d'ambiguïté », se répétait Lee, furieuse. Quel manipulateur, quel prétentieux ! Qui était-il pour se moquer d'elle ainsi ? Elle était assez lucide pour savoir qu'elle avait été ridicule, elle n'avait pas besoin qu'il le lui rappelle.

Elle ne comptait pas le laisser prendre l'avantage. Et s'il fallait pour cela qu'elle dorme dans sa satanée tente pendant les treize prochaines nuits, elle le ferait.

Treize. Avait-il prévu cela aussi ? S'il s'imaginait qu'il aurait droit à une scène ou qu'elle irait dormir dehors pour lui donner une leçon, eh bien, il faisait fausse route. Elle se comporterait le plus professionnellement du monde, serait incroyablement coopérative et ne laisserait la place à aucune équivoque. Bientôt, il aurait l'impression de partager sa tente avec un robot.

Le problème était que, maintenant, elle savait… Elle soupira profondément, comme pour chasser ce sentiment de manque qui l'envahissait. Elle savait qu'un homme allait dormir à côté d'elle pendant la nuit. Un homme terriblement attirant et capable de la faire fondre d'un simple regard.

Il lui serait difficile d'oublier qu'elle était une femme pendant les deux prochaines semaines, alors que chaque nuit elle devrait lutter contre son désir.

Son travail consistait à se faire oublier. Elle ne devait pas perdre cela de vue. Se faire oublier de lui, avant tout. Ce serait un véritable défi, mais elle n'avait pas le choix et elle réussirait.

Les bras chargés de branches, elle redressa le menton. Elle se sentait fatiguée, lasse et tendue. Peut-être valait-il mieux ne pas déclencher les hostilités tout de suite. Elle n'était pas sûre de gagner… Mais peu importait qu'elle perde les premières batailles. Elle gagnerait la guerre.

Lee revint au campement avec une étrange lueur dans les yeux. Heureusement, Hunter lui tournait le dos lorsqu'elle entra dans la clairière et que son regard se posa sur la tente. Elle était bien plus petite que ce qu'elle avait imaginé. Et tellement basse… Il lui faudrait ramper pour se faufiler à l'intérieur. Et une fois dedans, ils seraient forcément l'un contre l'autre.

Tant pis. Elle serait tel un bloc de pierre, immobile et glacée, à côté de lui.

Préoccupée par la taille de la tente, elle ne remarqua pas ce que Hunter était en train de faire avant d'arriver à sa hauteur. Elle laissa tomber le bois au sol, exaspérée.

— Mais qu'est-ce que vous faites, bon sang ?

Insensible à la colère dans sa voix, Hunter leva les yeux. Il avait une trousse de toilette dans une main et une nuisette en dentelle dans l'autre.

— Je ne vous avais pas prévenue que nous allions camper ? demanda-t-il, un sourire narquois aux lèvres.

Le rouge lui monta aux joues.

— Qui vous a permis de fouiller dans mes affaires ? s'exclama-t-elle en lui arrachant la nuisette des mains.

— J'étais simplement en train de ranger, dit-il en examinant la trousse de toilette volumineuse qu'elle avait emportée. Il me semble que je vous avais précisé de ne prendre que le strict nécessaire… Souvenez-vous que je vous ai déjà vue au saut du lit, vous n'avez pas besoin d'autant d'artifices, je vous trouve très bien lorsque vous êtes naturelle.

— Vous êtes vraiment un goujat ! s'exclama Lee en

lui arrachant la trousse des mains. Je me moque de ce que vous pensez de moi, est-ce que c'est clair ? C'est mon sac et c'est moi qui m'en occupe.

Elle attrapa son sac à dos et y remit ses affaires.

— Je suis entièrement d'accord.

— Et arrêtez de me parler avec ce petit ton, c'est insupportable ! Si vous croyez m'apprendre la vie, vous risquez d'avoir des surprises.

— Bon, ce n'est pas ainsi qu'on arrivera à s'entendre, dit Hunter en lui tendant la main. Que pensez-vous d'une trêve ?

— Quelles en sont les conditions ? demanda Lee en levant un regard las dans sa direction.

— Voilà ce qui me plaît chez vous, Lenore, vous ne capitulez pas facilement ! Je vous propose un arrangement à l'amiable dans les meilleures conditions possibles pour chacun de nous. Vous ne vous plaindrez pas de mon café et je ne me plaindrai pas lorsque vous mettrez votre minuscule nuisette pour dormir.

Lee ne répondit pas à sa provocation et lui tendit la main avec un sourire crispé.

— Je dormirai tout habillée.

— Comme vous voudrez. Bon, voyons ce café.

Une fois encore, il la laissait partagée entre colère et amusement.

Lorsqu'il le décidait vraiment, il était tout à fait capable de rendre les choses plus simples. En quelques minutes, le feu flambait et le café frémissait dans la cafetière. Lee lui sut gré de ce changement d'attitude et s'en voulut de sa véhémence à son égard.

A quoi bon être à couteaux tirés pendant deux semaines ? Elle alla s'asseoir sur un rocher pour réfléchir à tout cela. Il était peut-être un peu ambitieux d'imaginer s'amuser follement, mais en tout cas l'animosité ne servait à rien, en particulier face à un homme comme

Hunter. Jusqu'à maintenant, elle l'avait laissé établir les règles à sa convenance, il était temps que cela change.

— Est-ce que le camping est une façon pour vous d'échapper au stress ?

Hunter ne se retourna pas. Elle avait donc décidé de jouer sur les mots…

— Quel stress ?

Lee se retint de soupirer pour manifester son agacement, et elle répondit patiemment :

— Vous devez être soumis à de nombreuses pressions dans votre travail. Les exigences de votre éditrice, les conflits d'intérêts, un roman qui n'avance pas comme vous l'espérez, les délais…

— Les délais n'existent pas.

Lee attrapa son carnet.

— On ne vous impose aucune contrainte de temps ? Vous n'avez jamais de panne d'inspiration ?

— Panne d'inspiration ? répéta-t-il en se servant un café. Connais pas.

Lee le fixa un instant.

— Enfin, Hunter, même les plus talentueux des écrivains connaissent l'angoisse de la page blanche, vous n'allez pas me faire croire que ce n'est pas votre cas !

— Quand il y a un obstacle, il suffit de le contourner.

Les sourcils froncés, Lee accepta la tasse qu'il lui tendait.

— Comment faites-vous ?

— En travaillant. Si vous refusez que quelque chose vous paralyse, il suffit de considérer que cela n'existe pas.

— Justement, vous écrivez à propos de choses qui n'existent pas.

— Comment cela ?

Lee le détailla en silence. Un bel homme ténébreux, assis par terre en train de boire du café dans un gobelet métallique. Il avait l'air tellement à l'aise, tellement sûr de lui, qu'il était difficile de l'assimiler à l'auteur capable de faire ressentir des émotions aussi terrifiantes.

— Les démons et les monstres n'existent pas, répondit-elle en haussant les épaules.

— Il y a des démons et des monstres dans tous les placards du monde, répondit-il. Certains sont mieux cachés que d'autres, c'est tout.

— Vous êtes en train de me dire que vous croyez à ce que vous racontez ?

— Tous les écrivains croient à ce qu'ils écrivent. Cela n'aurait aucun sens, sinon.

— Croyez-vous qu'il existe une sorte de..., commença-t-elle en cherchant ses mots,... une sorte de force maléfique qui dirige les hommes ?

— Il serait plus juste de dire que je ne crois en rien. Il n'y a jamais que des possibilités. Et les possibilités sont infinies, Lenore.

Ses yeux étaient trop sombres pour qu'elle puisse y trouver le moindre indice. Etait-il en train d'essayer de jouer avec elle, ou de la manipuler ? Elle préféra changer de sujet.

— Lorsque vous vous installez derrière votre écran pour créer une histoire, est-ce que vous la façonnez patiemment, passant des heures à la polir comme un menuisier travaille une pièce de bois pour lui donner la forme et la texture désirées ?

La comparaison lui plut. Hunter prit une gorgée de café, et en savoura le goût profond.

— Raconter des histoires est un art. Les écrire est de l'artisanat.

Lee réprima un sourire de satisfaction. Voilà ce qu'elle cherchait : des phrases courtes, percutantes, qui vous laissent deviner les pensées les plus profondes de leur auteur.

— Dans ce cas-là, vous considérez-vous comme un artiste ou un artisan ?

Il reprit une gorgée de café, tranquillement. Lee avait à peine touché au sien. Il notait qu'il avait réussi à piquer sa curiosité. Ses yeux brillaient et elle tenait fermement son stylo en main. Encore une fois, l'envie d'elle l'envahit, plus violente et profonde encore que les autres fois. Il voulait que l'excitation qu'il lisait dans son regard soit pour lui, pour l'homme et non pour l'auteur. Il voulait sentir son désir, il voulait que son souffle soit court contre son cou.

S'il avait dû écrire le scénario de leur rencontre, il savait qu'il aurait retardé autant que possible le moment où les deux personnages succomberaient à la tension érotique qu'ils ressentaient. Il fallait d'abord que ce sentiment prenne corps en eux pleinement, totalement. Pourtant, il brûlait de lui dire ce qu'il ressentait. Il remit une bûche dans le feu.

— Je suis un artiste-né, et un artisan par choix.

— Je sais que ma question est un peu simpliste, mais d'où tirez-vous vos idées ?

Il sourit devant son professionnalisme un brin forcé.

— De la vie.

Lee le regarda s'allumer une cigarette.

— Hunter, vous n'arriverez pas à me convaincre que l'intrigue d'*En attendant le diable* vous vient de la vie de tous les jours.

— Prenez simplement la vie de tous les jours, distordez-la un peu et vous y trouverez tout ce que vous cherchez.

Lee acquiesça, pensive.

— Ainsi, vous tordez un peu l'ordinaire et vous en faites de l'extraordinaire. Mais quelle part de vous-même mettez-vous dans vos personnages ?

— Autant que nécessaire.

Encore une fois, sa réponse semblait couler de source. Tout lui semblait si simple, si évident.

— Vous arrive-t-il de vous inspirer des gens que vous connaissez pour créer vos personnages ?

— Oui, cela m'arrive, répondit-il avec un sourire mystérieux. Lorsque quelqu'un m'intrigue. Et vous ? N'êtes-vous jamais lassée d'écrire sur d'autres personnes alors que vous avez tant de personnages en vous ?

— C'est mon travail.

— Ce n'est pas une réponse.

— Je ne suis pas là pour répondre à des questions.

— Pourquoi êtes-vous là ?

Il s'était rapproché. Lee ne l'avait pas vu s'avancer, mais il était maintenant tout près d'elle, curieux, détendu et pourtant prêt à attaquer.

— Pour réaliser l'interview d'un brillant auteur, couronné par le succès.

— Un simple auteur à succès ne vous rendrait pas aussi nerveuse.

Lee sentit son cœur se mettre à battre plus vite. Il recommençait.

— Vous ne me rendez pas nerveuse.

— Vous mentez trop vite, et très mal. Si je vous touchais, maintenant, je sais que vous frémiriez.

— Vous êtes très présomptueux, rétorqua-t-elle en se levant.

— Non, répondit-il d'une voix grave. Vous provoquez mon désir et je vous rends nerveuse. Je pense que c'est une combinaison de sentiments intéressante.

Elle ne comptait pas se laisser intimider. Elle n'allait certainement pas frémir.

— Quand vous aurez fini par comprendre que je suis ici pour travailler, les choses seront beaucoup plus simples, dit-elle en tâchant de paraître détachée. Pour l'instant, je vais aller prendre une douche.

Hunter la regarda partir dans la mauvaise direction, mais ne dit rien. Elle finirait bien par retrouver son chemin. Il eut l'impression de l'entendre jurer à voix basse. Le sourire aux lèvres, il s'adossa à un rocher et finit sa cigarette.

Les muscles endoloris et l'esprit embrumé, Lee fut réveillée par l'odeur du café. Elle savait exactement où elle était : recroquevillée dans son coin de tente, aussi loin de Hunter que possible. Elle était seule. Elle se rendit compte tout de suite qu'il n'était plus là. A l'inverse, il lui avait fallu des heures, la veille, pour se convaincre que sa présence, à quelques centimètres d'elle, n'importait pas.

Le dîner s'était étonnamment bien passé. Un peu grâce à Hunter qui avait mis de l'eau dans son vin entre-temps. Lorsqu'elle était revenue l'aider à préparer le repas, elle l'avait trouvé presque… agréable ? Non, pas exactement. Le terme était un peu trop excessif pour Hunter. Disons plutôt relativement aimable. Il ne s'était pas montré particulièrement communicatif, non plus, passant des heures à lire à la lueur de sa lampe. Lee en avait profité pour commencer à rédiger, sur un nouveau carnet, ce qui serait son journal pendant ces deux semaines dans le canyon d'Oak Creek.

Ecrire ses pensées lui fit du bien. Elle avait d'ailleurs souvent utilisé son roman à seule fin de mettre en mots ses préoccupations. Elle pouvait enfin dire tout ce qui lui passait par la tête, et laisser libre cours à ses émotions, avec la sécurité d'être sa seule lectrice. En l'occurrence, cela n'avait pas été exactement le cas avec son manuscrit, puisque Hunter en avait continué la lecture, mais son journal, lui, resterait strictement privé.

D'une certaine façon, mieux valait qu'il soit occupé avec son manuscrit, cela avait évité à Lee d'avoir à discuter avec lui tandis que la nuit tombait. Elle en avait d'ailleurs profité pour se glisser dans la tente et se blottir dans un coin, tout contre la paroi. Plus tard, lorsqu'il l'avait rejointe, elle avait fait semblant de dormir afin d'éviter d'avoir à échanger avec lui quelques mots embarrassés.

Pourtant, elle n'avait pas trouvé le sommeil tout de suite.

Dans le silence de la nuit, elle l'avait écouté respirer à côté d'elle. Elle s'était efforcée de rester totalement immobile, en se répétant que cette proximité ne voulait rien dire. La première nuit était la plus difficile. Après tout, elle y avait survécu. Maintenant, il allait falloir qu'elle sorte de la tente, et qu'elle aille prendre une douche et se changer. Elle s'assit avant de se glisser précautionneusement à l'extérieur.

Il savait qu'elle était déjà réveillée. Hunter avait même l'impression qu'il avait senti le moment exact où elle avait ouvert les yeux. Il s'était levé tôt et avait préparé le café. S'il lui avait été difficile de dormir, il savait qu'il lui serait impossible de se réveiller à côté d'elle.

Il n'avait rien vu de plus que quelques mèches de cheveux cuivrés dépassant du sac de couchage. Il avait eu envie de les toucher, de l'attirer contre lui, de la réveiller… C'était pour cela qu'il était sorti, pour échapper à la tentation. Aujourd'hui, il irait marcher, longtemps, et puis pêcher. Lee pouvait bien s'accrocher à son rôle de journaliste si cela la rassurait. Ce qu'elle ignorait, c'est qu'en répondant à ses questions il en apprenait autant sur elle qu'elle sur lui.

— Le café est chaud, dit-il sans se retourner.

Elle avait eu beau faire de son mieux pour éviter de faire du bruit, Hunter l'avait entendue. Lee s'immobilisa, frappée d'avoir été aussi vite repérée.

— Je vais commencer par prendre une douche, répondit-elle.

— Je vous ai dit que vous n'aviez pas besoin de vous pomponner, vous êtes très bien comme vous êtes, lança-t-il en mettant du bacon à griller.

— Si vous croyez que je vais faire ma toilette pour vous ! s'exclama Lee, vexée. J'ai simplement envie de me rafraîchir après avoir passé la nuit tout habillée.

— Personne ne vous a obligée à dormir avec vos vêtements, après tout… Le petit déjeuner sera prêt dans quinze minutes, si j'étais vous je ne tarderais pas.

S'agrippant à son sac et à sa dignité, Lee s'éloigna en direction des arbres.

Il lui était facile de se moquer d'elle. Elle avait mal dormi, elle était de mauvaise humeur et affamée… Comment faisait-il donc pour être en aussi bonne forme après avoir passé la nuit à même le sol ? Et si Bryan avait eu raison sur toute la ligne ? Cet homme était bizarre. Lee sortit son flacon de shampooing et une savonnette parfumée de son sac avant de se glisser dans la cabine de douche.

La nature avait beau être à couper le souffle et l'air d'une pureté extraordinaire, on ne lui ferait jamais croire qu'un sac de couchage pouvait remplacer un lit confortable. Lee suspendit ses vêtements à un crochet. Elle entendit de l'eau couler dans la cabine voisine et soupira. Pendant deux semaines, il allait falloir partager les sanitaires… Elle ferait mieux de commencer à s'y habituer tout de suite.

Elle serra les dents et se glissa sous le jet d'eau tiède. Aujourd'hui, il fallait qu'elle parvienne à dénicher quelques informations un peu plus intimes sur Hunter Brown.

Etait-il marié ? Lee fronça les sourcils lorsque la question lui traversa l'esprit. Elle n'avait aucune raison d'être contrariée par cette idée, ce qui pour elle était un détail avait une grande importance pour ses lecteurs et surtout ses lectrices.

Il ne l'était probablement pas de toute façon. Lee se savonnait vigoureusement. Quelle femme le supporterait ? Et puis il ne partirait pas camper ainsi, seul, si c'était le cas.

Quels étaient ses loisirs habituellement, à part celui de jouer les hommes des bois ? Où vivait-il ? Où avait-il grandi ? Comment était-il, enfant ?

Elle laissait l'eau ruisseler sur sa tête, emportant avec elle les dernières traces de mousse. Toutes ces questions étaient professionnelles. Lee se rendit compte qu'elle se le répétait un peu trop souvent. Mais elle avait besoin de connaître toutes les facettes de cet homme pour rédiger son article. Toutes ses facettes…

Ses propres pensées l'effrayèrent et elle rouvrit les yeux. Tant pis si elle laissait de côté certains aspects de sa personnalité, elle prendrait ce qu'elle avait pour son article et elle lui rendrait la monnaie de sa pièce.

Lee coupa l'eau avant de se rendre compte qu'elle avait oublié sa serviette. Bon sang, elle n'était pas à l'hôtel… Le linge n'était pas fourni !

Ruisselante et grelottante, elle essora ses cheveux et attendit un peu que le courant d'air sèche sa peau. Vengeance. Tôt ou tard, elle se vengerait de Hunter, même s'il n'était pas directement responsable de sa mésaventure.

Elle sortit de son sac un T-shirt propre et s'essuya le visage. Puis elle se sécha rapidement avant de s'habiller. Ses vêtements lui collaient à la peau, mais au moins commençait-elle à se réchauffer. Elle sortit de la cabine et s'avança vers la rangée de lavabos et de miroirs. Elle trouva une prise électrique où elle put brancher son sèche-cheveux.

Elle prendrait soin d'elle malgré lui, et non pour lui. Elle passa même un peu plus de temps que de coutume à parfaire son maquillage, se parfuma au jasmin et reprit le chemin du campement.

Son parfum attira l'attention de Hunter aussitôt qu'elle posa un pied dans la clairière. Son estomac se noua. L'air de rien, pourtant, il se resservit une tasse de café qu'il but avec désinvolture, même s'il n'en sentit pas le goût.

Lee alla déposer son sac dans la tente. Elle semblait plus calme et plus à l'aise qu'au lever. Dans une petite gamelle métallique elle vit un œuf et du bacon. Elle n'avait pas besoin de les goûter pour savoir qu'ils étaient froids.

— Vous vous sentez mieux ? demanda Hunter.

— Oui, ça m'a fait du bien.

Elle ne dirait rien sur le petit déjeuner froid et le mangerait jusqu'à la dernière bouchée. Elle ne lui donnerait plus la moindre raison de se moquer d'elle.

Lee leva les yeux dans sa direction. Il avait déjà pris sa douche. Ses cheveux brillaient dans la lumière du soleil et il sentait le savon. Il ne s'était pas rasé et sa barbe de deux jours lui donnait un air encore plus impénétrable. Lee se concentra sur son œuf froid.

— Bien dormi ?

— Oui, bien, mentit-elle en avalant une gorgée de café. Et vous ?

— Très bien, mentit-il en s'allumant une cigarette.

Il se sentait déjà nerveux.

— Vous vous êtes levé très tôt ?

— Assez.

En fait, il s'était levé aux aurores. Il jeta un coup d'œil à ses chaussures de marche flambant neuves et se demanda combien de temps elle les supporterait.

— J'ai prévu une randonnée, aujourd'hui.

Lee se retint de grimacer.

— Formidable, j'ai bien envie de visiter un peu plus le canyon, répondit-elle en allant laver sa vaisselle avec le bidon d'eau.

Elle avait à peine terminé qu'elle vit Hunter, des jumelles à la main et sa gourde en bandoulière, visiblement impatient de partir. Il lui tendit un sac d'autorité.

— Je veux prendre mon appareil photo, dit-elle en

allant fouiller dans la tente. Qu'y a-t-il dans le sac que vous m'avez préparé ?

— Le déjeuner, dit-il en tournant les talons.

Lee dut presser le pas pour le rejoindre. S'il avait prévu le repas, ça voulait dire que la journée risquait d'être longue.

— Comment allez-vous vous orienter ?

Pour la première fois de la matinée, Hunter eut un petit sourire.

— J'ai des points de repère, et puis il y a le soleil.

— Je vois, répondit-elle, inquiète. Je dois admettre que je n'ai pas grande confiance en ce genre de choses.

— J'ai une boussole si cela peut vous rassurer.

Cela ne la rassurait qu'à moitié, mais ce petit détail était toujours mieux que rien.

A mesure que le temps passait, elle oublia son inquiétude. Le soleil semblait blanc tant il était puissant, alors qu'il n'était que 9 heures du matin. L'air était tiède. Lee était fascinée par les rayons qui frappaient les roches rouges. Le chemin serpentait, caillouteux. Elle entendit quelques voix répercutées par l'écho.

Au fur et à mesure de leur ascension, la végétation se fit de plus en plus rare. Elle se limitait maintenant à quelques buissons d'épineux, poussiéreux et secs, sortis d'une faille dans le roc. Elle s'arrêta un instant pour les observer, mais Hunter continua à marcher et elle dut courir pour le rattraper. C'était son idée, cette randonnée, mais il ne semblait pas vraiment y prendre plaisir. On aurait plutôt dit qu'il allait à un rendez-vous.

Peut-être était-ce le moment d'engager la conversation. Lee se dit qu'elle devait profiter d'un passage un peu plus plat pour parler sans être trop essoufflée.

— Vous aimez les grands espaces ?

— Oui, pour marcher c'est mieux.

Elle fronça les sourcils, mais ne se laissa pas abattre.

— Vous avez été scout ?

— Non.

— Alors le camping est une activité assez nouvelle ?

— Non.

Elle serra les dents.

— Aviez-vous l'habitude de camper lorsque vous étiez enfant ?

Lee aurait certainement trouvé bien plus d'intérêt à ses expressions qu'à ses réponses, mais elle ne vit pas le sourire amusé qui se dessinait sur ses lèvres.

— Vous vivez en ville ?

Elle était fine et têtue, décidément.

— Oui.

« Enfin ! », pensa Lee.

— Quelle ville ?

— Los Angeles.

Lee glissa sur un caillou et faillit tomber. Hunter ne ralentit pas le pas.

— Los Angeles ? répéta-t-elle. Vous arrivez à vivre à Los Angeles incognito ?

— J'ai grandi à Los Angeles, dit-il. Dans un quartier que vous n'avez jamais dû avoir l'occasion de visiter, Lenore Radcliffe. A Palm Springs, on ne doit pas même en connaître l'existence.

Lee accéléra le pas pour le rattraper et le saisit par le bras.

— Comment savez-vous que je viens de Palm Springs ?

Il la scrutait maintenant avec ce regard amusé et un brin supérieur qu'elle trouvait tout à la fois irrésistible et irritant.

— J'ai mes sources. Vous êtes diplômée avec mention de l'université de Los Angeles, vous avez passé trois ans dans une pension suisse très huppée, vous avez été fiancée à Jonathan Willoby, un chirurgien plastique très prometteur. Fiançailles que vous avez rompues en acceptant un poste chez *Celebrity.*

— Je n'ai jamais été fiancée à Jonathan, rétorqua-t-elle, folle de rage. Vous n’avez aucunement le droit de vous renseigner ainsi sur moi, Hunter. C’est moi qui rédige un article, ici.

— J’ai l’habitude de faire des recherches sur toutes les personnes avec qui je travaille. Et c’est ce que nous faisons, non, Lenore ?

Il avait cette sale manie de toujours jouer sur les mots, mais Lee avait, elle aussi, quelques cartes en main.

— En effet, et ce travail consiste en une interview de vous, pas de moi.

— Selon mes conditions, rappela Hunter en touchant du bout des doigts ses cheveux, comme il l’avait déjà fait. Je ne parle pas aux gens que je ne connais pas, mais je crois que je sais qui vous êtes.

— C’est faux, répondit-elle en luttant contre l’envie de s’écarter de lui. Et de toute façon, vous n’avez pas besoin de me connaître, je vous demande juste de vous montrer honnête et franc avec moi.

Hunter saisit sa gourde et l’ouvrit. Lee la refusa d’un signe de tête lorsqu’il la lui tendit.

— Je suis honnête avec vous. Sinon, vous auriez déjà une fausse image de moi.

Ses yeux s’assombrirent brusquement. Sans rien dire, il tendit la main vers elle. A son regard, Lee se dit qu’il pouvait la saisir et l’envoyer au fond du canyon d’un simple geste. Pourtant, sa main vint se poser sur sa joue, légère comme une plume.

— Et, pour des raisons qui me sont propres, j’ai envie que vous découvriez qui je suis réellement.

Lee aurait peut-être eu moins peur s’il s’était vraiment mis en colère, s’il avait crié ou l’avait saisie par les épaules. Les battements de son cœur semblaient résonner dans sa tête. Instinctivement, elle recula d’un pas, comme pour échapper à ce qu’elle pensait. Son pied était au bord du précipice.

La seconde d'après, elle était dans ses bras, son corps serré contre le sien, sa chaleur contre la sienne.

— Inconsciente, dit-il d'une voix presque rauque. Regardez derrière vous avant de me demander de vous lâcher.

Lee tourna la tête et, aussitôt, son estomac se noua. Ses mains, qu'elle avait déjà relevées pour le repousser, s'agrippèrent à ses épaules. Derrière elle, commençait le précipice.

— Nous sommes bien plus haut que je ne l'aurais imaginé, parvint-elle à murmurer.

Il fallait qu'elle s'assoie, vite, très vite.

— La première des précautions, quand on fait une randonnée, consiste à savoir où l'on va, dit Hunter en lui relevant le menton sans l'écarter de l'abîme. Regardez où vous mettez les pieds, et vous saurez comment ne pas tomber.

Il l'embrassa alors, de façon aussi inattendue que les autres fois, mais bien moins tendre. Elle sentit toute la force de ce qu'elle n'avait pu qu'imaginer lors de ses précédents baisers. Lee avait l'impression qu'elle était en train de basculer dans le vide. Elle se sentait totalement impuissante et à sa merci, ainsi serrée contre lui, retenue entre ses bras. Elle était au bord du précipice, au propre comme au figuré. Lee ne savait pas quel saut était le plus risqué, mais elle sentait que, dans les deux cas, elle risquait d'en ressortir brisée.

Hunter n'avait rien en tête en partant faire cette promenade, si ce n'était de faire taire ce besoin qui le tenaillait depuis le réveil. Malheureusement, le grand air et l'effort physique ne changeaient rien à ce qu'il ressentait. Il prendrait ce baiser et en ferait durer le souvenir jusqu'à ce que ce soit elle qui l'embrasse. Il voulait la douceur qu'elle essayait de masquer, la fragilité qu'elle refusait d'admettre. Et il voulait aussi la force qui la faisait avancer et en demander toujours plus. Oui, il pensait la connaître et la comprendre.

Lentement, très lentement, Hunter redressa la tête. Ce baiser l'avait à la fois apaisé et enflammé. Les yeux de Lee étaient perdus dans le vague, son pouls était aussi rapide que le sien. D'un mouvement calme et maîtrisé, il l'écarta du ravin.

— Ne faites jamais un pas en arrière avant d'avoir jeté un coup d'œil par-dessus votre épaule, répéta-t-il avant de la lâcher.

Il reprit le sentier sans un mot de plus, sans même se retourner, laissant Lee se demander s'il parlait de randonnée ou d'autre chose.

7

Lee ouvrit son journal et écrivit :

Au bout de huit jours plutôt chaotiques, je me rends compte que plus j'en sais sur Hunter, moins j'arrive à le cerner. Il est tour à tour amical et distant. Il reste particulièrement discret quant à sa vie privée et la protège tellement bien que je ne suis pas parvenue à obtenir la moindre information la concernant. En revanche, il peut disserter pendant des heures sur la littérature. Il ne semble pas avoir de préférence pour un genre précis, mais a une fascination générale pour tout ce qui touche à l'écrit. Lorsque j'essaie de l'interroger sur sa famille, il se contente généralement d'un sourire énigmatique avant de changer de sujet. Parfois, il pose sur moi un de ses regards pénétrants et mystérieux. Dans tous les cas, il laisse planer tous les doutes possibles.

Mais c'est aussi un homme d'action. Lorsqu'il s'agit d'allumer le feu ou de préparer le dîner, il ne fait jamais un geste de trop, jamais un faux pas, à tel point que cela en deviendrait presque agaçant. Mais il peut aussi passer des heures à ne rien faire sans que cela lui pose le moindre problème.

Il est tellement organisé que l'on a du mal à croire que cela fait déjà une semaine que nous sommes arrivés, et pourtant il ne s'est pas rasé une seule fois. Cela lui va d'ailleurs très bien, à tel point que j'ai du mal à me rappeler son visage sans barbe.

Jusqu'à maintenant, j'ai toujours réussi à cataloguer les gens assez facilement, à tracer leur portrait-robot, en quelque sorte, mais avec Hunter c'est beaucoup plus compliqué.

Hier soir, nous avons eu une discussion passionnée au sujet de la poétesse Sylvia Plath, et, ce matin, je l'ai trouvé en train de feuilleter une bande dessinée. Il m'a expliqué qu'il respectait tous les genres littéraires. Je le crois sincère. Mon principal problème est justement que je finis toujours par le croire, alors que la plupart du temps il se contredit. Est-ce qu'un manque total de cohérence peut former une personnalité homogène ?

Il reste en tout cas la personne la plus complexe, la plus énervante, et la plus fascinante que je connaisse. Il faut pour ma part que je parvienne à contrôler son attirance à mon égard, ou tout du moins à mieux la comprendre. Est-ce purement physique ? Il dégage lui aussi quelque chose d'extrêmement séduisant. Est-ce plutôt intellectuel ? Son esprit suit des voies tellement escarpées que j'ai du mal à le suivre.

Mais, quelle que soit la raison de ses tentatives de séduction, je suis en mesure de garder le contrôle de la situation. Au fil des années, j'ai rencontré de nombreux hommes attirants, intelligents ou charismatiques. C'est chaque fois un défi, bien sûr, mais, cette fois, j'ai la désagréable impression d'être prise dans une sorte de jeu d'échecs.

Ma plus grande appréhension est que je commence à m'impliquer émotionnellement dans tout cela.

Depuis que nous avons été nous promener en haut du canyon, le premier jour, il ne m'a plus touchée. Je peux pourtant me rappeler précisément ce que j'ai ressenti. Je peux même me remémorer l'odeur qu'il y avait dans l'air à ce moment-là. C'est certainement romantique à outrance et complètement ridicule, mais c'est vrai.

Nous dormons ensemble sous la tente depuis huit jours. Il est tellement proche que je peux sentir son souffle. Chaque matin, pourtant, je me réveille seule. Je devrais lui savoir gré de rendre les choses un peu plus simples en s'éclipsant avant que je ne me lève, mais mon premier sentiment est la déception. Je reconnais que j'aurais parfois envie qu'il me prenne dans ses bras.

Pendant ces huit jours, je n'ai pratiquement pensé qu'à lui. Plus je sais de choses à son sujet, plus j'ai envie d'en apprendre. Mais j'ai conscience du fait que cela dépasse dangereusement la curiosité professionnelle.

Deux fois déjà, je me suis réveillée en pleine nuit, fiévreuse de désir. Dans mon sommeil, il m'arrive de me tourner vers lui sans m'en rendre compte. Que se passerait-il si je finissais par me blottir entre ses bras ? Si je croyais aux forces et aux sorts dont parle Hunter dans ses livres, je ne serais pas surprise d'avoir été envoûtée par lui d'une manière ou d'une autre. Je n'ai jamais désiré ni craint quelqu'un à ce point. Cette curieuse appréhension mêlée d'une attirance incontrôlée est le sentiment le plus érotique que j'aie jamais ressenti.

Il arrivait à Lee de parler dans son journal de ses promenades, des paysages fabuleux qu'elle découvrait et de ce que cela lui inspirait. Mais la plupart du temps c'était sur Hunter qu'elle dissertait. Et ce de plus en plus. Les mots qu'elle alignait n'avaient plus rien à voir avec les notes organisées qu'elle prenait pour son article. Il restait cependant quelque chose qu'elle n'osait écrire et qu'elle refusait même d'admettre : c'est qu'elle commençait à perdre le sommeil et qu'elle appréciait énormément tous ces moments passés en sa compagnie.

Bien que Hunter reste prudemment évasif au sujet de sa vie privée, Lee commençait à accumuler les petits détails qui font tout le sel d'un article. Même si elle n'en était qu'à la moitié du séjour, elle savait qu'elle avait déjà suffisamment de matière pour boucler son interview. Mais elle en voulait encore plus, non seulement pour ses lecteurs, mais également pour elle, indéniablement.

— Je ne comprends pas comment un poisson qui se respecte peut se laisser berner par ce genre d'appât, déclara Lee en observant la mouche en plastique que Hunter avait fixée au bout de sa ligne.

— La myopie, expliqua Hunter. Les poissons ont la vue basse.

— Je ne vous crois pas, répondit Lee en lançant maladroitement sa ligne. Mais cette fois-ci sera la bonne, je ne rentrerai pas bredouille.

— Commencez déjà par mettre votre mouche dans l'eau, suggéra Hunter avec un regard narquois vers le fil enchevêtré dans les branchages.

Il ne lui proposa pas de l'aider, mais, après ces quelques jours en sa compagnie, Lee avait appris à ne plus attendre son aide.

Après de nombreux efforts, elle parvint à démêler sa ligne et se retrouva à la case départ. Elle lança un regard victorieux à Hunter qui semblait bien trop absorbé par son bouchon pour lui prêter attention. Mais Lee savait qu'il voyait toujours tout ce qui se passait autour de lui.

Lee lança une nouvelle fois sa mouche qui tomba dans l'eau sans encombre.

Hunter nota le large sourire sur son visage, mais ne dit rien. Il trouvait que, de façon générale, Lee se prenait un peu trop au sérieux, même s'il avait aussi entrevu la gentillesse et la tendresse qui se cachaient derrière sa façade policée.

La semaine qui venait de s'écouler n'avait pas été de tout repos pour elle. Hunter le savait et l'avait même planifié. C'était dans les situations difficiles qu'on découvrait les gens, après tout, pas pendant les cocktails mondains. Il commençait à percevoir un peu mieux la complexité du personnage et cela complétait ce qu'il avait pressenti le premier jour, à l'aéroport. Mais il restait encore des zones d'ombre qu'il mourait d'envie d'éclaircir.

Contrairement à la plupart des gens qu'il connaissait, elle semblait tout à fait à l'aise avec les longs silences. Il aimait cela. Moins il se préoccupait de son apparence et plus elle prêtait attention à la sienne. Cela l'amusait. Il la regardait partir chaque matin pour revenir maquillée et soigneusement coiffée. Il prenait d'ailleurs un malin plaisir à s'assurer qu'à la fin de la journée elle soit décoiffée.

La randonnée, la pêche... Hunter avait aussi veillé à ce que son jean et ses chaussures neuves fassent un véritable baptême du feu. Il avait d'ailleurs remarqué que Lee profitait de ce qu'il était en train de lire pour se masser longuement les pieds. Au moins avait-il ainsi l'assurance qu'une fois rentrée à Los Angeles et confortablement installée à son bureau elle n'oublierait pas trop vite ces deux semaines au canyon d'Oak Creek.

Et voilà que Lee se retrouvait au bord d'une rivière, tenant à deux mains sa canne à pêche et surveillant son bouchon attentivement. Il aimait cela chez elle : sa nature combative et la vulnérabilité qui se devinait sous des airs assurés. Elle resterait là, avec sa canne, jusqu'à ce qu'il décide de rentrer. Arrivée au camp, elle se passerait une crème parfumée au jasmin sur les mains et cette odeur le rendrait fou.

Comme c'était son tour de cuisiner, il savait qu'elle le ferait, même si elle devrait pour cela lutter avec les ustensiles et le réchaud et qu'elle finirait par laisser brûler son plat. Il aimait qu'elle n'abandonne jamais.

Lee était d'une curiosité insatiable. Encore et encore, elle revenait à la charge avec des questions qu'il esquivait plus ou moins habilement. Elle savait aussi le laisser tranquille pendant qu'il lisait. Il trouvait qu'elle était particulièrement facile à vivre, en fait. Et elle l'intriguait également, en particulier lorsqu'elle écrivait dans son journal.

Il avait décidé d'en apprendre un peu plus long sur elle pendant ces deux semaines, sachant qu'il devrait en retour se livrer un peu. Cela lui semblait un échange de bons procédés. Ce qu'il n'avait pas prévu, en revanche, c'était qu'il apprécierait à ce point sa compagnie.

Le soleil brillait déjà de tous ses feux et, bien qu'il n'y ait pas un souffle d'air, on sentait l'odeur du petit matin. Hunter leva la tête et remarqua les nuages qui s'amoncelaient à l'est. Il y aurait certainement un orage, ce soir, mais il trouvait plus drôle de ne rien dire à Lee.

La matinée s'écoula paisiblement. Hunter parvint à pêcher deux truites, mais en relâcha une qu'il jugea trop petite. Il ne parla pas. Lee ne dit rien non plus, mais, de toute évidence, elle commençait à enrager de ne jamais rien attraper, à part des torticolis.

— Je commence à me demander si vous n'avez pas mis quelque chose sur mes appâts pour chasser les poissons.

Hunter écrasa sa cigarette.

— Vous voulez changer de canne ?

Elle lui jeta un regard en coin et surprit un petit sourire amusé sur ses lèvres. Elle réprima un frisson. Son corps n'arrêterait donc jamais de la trahir chaque fois que leurs regards se croisaient ?

— Non, je préfère garder la mienne, répondit-elle sèchement. Vous vous débrouillez pas mal pour quelqu'un qui ne va jamais à la pêche.

— J'ai toujours eu la chance d'apprendre vite.

— Que faisait votre père, à Los Angeles ? demanda-t-elle, sans vraiment s'attendre à une réponse explicite.

— Il vendait des chaussures.

— Des chaussures ? répéta-t-elle, surprise qu'il n'ait pas esquivé sa question.

— Oui, dans un grand magasin du centre-ville. Cela vous étonne ?

— Oui, reconnut-elle. Je pensais que vos parents étaient artistes eux aussi.

— Avant de vendre des chaussures, mon père était ouvreur dans un théâtre, il a aussi vendu de la moquette. Le besoin d'argent l'a contraint à travailler alors qu'il était fondamentalement un rêveur. Si la vie l'avait un peu aidé, il aurait sans doute été peintre ou poète. Il a fini par devenir vendeur, et par perdre régulièrement son emploi faute d'être fait pour cela.

Lee sentit que Hunter luttait pour dissimuler l'émotion que cette discussion provoquait en lui.

— Vous en parlez comme s'il n'était plus.

— Selon moi, ma mère est morte de surmenage et mon père ne lui a pas survécu. La vie sans elle n'avait aucun intérêt pour lui.

Lee sentit sa gorge se nouer.

— Quand sont-ils morts ?

— J'avais dix-huit ans. Ils sont morts à six mois d'intervalle.

— Vous étiez trop vieux pour que l'on s'occupe de vous et trop jeune pour pouvoir affronter la vie tout seul…

Hunter se tourna vers elle. Sa remarque l'avait touché.

— Ne soyez pas désolée pour moi, je m'en suis très bien sorti.

— Mais vous n'étiez pas encore un homme, lança-t-elle sans réfléchir. Vous deviez encore faire des études.

— J'ai trouvé du soutien autour de moi, et puis je me suis mis à travailler. J'ai été serveur dans des restaurants pendant quelque temps.

Lee se remémora ses années à l'université. Ses parents à elle avaient été là et avaient subvenu à tous ses besoins.

— J'ai du mal à croire que tout ait été aussi simple.

— Pourquoi voulez-vous que ç'ait été simple ? demanda-t-il en allumant une cigarette. Lorsque j'ai fini mes études, je savais déjà que j'étais écrivain.

— Que s'est-il passé entre ce moment et la publication de votre premier livre ?

— Je vivais, j'écrivais, j'allais pêcher quand j'en avais l'occasion.

Lee ne comptait pas laisser sa question en suspens. Elle alla s'asseoir sur le sol, juste à côté de lui.

— Mais il fallait bien que vous gagniez votre vie ?

— L'écriture est un travail, ne vous en déplaise ! lança-t-il avec un regard narquois.

— Vous savez très bien ce que je veux dire, votre premier livre n'a été publié que six ans après.

— Ne vous emballez pas, je n'étais ni affamé ni à la rue, Lenore, dit-il en effleurant sa main.

Il sentit qu'elle sursautait légèrement et cela lui plut.

— Vous avez dû commencer à travailler chez *Celebrity* au moment où *En attendant le diable* est paru. Nous avons connu la réussite au même moment, semble-t-il.

— Oui, on dirait, répondit-elle en se tournant vers la rivière.

— Votre travail vous plaît ?

— J'ai fait mon chemin. J'ai commencé comme pigiste et je suis devenue journaliste au bout de cinq ans, répondit-elle en haussant les épaules.

— Ce n'est pas une réponse.

— La plupart de vos réponses n'en sont pas non plus, marmonna-t-elle.

— Ce n'est pas faux. Qu'est-ce que vous attendez de votre travail ?

— La réussite, répondit-elle spontanément. La sécurité, aussi.

— L'une n'implique pas toujours l'autre, vous savez.

Lee le regarda droit dans les yeux.

— Pourtant, vous avez les deux.

— Un écrivain n'a jamais la sécurité. Il n'y a que les mauvais écrivains qui pensent cela. J'ai lu votre manuscrit, au fait.

Lee ne dit rien. Elle savait que tôt ou tard il lui en parlerait, mais avait espéré remettre cela à plus tard. Une brise légère caressait ses cheveux. Elle se concentra sur le cours d'eau. Les galets semblaient des pierres précieuses. Encore une illusion.

— Vous devez le terminer, reprit-il. Je n'arrive pas à croire que vous soyez capable d'abandonner ainsi vos personnages, alors que vous les avez dépeints avec tant de soin. Vous avez déjà les deux tiers de votre histoire, Lenore.

— Je n'ai pas le temps.

— Mauvaise réponse.

Piquée au vif, elle se tourna vers lui.

— C'est facile pour vous de dire cela dans votre position. Je dois me plier aux exigences d'un emploi qui demande beaucoup de temps et d'énergie. Au moins je sais qu'à *Celebrity* mes efforts seront récompensés.

— Mais c'est à votre roman que vous devez consacrer vos efforts.

Lee n'aima pas son ton autoritaire, qui laissait entendre qu'elle n'avait pas le choix.

— Hunter, je ne suis pas venue ici pour discuter de

ma carrière, mais de la vôtre. Je suis flattée que vous trouviez quelque intérêt à mes écrits, mais j'ai un travail.

— Flattée ? répéta-t-il en lui jetant un de ses regards noirs. Non, vous n'êtes pas flattée. Vous aimeriez que je n'aie jamais lu votre roman, et vous refusez d'en parler. Même si vous étiez convaincue de sa qualité, vous seriez encore pétrifiée à l'idée de le publier.

Il serra sa main un peu plus fort. Il avait vu juste et cela irritait Lee au plus haut point.

— Mon travail est ma priorité, que cela vous plaise ou non. De toute façon, ça ne vous regarde pas.

— Peut-être pas, en effet, répondit-il calmement. Vous venez d'attraper un poisson.

— Je ne veux pas…

Lee s'interrompit et le fixa avec stupéfaction.

— Comment ?

— Ça mord, vous devriez sortir votre ligne.

— Un poisson ? s'exclama-t-elle en agrippant sa canne à deux mains. Mais oui ! Qu'est-ce que je dois faire ?

— Le sortir de l'eau, répondit Hunter en s'allongeant dans l'herbe.

— Mais vous n'allez pas m'aider ? demanda Lee en se levant. Hunter, je vais le perdre, à la fin !

— C'est votre poisson, insista-t-il en souriant.

Il se demanda si une interview avec le Président l'aurait rendue plus joyeuse que la prise de son premier poisson. Il n'en était pas sûr, même s'il était convaincu qu'elle aurait soutenu le contraire. Il la détailla du regard. Ses cheveux étaient décoiffés, ses joues s'étaient colorées et ses yeux pétillaient. La lumière de cette fin de matinée illuminait son visage. Lorsqu'elle sortit enfin le poisson frétillant de l'eau, elle eut un rire clair comme l'eau du ruisseau. Hunter frissonna.

Le désir prenait lentement possession de lui, tandis que son regard remontait le long de ses jambes, particulièrement mises en valeur par un short plutôt court.

Hunter ne put s'empêcher de continuer à détailler son corps et ses courbes généreuses.

— Hunter ! s'exclama-t-elle en riant, une fois le poisson sorti de l'eau. J'ai réussi !

C'était la plus belle prise de la semaine. Hunter s'en rendit compte, mais préféra ne rien dire. Il valait mieux ne pas paraître trop admiratif tout de suite.

— Il faut enlever l'hameçon maintenant, rappela-t-il en se tournant vers elle, en appui sur les coudes.

— L'hameçon ? répéta Lee en lui jetant un regard plein d'appréhension. Je ne veux pas y toucher !

— Il va bien falloir l'ôter pourtant.

Lee prit un air désinvolte.

— Je vais le relâcher.

Avec un haussement d'épaules, Hunter ferma les yeux, comme pour mieux sentir la brise qui venait de se lever. Il savait que pour rien au monde elle ne relâcherait son poisson.

— C'est votre prise, c'est vous qui voyez.

Partagée entre le dégoût que lui inspirait l'idée de devoir attraper ce poisson encore frétillant et la fierté de l'avoir capturé, Lee fixa Hunter. Il ne bougerait pas le petit doigt, cela semblait clair. Si elle tentait de remettre le poisson à l'eau, elle ne couperait pas à son petit sourire narquois, irritant au possible. C'était un dilemme dramatique. De toute façon, n'allait-elle pas être obligée de le toucher pour le relâcher ? Elle aurait dû y penser plus tôt, cela lui aurait évité de se ridiculiser une fois de plus ! Déterminée, elle tendit la main vers sa proie.

C'était glissant, mouillé et froid. Elle retira sa main prestement, mais vit du coin de l'œil le sourire de Hunter s'élargir. Retenant son souffle, Lee attrapa la truite d'une main ferme et ôta l'hameçon rapidement. S'il n'avait pas été en train de la défier du regard, peut-être n'aurait-elle pas réussi aussi facilement. Lee prit son air le plus dédaigneux et mit le poisson dans le panier prévu à cet effet.

— Bien joué, dit Hunter en sortant sa ligne de l'eau. Elle est de belle taille.

— Merci, répondit Lee d'un ton presque victorieux.

— Je pense que cela devrait suffire pour le dîner. Il ne vous reste plus qu'à la préparer.

— Oui, elle est assez… C'est moi qui dois la nettoyer ? s'exclama-t-elle.

Lee dut lui courir après car Hunter avait déjà pris le chemin du camp.

— Oui, c'est vous qui l'avez pêchée, non ?

— Je n'avais pas prévu cela. C'est hors de question ! lança Lee avec une moue déterminée.

— Dans ce cas-là, vous n'en mangerez pas, répondit-il en haussant les épaules.

Lee le saisit par le bras, bien décidée à ne pas se laisser avoir cette fois.

— Hunter, il va falloir revoir un peu vos règles, dit-elle en soupirant. Au moins celle-ci, s'il vous plaît.

Hunter s'arrêta, l'air pensif.

— Si j'accepte de modifier une des conditions, il va falloir que vous me fassiez une faveur en échange, suggéra-t-il avec un sourire en coin.

— Je peux cuisiner deux soirs de suite.

— Je dis bien une faveur !

Ses yeux pétillants de malice désamorcèrent la colère que Lee sentait monter en elle.

— Bon, que proposez-vous, alors ?

— Pourquoi ne me laissez-vous pas un peu plus de temps, je n'ai pas d'idée pour le moment.

— Est-ce que cette faveur sera négociable ?

— Bien entendu.

— Marché conclu !

Lee ne s'était pas imaginé que la capture de son premier poisson la rendrait aussi joyeuse. Elle apprécia aussi de le faire cuire sur le feu de camp. Elle se rendit compte que cela faisait plusieurs jours qu'elle n'avait pas jeté un regard à sa montre. Si elle n'avait tenu son journal, elle n'aurait probablement pas eu la moindre idée de la date. Elle devait reconnaître qu'elle avait toujours des courbatures le matin au réveil et que les sanitaires étaient loin d'être fonctionnels, mais, au fond, elle passait de bons moments.

Pour la première fois depuis une éternité, sa journée n'était pas régie par un emploi du temps. Elle se levait lorsqu'elle se réveillait, allait se coucher lorsqu'elle avait sommeil et mangeait lorsqu'elle avait faim. Le temps n'était plus une contrainte, et c'était la première fois que cela lui arrivait depuis qu'elle avait quitté ses parents et Palm Springs.

Elle arrivait même à faire abstraction du désir latent que lui inspirait Hunter, et des imprévisibles palpitations qui la déstabilisaient dès qu'il lui jetait un regard un peu plus perçant que les autres. Elle appréciait sa compagnie. C'était tellement inimaginable pour elle quelques jours auparavant qu'elle n'avait pas même envie d'essayer d'en comprendre les raisons. Ce soir, tandis que le soleil se couchait, elle était contente d'être assise près du feu de camp.

— Je n'ai jamais rien senti d'aussi appétissant.

Hunter se servit une tasse de café et leva les yeux vers elle.

— Pourtant, nous avons déjà préparé une truite avant-hier.

— C'est vous qui l'aviez attrapée, expliqua Lee. Tandis que celle-là, c'est la mienne !

Hunter sourit intérieurement en se remémorant les hauts cris qu'elle avait poussés la première fois qu'il avait suggéré d'aller pêcher.

— C'est la chance du débutant.

Lee ouvrit la bouche, prête à riposter, mais une étrange lueur dans le regard de Hunter l'arrêta. Non seulement, elle n'avait plus envie de lui répondre, mais elle sentait également que les barrières qu'elle avait élevées autour d'elle étaient en train de s'écrouler une à une. Elle inspira profondément avant de se tourner vers le feu. Cet homme devenait de plus en plus dangereux pour elle, au fur et à mesure qu'une certaine familiarité s'instaurait entre eux.

— Si la pêche est une question de chance, vous n'êtes pas en reste à ce niveau-là.

— Tout dépend de la chance, répondit Hunter en lui tendant deux assiettes.

Lee les servit et s'assit, prête à savourer son premier poisson.

— Si c'est ce que vous pensez, qu'en est-il du destin ? Je croyais que l'on pouvait essayer de lutter contre la fatalité, mais qu'on ne gagnait jamais.

Hunter l'observa avec attention. Il était toujours impressionné par la rigueur et la logique de son esprit.

— Les deux marchent ensemble. Votre destin est d'être ici, avec moi, mais vous avez eu la chance d'attraper cette truite.

— Il me semble que vous interprétez les choses à votre convenance.

— Oui, n'est-ce pas ce que tout le monde fait ?

— Peut-être, répondit-elle pensive. Mais personne n'y arrive aussi bien que vous.

— Si vous pouviez changer une chose de votre vie, qu'est-ce que ce serait ?

Peut-être était-ce parce que sa question sortait de nulle part, ou parce qu'elle se sentait particulièrement bien à ce moment-là, toujours est-il que Lee répondit aussitôt, sans même prendre le temps de réfléchir.

— J'en voudrais plus.

Hunter hocha la tête.

— Eh bien, on peut dire que c'est votre destin d'en vouloir toujours plus, et la chance décidera de vous l'accorder ou pas.

Lee le regarda un instant. Le feu éclairait son visage d'une lueur changeante, alternant ombre et lumière. Sa courte barbe mettait en valeur ses lèvres de poète et rendait sa bouche encore plus désirable. Il était le genre d'homme qui ne devait laisser aucune femme insensible. Lee se demanda s'il en avait conscience avant de manquer de s'étrangler de rire. Bien sûr qu'il le savait ! Il ne le savait que trop bien, même !

— Et vous ? demanda Lee en se redressant. Que changeriez-vous ?

— J'en prendrais plus, répondit-il d'une voix grave.

Lee sentit un frisson parcourir sa colonne. Elle s'obligea à repenser à la raison de sa présence ici, à son travail, pour poursuivre la discussion.

— Vous savez, c'est curieux, mais j'ai l'impression que vous m'avez raconté beaucoup de choses pendant cette semaine, et pourtant il me semble que je n'en sais pas plus sur vous. Peut-être aurais-je moins de mal à vous comprendre si vous me parliez de façon un peu moins abstraite. Quelle est votre journée type, par exemple ?

Hunter leva les yeux vers le ciel. Il se demanda si Lee avait remarqué les nuages menaçants qui s'amoncelaient à l'horizon.

— Une journée type ? Cela n'existe pas !

— Vous voyez, vous êtes encore en train d'esquiver ma question !

— Si vous voulez…

— Mais c'est mon travail d'arriver à vous cerner.

— J'aime vous observer quand vous faites votre travail, murmura-t-il.

Lee se mit à rire. Encore une fois, il provoquait en elle un mélange d'amusement et d'agacement.

— Hunter, pourquoi est-ce que j'ai en permanence

l'impression que vous vous décarcassez pour me rendre la tâche plus ardue ?

— Vous êtes fine observatrice, dit-il en posant son assiette avant de passer les doigts dans les cheveux de Lee comme à son habitude. Je vois une femme à la beauté romantique et à l'esprit rigoureux.

— Hunter…

— Attendez, je veux juste vous cerner, moi aussi. Elle est ambitieuse, plutôt nerveuse, particulièrement sensuelle, sans même en avoir tout à fait conscience. Elle est prise dans quelque chose qu'elle ne parvient pas à comprendre. Il se passe des choses autour d'elle et elle trouve de plus en plus difficile d'y résister ou de prendre de la distance. Il y a un homme. Un homme qu'elle désire, mais en qui elle n'a pas totalement confiance. Il n'a pas d'explication logique à lui fournir, mais l'irrationnel qu'il lui propose semble curieusement proche de la vérité. Si elle décide de lui accorder sa confiance, elle devra tourner le dos à tout ce en quoi elle croyait. Si elle ne le fait pas, elle restera seule.

Il parlait d'elle, pour elle. Lee avait la gorge sèche, mais ne savait pas si c'était dû à ses mots ou à la caresse de ses doigts dans ses cheveux.

— Vous essayez de m'effrayer, parvint-elle à dire. Vous voulez me faire croire que de grands enjeux se jouent autour de moi.

— De grands enjeux se jouent, en effet. Mais le fait que j'arrive ou pas à vous effrayer dépend entièrement de mon talent à vous les dépeindre. Les ombres et les orages sont ma partie.

Au même moment, un éclair fulgurant déchira le ciel. Hunter reprit, d'une voix profonde :

— Une peau douce, si claire…, dit-il en effleurant le contour de son visage. Des cheveux d'or et de feu mêlés. Et moi j'y oppose les ténèbres, le vent, des voix qui s'élèvent des ombres. La logique contre l'impossible. L'indicible contre la beauté.

Lee essaya de répondre d'une voix neutre.

— Je suppose que je dois me sentir flattée, mais je ne suis pas sûre d'avoir envie de me retrouver façonnée en un personnage d'épouvante.

— Il me semble que c'est plutôt au destin de choisir, non ? répondit-il en levant les yeux tandis qu'un nouvel éclair illuminait le ciel. J'ai besoin de vous pour l'histoire que je vais raconter, Lenore, mais pas seulement pour ça.

Des frissons plus violents s'emparèrent d'elle.

— Il va pleuvoir, dit-elle d'une voix qui laissait transparaître sa nervosité.

Ses sens étaient déjà en ébullition. Lorsqu'elle se leva, elle se rendit compte qu'il tenait sa main. Le vent commençait à souffler, soulevant les feuilles et exacerbant le désir. Les dernières lueurs se firent ombres. Le tonnerre gronda.

Ce qu'elle vit dans son regard l'effraya d'abord, puis l'exalta. Elle aurait pu briser le charme si elle en avait eu envie, mais les yeux de Hunter semblaient la vider de toute volonté. Ils restèrent ainsi, se tenant par la main et se dévorant des yeux, tandis que l'orage s'apprêtait à laisser libre cours à sa fureur.

Peut-être que la vie était faite de choix, comme l'avait dit Hunter. Peut-être aussi que la chance faisait pencher la balance dans un sens ou dans l'autre. Mais à ce moment précis, l'espace d'un battement de cœur, Lee eut l'impression que c'était le destin qui la portait. Il était écrit qu'ils se rencontreraient, qu'elle se donnerait à lui, sans qu'elle puisse rien trouver à y redire. Comme si elle était l'un de ses personnages de roman.

Le ciel sembla s'ouvrir. La pluie se déversa sur eux. Lee sursauta et lâcha sa main, mais pendant de longues secondes elle resta immobile, laissant l'eau ruisseler sur elle et les éclairs se déchaîner.

— Bon sang ! s'écria-t-elle finalement. Qu'est-ce que je suis censée faire ?

Hunter sourit, refrénant l'envie de prendre son visage entre ses mains et de l'embrasser jusqu'à en perdre le souffle et la raison.

— Je crois qu'il est temps de chercher un abri, répondit-il sans bouger.

Trempée, frissonnante et furieuse, Lee rampa à l'intérieur de la tente. Elle savait que Hunter jubilait de la voir perdre ainsi son calme. Elle essaya rageusement d'enlever ses chaussures trempées.

Elle ne dit pas un mot lorsqu'il la rejoignit. Se concentrer sur sa colère était certainement la meilleure chose à faire. La pluie qui tambourinait sur la tente rendait l'espace encore plus restreint. Elle n'avait jamais eu autant conscience de sa présence près d'elle. Ses cheveux dégoulinaient le long de son cou tandis qu'elle essayait d'ôter ses chaussettes humides.

— Ça ne devrait pas durer.

Hunter enleva son T-shirt trempé.

— J'ai bien peur que ça ne s'arrête pas avant demain, au contraire.

— Formidable…

Lee frémit. Comment allait-elle se changer, dans un si petit espace ?

Hunter baissa l'intensité de la lanterne qui les éclairait.

— Détendez-vous et écoutez. La pluie ici est différente de la pluie en ville. Il n'y a pas de crissements de pneus sur l'asphalte mouillé, pas de Klaxon, pas de gens qui courent s'abriter, expliqua-t-il en attrapant une serviette et commençant à lui sécher les cheveux.

— Je vais le faire, dit-elle en levant les mains pour saisir la serviette.

Mais Hunter continua à la frictionner.

— C'est étonnant, dit-il. L'orage a éteint le feu de vos cheveux.

Il était si proche qu'elle pouvait sentir l'odeur de la pluie sur sa peau. Son corps semblait dégager de la chaleur, comme la pierre après des heures de soleil. La pluie avait-elle redoublé, ou étaient-ce ses sens qui devenaient plus aigus ? Lee croyait entendre chacune des gouttes qui frappaient la toile de tente. La lumière était tamisée et semblait masquée par un écran de fumée, donnant à la scène une touche presque irréelle. Lee avait l'impression qu'elle avait fui ce moment toute sa vie. A moins que ce ne soit exactement le moment qu'elle avait espéré, finalement.

— Il faudrait vous raser, murmura-t-elle, tandis que sa main se tendait déjà en direction de sa joue. Cette barbe vous cache encore plus, vous êtes déjà assez difficile à saisir comme cela.

— Vraiment ? demanda-t-il, toujours occupé à lui sécher les cheveux.

— Vous le savez.

Lee n'avait plus envie d'esquiver quoi que ce soit, et surtout pas son regard, qui diffusait en elle une douce chaleur. Il la dévorait des yeux et Lee oubliait tout le reste. Elle oublia qu'elle était trempée jusqu'aux os. Un éclair illumina fugacement la tente avant qu'ils ne soient replongés dans une obscurité partielle. Pourtant, Lee voyait tout ce qu'elle avait envie de voir. Elle voyait même plus que ce qu'elle voulait voir.

— C'est mon travail d'essayer d'en savoir un peu plus, de vouloir aller au-delà des apparences, reprit-elle.

— Et c'est mon droit de ne vous dire que ce que je veux vous dire.

— Nous ne voyons pas les choses sous le même angle, c'est tout.

— Oui, c'est tout.

Lee prit sa serviette et se mit à lui sécher les cheveux à son tour.

— C'est absurde de se retrouver ainsi, tous les deux.

Hunter venait de découvrir que le désir était un poison cruel. S'il ne la touchait pas bientôt, il avait l'impression qu'il allait mourir sur-le-champ.

— Pourquoi ? demanda-t-il d'une voix grave.

— Nous sommes trop différents. Je suis en quête de réponses, vous recherchez l'inexplicable, commença-t-elle.

Ses lèvres étaient si proches des siennes, ses yeux semblaient l'hypnotiser. Lee perdait le fil de sa phrase, elle savait que ça allait arriver, elle sentait à la fois le danger et l'inéluctabilité de ce qui allait se passer.

— Hunter… Je ne veux pas que cela arrive.

Hunter ne la toucha pas, car il savait que sa peau allait le rendre fou, bientôt.

— Vous avez le choix.

— Non, répondit-elle calmement, comme s'il s'agissait d'une évidence. Je ne crois pas, non.

Elle lâcha la serviette. Il y eut encore un éclair et Lee attendit le grondement du tonnerre. Six longs battements de cœur.

— Peut-être que ni l'un ni l'autre nous n'avons le choix, murmura-t-elle.

Lorsqu'elle laissa ses mains glisser le long de ses épaules, son souffle se fit court. Elle en avait toujours soupçonné la force, et avait voulu la sentir, sans jamais oser. Hunter la fixait tandis qu'elle parcourait son torse du bout des doigts. Même si le désir s'était changé en des braises ardentes qui le consumaient de l'intérieur, il voulait la laisser choisir son rythme pour cette première fois. La plus importante.

Ses doigts étaient frais sur sa peau brûlante. Ils semblaient hésitants, ou peut-être prudents, plutôt. Elle suivit son bras avant de remonter sur son torse et ses épaules. La corde du désir se tendait de plus en plus, prête à se rompre à tout instant. Le crépitement de la pluie résonnait dans la tête de Hunter. Lee semblait encore plus pâle que d'habitude. La tente était soudain trop grande. Il ne supportait plus tout cet espace entre eux.

Lee n'arrivait pas à croire qu'elle était en train de le toucher ainsi, que sa peau frissonnait sous ses doigts. Pendant ces longues secondes silencieuses, il la fixa avec une passion si dévorante dans le regard qu'elle aurait eu peur si elle n'avait été consumée par la même flamme. Doucement, attentive à ne pas rompre le sortilège, Lee avança ses lèvres vers celles de Hunter. Elle savoura le contraste entre la douceur de sa bouche et la rudesse de sa barbe sur sa joue. Lee n'avait jamais rencontré quelqu'un qui savait à ce point donner sans chercher à recevoir en retour. Ses dernières incertitudes s'évanouirent à ce moment-là, et elle l'entoura de ses bras.

— Fais-moi l'amour, Hunter.

Il se redressa un instant, juste assez pour plonger ses yeux dans les siens. Son regard ressemblait au ciel juste avant que n'éclate l'orage. Sombre et menaçant.

— Je ne vais pas te faire l'amour, murmura-t-il. Nous allons faire l'amour ensemble.

Lee ferma les yeux et laissa son cœur s'ouvrir.

Les mains de Hunter autour de son visage, sa bouche contre la sienne. Le glissement de son T-shirt humide, ses propres frissons, sa peau contre la sienne. Elle ressentit tout cela avec une acuité extraordinaire. Il avait un corps qui semblait fait de roc : solide, brut. Pourtant, ses doigts étaient aussi précis et doux que ceux d'un pianiste. Il soupira lorsqu'elle l'effleura à son tour.

Lee craignait que la panique ne s'empare d'elle encore une fois, et qu'une sorte de réflexe de survie ne lui intime de s'enfuir. Mais ce ne fut pas le cas. La pluie pouvait bien s'abattre, le tonnerre, gronder. Ils étaient ailleurs. Elle sentait ses lèvres avides et le désir à peine contenu. Le plaisir la parcourait comme une onde sensuelle.

Ses lèvres s'attardèrent sur ses seins tendus. Il ne voulait pas se précipiter, même s'il devait mourir de désir. Lee sentit la caresse de sa langue, la morsure légère de ses dents, et se cambra contre lui. Il savait à cet instant précis qu'elle en voulait plus. Elle voulait tout. Et lui aussi.

La main de Lee tâtonna jusqu'à la ceinture de son jean. Hunter voulait sentir sa peau contre la sienne, en un corps-à-corps total. Il avait déjà imaginé ce moment des dizaines de fois. Ses cheveux étaient encore mouillés et sa peau, humide, tiède et parfumée. Des fleurs fraîches et la pluie d'été. Les parfums se mêlaient dans sa tête.

Lee lui ôta lentement son pantalon et Hunter retint son souffle. A son tour, il fit glisser le short de Lee et découvrit un petit slip de dentelle. Il parcourut alors son corps de ses lèvres, lentement, comme pour goûter chaque centimètre de sa peau. Puis sa caresse se fit plus précise et ses lèvres se rapprochèrent des dentelles. Lee ferma les yeux. Quelque chose d'irrésistible l'emportait.

Il sentait le plaisir prendre possession d'elle. Elle murmura son nom, comme pour le supplier d'apaiser son désir. Hunter l'enlaça et vint se placer au-dessus d'elle. Il retarda un instant encore le moment de l'étreinte finale. Il voulait qu'elle le regarde, maintenant.

Essoufflée et fiévreuse, Lee ouvrit lentement les yeux sur le visage de Hunter. Il semblait tout-puissant.

— Que veux-tu de moi ?

Il l'embrassa alors, mais cette fois son baiser était urgent, avide, presque brutal.

— Je veux tout, répondit-il d'une voix rauque.

Et, incapable d'attendre une seconde de plus, il se glissa en elle.

— Tout !

8

Le jour se leva, éclatant et frais. Lee s'éveilla doucement. Elle était bien, il faisait bon et, pour la première fois depuis plus d'une semaine, elle ne savait pas exactement où elle se trouvait.

Sa tête était nichée dans le creux de l'épaule de Hunter, son corps nu était tourné vers le sien. Il l'enlaçait. Elle se sentait curieusement somnolente, à la fois exaltée et rassurée. Elle n'avait jamais rien ressenti de semblable.

Les yeux mi-clos, elle reconnut l'odeur si particulière de la pluie sur sa peau, et tout lui revint à la mémoire.

C'était un peu comme un rêve, comme un fantasme surréaliste. Elle ne s'était jamais donnée à quiconque aussi librement, aussi totalement. Jamais personne ne lui avait donné envie de se livrer ainsi.

Elle ressentait encore la caresse de ses lèvres qui avait fait fondre ses doutes et ses craintes.

Devait-elle vraiment se réjouir de constater que l'orage était fini et qu'un nouveau jour se levait ? Les fantasmes appartenaient aux petites heures de la nuit, pas à la journée. Car enfin, il ne s'était pas agi d'un rêve, et il ne servirait à rien de le prétendre. Peut-être aurait-elle dû se rendre compte qu'elle avait fini par lui donner exactement ce qu'il attendait : tout.

Elle ne pouvait pas. Non, c'était plus que cela encore. Elle ne voulait pas. Rien ni personne ne viendrait gâcher ou ternir ce qui s'était passé. Pas même elle.

Il valait mieux qu'elle ne réfléchisse pas à ce qu'avait dû penser Hunter. Comme il l'avait prévu, il avait gagné sur toute la ligne. Lee ferma les yeux et laissa les sensations l'investir pleinement. Durant les prochains jours, il n'y aurait pas d'horaires, pas de travail, pas de coups de téléphone, pas de contraintes. Juste elle et son amant. Il était peut-être temps d'aller cueillir quelques fleurs sauvages.

Elle tourna la tête pour l'observer tranquillement. Elle ne voulait pas le réveiller. Elle n'avait jamais réussi à le voir dormir pendant ces quelques jours. Chaque fois qu'elle ouvrait les yeux, il était déjà levé, en train de préparer du café. Elle voulait se payer le luxe de le détailler, de le dévorer des yeux en toute tranquillité.

La plupart des gens ont l'air plus vulnérable quand ils dorment, plus innocent, peut-être. Mais Hunter semblait toujours aussi dangereux, aussi fascinant. Pourtant, ses yeux sombres et inquiétants étaient fermés, mais Lee pressentait que ses paupières pouvaient se relever à tout moment et cela ajoutait encore un peu plus de mystère à son visage.

Mais elle n'avait pas envie de le voir devenir un agneau inoffensif pour autant. Elle aimait le fait qu'il semble plus dangereux que les autres hommes qu'elle avait connus. Elle aimait qu'il soit plus compliqué, aussi. Elle n'était pas tombée amoureuse de l'ordinaire, du commun, mais de l'unique.

Tombée amoureuse. Elle se répéta cela plusieurs fois, le tourna dans tous les sens, le décortiqua. Cela déclenchait en elle un curieux malaise. Ces mots évoquaient des cicatrices. Ne lui avait-il pas lui-même recommandé de toujours regarder où elle mettait les pieds ? D'ailleurs, c'était au-delà de la simple recommandation, c'était un ordre, une sommation. Et malgré tout elle avait refusé de regarder en bas du précipice. Une fois l'abîme devant elle, elle avait fermé les yeux et continué à avancer. La chute avait été douce, cette fois. Mais Lee ne savait que trop bien qu'il était fort possible que la prochaine lui soit fatale.

Pourtant, elle allait aussi se payer le luxe de ne pas y penser et de se pelotonner dans ses bras. Elle irait cueillir ces fleurs que le destin lui offrait, et profiterait de chacune d'entre elles. Le rêve s'arrêterait bien assez vite, et elle reprendrait le cours de la vraie vie. Sa vie. Bien sûr, c'était le mieux qui pouvait arriver. Pendant un moment, Lee resta immobile, à savourer le silence.

Elle aurait dû profiter du soleil pour aller étendre leurs vêtements mouillés. Lee bâilla et pensa à son journal. Il faudrait qu'elle se ménage quelques instants de liberté pour y consigner certaines choses. La respiration de Hunter était calme et régulière. Elle sourit. Après tout, elle avait le temps de faire tout cela. Elle reviendrait le réveiller un peu plus tard. Le réveiller, c'était le privilège de l'amante.

Amants. Lee se demanda pourquoi ce mot ne la choquait ni ne la surprenait plus que cela. L'avait-elle toujours su ? Elle secoua la tête en le regardant.

Lentement, elle se libéra de son étreinte et rampa vers la sortie de la tente. Il fallait d'abord qu'elle attrape ses sous-vêtements. Soudain, elle sentit une main se refermer sur sa cheville. Un bras derrière sa tête en guise d'oreiller, Hunter la contemplait.

— Si tu sors ainsi, il risque d'y avoir une émeute, par ici.

Lee lui jeta un regard qui se voulait indifférent, mais que sa nudité décrédibilisait totalement.

— Je pensais que tu dormais.

Hunter la regarda et se dit qu'elle était la seule personne capable de jouer la carte de la dignité alors qu'elle se trouvait en tenue d'Eve, à quatre pattes dans une tente. Il caressa doucement sa cheville.

— Tu te lèves bien tôt.

— Je me disais qu'il faudrait aller étendre nos vêtements dehors.

— C'est primordial, en effet.

Sentant qu'elle était intimidée, Hunter se redressa et prit son bras pour l'attirer contre lui.

— Nous nous en occuperons plus tard, viens t'allonger !

Lee se redressa sur les coudes.

— Je n'ai pas sommeil.

— Pourquoi faut-il avoir sommeil pour se détendre ? demanda-t-il, taquin, en roulant sur elle.

L'effet était immédiat : au contact de son corps, Lee sentait la chaleur l'envahir et son cœur battre la chamade.

— Je ne suis pas sûre que cela ait à voir avec de la détente.

— Ah non ?

Il avait tellement rêvé de la voir ainsi, les cheveux en bataille de trop de caresses, dans la lueur du petit matin. Son corps alangui par une nuit d'amour… Ses mains s'égarèrent sur ses courbes délicieuses, sans qu'il puisse rien faire pour les en empêcher.

— Dans ce cas, nous nous détendrons plus tard, aussi, murmura-t-il.

Il vit l'ombre d'un sourire se dessiner sur ses lèvres avant d'y unir les siennes.

Hunter la désirait avec la même ardeur que la veille et que les jours précédents, c'était une évidence. Il ne remettait pas en question les émotions, les sentiments. Il les laissait l'emporter. Les bras de Lee entourèrent son corps, sa bouche s'entrouvrit. Elle s'abandonnait totalement entre ses bras, et cela la rendait plus attirante encore. Hunter releva la tête pour la regarder.

Une peau d'albâtre, des pommettes de duchesse, des yeux crépusculaires et des cheveux de cuivre et d'or. Il voulait la regarder, tranquillement, totalement, se rassasier de son image.

Elle était fine et mince et douce. Il fit courir son doigt

sur son épaule et observa le contraste de leurs peaux. La sienne était délicate et fragile. Hunter savait pourtant quelles ressources se cachaient en Lee.

— Tu me regardes toujours comme si tu savais déjà tout de moi.

— Non, j'en suis loin, répondit-il en prenant sa main.

Il embrassa légèrement son épaule, son front, ses lèvres.

— Hunter…

Elle voulait qu'il sache que personne ne lui avait jamais fait éprouver de telles choses. Elle voulait lui dire qu'avant lui personne n'avait jamais réussi à lui faire croire aussi fermement aux contes de fées et à la magie de l'amour. Mais au moment où les mots allaient franchir ses lèvres le courage l'abandonna. Elle avait peur de le regretter, un jour, peur de devoir souffrir de ses aveux. Elle caressa sa joue du dos de la main et murmura :

— Embrasse-moi encore !

Hunter sentit qu'il y avait autre chose, quelque chose qu'il devait découvrir. Mais il comprit aussi qu'il ne fallait pas insister. Il ne voulait pour rien au monde rompre le charme et s'exécuta avec un plaisir non dissimulé.

D'un simple baiser, il éveilla totalement les sens de Lee. Le sol était toujours aussi dur et inconfortable, mais à cet instant précis il leur semblait aussi moelleux qu'un matelas de plume. Dans ses bras, Lee oubliait où elle était, oubliait tout ce qui n'était pas l'espace qu'occupaient leurs deux corps. Elle flottait, entre envie et plaisir. Tout en l'embrassant, il murmura quelques mots qu'elle n'avait pas besoin de comprendre. Elle désirait et était désirée. Elle aimait…

Elle voulait recevoir tout ce qu'il était prêt à lui donner. Elle le serra contre elle, tout contre elle, et leur baiser s'éternisa.

Hunter découvrait des sensations que même son imagination débridée n'avait jamais inventées. Une fois, pourtant, l'espace d'une seconde, il se dit qu'il était certainement aussi vulnérable qu'elle. Le vertige s'empara de lui, jusqu'à ce qu'il sente la main de Lee sur son corps et accepte de se livrer corps et âme, quoi qu'il puisse lui en coûter par la suite.

Une seule personne au monde avait réussi jusqu'à présent à le toucher au plus profond de son cœur. Mais il serait bien temps de repenser à tout cela demain. Le jour présent était pour eux deux, exclusivement.

Lentement, il couvrit son visage de baisers. Etait-ce un simple hommage à sa beauté, ou bien plus ? Il voulait cesser d'analyser, savourer l'immédiateté comme il ne l'avait jamais savourée.

— Tu sens le printemps et la pluie, chuchota-t-il. Pourquoi est-ce que cela me rend fou à ce point ?

Les mots résonnèrent en elle, aussi délicieux que des caresses. Elle rouvrit les yeux.

— Prouve-le-moi. Prouve-le-moi encore !

Il était tellement doux, tellement généreux dans ses caresses. Chaque baiser était un joyau finement ciselé, chaque frôlement, une extase. Il était plus patient qu'elle. Elle sentait l'urgence de son désir chasser les derniers vestiges de raison.

Il effleura ses seins, et la respiration de Lee se fit irrégulière. Il caressa ses cuisses et ses hanches, et elle frissonna.

— J'ai l'impression que je n'aurai pas assez de toute une vie pour me rassasier de ton corps, chuchota-t-il.

Il prit délicatement la pointe de son sein entre ses lèvres et Lee se cambra en gémissant doucement.

— Hunter, dit-elle dans un souffle. J'ai besoin de toi.

Il avait tellement attendu ces mots, et voilà qu'elle les prononçait. Même entrecoupés et à peine audibles, ils le submergèrent, l'emportèrent. Hunter l'étreignit de toutes ses forces. Il ne pouvait plus penser, mais seulement sentir et désirer.

— Je suis là, répondit-il. Pour toi.

Ses caresses se firent plus précises, plus intimes, et Lee laissa une première vague de plaisir la submerger. Hunter la sentait onduler sous lui, de plus en plus fiévreusement. Il se laissa bercer par ses gémissements de plaisir et la sensation de son souffle haletant au creux de son cou.

Lee sentait que la tendresse avait cédé la place à la fièvre et à la frénésie de la passion. C'était dévorant et irrépressible. Aussi violent que l'orage qui avait éclaté la veille. Ses lèvres le cherchaient, ses mains le parcouraient, et, ensemble, ils se laissaient emporter par une même lame de fond.

Lorsqu'il ne leur fut plus possible de retarder encore le moment de leur union, Hunter saisit Lee par les hanches et, s'allongeant sur le dos, la guida sur lui. Il laissa échapper un soupir de plaisir et ferma les yeux.

Lee avait l'impression que sa force était décuplée. Elle se balançait lentement, la tête renversée en arrière. Petit à petit elle accéléra le rythme jusqu'à ce qu'un éclair de plaisir les foudroie tous les deux. Lee retomba dans ses bras, pantelante.

Elle n'avait plus la moindre notion du temps. Il aurait pu s'être écoulé quelques minutes comme plusieurs jours. Finalement, son corps s'apaisa, les battements de son cœur revinrent à la normale. Il lui semblait que leurs respirations et leurs pouls s'étaient accordés.

— Nous avons perdu une semaine, dit Hunter, les yeux mi-clos, tout en lui caressant les cheveux.

— Perdu ? répéta Lee en souriant.

— Oui, j'aurais beaucoup mieux dormi dès le début.

— Vraiment ? demanda Lee en redressant la tête. Tu as eu du mal à dormir ?

— Je ne me lève aux aurores que lorsque j'écris, d'habitude, avoua-t-il en entrouvrant les yeux.

Lee eut un petit sourire de contentement. Du bout des ongles, elle traça une ligne sur ses épaules.

— Si j'avais pu deviner…

— Tu faisais exprès de mettre ton parfum pour me rendre fou !

Elle l'enlaça et lui demanda d'un ton taquin :

— Te rendre fou ? Pourtant il est très discret, mon parfum.

— Discret ? Comme un coup de couteau en pleine poitrine !

— C'est toi qui as insisté pour que nous partagions cette tente, après tout !

— Insisté ? dit-il en lui jetant un regard narquois. Je t'ai pourtant précisé que tu pouvais dormir dehors.

— Tu savais très bien que je n'allais pas le faire.

— En effet. Mais je dois avouer que tu m'as résisté bien plus longtemps que je ne me l'étais imaginé.

Lee redressa complètement la tête.

— Tu veux dire que tu avais prévu tout ça, comme dans un de tes romans ?

Hunter sourit en la contemplant.

— Il me semble que ça a marché !

— Génial ! s'exclama-t-elle en essayant de paraître offensée. Je suis surprise que nous ayons réussi à tenir à trois dans cette tente, avec ton ego démesuré.

— Quatre ! Tu oublies ton entêtement inexplicable.

Lee s'assit en tailleur, les sourcils froncés.

— Je suppose que tu t'imaginais que j'allais tomber à tes pieds comme ça, lança-t-elle en claquant des doigts.

Hunter resta pensif un instant, comme s'il envisageait sérieusement ce scénario.

— Je crois que cela ne m'aurait pas déplu, mais ma version était plus subtile.

— Ah vraiment ? lança-t-elle en se demandant s'il avait conscience d'être en train de s'enfoncer un peu plus à chacune de ses réponses. Mais je suis sûre que nous pouvons imaginer des dizaines d'histoires différentes. C'est mon tour cette fois-ci !

Lee attrapa un T-shirt dans son sac et l'enfila mais, au moment où elle s'apprêtait à sortir, Hunter la saisit par le bras et la fit tomber sur lui. Lee se débattit, mais il la tenait fermement et ses lèvres capturèrent les siennes. Lee s'écarta et le regarda droit dans les yeux.

— Tu te trouves malin, n'est-ce pas ?

— J'avoue, répondit-il en lui saisissant le menton et en l'embrassant de nouveau. Allons prendre le petit déjeuner !

Lee essaya de ne pas perdre sa contenance, mais ses yeux la trahissaient. Il avait encore une fois désamorcé sa colère.

— Tu es un vrai macho !

— Je te l'accorde, mais un macho affamé !

Lee enfila un jean, ce qui dans la tente n'était pas chose aisée.

— J'imagine que c'est peine perdue de suggérer que la deuxième semaine se déroule dans un club de vacances tout confort ?

— Un club de vacances ? Ne me dis pas que la vie à la dure te pose problème !

— Non, aucun problème ! Juste des fantasmes de baignoires et de lit douillet, répondit-elle, résignée.

— Je reconnais que le camping est une affaire d'endurance et de volonté parfois, répondit-il. Et si tu ne te sens plus capable de continuer l'expérience…

— Mais qui te parle de ça ? reprit-elle en comprenant soudain que quoi qu'elle dise elle était piégée. Nous irons au bout de ces deux semaines de malheur !

En ronchonnant, Lee sortit de la tente. Elle devait reconnaître qu'elle appréciait l'air pur et la lumière. Elle n'avait pas particulièrement envie de rentrer à Los Angeles, mais il s'agissait simplement d'une question de confort. Rien de plus que de l'eau chaude et un lit confortable. Le genre de choses élémentaires auxquelles tout le monde aspire. Elle avait peut-être trouvé la clé : Hunter n'était pas comme tout le monde.

— Tu ne trouves pas cela magnifique ? s'enquit-il en la serrant dans ses bras.

Il aurait voulu qu'elle ressente tout ce qu'il ressentait, qu'elle voie tout ce qu'il voyait. Mais peut-être en demandait-il trop ?

— Oui, c'est vraiment très beau par ici. Presque trop ! répondit-elle en soupirant.

Comment allait-elle vivre son retour à Los Angeles à la fin de la semaine ? Bien sûr, là-bas tout lui était plus familier, alors qu'ici elle se sentait tellement petite au milieu de cette nature sauvage et immense.

Tout à coup, Lee se tourna vers Hunter et le serra dans ses bras.

— C'est difficile à admettre, mais je suis contente que tu m'aies amenée ici.

Elle avait envie de rester ainsi, blottie dans ses bras, pour oublier qu'un jour il faudrait qu'ils se séparent. Lee chassa à grand-peine toute pensée ayant trait au lendemain.

— Je meurs de faim ! dit-elle en s'efforçant de sourire. C'est ton tour de cuisiner.

— C'est plutôt une bonne nouvelle, ça !

Lee fit mine de lui jeter un regard noir avant d'aller nettoyer la vaisselle.

Hunter alluma ensuite le feu et mit du bacon et des œufs à cuire.

— Depuis une semaine nous mangeons des œufs, dit-elle soudain. Comment as-tu fait pour en apporter autant et les conserver ?

Lee ne vit pas le sourire de Hunter en entendant sa question.

— C'est encore un des nombreux mystères de la vie ! Passe-moi ton assiette.

— Oui, mais… Oh, regarde !

Deux petits lapins moins farouches que les autres

venaient d'attirer son attention. Lee oublia le mystère des œufs et s'émerveilla de la présence de ces deux charmants visiteurs.

— Ils ont l'air si doux ! reprit-elle. J'aimerais bien les caresser.

— Si tu arrivais à t'approcher assez pour les toucher, ils te montreraient qu'ils ont des dents particulièrement affûtées !

Lee haussa les épaules, et s'assit sur un rocher, le menton sur les genoux.

— Les lapins auxquels je pense ne mordent pas !

— Pourtant les petits lapins, les adorables écureuils, tout comme les charmants ratons laveurs, sont des animaux sauvages, bien qu'ils aient l'air parfaitement inoffensifs. J'ai d'ailleurs toujours du mal à faire entendre raison à Sarah, sur ce sujet.

— Sarah ? demanda Lee en attrapant l'assiette qu'il lui tendait.

Hunter se rendit compte à ce moment à quel point il avait tout oublié des raisons premières de la présence de Lee. Il avait mentionné Sarah de façon totalement naturelle et devrait, à l'avenir, faire attention à ne pas tout mélanger.

— Quelqu'un à qui je tiens beaucoup, répondit-il en repensant à la discussion qu'il avait eue avec sa fille au sujet de la passion. Je crois qu'elle aimerait bien te rencontrer.

Lee eut une sorte de mauvais pressentiment. Ils n'avaient pas vraiment parlé de leurs vies privées ni de leur conception de l'engagement. Ils étaient adultes, après tout. Elle était responsable de ses émotions et de ce que cela pouvait impliquer par la suite…

— Vraiment ? demanda-t-elle en tâchant de paraître détachée.

Sans même qu'elle s'en rende compte, elle se retrouva en train de fixer l'anneau qu'il portait à la main gauche.

Ce n'était pas vraiment une alliance, mais… Il fallait qu'elle en ait le cœur net, avant qu'il ne soit trop tard.

— Je me demandais d'où venait la bague que tu portes. Je n'en ai jamais vu de semblable, elle est vraiment originale.

— C'est normal, c'est ma sœur qui l'a faite, répondit-il.

— Ta sœur…

Et si Sarah était tout bonnement sa sœur ?

— Oui, Bonnie est mère au foyer et adore fabriquer des bijoux.

— Bonnie. Est-ce ton unique sœur ?

— Oui. Nous nous entendons comme les deux doigts de la main.

Hunter repensa à toutes ces années où il avait essayé de remplir le rôle de père et de mère pour Bonnie.

— Et que pense-t-elle de ton travail ?

— Bonnie a toujours pensé qu'il était essentiel de faire ce pourquoi on est fait… pourvu qu'on se marie et qu'on ait une demi-douzaine d'enfants ! répondit-il en souriant. Dans ce domaine, je l'ai plutôt déçue. Crois-tu que je serais capable de faire l'amour avec toi, si j'avais une femme qui m'attend à la maison ?

Il avait lu dans ses yeux la question qui lui brûlait les lèvres. Lee était furieuse qu'une fois de plus il l'ait démasquée aussi facilement, alors qu'elle était toujours face à une énigme.

— Je n'en sais toujours pas très long sur toi, expliqua-t-elle, comme pour excuser sa curiosité.

Sans savoir s'il venait de prendre cette décision à l'instant même, ou si c'était évident depuis le début, Hunter répondit :

— Demande-moi tout ce que tu veux.

Lee leva vers lui de grands yeux surpris. Peu lui importait que son envie de savoir soit personnelle ou professionnelle, elle n'y tenait plus.

— Tu n'as jamais été marié ?

— Non.

— Toujours ton sacro-saint besoin d'intimité ?

— Non, c'est simplement que je n'ai jamais rencontré quelqu'un qui puisse supporter ma façon de vivre et mes obligations.

Lee resta silencieuse un moment, surprise par sa réponse.

— Tu veux parler de l'écriture ?

— Oui, entre autres.

Elle s'interdit de trop creuser le sujet, afin qu'il n'ait pas l'impression d'être soumis à un interrogatoire en règle.

— Tu as dit que tu n'avais pas toujours voulu être écrivain, mais que tu étais né écrivain. Comment en as-tu pris conscience ?

— Ce n'est pas vraiment une question de prise de conscience, mais plutôt d'acceptation, expliqua-t-il en attrapant une cigarette. A l'époque j'étais en première année à la faculté. D'aussi loin qu'il m'en souvienne, j'ai toujours écrit des histoires, mais j'avais le projet de me lancer dans une carrière sportive. Et puis j'ai écrit quelque chose qui a tout déclenché. Ce n'était rien d'exceptionnel, pourtant, une intrigue assez simple, un cadre plutôt commun, mais ce sont les personnages qui m'ont saisi. Je les connaissais comme s'ils étaient des proches, je ne pouvais plus les oublier.

— Cela n'a pas dû être simple. Se faire éditer est un vrai parcours du combattant, et même lorsqu'on arrive à percer, ça n'est pas non plus très lucratif, à moins d'écrire un best-seller. Je suppose qu'en plus tu devais subvenir à tes besoins, depuis la mort de tes parents.

— Je travaillais dans un restaurant, comme je te l'ai dit, expliqua-t-il. Je détestais ça, mais parfois on n'a pas le choix, Lenore.

— Comment as-tu gagné ta vie jusqu'à *En attendant le diable* ?

— L'écriture.

— Mais c'était ton premier livre, et ce ne sont pas quelques nouvelles qui devaient te rapporter beaucoup !

— Non, j'avais déjà écrit une douzaine de livres avant, dit-il en soufflant la fumée de sa cigarette. Un peu de café ?

Lee se pencha vers lui, les sourcils froncés.

— Ecoute, Hunter, j'ai fait des recherches sur toi pendant des mois, et je connais toutes les nouvelles, tous les articles et tous les romans que tu as écrits. Je ne vois pas comment je serais passée à côté de tant d'ouvrages.

— Tu connais tout ce que Hunter Brown a publié, déclara-t-il, en se servant une tasse de café.

— Oui, c'est ce que j'essaie de te dire !

— Mais tu ne connais pas le travail de Laura Miles.

— Qui ça ?

Hunter prit une gorgée de café, le temps de savourer son petit effet.

— De nombreux auteurs ont des pseudonymes. Laura Miles était le mien.

— Un nom de femme ? s'étonna Lee avant que ses réflexes de journaliste ne reprennent le dessus. Tu as écrit une douzaine de livres avant *En attendant le diable*, sous un nom de femme ?

— Oui. En fait, le nom de l'auteur induit une certaine perception de l'œuvre pour le lecteur. Et Hunter Brown n'allait pas du tout avec ce que j'écrivais à l'époque.

— Qu'est-ce que tu écrivais ? demanda Lee.

— Des romans d'amour, répondit-il en jetant son mégot dans le feu.

— Toi ? ne put-elle s'empêcher de s'exclamer.

Hunter étudia son expression incrédule. Il était habitué aux jugements à l'emporte-pièce sur ce genre de littérature, et, la plupart du temps, cela l'amusait.

— Tu as un problème avec le genre en général ou c'est parce que c'est moi ?

— Je ne sais pas… J'ai juste du mal à t'imaginer en train d'écrire des histoires d'amour alors que je viens de terminer *Hurlement silencieux*. Pendant une semaine, j'ai dû fermer la porte de ma chambre à double tour pour pouvoir dormir…

— La plupart des romans parlent d'amour. Les romans à l'eau de rose ne font que se focaliser sur cet aspect de l'intrigue. C'est aussi simple que cela.

— Mais n'avais-tu pas l'impression de gâcher ton talent ? insista-t-elle. Je comprends qu'il fallait avant tout que tu gagnes ta vie, pourtant…

— Non, coupa-t-il. Je n'ai jamais écrit pour l'argent, Lenore. Et pour ce qui est de mon talent, tu n'as pas le droit de porter un jugement péjoratif sur quelque chose que tu ne connais pas.

— Je regrette, je ne voulais pas paraître méprisante, mais c'est tellement… tellement surprenant. Je vois souvent ces livres aux couvertures colorées dans les rayons, mais…

— Mais tu n'as jamais pris la peine d'en lire un seul, enchaîna-t-il. Tu devrais d'ailleurs, tu apprendrais sûrement plus que tu ne l'imagines.

— Oui, je suppose que c'est distrayant.

Hunter sourit de son commentaire. Il l'imaginait en train de se délecter d'un de ces romans en cachette.

— Tous les romans se doivent d'être distrayants, sinon c'est du temps perdu. Je suppose que tu as lu *Jane Eyre*, *Rebecca*, *Autant en emporte le vent* ou *Ivanhoé* ?

— Oui, bien sûr.

— Ce sont des romans à l'eau de rose. On retrouve les mêmes éléments dans tous ces livres aux couvertures colorées dont tu parlais.

Il était on ne peut plus sérieux. Lee aurait donné toute sa bibliothèque contre un seul Laura Miles, à ce moment précis.

— Hunter, je voudrais raconter ce que tu viens de me dire.

— Fais-le.

Lee avait déjà préparé un argument pour répondre à ses objections, mais elle resta la bouche ouverte.

— Vraiment ? Tu n'y vois pas d'inconvénient ?

— Pourquoi ? Je n'ai pas honte de ce que j'ai fait. D'ailleurs, j'en suis même plutôt satisfait dans l'ensemble.

— Mais alors, pourquoi… Bon sang, Hunter, pourquoi ne jamais en avoir parlé avant ? Laura Miles est aussi taboue que tout le reste de ta vie !

— Je n'ai jamais rencontré un journaliste à qui j'aie envie de confier cela, répondit-il en se levant.

Il n'avait jamais rencontré une femme avec qui il ait envie de vivre non plus, et il commençait à se demander si les deux événements n'étaient pas liés.

— Ne complique pas les choses, Lenore, reprit-il. Je sais très bien le faire tout seul.

— J'aurais encore une question.

Hunter se tourna vers elle. Elle ne s'était ni coiffée ni maquillée. Il se demanda l'espace d'un instant qui était devant lui ce matin. La journaliste impatiente de découvrir toute l'histoire ou la femme qui voulait mieux le connaître…

— D'accord, la dernière alors.

— Pourquoi, moi ?

Comment répondre à ce qu'on ne sait pas soi-même ? Comment répondre à une question qu'on n'ose se poser ? Prenant le visage de Lee entre ses mains, il l'embrassa doucement, longuement.

— Je vois quelque chose en toi, murmura-t-il. Quelque chose que je désire. Je ne sais pas encore ce que c'est et peut-être ne le saurai-je jamais. Est-ce que ma réponse te suffit ?

Lee le prit par les poignets. Il lui sembla que leurs pouls s'accordaient.

— Il le faudra bien.

9

Depuis son promontoire, Lee surplombait une bonne partie du canyon. Elle voyait les pics rocheux, les buttes de couleur ocre et les falaises rouges. Elle avait l'impression de pouvoir distinguer des formes et des visages. Elle y lisait des histoires.

Jamais elle n'avait imaginé qu'un paysage puisse l'émerveiller à ce point, ni qu'elle se sente un jour chez elle si loin de son univers et de la vie qu'elle s'était construite.

C'était peut-être lié au mystère justement, au défi à l'imagination que représentaient les siècles écoulés qui avaient façonné une telle nature, et ceux à venir qui continueraient leur ouvrage. Les variations climatiques avaient sculpté, creusé sans ménagement dans le roc. A moins que ce ne soit dû au silence qu'elle avait appris à écouter avec plus d'acuité que tout ce qu'elle avait pu entendre auparavant. A moins que ce ne soit grâce à cet homme qu'elle avait découvert au fond du canyon, cet homme qui, lentement mais sûrement, investissait toute sa vie, de la même manière que le vent, l'eau et le soleil prenaient possession de ce qui l'entourait. Lui non plus ne la ménagerait pas.

Cela ne faisait que quelques jours qu'ils étaient devenus amants, mais Hunter semblait déjà avoir cerné ses points forts et ses faiblesses. Lee, quant à elle, en apprenait chaque jour un peu plus sur lui. Mais elle avait l'impression qu'au fond elle avait toujours su qui il était.

L'intensité de ce qu'elle ressentait était peut-être liée au caractère éphémère de cette parenthèse. Lee avait d'ailleurs commencé par choisir cette interprétation avant de prendre conscience du nombre d'heures qu'ils passaient ensemble, au bout du compte.

Dans deux jours, elle quitterait le canyon et redeviendrait la Lee Radcliffe qu'elle avait créée au fil des années. Elle reprendrait le tempo habituel de sa vie, écrirait son article et continuerait à avancer.

Quel autre choix avait-elle ? A Los Angeles, sa vie avait un sens, une finalité. Elle avait un but : réussir. Tandis qu'ici la réussite ne lui importait plus vraiment. Ici, il suffisait de respirer, d'être, tout simplement. Mais ce n'était pas la vraie vie… Même si Hunter le lui demandait, même si elle en avait envie, Lee savait qu'elle ne pourrait pas continuer à mener indéfiniment cette existence au jour le jour, sans le moindre cadre. Quel serait son but, ici ? Elle ne pouvait rester à rêvasser au coin du feu *ad vitam aeternam*.

Deux jours… Elle ferma les yeux, se répétant que tout ce qu'elle avait vu, tout ce qu'elle avait vécu, serait à tout jamais gravé dans sa mémoire. Pourquoi fallait-il que le temps qu'il lui restait soit si court et le temps qui se déroulait devant elle, si long ?

— Tiens, dit Hunter en lui tendant une paire de jumelles. Il faut toujours regarder aussi loin que possible.

Lee prit les jumelles en souriant de la façon qu'il avait de présenter les choses. Dès qu'elle les porta à ses yeux, le canyon sembla s'approcher et les détails devinrent visibles. Elle distinguait le ruisseau qui coulait au loin. Chaque arbre se détachait de l'ensemble et devenait unique. Elle vit aussi des campeurs et des touristes sur les chemins. Lee ôta les jumelles de devant ses yeux. C'était si net que cela en devenait intrusif.

— Reviendras-tu l'année prochaine ? demanda-t-elle.

Elle avait envie de se le représenter dans un an, en train de se remémorer ces instants face au canyon.

— Si je le peux.

— Rien n'aura changé, murmura-t-elle.

Si elle revenait, que ce soit dans cinq ou dix ans, le ruisseau serpenterait toujours entre les rochers, les pics s'élèveraient aux mêmes endroits. Lee secoua la tête, comme pour chasser ces pensées. Elle se tourna vers Hunter et lui dit avec un sourire un peu forcé :

— Il ne doit pas être loin de midi.

— Il fait trop chaud pour déjeuner ici, allons chercher de l'ombre en contrebas.

— D'accord, pourquoi ne descendrions-nous pas par là pour rejoindre le ruisseau ? Nous n'avons jamais pris ce chemin.

Hunter sembla hésiter un instant avant de lui prendre la main.

— Comme tu voudras.

La descente était toujours plus facile que l'ascension. Même si Hunter lui tenait la main, il allait de son propre pas, et Lee devait forcer l'allure pour pouvoir le suivre. Il en avait été ainsi pendant tout le séjour…

— Vas-tu commencer ton prochain livre aussitôt rentré ?

L'heure des interrogatoires était revenue. Hunter n'avait jamais rencontré quelqu'un qui dispose d'une telle réserve de questions.

— Oui.

— N'as-tu jamais peur d'être à cours d'inspiration ?

— Toujours.

Lee ralentit.

— Vraiment ? Je pensais que plus on remportait de succès, plus on était confiant.

Elle avait vraiment fini par s'imaginer qu'il ne doutait jamais.

— Le succès est un dieu éternellement insatisfait.

Lee fronça les sourcils et incita Hunter à préciser sa réponse.

— Chaque fois que je me retrouve devant une feuille blanche, je me demande comment je vais pouvoir composer une intrigue, avec un début, un milieu et une fin.

— Et comment fais-tu ?

Hunter se remit à presser le pas. Lee n'avait pas le choix, il fallait le suivre.

— Je raconte l'histoire, c'est aussi simple et terriblement complexe que cela.

Lui aussi était ainsi, finalement. Simple et terriblement complexe. Lee laissa ses mots tourner dans son esprit.

Petit à petit, la température se fit plus supportable. Ici, la nature semblait moins sauvage, et Lee eut même l'impression de distinguer un bruit de moteur. Cela faisait des jours qu'elle n'avait rien entendu de tel. Les arbres étaient plus fournis, l'ombre, plus dense. Il était déroutant de se trouver au milieu d'un désert de roc et de traverser soudain une forêt aussi… intime. Encore une fois, un sentiment d'irréalité s'empara d'elle. Soudain, elle découvrit un tapis de fleurs blanches qui se déroulait devant ses pieds. Elle en cueillit trois, hésitant à abîmer ce cadeau de la nature. Après tout, elle pouvait bien s'accorder le droit de cueillir quelques fleurs sauvages, pendant ce séjour. Elle les glissa dans ses cheveux, heureuse qu'elles aient croisé son chemin.

— Ça me va bien ? demanda-t-elle.

Hunter se tourna vers elle et, aussitôt, le besoin de la posséder tout entière s'éleva en lui, avec une force et une soudaineté à couper le souffle. Lenore… Il comprenait tellement que l'homme des vers de Poe ait pleuré son départ jusqu'à en devenir fou.

— Tu es de plus en plus belle.

Il s'avança vers elle et effleura sa joue. Est-ce que lui aussi deviendrait fou le jour où il la perdrait ?

Son visage, tourné vers le soleil, était lumineux, éclatant.

Combien de temps encore se satisferait-elle du masque qu'elle s'était imposé de porter ? La vie n'allait-elle pas le faire voler en éclats et reprendre ses droits ?

Lee ne souriait pas, les yeux de Hunter le lui interdisaient. Une fois encore, elle avait l'impression qu'il était entré dans son âme. Il semblait y chercher quelque chose. Mais elle n'était pas sûre, même si elle trouvait ce que c'était, de pouvoir lui donner la réponse qu'il attendait. Elle fit alors ce qu'il avait fait quelques jours auparavant. Elle le prit par les épaules et alla poser ses lèvres sur les siennes. Puis elle ferma les paupières de toutes ses forces et laissa sa tête reposer contre son torse.

Comment pourrait-elle partir, comment en trouverait-elle la force ? Et que faire sinon partir ? Quoi qu'elle fasse, elle perdrait quelque chose d'essentiel.

— Je ne crois pas à la magie, chuchota-t-elle. Mais si c'était le cas, je me dirais que cet endroit est magique. Pendant la journée, le sortilège s'évanouit, mais, dès que la nuit tombe, tous les esprits semblent sortir.

Hunter la serra contre lui et appuya son menton sur sa tête. Elle qui luttait si dur pour faire taire ses réflexes romantiques… Il y a à peine une semaine elle ne se serait jamais autorisé ce genre de commentaire. Que penserait-elle de la magie dans une semaine ? Hunter réprima un soupir.

— Je veux faire l'amour avec toi ici, dit-il doucement. Avec la lumière du soleil filtrée par les feuilles qui tombe sur ta peau. Le soir, juste avant que la rosée ne se dépose. Et le matin, à l'aube, lorsque la lumière est rose et grise.

Lee leva les yeux vers lui.

— Et à minuit, lorsque la lune règne et que tout est possible, ajouta-t-elle.

— Tout est toujours possible, dit-il en déposant un baiser au creux de ses lèvres. Il suffit de s'en convaincre.

Elle rit, d'un rire si fragile qu'il aurait pu se changer en larmes en un clin d'œil.

— Je pourrais presque te croire. J'ai les jambes en coton, murmura-t-elle.

Hunter sourit et la souleva dans ses bras.

— C'est mieux ainsi ?

Se sentirait-elle jamais aussi libre qu'en cet instant ? Entourant son cou de ses bras, elle l'embrassa avec l'ardeur de toutes les questions et tous les doutes qui bouillonnaient en elle.

— Oui, et si tu ne me déposes pas tout de suite au sol, tu devras me ramener jusqu'au camp !

— Tu n'as plus faim, finalement ? demanda-t-il avec un sourire malicieux.

— Vu que je suppose que tu n'as apporté que des fruits secs et quelques graines pour nous sustenter, je ne me fais aucune illusion sur ce déjeuner !

— Il te reste des caramels et des chocolats, pourtant.

— A table !

Hunter la reposa sur ses pieds.

— Je crois que je viens de découvrir un point essentiel de la psychologie féminine, déclara-t-il, amusé.

— Mais cela ne marche qu'avec le chocolat, précisa Lee. Je te cède ma part de graines de tournesol avec grand plaisir !

— Tu as tort, c'est très bon pour la santé, argua-t-il.

— Tant pis, je préfère tout de même m'en passer !

— Tu verras que tu auras faim avant l'heure du dîner.

— Cela fait deux semaines que j'ai faim dès le milieu de l'après-midi ! rétorqua-t-elle en fouillant dans son sac à la recherche des dernières douceurs. Quels que soient les bienfaits des abricots secs et des noix, cela ne remplace pas un bon bifteck ou du chocolat.

Elle venait de mettre la main sur l'objet de ses recherches et glissa un morceau de chocolat dans sa bouche en fermant les yeux de plaisir.

— Je vois, tu es une véritable épicurienne.

Lee ouvrit les yeux. Ils semblaient pétiller de bonheur.

— Oui, une vraie adepte des plaisirs de la vie. J'aime les chemisiers de soie, le champagne français et le homard, dit-elle en laissant échapper un soupir. Et je les apprécie encore plus après une semaine de travail acharné.

Hunter ne comprenait que trop bien ce qu'elle lui expliquait. Elle n'était pas le genre de femme à accepter de se laisser entretenir, et lui-même ne considérait pas que rendre la vie facile à quelqu'un était un service à lui rendre. Mais quel était le futur d'une relation entre deux êtres incapables de s'habituer à leurs modes de vie respectifs ? Il n'avait jamais voulu imposer son rythme à qui que ce soit, et il savait qu'il ne permettrait à personne de l'obliger à en changer. Pourtant, maintenant que le compte à rebours était entamé, il commençait à se demander s'il lui serait aussi facile de reprendre son chemin qu'il se l'était imaginé.

— Tu aimes la vie en ville ? demanda-t-il en regardant au loin.

— Bien sûr, répondit-elle, incapable de lui laisser comprendre à quel point elle n'avait pas envie de repartir. Mon appartement est à peine à vingt minutes de *Celebrity*.

— C'est pratique, répondit-il laconiquement.

Cela le fit sourire. Elle semblait s'être construit un univers parfaitement organisé, alors qu'au fond elle rêvait de fantaisie et de magie.

— Et toi ? interrogea-t-elle. Tu travailles chez toi ?

— Oui.

Distraitement, elle passa les doigts sur les fleurs dans ses cheveux.

— Je suppose que cela demande beaucoup de rigueur. J'ai l'impression que la plupart des gens ont besoin du cadre d'un bureau, bien séparé de leur maison, afin d'accomplir leur travail.

— Ce n'est pas ton cas, dit-il.

Lee aurait aimé pouvoir parler de choses plus intimes

avec lui sans que cela génère chez elle un vague sentiment de panique.

— Tu crois ?

— Tu serais plus exigeante envers toi-même que n'importe quel patron, expliqua-t-il en croquant dans une pomme. Si tu t'y mettais vraiment, je peux t'assurer que ton roman serait terminé en un mois.

Lee haussa les épaules.

— Peut-être, si je travaillais huit heures par jour sans rien faire d'autre, sans aucune autre obligation.

— Ton roman est ta seule véritable obligation.

Lee ne voulait pas argumenter sur ce sujet, ni même en débattre. Il leur restait trop peu de temps. Pourtant elle craignait de changer de sujet, d'aborder la question de ses sentiments.

— Hunter, tu es écrivain et il est donc normal que tu aies ce ressenti par rapport aux livres. J'imagine qu'il est même impossible qu'il en soit autrement. Mais comprends-moi : j'ai un travail, une carrière exigeante qui occupe l'essentiel de mon énergie. Je ne peux pas mettre tout cela entre parenthèses, en faisant de surcroît un pari hasardeux sur mes chances d'être éditée.

— Tu as peur.

Lee reçut sa réponse de plein fouet. Pour tous les deux il était évident que sa réaction était une manière de se défendre.

— Et qu'est-ce que ça change ? s'exclama-t-elle. J'ai travaillé dur pour arriver où j'en suis. Tout ce que j'ai, je l'ai gagné, toute seule. Je crois que j'ai déjà pris suffisamment de risques dans ma vie.

— En ne te mariant pas avec Jonathan Willoby, par exemple ?

La fureur fit briller ses yeux. Hunter était intrigué par la violence de sa colère. Le sujet devait donc toujours être sensible… Très sensible, même.

— Tout cela a l'air de beaucoup t'amuser, n'est-ce

pas ? Est-ce que c'est le fait que je sois revenue sur ma parole qui te fait rire ?

— Non, pas particulièrement, mais ce qui m'intrigue c'est que tu considères cela comme une promesse brisée.

Lee prit sa voix la plus calme et détachée pour lui répondre. Hunter en déduisit à quel point elle devait être furieuse.

— Ma famille et les Willoby se connaissaient depuis des années. Ils étaient amis, bien sûr, mais avaient aussi des affaires en commun. Ce mariage était attendu de tous, et je le savais depuis mes seize ans.

Hunter s'adossa contre un tronc d'arbre.

— Et à seize ans tu n'as pas trouvé que ce genre d'arrangement appartenait à un passé largement révolu ?

— Tu ne peux pas comprendre ! s'exclama-t-elle en se levant brusquement. Tu m'as dit que ton père était un rêveur, qui avait dû gagner sa vie comme vendeur. Mon père, lui, était un réaliste. Et c'est par ses relations qu'il a réussi. Il avait réussi à nouer une relation avec les Willoby, et je devais l'assister. En épousant Jonathan, je concrétisais un de ses rêves. Jonathan était séduisant, intelligent, il avait déjà une belle situation. Mon père ne s'est pas imaginé une seule seconde que je puisse trouver à y redire.

— C'est pourtant bien ce qui s'est passé, conclut Hunter. Mais ce que je ne saisis pas c'est que tu continues à culpabiliser pour quelque chose qui était ton droit le plus fondamental.

Lee se tourna vers lui, brusquement. Elle ne pouvait plus contenir ce qui la rongeait.

— Sais-tu seulement ce qu'il m'en a coûté ? En refusant de l'épouser, je perdais mon moteur dans la vie. Car tout ce que j'avais accompli jusqu'à ce jour c'était pour eux, pour mes parents, pour qu'ils soient fiers de moi, c'est tout.

— Et pour la première fois de ta vie, tu as fait quelque chose pour toi, dit-il posément. Est-ce que tu travailles vraiment pour toi, Lenore, ou est-ce que tu cherches encore leur approbation ?

Il n'avait pas le droit de lui demander cela, pas le droit de l'obliger à se poser cette question à elle-même. Livide, elle se détourna de lui.

— Je ne veux pas en parler. Pas avec toi.

— Pas avec moi ? Cela ne me regarde pas, c'est ça ?

Subitement aussi virulent qu'elle l'avait été, il la prit par les épaules et l'obligea à lui faire face.

Lee retint le bras de Hunter. Elle sentait qu'elle venait d'entrouvrir une brèche. Il lui faudrait maintenant rester debout face à lui, même si le sol s'écroulait sous ses pieds.

— Ma vie et mes choix ne regardent que moi, Hunter.

— Plus maintenant.

— Ne dis pas ça, rétorqua-t-elle. Ce n'est pas vrai !

Hunter sentit qu'il n'avait plus le choix.

— Si, c'est vrai.

Lee était saisie de tremblements dont elle ignorait l'origine et qui s'ajoutaient au sentiment de panique et de colère mêlées.

— Je ne comprends pas ce que tu veux.

— Toi, répondit-il avant de l'étreindre. Je te veux tout entière.

Hunter l'empêcha de répondre en fermant sa bouche d'un baiser fiévreux. Lee aurait voulu lui résister, se débattre, mais une sorte d'instinct prenait le pas sur sa raison chaque fois qu'il l'embrassait.

Elle avait l'impression que chacune de ses étreintes était plus fougueuse, plus passionnée que la précédente. Chaque fois, le désir qui s'emparait d'elle lui paraissait plus violent, plus lancinant, que jamais. Si similaire et si différent à la fois.

Etait-ce de la colère qu'elle ressentait à son égard ou de la passion ? Tout ce qu'elle savait était qu'il ne semblait plus en mesure de garder son sang-froid, lui pourtant si adepte du contrôle et de la maîtrise des émotions.

En moins de temps qu'il n'en fallait pour le dire, ils se retrouvèrent par terre. Une odeur de terre mouillée s'élevait du sol. Ils avaient le souffle court, leurs gestes étaient fébriles et empressés, comme dictés par l'urgence du désir. Lee sentait la brûlure de sa barbe contre sa joue, la caresse de ses lèvres le long de son cou. Elle lui en voulait. Il se sentait blessé au fond de son cœur, et pourtant une seule chose semblait pouvoir les apaiser. Plus rien n'était raisonnable dans cette histoire. Elle ne serait jamais sienne. Jamais totalement. Il ne posséderait jamais rien de plus que son corps.

Il devait retrouver les chemins de la raison. Ce n'était ni le moment ni l'endroit. Il en avait parfaitement conscience, mais il lui semblait que son corps ne lui obéissait plus. L'enlaçant toujours aussi étroitement, il enfouit son visage dans ses cheveux et attendit que la folie subite qui s'était emparée de lui s'apaise.

Etourdie, Lee ne bougea pas. Elle n'avait pas compris sa réaction enflammée et, maintenant, elle ne comprenait pas son soudain changement d'humeur. Elle sentait le combat qu'il livrait avec lui-même. Pour la première fois, il avait laissé apparaître une faille. Instinctivement, Lee lui passa la main dans le dos, en signe de réconfort.

Hunter releva la tête et la vit, frêle et inquiète. Les fleurs étaient tombées de ses cheveux. Il en ramassa une et la lui tendit.

— Tu es bien trop fragile pour que je te malmène ainsi, dit-il.

Lee plongea dans son regard noir. Ses doigts continuaient de frôler son dos. Quelque chose lui disait qu'il en voulait plus que ce qu'elle avait imaginé. Plus que ce qu'elle savait offrir. C'était à elle de jouer, maintenant. Elle cessa ses caresses et sourit.

— J'aurais dû attendre d'être à la tente avant de te mettre en colère !

Hunter l'interrogea du regard. Il lui semblait qu'une

évidence essayait de s'imposer à eux, malgré leurs efforts respectifs pour l'ignorer.

— Nous pouvons rentrer tout de suite, et reprendre où nous en étions plus… confortablement !

Lee lui jeta un regard malicieux.

— Je suis moins fragile que je n'en ai l'air.

— Vraiment ? demanda-t-il. Je ne demande qu'à te croire !

Lee entreprit de le faire rouler au sol, le repoussant de toutes ses forces. Hunter ne bougea pas et braqua sur elle un regard amusé. Au bout de quelques instants, essoufflée, Lee abandonna.

— Tu es plus lourd qu'il n'y paraît, lança-t-elle les sourcils froncés. C'est à cause de toutes ces graines de tournesol que tu ingurgites !

— C'est surtout que tes muscles sont en chocolat ! plaisanta-t-il.

— Je n'en ai mangé qu'un seul morceau !

— Aujourd'hui oui, mais si mon compte est bon, tu as réglé son sort à…

— N'en parlons plus ! rétorqua-t-elle. Si tu veux parler de mauvaises habitudes, je te rappellerai que c'est toi qui fumes !

Hunter haussa les épaules.

— Personne n'est parfait.

Lee le fixa avec un sourire espiègle.

— Tu veux me faire croire que c'est ton seul et unique vice ?

Hunter l'embrassa du bout des lèvres.

— Je ne considère pas les plaisirs comme des vices.

Lee l'enlaça en soupirant. Ils n'avaient plus assez de temps pour le gâcher à se disputer, ou même à trop réfléchir.

— Pourquoi ne rentrerions-nous pas tout de suite à la tente pour que tu m'expliques tout cela un peu plus clairement ?

Hunter se mit à rire et déposa un baiser dans le creux

de son épaule. Lee releva la tête en riant elle aussi, mais s'arrêta net lorsqu'elle vit ce qui se tenait à leurs pieds.

La panique la saisit. Elle était incapable de proférer le moindre son. Ses mains se crispèrent et ses ongles se fichèrent dans le dos de Hunter, tandis que tous ses muscles se tendaient en un réflexe incontrôlé.

— Que se passe-t-il ? demanda-t-il en se retournant vivement.

« Bon sang ! », murmura-t-il.

Aussitôt, le molosse se jeta sur lui. Lee laissa échapper un hurlement de terreur et roula sur elle-même, les faisant basculer tous trois au sol. Elle entendit Hunter crier un ordre à l'animal, qui répondit en gémissant.

— Lenore ! appela-t-il en la secouant par les épaules. Tout va bien, je te le promets. Il ne te fera pas de mal.

Pétrifiée, Lee n'osait pas ouvrir les yeux.

— Hunter, c'est un loup !

Des images de crocs et de griffes acérées lui venaient à l'esprit. Lorsqu'elle osa enfin regarder, elle découvrit deux yeux gris braqués sur elle.

— Pas vraiment, répondit-il, mais tu as raison, il est croisé avec un loup.

— Il est dangereux, il t'a attaqué, murmura-t-elle, les yeux braqués sur l'animal à la fourrure argentée.

— Non, il me faisait la fête. Tu peux avoir confiance, Lenore, il n'est pas dangereux, expliqua Hunter, ennuyé. Viens ici, Santanas !

Le chien s'avança, tête baissée. Stupéfaite, Lee regarda Hunter le caresser.

— Il n'est pas toujours aussi excité, expliqua-t-il. Mais comme il ne m'a pas vu depuis deux semaines…

— Comment ça ? demanda Lee, les yeux écarquillés. Mais c'est vrai, tu l'as appelé par son nom ! Comment c'était, déjà ?

Avant que Hunter n'ait eu le temps de lui répondre,

ils entendirent des bruits de pas dans le sous-bois. Une voix de jeune fille s'éleva.

— Santanas ! Viens ici, ou je vais avoir des ennuis !

— Bien vu ! murmura Hunter.

Lee ne comprenait plus rien et son regard passait alternativement du chien à Hunter.

— Qu'est-ce que tout cela veut dire ?

— Une petite réunion improvisée, je crois, répondit Hunter, énigmatique.

Lee vit une jeune fille sortir de derrière les arbres. Le chien partit à sa rencontre en remuant la queue.

— Santanas ! s'exclama-t-elle avant de se figer sur place.

Elle avait de longues tresses brunes. Un sourire gêné lui monta aux lèvres.

— Oups ! s'écria-t-elle.

Sans savoir exactement à quoi c'était dû, Lee eut un curieux sentiment de déjà-vu.

— Bonjour, dit la jeune fille en baissant les yeux. Je suppose que vous vous demandez ce que je fais là !

— On en parlera plus tard, répondit Hunter d'un ton autoritaire.

— Hunter… Est-ce que tu peux m'expliquer ce qui est en train de se passer ? demanda Lee en baissant les yeux face au regard noir de la demoiselle.

— Je crois que des présentations s'imposent. La créature qui t'a effrayée est mon chien, Santanas. Et la jeune personne qui te dévisage est Sarah, dit-il d'un ton teinté de fierté. Ma fille.

10

Sarah, sa fille…

Lee détailla les grands yeux sombres si semblables à ceux de Hunter. Elle était vraiment la copie conforme de son père. Cela la frappait tout à coup.

Ainsi Hunter avait une fille. Et c'était cette adolescente élancée au sourire gêné. Cette découverte faisait naître en elle tant de sentiments contradictoires que Lee ne parvenait à dire quoi que ce soit.

— Sarah, dit Hunter en se décidant finalement à briser le silence, voici Mlle Radcliffe.

— Oui, je sais, la journaliste. Bonjour !

Assise par terre, Lee se sentait totalement ridicule.

— Bonjour, dit-elle d'un ton qu'elle n'espérait pas trop impersonnel.

— Papa a dit que je ne devais pas dire que vous étiez jolie, car ce sont les choses qui sont jolies.

Lee ne répondit rien, mais elle avait la désagréable sensation d'être étudiée sous toutes les coutures par le regard perçant de Sarah.

— J'aime bien vos cheveux. C'est votre couleur naturelle ? demanda-t-elle.

— Enfin, Sarah, ce n'est pas une façon de parler à quelqu'un qu'on vient à peine de rencontrer ! l'interrompit Hunter. J'ai bien peur que ma fille ne soit un peu impertinente.

— Il dit toujours ça, mais il ne le pense pas ! dit Sarah avec un sourire taquin.

— Je ne le pensais pas jusqu'à tout à l'heure, répondit-il en caressant distraitement son chien tout en se demandant comment il allait se dépêtrer de cette situation épineuse. Tu devrais ramener Santanas à la maison. Bonnie doit t'y attendre.

— Oui, nous sommes rentrées hier. Je me suis rappelé que j'avais un match de football demain et Bonnie voulait travailler un peu.

— Je vois, dit-il. Tu peux y aller, nous vous rejoindrons plus tard.

Lee était totalement désorientée par ce qu'elle venait d'entendre.

— D'accord. Allez, viens, Santanas ! lança Sarah en adressant un large sourire à Lee. Il a l'air dangereux comme ça, mais il ne mord pas.

En la regardant s'éloigner, Lee se demanda si elle parlait du chien ou de Hunter. Une fois qu'elle eut disparu derrière les arbres, Lee resta silencieuse et immobile.

— Si cela peut t'apaiser, je suis prêt à te présenter des excuses au nom de ma famille.

Famille. Le mot la frappa. C'était comme un retour brutal à la réalité. Lee se leva, époussetant soigneusement son pantalon.

— Ce ne sera pas nécessaire, dit-elle d'une voix froide, cassante. Maintenant que la partie est finie, j'aimerais que tu me conduises à Sedona pour que je puisse m'organiser et rentrer à Los Angeles.

— De quelle partie est-ce que tu parles ? demanda Hunter en s'approchant d'elle et en prenant sa main qui était agitée de mouvements nerveux. Ce n'était pas un jeu, Lenore.

— Pourtant, tu as joué très habilement ! lança Lee d'une voix qui laissait deviner qu'elle était blessée.

Tellement finement, d'ailleurs, que j'ai même cru que c'était sérieux, justement.

La main de Lee resta froide et immobile entre ses doigts. Hunter sentait sa patience l'abandonner. Il savait à peu près gérer sa colère, mais pour ce qui était des tourments du cœur, c'était autre chose. Il se sentait totalement désarmé, incapable de répondre ou même simplement de se défendre.

— Ne dis pas de bêtises. Tous les jeux auxquels nous jouions ont pris fin par une nuit d'orage, il y a quelques jours, justement.

— Pris fin ? répéta-t-elle, les yeux soudain emplis de larmes. C'est faux, rien n'a pris fin. Tu es un fin stratège, Hunter. Tu avais l'air tellement sincère que je n'ai pas imaginé une seconde que tu puisses être en train de me cacher quelque chose d'aussi important.

Lee retira sa main et ravala ses larmes.

— Comment as-tu pu me faire cela, reprit-elle. Comment as-tu pu continuer à me faire l'amour alors que tu me mentais !

— Je ne t'ai jamais menti.

Sa voix était calme, mais ses yeux trahissaient son trouble.

— Tu as une fille ! s'exclama-t-elle. Tu as une fille déjà grande dont tu ne m'as jamais parlé. Tu m'avais dit que tu n'avais jamais été marié.

— Et c'est le cas, répondit-il.

Même si de nombreuses questions la taraudaient, Lee n'osait pas l'interroger. Elle n'était pas sûre d'avoir envie de savoir. En tout cas pas si elle décidait de le rayer de sa vie.

— Tu as prononcé son nom une fois devant moi, mais ensuite tu as esquivé mes questions à son sujet.

— Qui est-ce qui me posait ces questions ? Toi ou la journaliste ?

Lee pâlit et recula d'un pas. Sa réaction en disait plus long que n'importe quoi d'autre.

— Pardon si ma question te blesse, dit-il. Ce n'était pas mon intention.

Lee en avait assez entendu.

— Je veux retourner à Sedona. Est-ce que tu comptes m'y déposer, ou dois-je me débrouiller sans toi ?

— Arrête, répondit-il en la prenant par les épaules. Cela ne fait que quelques jours que je te connais, je ne pouvais pas courir le risque de te parler de Sarah. Je veux qu'elle reste anonyme, tu comprends. Je refuse que son enfance soit perturbée par des photographes qui se presseront lors de ses matchs de foot ou de ses sorties scolaires. Sarah ne sera pas dans les pages des magazines.

— C'est ainsi que tu me vois ? murmura-t-elle, livide. Comme un paparazzi sans scrupule ? Alors rassure-toi, je ne parlerai jamais de Sarah dans mes articles, mais maintenant, laisse-moi partir.

Il lui tenait toujours la main, pourtant elle ne parlait pas simplement de cela et ils le savaient tous les deux. Hunter sentit une vague de panique l'envahir à l'idée qu'il l'avait peut-être perdue à tout jamais. Il se maudit intérieurement.

— C'est impossible, dit-il d'une voix résolue. Je voudrais que tu me comprennes, et pour cela j'ai besoin de temps.

— Tu as eu près de deux semaines pour me faire comprendre tout ce que tu voulais, Hunter.

— Bon sang, tu sais bien que ce n'est pas la même chose, tu me parlais en tant que journaliste ! lança-t-il. Ce qui s'est passé entre nous n'était ni prévu ni calculé. Je voudrais que tu m'accompagnes chez moi.

— Je suis toujours journaliste, répondit-elle sèchement.

— Selon les conditions que nous avions établies, il nous reste encore deux jours, commença Hunter avant de se radoucir et de lui prendre l'autre main. Lenore, viens passer ces deux jours chez moi, avec ma fille.

— Tu es toujours en train de demander, d'exiger et de décider, n'est-ce pas ?

— C'est vrai. Mais il est capital pour moi de t'expliquer toute l'histoire. Donne-moi ces deux jours.

Lee maintenait une certaine distance entre eux deux et Hunter comprit que ce n'était pas le moment de la brusquer en la serrant dans ses bras. Il était encore trop tôt.

Lee avait envie de lui refuser ces deux jours. Elle aurait voulu lui dire non et s'en aller, sans regret. Mais elle savait au fond de son cœur qu'il lui serait impossible de rentrer à Los Angeles sans avoir été jusqu'au bout de son histoire avec lui.

— Je ne te promets pas de comprendre, mais je resterai, dit-elle en baissant les yeux.

Malgré sa résistance, Hunter porta la main de Lee à ses lèvres.

— Merci, c'est tellement important pour moi !

— Ne me remercie pas, murmura-t-elle d'une voix blanche. Les choses ont changé.

— Cela fait plusieurs jours que les choses ont changé, répondit-il avant de se mettre en marche. Allons-y, je reviendrai chercher les affaires plus tard.

Le premier choc passé, une deuxième découverte s'imposait à elle.

— Mais tu vis ici ? Dans le canyon !

— Oui, en effet.

— Tu veux dire que tu as une maison, avec de l'eau chaude et un vrai lit et que tu as quand même choisi de passer deux semaines sous une tente ?

— Oui, je trouve ça relaxant.

— Mais c'est le comble du snobisme ! s'exclama-t-elle. En plus, tu m'as laissée me doucher à l'eau tiède, me réveiller avec des courbatures partout, alors que tu savais que j'aurais payé n'importe quoi pour un bon bain chaud !

— Disons que cela forme le caractère.

— Bien sûr ! Je crois plutôt que tu avais délibérément

calculé ton coup, lança-t-elle en se tournant vers lui. Tu voulais voir jusqu'où j'étais capable d'aller.

— J'ai été très impressionné, dit-il en lui adressant un petit sourire irritant au possible. Je ne m'attendais pas à ce que tu tiennes une semaine, et encore moins deux !

— Tu n'es vraiment qu'un sale…

— Allez, ne perdons pas notre sens de l'humour, plaisanta Hunter d'un ton détaché. Je te promets de te laisser prendre autant de bains que tu le voudras pendant les deux prochains jours.

Avant qu'elle ait eu le temps de s'écarter, Lee se retrouva serrée contre Hunter qui avait passé son bras autour de son épaule. Il aurait du temps pour lui parler de Sarah. Du temps pour lui faire comprendre les choses.

— N'essaie pas de m'amadouer, rétorqua Lee, d'un ton toujours aussi sec.

— Je ne suis pas en train de t'amadouer, personne n'en serait capable. J'aime simplement ta compagnie. Tous mes projets viennent de tomber à l'eau bêtement. Je n'avais vraiment pas imaginé que tu découvrirais le pot aux roses dans ces conditions.

— Et comment est-ce que j'étais censée le découvrir, alors ?

— Lors d'un romantique dîner aux chandelles, le dernier soir. J'espérais que tu trouverais cela, disons… drôle !

— Eh bien, laisse-moi te dire que même dans ces conditions ça n'aurait pas été le cas ! répliqua-t-elle avant de découvrir la maison nichée entre les arbres.

Elle était plus petite que Lee ne l'avait imaginé, mais les immenses baies vitrées donnaient l'impression que la maison se prolongeait dans les bois. Sans qu'elle puisse vraiment se l'expliquer, elle lui faisait penser à une maison de poupée ou de conte de fées. Pourtant les maisons de poupée étaient plutôt coquettes et charmantes, alors que celle de Hunter était curieusement agencée, avec de drôles d'angles un peu trop aigus et des pointes élancées.

Il y avait un porche à l'avant de la maison et des fleurs étaient suspendues le long des murs. Des géraniums rouge sang dans des pots vert jade. La maison semblait entièrement vitrée. Il y avait aussi un patio avec un grand fauteuil d'osier blanc renversé et un ballon de football abandonné sur le sol.

Les arbres semblaient encercler la maison. On devait s'y sentir abrité, caché. On aurait dit qu'elle sortait d'un décor de théâtre ou bien de…

— C'est la maison de Jonas Thorpe dans *Hurlement silencieux* !

Hunter eut un sourire complice. Il était content qu'elle ait fait le rapprochement aussi vite.

— Plus ou moins, en effet. Je voulais qu'il vive à l'écart du monde, à des kilomètres de ce que l'on appelle normalement la civilisation. Alors qu'au fond c'était l'ultime refuge.

— C'est ainsi que tu la vois ? Comme l'ultime refuge ? demanda Lee, intriguée.

— Oui, souvent.

Un cri strident pétrifia Lee avant qu'elle comprenne qu'il s'agissait du rire de Sarah. Il y eut quelques aboiements et la voix lasse d'une femme retentit.

— Mais pas toujours ! reprit-il en souriant.

Il guida Lee jusqu'à l'entrée principale. Lorsqu'il ouvrit la porte, Sarah arriva à grandes enjambées bondissantes et se jeta dans les bras de son père. Hunter passa affectueusement la main dans ses cheveux.

— Oh, papa, c'est trop drôle ! Bonnie a fait un bracelet en pâte à sel et Santanas l'a mangé ! Enfin, il l'a mâchonné un bon moment avant de se rendre compte que ça avait un goût affreux !

— Je suis sûr que Bonnie a trouvé tout ça très drôle, effectivement !

Une petite lueur malicieuse brillait dans les yeux de Sarah.

— Elle a crié très fort après lui, en disant que les loups n'avaient pas leur place dans une maison. Et puis elle a dit qu'elle allait faire du thé pour Lenore, mais elle était en colère parce que j'ai fini tous les cookies hier, et aussi…

— Doucement ! l'interrompit Hunter. Nous allons peut-être commencer par lui dire bonjour.

Il s'écarta pour laisser Lee entrer la première. Elle sembla hésiter un instant, comme si elle se demandait où elle mettait les pieds, et finit par se décider sous le regard amusé de Hunter.

Elle ne s'était pas attendue à découvrir un intérieur aussi… normal. Le salon était spacieux et lumineux. On s'y sentait aussitôt à l'aise. Un énorme bouquet de fleurs sauvages était disposé dans un grand vase en émail, les canapés étaient recouverts de coussins moelleux.

— Tu t'attendais à des balais de sorcières et des cercueils tapissés de satin ? murmura Hunter.

— Pas du tout, je m'attendais simplement à quelque chose de moins… moderne.

— Mais je suis un homme moderne, figure-toi.

Lee jeta un regard à son visage mi-sauvage, mi-aristocratique. Oui, peut-être était-il aussi un homme de son temps.

— Je suis sûre que tante Bonnie a nettoyé la cuisine de fond en comble, dit Sarah en se tournant vers Lee. Elle était impatiente de vous rencontrer parce qu'elle dit que papa ne voit pas assez de femmes. Surtout qu'il ne parle jamais aux journalistes. Alors elle dit que vous devez être quelqu'un d'assez exceptionnel.

Elle parlait en regardant Lee droit dans les yeux. Malgré son jeune âge, elle avait tout de suite senti qu'il se passait quelque chose entre son père et cette femme aux yeux bleus.

Ne sachant plus vraiment que penser, Lee les suivit jusqu'à la cuisine. La pièce était un mélange d'ordre et de confusion.

— Hunter, si tu comptes garder ton loup à la maison, tu vas devoir lui apprendre à apprécier les œuvres d'art et à les respecter ! s'exclama Bonnie. Au fait, bonjour, je suis Bonnie.

Lee se trouvait face à une grande femme élancée, avec des cheveux bruns mi-longs, éclairés de mèches dorées. Elle portait un T-shirt violet, décoloré, et était pieds nus. Lee n'arrivait pas à déterminer si elle était plus jeune ou plus âgée que Hunter. Une chose était sûre, en tout cas, c'est qu'elle avait un visage d'une finesse impressionnante. On aurait dit un mannequin.

Lee lui tendit la main, et les deux femmes se saluèrent cordialement.

— Comment allez-vous ? demanda Lee.

— Je me porterais bien mieux si Santanas n'avait pas décidé de faire son quatre-heures de ma dernière création, répondit Bonnie en exhibant un demi-bracelet aux extrémités déchiquetées. Mon seul réconfort est que la pâte à sel a un goût absolument insupportable. Mais je manque à tous mes devoirs, je vous en prie, asseyez-vous ! Je prépare du thé.

— Tu as oublié d'allumer le feu sous la bouilloire, fit remarquer Sarah.

— Hunter, je suis inquiète pour cette petite, l'attention qu'elle porte aux détails me préoccupe vraiment !

Hunter sourit et tendit le doigt vers une autre des créations de Bonnie, qui ressemblait au premier abord à un loukoum, mais qu'avec un peu d'imagination on pouvait supposer être une boucle d'oreille.

— Tu as abandonné le travail de l'or et de l'argent ? Etait-ce trop classique pour quelqu'un comme toi ?

— Je voudrais surtout lancer une mode… Mais c'était une prise de risque mesurée, il n'y en a pas pour plus de trois dollars de farine ! expliqua-t-elle d'un ton enjoué. Mais asseyez-vous donc et racontez-moi vos vacances sous la tente.

— Instructives, je dirais, lança Hunter. N'est-ce pas, Lenore ?

— En effet, très ! répondit Lenore.

«… Surtout depuis une demi-heure », ajouta-t-elle pour elle-même.

— Alors comme ça vous travaillez pour *Celebrity* ? demanda Bonnie. Je suis une de vos fidèles lectrices, figurez-vous.

— Surtout depuis que le magazine a publié quelques critiques exagérément élogieuses à ton sujet !

— Des critiques ? s'enquit Lee en se tournant vers Bonnie qui époussetait ses mains couvertes de farine.

— Professionnellement, elle est connue sous le nom de B. B. Smithers, expliqua Hunter.

Lee ouvrit de grands yeux. B. B. Smithers était l'une des joaillières avant-gardistes les plus renommées. Les célébrités se battaient pour porter ses créations, qui se vendaient comme des petits pains malgré des tarifs particulièrement élevés. Lee considéra la jeune femme avec surprise.

— J'ai beaucoup d'admiration pour votre travail.

— Mais vous n'en porteriez pas, poursuivit Bonnie en souriant. Non, il vous faut des choses plus classiques. Vous avez des traits tellement élégants. Un peu de citron avec votre thé ? Hunter, y a-t-il du citron dans cette maison ?

— Je ne pense pas, non.

Bonnie vint les rejoindre à table et déposa la théière devant Lee.

— Maintenant, il faut que vous m'expliquiez comment vous avez réussi à faire sortir cet ermite de sa grotte, Lenore.

— Je crois que c'est en le mettant en colère, répondit Lee, intimidée.

— C'est vrai que c'est probablement la meilleure des façons.

Bonnie avait les mêmes yeux que Sarah et Hunter, quoique un peu plus doux.

— Est-ce que ces deux semaines dans le canyon vous ont donné suffisamment de matière pour rédiger votre article ? demanda Bonnie.

— Oui, répondit Lee en lui jetant un regard complice. Et j'ai aussi pris conscience de mon attachement aux matelas et aux sommiers.

Bonnie lui adressa un sourire entendu.

— Comme je vous comprends !

— Vous exagérez, toutes les deux, intervint Sarah. Ce n'est pas si terrible que cela.

— Ah oui, vraiment ? demanda Hunter en lui donnant une petite tape dans le dos. Comment se fait-il donc que tu sois toujours saisie d'une envie irrépressible d'aller passer quelques jours à Phoenix chaque fois que je commence à empaqueter le matériel de camping ?

Sarah se mit à rire et se jeta au cou de son père.

— C'est une simple coïncidence ! répondit-elle avant de se tourner vers Lee. Est-ce qu'il vous a traînée à la pêche ? Et est-ce qu'il a passé des heures devant le feu sans dire un seul mot ?

Lee jeta un regard en coin à Hunter avant de répondre.

— Il a en effet suggéré que nous allions pêcher plusieurs jours d'affilée.

Sarah jeta un regard compatissant à Lee.

— Mais c'est moi qui ai pêché le plus gros poisson ! ajouta Lee.

Sarah secouait la tête.

— C'est tellement ennuyeux…, dit-elle avant de jeter un regard désolé à son père. Mais la plupart du temps il est plutôt amusant, il a seulement des goûts un peu bizarres, parfois. Comme la pêche et la bière !

— Parce que sa collection de têtes réduites n'est pas bizarre, peut-être ? demanda Bonnie d'un ton moqueur. Un peu plus de thé ?

— Pas pour moi, répondit Hunter. Je vais aller récupérer les affaires au camp avec Sarah.

— Prends ton loup avec toi, je ne veux plus le voir ! Au fait, tu as reçu deux ou trois coups de téléphone de New York hier.

— Ils rappelleront ! dit Hunter en se levant et en passant une main distraite dans les cheveux de Lee. Nous ne tarderons pas.

Son geste n'était pas passé inaperçu aux yeux de Bonnie et Sarah qui se jetèrent un regard entendu. Lee hésita à proposer son aide à Hunter, mais elle était tellement bien dans ce grand salon lumineux qu'elle décida de profiter de l'occasion pour se reposer de ses deux semaines éprouvantes. Elle avait aussi remarqué la main possessive que Sarah venait de poser sur le bras de son père, et en déduisit qu'il valait mieux qu'elle les laisse seuls.

Le père et sa fille quittèrent la pièce ensemble et Hunter siffla son chien avant de sortir.

— Sarah est folle de son père, expliqua Bonnie en resservant du thé à Lee.

— J'en ai bien l'impression, en effet.

— Et vous aussi, n'est-ce pas ?

Lee, qui avait porté sa tasse de thé à ses lèvres, manqua de s'étrangler.

— Pardon ?

— Vous êtes amoureuse de Hunter, affirma Bonnie. J'en suis ravie.

Elle aurait pu nier farouchement, jouer les offusquées ou simplement répondre d'un ton sec, mais le fait d'entendre Bonnie déclarer cela sur le ton de l'évidence lui fit perdre tous ses moyens.

— Je ne… Enfin, il n'y a pas…, bafouilla-t-elle en tripotant sa petite cuillère. Je ne sais pas exactement où j'en suis.

— C'est un symptôme des plus clairs. Mais vous semblez ennuyée à l'idée d'être amoureuse.

— Je n'ai jamais dit que j'étais amoureuse de lui, répondit Lee avant de se rendre compte qu'elle ne parviendrait pas à tromper Bonnie. Oui, cela m'inquiète énormément.

Elle se leva en souriant. Elle n'arrivait pas à tenir en place, et ce n'était certainement pas uniquement à cause du thé.

— Je ne me fais pas beaucoup d'illusions à notre sujet, dit-elle d'un ton plus affirmé qu'elle ne l'aurait imaginé. Nos goûts et nos façons de voir les choses sont tellement différents. Nos vies elles-mêmes n'ont rien à voir. Et puis, il faut que je reparte à Los Angeles.

Bonnie but une gorgée de thé, lentement.

— Bien sûr, dit-elle avec une pointe d'ironie dans la voix que Lee préféra ne pas relever. Beaucoup de gens pensent que, pour qu'une relation puisse se bâtir, les deux personnes doivent être exactement sur la même longueur d'onde. Et que si l'un des deux adore la poésie française du XVIe siècle et pas l'autre, alors il n'y a pas d'espoir.

Lee fronça les sourcils. Elle ne parvenait pas cependant à se mettre en colère contre Bonnie.

— Vous avez beaucoup de points communs avec votre frère, si je ne m'abuse ?

— Je crois, oui, reconnut Bonnie. Est-ce que par hasard votre mère ne serait pas Adreanne Radcliffe ?

Lee revint s'asseoir à table.

— C'est exact.

— Je l'ai rencontrée à un cocktail à Palm Springs il y a près de trois ans, je crois. Vous semblez très différente de votre mère, non ?

— Vous trouvez ?

— Oui, pas vous ? Je ne voudrais surtout pas vous blesser, mais il m'a semblé que votre mère aurait beaucoup de mal à se fondre dans un monde autre que le sien. En revanche, c'est une très belle femme, et vous avez certainement hérité de ses traits, mais cela me semble être à peu près tout.

Lee baissa les yeux. Elle avait toujours pensé qu'elle ressemblait à sa mère, non seulement physiquement, mais aussi au niveau du caractère. Elle avait même passé des années à cultiver la ressemblance et à chercher par tous les moyens à se comporter comme elle. Cela ne faisait que quelques années qu'elle essayait d'inverser la tendance. La description de Bonnie lui glaçait les sangs, car c'était exactement ce qu'elle avait failli devenir.

— Ma mère a des principes assez stricts, et je n'ai jamais eu l'impression qu'elle avait la moindre difficulté à vivre en accord avec eux.

— Je trouve que chacun doit vivre comme il l'entend, dit Bonnie en jouant avec les trois anneaux entrelacés qu'elle portait à l'annulaire. Il faut faire ce pour quoi l'on est fait. D'ailleurs Hunter m'a dit que vous aviez un véritable talent pour l'écriture. Il m'a parlé de votre roman.

Lee ne put réprimer une moue de colère.

— Hunter est le genre de personne qui refuse de reconnaître qu'il peut se tromper ! Je suis journaliste et non écrivain.

— Je vois, dit Bonnie avec toujours ce même sourire franc aux lèvres. Qu'allez-vous écrire sur lui dans votre article ?

Lee n'arrivait pas à savoir si le sourire de Bonnie était moqueur ou jovial et sans arrière-pensée. Quoi qu'il en soit, elle avait du mal à y résister, tant la chaleur de Bonnie était communicative. Oui, Bonnie et son frère avaient un certain nombre de points en commun, décidément.

— Je dirai que c'est un homme qui conçoit l'écriture à la fois comme un devoir sacré et un artisanat. J'expliquerai aussi qu'il a un sens de l'humour tellement subtil qu'il faut parfois plusieurs heures pour saisir une de ses allusions ;

qu'il croit avec la même certitude aux choix et à la chance qu'au destin. Il vénère les mots, qu'ils soient extraits de chefs-d'œuvre du Moyen Age ou de bandes dessinées. Je pense qu'il faudra aussi que je dise qu'il travaille avec acharnement pour accomplir ce qu'il considère être son travail : raconter des histoires.

— Vous me plaisez vraiment beaucoup ! lança Bonnie avec une étrange lueur dans le regard.

— Merci, répondit Lee embarrassée.

— J'aime mon frère. Plus que cela, d'ailleurs, je l'admire en tant qu'homme et en tant qu'écrivain. Mais vous, vous le comprenez, et ce n'est pas le cas de tout le monde.

— Vous trouvez que je le comprends ? demanda Lee perplexe. Il me semble pourtant que plus j'en apprends sur lui, moins j'arrive à le saisir. Il a su me faire découvrir la beauté la plus fascinante qui soit : celle de la nature. Et pourtant, il écrit des romans d'épouvante qui me terrorisent littéralement.

— Trouvez-vous vraiment que ce soit contradictoire ? demanda Bonnie. Je crois simplement que Hunter a une vision très claire des contrastes de la vie. Il a simplement choisi d'écrire sur le côté obscur de celle-ci parce qu'il le trouve plus intrigant.

— Et pourtant, il vit dans..., commença Lee en désignant la maison d'un geste circulaire.

— Dans une confortable maison au milieu des bois, enchaîna Bonnie.

— En tout cas, je dois reconnaître que ce n'était pas du tout ainsi que je me représentais l'antre du plus grand auteur de romans noirs du pays.

— Il se trouve que le plus grand auteur de romans noirs du pays a un enfant à élever...

Le sourire de Lee s'évanouit.

— Oui, Sarah. Elle est ravissante.

— Sera-t-elle mentionnée dans votre article ? s'enquit Bonnie.

— Non. Hunter a été très clair à ce sujet. Je n'y ferai pas la moindre allusion.

— Elle est toute sa vie. Il se montre d'ailleurs parfois un peu trop protecteur envers elle, mais croyez-moi, il le fait vraiment par amour pour elle, expliqua Bonnie avant de fixer Lee une seconde en silence. Il ne vous avait pas parlé d'elle, n'est-ce pas ?

— Non. Pas un mot.

Bonnie secoua la tête avec un soupir de désapprobation. Elle avait beau aimer son frère de tout son cœur, elle avait parfois du mal à le comprendre. Cette femme était amoureuse de lui, elle était à deux doigts de bouleverser sa vie pour lui. N'importe qui aurait compris cela. N'importe qui sauf Hunter.

— Comme je vous l'ai dit, il se montre parfois trop protecteur envers elle. Mais croyez-moi, il a ses raisons, Lenore.

— Me direz-vous lesquelles ?

Bonnie était tentée de soulever enfin le voile de mystère qui entourait la vie de son frère. Si quelqu'un devait savoir, c'était bien cette femme qui se trouvait devant elle.

— C'est l'histoire de Hunter, dit Bonnie. C'est lui qui doit vous la raconter. D'ailleurs j'entends le moteur de la Jeep. Ils arrivent.

— Je crois que je suis contente que tu l'aies amenée, finit par dire Sarah alors qu'ils parcouraient les derniers kilomètres qui les séparaient de la maison.

— Tu crois ? répéta Hunter en se tournant vers sa fille qui regardait pensivement par la vitre.

— Elle est belle comme une princesse. Et ça se voit que tu l'aimes beaucoup.

— Oui, je l'aime beaucoup, confirma Hunter ennuyé

par l'expression de Sarah. Mais cela ne veut pas dire que je t'aime moins par conséquent.

Sarah se tourna vers lui et le fixa longuement. Hunter avait fait mouche.

— Oui, toi tu es obligé de m'aimer parce qu'on est coincés tous les deux ensemble, mais pour elle c'est différent.

— Pourquoi est-ce que tu penses que Lenore ne t'aimerait pas ?

— Elle ne sourit pas beaucoup.

— Quand elle est détendue, elle sourit plus ! répondit Hunter.

Sarah haussa les épaules, peu convaincue.

— Elle m'a regardée bizarrement !

— Elle était surprise, c'est tout. Je ne lui avais pas parlé de toi.

Sarah jeta un regard étonné à son père.

— Ce n'est pas très gentil de ta part.

— Peut-être que tu as raison, oui.

— Tu as intérêt à t'excuser !

Hunter lui adressa un sourire amusé.

— Tu crois vraiment ?

— Oui, vraiment. Tu ne m'obliges pas toujours à demander pardon quand je me comporte mal, peut-être ? demanda-t-elle en caressant Santanas qui avait glissé sa tête entre leurs sièges en quête d'affection. Même si je déteste ça !

Hunter serra le frein à main. Ils étaient arrivés à la maison. Sarah ouvrit sa portière.

— Moi, je déteste quand tu as raison, marmonna Hunter en descendant de voiture à son tour.

Sarah courut vers lui et se pendit à son cou en riant.

— Je suis contente que tu sois rentré !

Hunter la serra contre lui un long moment. Fermant les yeux, il se dit qu'il était impossible que dix années se soient déjà écoulées depuis le premier jour où il l'avait serrée dans ses bras. Le temps était passé si vite.

— Je t'aime, Sarah.

— Tu m'aimes assez pour préparer une pizza pour le dîner ?

Hunter la prit par le menton.

— Peut-être, mais tout juste !

11

Pour Lee, le concept de repas de famille évoquait une réunion austère autour d'une table massive en acajou, avec de lourds couverts en argent et des conversations mesurées et ennuyeuses.

Ce repas-ci fut bien différent de ce qu'elle imaginait.

La cuisine était un véritable chaos. Sarah allait et venait en courant, dansant, sautillant, tout en racontant à son père, dans les moindres détails, les deux semaines qui venaient de s'écouler. Semblant indifférente au bruit, Bonnie en profitait pour appeler sa petite famille. Santanas, qui depuis avait été pardonné, était étalé de tout son long sur le sol et faisait un somme. Hunter s'activait à la préparation de ce que Sarah avait déclaré être la meilleure pizza de la stratosphère. Il parvenait même à suivre le récit de Sarah, et à répondre aux questions de Bonnie, le tout sans lâcher ses ustensiles une seule seconde.

Lee, qui se sentait totalement inutile, entreprit de nettoyer la table. Si elle ne s'occupait pas tout de suite, elle finirait par ressembler à un spectateur d'un match de tennis qui tente de ne pas perdre la balle des yeux.

— C'est moi qui dois faire ça !

Lee reposa maladroitement la théière qu'elle venait de prendre et leva les yeux vers Sarah.

— Ah bon ? dit-elle en se maudissant de ne pas trouver mieux à dire.

— Mais si vous voulez, nous pouvons le faire ensemble,

reprit Sarah. Parce que si je ne fais pas ma part de corvées je n'ai pas droit à mon argent de poche.

— Je comprends, répondit Lee, mais je ne pense pas que Hunter te supprimera ton argent de poche si tu prends une assistante.

Hunter se tourna vers elles.

— Il me semble que Lee aussi devrait gagner son repas, suggéra-t-il. Même s'il n'y a pas de viande rouge !

— La pizza, c'est bien meilleur que la viande, déclara Sarah. Celles de papa sont les plus garnies du monde. Chaque fois que j'invite mes copines, je lui demande de m'en préparer une.

Tout en débarrassant la table, Lee essayait de se représenter Hunter confectionnant consciencieusement un repas pour un groupe de fillettes surexcitées.

— Je suis sûre que tu étais cuisinier dans une autre vie, papa !

Lee était surprise par la maturité de Sarah. Sa dernière réflexion la frappa tout particulièrement : avait-elle déjà un point de vue sur la réincarnation, à son âge ?

— Toi tu devais être un gladiateur, dans ce cas ! renchérit Hunter.

Sarah se mit à rire.

— Et Bonnie était une esclave arabe, vendue aux enchères pour des milliers et des milliers de drachmes, poursuivit-elle, ravie de ce petit jeu improvisé. Et à mon avis Lee était une princesse.

Lee leva les yeux, ne sachant pas si elle devait se réjouir de cette comparaison ou pas.

— Une princesse du Moyen Age, précisa Sarah. Comme dans le roi Arthur.

Hunter envisagea cette idée un instant en détaillant Lee du regard.

— C'est une possibilité. Je suis sûr qu'elle porterait très bien une de ces fines couronnes incrustées de pierres précieuses avec une voilette légère devant les yeux.

— Et il y aurait des dragons ! enchaîna Sarah. Il faudrait qu'un chevalier tue au moins un dragon avant d'avoir le droit de demander sa main.

— Tu as raison ! dit Hunter à mi-voix.

Les dragons pouvaient finalement adopter bien des formes, de nos jours…

— C'est très difficile de tuer un dragon, intervint Lee d'une voix légère qui ne laissait pas trop transparaître son état de nervosité.

Elle n'avait pas de mal, finalement, à se représenter dans une grande salle illuminée au moyen de torches, revêtue d'une longue robe de satin ornée de pierreries.

— Justement, c'est le meilleur moyen de prouver son courage ! expliqua Sarah. Une princesse ne peut pas se marier avec n'importe qui, vous savez. Soit le roi choisira un chevalier qui a fait ses preuves, soit ce sera un prince d'un royaume voisin, comme ça il aura plus de terres et d'argent.

Aussitôt, Lee se représenta son père, un sceptre à la main, décrétant doctement que sa fille unique serait mariée à Jonathan Willoby.

— Je suis sûre que tu n'as jamais porté d'appareil dentaire ! lança Sarah en la scrutant les sourcils froncés.

Lee se retrouva propulsée du Moyen Age à l'instant présent en un centième de seconde. Sarah ressemblait à son père lorsqu'elle l'étudiait ainsi du regard. Pour la première fois, Lee parvint à sourire franchement à la fillette. Les dragons, les princesses et les chevaliers avaient eu raison de son angoisse.

— Pendant deux ans…

— C'est vrai ? s'exclama Sarah en s'approchant de Lee pour la regarder de plus près. Ça a bien marché ! C'était horrible ?

— Oh que oui !

Sarah se mit à rire.

— Maintenant, ça va mieux, sauf que je suis interdite

de chewing-gum, dit-elle en jetant un regard implorant en direction de son père. Même pas un tout petit !

— C'était pareil pour moi, dit Lee, sans expliquer que même en temps normal il était interdit de goûter à la moindre friandise chez les Radcliffe.

— Tu veux bien m'aider pour mettre la table, aussi ? demanda soudain Sarah.

Lee sentit qu'elle avait marqué un point auprès de la jeune fille.

Un rayon de soleil filtrait dans la cuisine pendant qu'ils déjeunaient. Lee repensa à la lumière des canyons, alternativement dorée et blanche, éblouissante et apaisante.

Lee avait rêvé de déguster un bon steak saignant accompagné d'une salade verte, dans un restaurant tamisé où un maître d'hôtel raffiné aurait veillé à ce que son verre de bordeaux ne soit jamais vide. Elle se retrouvait dans une cuisine bruyante et animée, attablée devant une énorme part de pizza, débordant de fromage fondu, de poivrons marinés, de champignons, de chorizo et de saucisse. Mais elle devait admettre que Sarah avait vu juste. C'était la meilleure pizza de la stratosphère.

L'après-midi se passa ainsi, agréablement. Sarah traîna son père dehors pour jouer au football. Bonnie parvint à se défiler en prétextant une fatigue extrême, mais malgré ses protestations Lee se retrouva entraînée dans le jeu et dut apprendre à renvoyer une balle avec le côté du pied. Même si elle manquait de précision, elle dut reconnaître qu'elle trouva l'exercice amusant.

Le crépuscule tomba rapidement, puis la pénombre se peupla de lucioles. Sarah avait les yeux lourds, mais rechignait à aller se coucher. Hunter finit par accepter de l'emmener au lit sur son dos, condition *sine qua non* posée par sa fille. Lee devinait que ce devait être une sorte de rituel du soir entre Hunter et sa fille.

Il lui avait dit que Sarah était toute sa vie et, bien

qu'elle ne les ait vus ensemble que quelques heures, cela sautait aux yeux.

Elle n'aurait jamais pu imaginer que l'auteur des livres qu'elle avait dévorés puisse être un père dévoué, heureux de partager les loisirs d'une fillette de dix ans. Elle ne l'aurait pas non plus imaginé si loin de la ville et de son agitation. D'ailleurs, l'homme qu'elle avait côtoyé ces dernières semaines n'avait pas non plus l'allure d'un père strict en matière de discipline. Pourtant, il était tout cela.

Lorsqu'elle superposait l'image du père de Sarah à celles de son amant et de l'auteur de *Hurlement silencieux*, elles semblaient se fondre en une seule. Le problème était qu'il fallait appréhender les trois à la fois. Parfois séparément, parfois simultanément.

Lee retourna la chaise qui se trouvait dans le patio et s'assit. Elle reconnaissait le rire de Sarah, la voix de Hunter, sous la forme d'un murmure indistinct et grave. C'était une curieuse façon de passer ses dernières heures en sa compagnie, ici, chez lui, à quelques kilomètres à peine du camp où ils étaient devenus amants. Elle prenait conscience de son attachement pour lui. Peut-être parviendrait-elle à rester amie avec lui.

C'est en tout cas en amie qu'elle rédigerait son article, maintenant qu'elle avait vu les deux faces de cet homme. C'était ce pour quoi elle était venue. Lee ferma les yeux. Soudain, la lumière des étoiles lui paraissait trop vive.

— Fatiguée ?

Elle ouvrit les yeux et regarda Hunter. C'était ainsi qu'elle se le rappellerait, drapé d'ombres et tout droit sorti de l'obscurité.

— Non. Sarah s'est endormie ?

Il fit oui de la tête et se plaça derrière elle, les mains sur ses épaules. C'était ainsi qu'il la désirait, là, à la tombée de la nuit.

— Bonnie aussi.

— C'est l'heure à laquelle tu travailles, habituellement,

lorsque la maison retrouve son calme et que la lumière s'est évanouie ?

— Oui, la plupart du temps. C'est par une nuit assez semblable que j'ai terminé mon dernier roman, dit-il, pensif.

— Si nous allions faire un tour ? demanda Lee en se levant. C'est la pleine lune.

— Tu as peur ? Je vais te donner un talisman.

Il ôta son anneau et le glissa à son doigt.

— Je ne suis pas superstitieuse, dit Lee en refermant pourtant sa main pour le toucher.

— Bien sûr que si, dit-il en l'attirant contre lui tout en marchant. J'aime les bruits de la nuit.

Lee tendit l'oreille. Elle distingua le souffle de la brise dans les feuilles, le bruissement d'une rivière et le murmure des insectes.

— Tu vis ici depuis longtemps ?

En le voyant évoluer chez lui, il était apparu à Lee qu'elle ne pouvait l'imaginer vivre ailleurs qu'ici.

— Je me suis installé ici lorsque Sarah est née.

— C'est un très bel endroit.

Hunter s'arrêta et se campa face à Lee. Elle était baignée par le clair de lune qui constellait sa chevelure de reflets d'argent. Sa peau ressemblait au plus précieux des marbres et ses yeux devenaient noirs comme du jais.

— Cela te va bien, murmura-t-il en plongeant ses doigts dans ses cheveux. La princesse et le dragon.

Le cœur de Lee se mit aussitôt à battre plus vite. Elle se sentait comme une adolescente à son premier rendez-vous galant.

— De nos jours, les femmes doivent abattre leurs propres dragons.

— De nos jours, chuchota-t-il en effleurant sa bouche du bout des lèvres, il n'y a plus de romance. Au temps des ténèbres, si je te croisais par une nuit de pleine lune, je te courtiserais avant de t'enlever. Je te ferais l'amour, parce que je n'aurais pas le choix. Laisse-moi t'aimer maintenant, Lenore, comme si c'était la première fois.

« Ou la dernière », pensa-t-elle avec mélancolie. Déjà, les lèvres de Hunter se pressaient contre les siennes, exigeantes, fiévreuses, irrésistibles. Serrée contre lui, elle pouvait laisser sa conscience lui échapper. Elle pouvait simplement imaginer et ressentir. Car l'amour physique n'est rien de plus. Elle inclina la tête et resserra son étreinte, l'incitant à prendre ce qu'il voudrait et prête en retour à lui donner tout ce qu'il attendait.

Elle sentit ses mains sur son visage, plus légères que jamais, comme s'il essayait de mémoriser chacun des reliefs et des creux qui le composaient.

Ses lèvres semblaient brûlantes, dévorantes. Une vague de plaisir irrésistible la traversa de part en part. Ensemble, ils s'allongèrent à même le sol.

Hunter avait rêvé de l'aimer ainsi, sous les étoiles, protégés par les ombres bienveillantes des arbres et la présence apaisante de la lune. Il avait rêvé de son corps lové contre le sien, de la douceur de sa peau sous ses doigts. Mais ce qu'elle lui offrait maintenant était au-delà de ses rêves. Lentement, il la dévêtit, effleurant du bout des lèvres chaque parcelle de son corps. Cette nuit, il se livrerait à elle totalement et lui demanderait en retour de s'offrir à lui tout entière.

Le clair de lune et les ombres les inondaient totalement. Hunter sentait résonner dans ses tempes les battements de son cœur. Il perçut le murmure du ruisseau qui se mêlait à leurs soupirs. Les bois exhalaient une odeur de nuit. C'est ce même parfum qu'il reconnut lorsque Lee enfouit son visage dans son cou.

Elle ressentit l'onde de désir qui le traversait et décida de se laisser elle aussi emporter. Elle ne voulait plus se battre contre ce qu'elle éprouvait si fortement au creux de son ventre.

La peau de Hunter était si chaude contre la sienne. Une

fièvre impérieuse s'empara d'elle, alimentée par chacun de ses soupirs, de ses murmures ou de ses frémissements.

Des ombres argentées. Lee avait l'impression qu'elle pouvait les toucher. L'argent de la force et l'obscurité du désir. Avec leur aide, elle pourrait emmener Hunter avec elle jusqu'au bord du précipice.

A cet instant précis, elle savait qu'ils étaient indéniablement unis, liés l'un à l'autre. Elle le sentait comme une évidence ultime.

L'air sembla se figer. La brise retenait son souffle et les bruits de la nuit se taisaient soudain. Lee sentit l'étreinte de Hunter se refermer sur elle. Dans le silence, leurs yeux se rencontrèrent.

Cette fois, Lee ne ferma pas les yeux lorsqu'il entra en elle.

Elle aurait pu dormir là, à même le sol, avec le ciel et les étoiles en guise de toit et le corps de Hunter serré contre le sien. Elle aurait pu dormir une éternité, comme les princesses des contes de fées, s'il ne l'avait pas soulevée de terre.

— Tu t'endors comme un enfant, murmura-t-il. Tu devrais être au lit. Dans mon lit.

Lee poussa un soupir.

— C'est trop loin !

Le sourire aux lèvres, il embrassa le creux de sa nuque.

— Faut-il que je te porte ?

— Mmm, murmura-t-elle.

— Ce n'est pas que cela me dérange, dit-il d'un ton espiègle, mais tu trouverais peut-être embarrassant de tomber sur Bonnie alors que je te porte dans l'escalier, nue.

Lee ouvrit les yeux. Le retour à la réalité était brutal. Hunter la reposa sur ses pieds.

— J'imagine qu'il vaudrait mieux que nous nous rhabillions.

— Cela pourrait être une bonne idée, en effet. Veux-tu que je t'aide ?

— J'ai bien peur que cela ne se termine de la même façon que lorsque tu me déshabilles ! lança-t-elle avec un sourire malicieux.

— Quelle intéressante théorie !

— Oui, mais ce n'est pas vraiment le moment de la mettre en pratique, rétorqua Lee en commençant à enfiler ses affaires. Cela fait combien de temps que nous sommes dehors ?

— Des siècles !

— Je crois de toute façon qu'un matelas est bien le moins que je mérite après les deux dernières semaines.

Hunter lui prit la main et la porta à ses lèvres.

— Veux-tu partager le mien ?

Lee mêla ses doigts aux siens.

— Je ne crois pas que ce soit une bonne idée.

— Tu es inquiète au sujet de Sarah.

Ce n'était pas une question. Lee prit son temps avant de répondre.

— Je ne connais pas grand-chose aux enfants, mais j'imagine qu'elle ne doit pas être tout à fait préparée à ce que quelqu'un partage le lit de son père.

— Je n'ai jamais amené une femme chez nous avant toi.

Lee le fixa brièvement avant de détourner le regard.

— Raison de plus, alors.

— Ce n'est pas la seule, ajouta-t-il, énigmatique.

Hunter se rhabilla en silence. Lee contempla une dernière fois les arbres. C'était tellement beau, et tellement distant à la fois.

— Tu voulais me parler de Sarah, mais tu ne l'as pas fait, dit-il soudain.

— Cela ne me regarde pas.

— Vraiment ? demanda-t-il en la prenant par l'épaule.

— Hunter…

— Pour une fois, tu auras la réponse sans même poser la question.

Il ôta sa main, mais son regard semblait la tenir fermement. Elle sentit aussitôt que quelque chose se préparait.

— J'ai connu une femme, il y a une douzaine d'années. A l'époque j'écrivais sous le nom de Laura Miles, et gagnais suffisamment d'argent pour m'offrir quelques petits plaisirs. Je sortais dîner, j'allais au théâtre. Je vivais encore à Los Angeles, seul, et j'aimais mon travail et ma vie. Elle était étudiante en droit. Elle était brillante et ambitieuse, mais n'avait pas un centime en poche. Elle touchait des bourses qui devaient lui permettre de devenir la plus brillante des jeunes avocates de la côte Est.

— Hunter, ce qui s'est passé avec cette femme il y a plus de dix ans ne me regarde pas.

— Cette femme n'est pas n'importe qui, Lenore, c'est la mère de Sarah.

— D'accord, si tu veux m'en parler, je t'écoute.

— J'étais très attaché à elle, reprit-il. Elle était intelligente, jolie et pleine de rêves. Aucun d'entre nous n'a imaginé que les choses pourraient devenir aussi sérieuses. Elle avait ses études à finir, le barreau à présenter, et moi j'avais mes livres. Mais la vie en a décidé autrement.

Hunter prit une cigarette. Il semblait se replonger dans cette époque entièrement, s'en rappeler le moindre détail. Son minuscule appartement, les robinets qui fuient, la vieille machine à écrire et son chariot capricieux, les rires du couple à côté que la finesse des murs ne parvenait à étouffer.

— Elle est arrivée chez moi, un après-midi. J'ai tout de suite deviné qu'il se passait quelque chose car c'était un jour où elle avait cours. Elle n'aurait jamais manqué le moindre cours volontairement. Je me souviens que c'était une journée de grande chaleur, étouffante, moite. Les fenêtres étaient ouvertes dans mon appartement et j'avais récupéré un ventilateur qui tournait nuit et jour. Elle était venue me dire qu'elle était enceinte.

Il aurait pu se remémorer très précisément le regard qu'elle avait eu, mais avait toujours évité de le faire. En revanche, il n'avait jamais réussi à oublier le ton de sa voix lorsqu'elle lui avait annoncé la nouvelle. Du désespoir. Du désespoir mêlé à de la colère et du reproche.

— Je lui ai dit que je tenais à elle, et c'était vrai. Je ne l'aimais pas. Mais les valeurs que m'avaient inculquées mes parents avaient fait leur chemin dans ma tête. Je lui ai proposé de l'épouser.

Hunter se mit alors à rire. Ce n'était pas un rire joyeux, bien sûr, mais pas amer, non plus. C'était le rire d'un homme qui accepte l'humour absurde de la vie et ses mauvais tours.

— Elle a refusé. Elle était à peu près aussi furieuse contre ma proposition que contre cette grossesse imprévue. Elle n'avait pas la moindre intention de se retrouver avec un mari et un enfant alors qu'elle avait une carrière à bâtir. C'est peut-être difficile à comprendre, mais, dans son esprit, elle se montrait simplement réaliste en me demandant de payer pour l'avortement.

Lee eut un frisson.

— L'histoire ne se termine pas ainsi, bien sûr, reprit-il en soufflant sa fumée vers le ciel et la regardant se disperser. Nous avons eu la dispute la plus mémorable qui soit. Des menaces, des reproches, des insultes… Tout y est passé. A l'époque, il m'était impossible de comprendre son point de vue. Tout ce que je voyais, c'était qu'une part de moi était en elle et qu'elle voulait s'en débarrasser. Puis nous nous sommes séparés, furieux et désespérés, mais conscients d'avoir besoin d'un peu de temps.

— Vous étiez jeunes, murmura Lee.

— Non, j'avais vingt-quatre ans et je n'étais plus un enfant depuis longtemps. J'étais… Nous étions responsables de nos actes. Pendant deux jours et deux nuits je n'ai pu trouver le sommeil. J'ai envisagé des dizaines de solutions qui ne me convenaient jamais : je n'avais qu'une seule certitude au milieu de ce cauchemar. Je voulais cet enfant. Je ne peux pas expliquer pourquoi, car j'appréciais ma vie à l'époque, la liberté, toutes les possibilités qui s'offraient à moi… La perspective du succès. Tout ce que je savais était que je devais avoir cet enfant. Alors je l'ai rappelée.

Hunter inspira profondément avant de continuer son récit.

— Nous étions tous les deux plus calmes lorsque nous nous sommes revus. Et tous les deux bien plus effrayés aussi. Le mariage était totalement exclu, alors nous avons cherché une autre solution. Elle ne voulait pas de cet enfant, et moi je le voulais. C'était à cela qu'il fallait que nous trouvions une réponse. Elle souhaitait se libérer de cette responsabilité et avait besoin d'argent. Nous avons réussi à trouver un arrangement.

Lee avait la bouche terriblement sèche.

— Tu l'as payée, parvint-elle à articuler.

Comme il s'y était attendu, Hunter vit de l'incompréhension et de l'horreur dans son regard. Il lui fallut rassembler toutes ses forces pour poursuivre d'une voix calme.

— J'ai pris en charge toutes les dépenses médicales, et je l'ai aidée financièrement jusqu'à l'accouchement. Je lui ai donné dix mille dollars pour ma fille.

Choquée, Lee baissa les yeux.

— Comment a-t-elle pu…

— Nous avions tous les deux fait un choix. Seul l'autre pouvait nous donner ce que nous voulions et c'est ce que nous avons fait. Je ne lui en ai jamais voulu. C'était sa décision, et elle aurait pu résoudre le problème autrement, sans même me consulter.

— Oui, répondit Lee en pensant à la fillette aux cheveux noirs. Elle a décidé, mais elle a tout perdu.

Hunter avait tant besoin qu'elle le comprenne.

— A partir de son premier cri, Sarah a toujours été mienne, exclusivement. La femme qui l'a portée m'a fait un cadeau inestimable. J'ai simplement donné de l'argent.

— Sarah est-elle au courant ?

— Elle sait simplement que sa mère a dû faire un choix à un moment donné.

— Je vois, dit Lee dans un souffle. Je comprends maintenant pourquoi tu tiens tellement à la protéger de toute intrusion.

— Oui, c'est l'une des raisons. L'autre est que je tiens à ce qu'elle puisse mener la simple vie d'enfant à laquelle elle a droit.

— Tu n'étais pas tenu de me raconter tout cela, déclara Lee en lui prenant la main. Mais je suis heureuse que tu l'aies fait. Cela n'a pas dû être facile pour toi d'élever ta fille tout seul.

Hunter venait de trouver toute la compréhension qu'il avait espérée dans le regard de Lee. Il sentit ses muscles se détendre enfin, comme sous l'effet d'une caresse apaisante. Il venait de comprendre avec certitude qu'elle était celle qu'il avait attendue.

— Non, cela n'a pas été simple, mais cela a toujours été un bonheur total, répondit-il en serrant ses doigts. Un bonheur que je voudrais que nous partagions.

Lee se raidit.

— Je ne suis pas sûre de te comprendre.

— Je veux que tu vives avec Sarah et moi, ici. Je veux que nous élevions nos enfants ensemble, reprit-il en fixant du regard la bague qu'il avait glissée à son doigt. Je veux me marier avec toi.

Se marier ? Lee resta silencieuse tandis que la panique l'envahissait.

— Tu ne te rends pas compte…

— Si, parfaitement, répondit-il calmement. C'est quelque chose que j'ai demandé à une seule autre femme dans ma vie, et je l'ai fait par sens du devoir. Aujourd'hui, je te le demande parce que tu es la seule et unique femme que j'aie jamais aimée. Je veux partager ta vie et que tu partages la mienne.

La panique des premières secondes se changea en peur. Hunter était en train de lui demander de tirer un trait sur tout ce qu'elle avait imaginé pour sa vie. Il lui demandait de sauter dans le vide.

— Nos vies sont tellement différentes, parvint-elle à balbutier. Je dois repartir, j'ai un travail…

— Un travail qui n'est pas fait pour toi, tu le sais, reprit-il d'une voix qui trahissait sa peur. Tu es faite pour écrire toutes ces histoires que tu as en tête, pas pour raconter la vie des gens et les dernières tendances.

— Mais c'est ce que je sais faire ! s'écria-t-elle en retirant sa main. C'est ce pour quoi j'ai travaillé.

— Tu voulais prouver tant de choses, Lenore. Maintenant, tu n'en as plus besoin. Tu dois vivre pour toi.

— C'est ce que je fais ! s'exclama-t-elle, désespérée.

Une petite voix en elle lui criait pourtant qu'elle l'aimait, lui répétait qu'elle ne pouvait pas repousser ainsi ce qu'elle désirait si ardemment au fond de son cœur. Lee secoua la tête comme pour faire taire cette voix. L'amour ne suffit pas. Le désir ne fait pas tout. Elle le savait et il ne fallait pas qu'elle l'oublie.

— Tu me demandes de tout abandonner. De redescendre toutes ces marches que j'ai péniblement escaladées, mois après mois, année après année. J'ai une vie à Los Angeles, je sais qui je suis et où je vais. Je ne peux pas venir vivre ici et risquer…

Hunter luttait contre le désespoir et la colère qui s'insinuaient en lui.

— Risquer de découvrir qui tu es réellement ? S'il ne s'agissait que de moi, j'irais où tu voudrais. Je vivrais comme bon te semble, même si c'était une erreur. Mais il y a Sarah. Je ne peux l'obliger à quitter la maison où elle a grandi.

— Tu m'en demandes trop, répondit-elle d'une voix à peine audible. Le risque que tu me demandes de prendre est trop grand, et je n'en suis pas capable. Je ne le ferai pas.

Les mots de Lee résonnaient dans la tête de Hunter. Il se leva et les ombres semblèrent le suivre.

— C'est un risque immense, en effet. Est-ce que tu m'aimes ?

En posant cette question, c'était lui qui tentait le tout pour le tout, et il le savait.

Lee le fixa, déchirée, terrifiée.

— Oui, murmura-t-elle. Maintenant, laisse-moi tranquille.

Lee tourna les talons et s'enfuit vers la maison aussi vite qu'elle le pouvait. Lentement, l'obscurité s'insinua entre eux.

12

— Si tu refuses de déjeuner, fais-moi au moins le plaisir de manger ça ! insista Bryan en sortant de son sac une barre chocolatée.

— Je déjeunerai dès que j'aurai fini mon article, répondit Lee, les yeux rivés sur son écran.

Pas un instant, elle ne cessa de pianoter sur son clavier.

— Lee, cela fait deux jours que tu es rentrée et tu n'as rien avalé depuis.

Bryan avait aussi remarqué les cernes qui marquaient ses yeux, malgré l'usage savant de fond de teint et autres artifices. Recevant pour toute réponse le cliquettement rythmé des touches du clavier, Bryan se fit une raison.

Lee n'avait pas faim du tout. Elle n'était pas fatiguée non plus. Cela faisait pourtant quarante-huit heures qu'elle travaillait sans relâche sur son article. Elle avait décidé qu'il serait parfait. Elle se l'était promis, elle allait le polir, le ciseler comme un cristal. Et une fois qu'elle en aurait fini avec son article, il en irait de même avec Hunter.

Elle s'accrochait à cette idée de toutes ses forces, même si elle avait parfois du mal à y croire.

Et si elle était restée… Et si elle y retournait…

En l'espace d'une seconde, plusieurs coquilles s'étaient glissées dans ses derniers mots. Patiemment, Lee corrigea ses erreurs. Elle avait été très claire avec Hunter. Il lui était impossible de tirer un trait sur toute sa vie pour le rejoindre. Mais plus le temps passait, plus le vide semblait se creuser dans son cœur et dans sa vie, la vie qu'elle s'était choisie et construite.

C'est pourquoi elle avait décidé de se jeter à corps perdu dans le travail. Au moins pendant ce temps parvenait-elle à ne pas trop réfléchir. Et une fois qu'elle aurait terminé son article, la boucle serait bouclée et il serait temps pour elle de gravir un nouvel échelon. Pourtant, lorsqu'elle essayait de se représenter la prochaine étape de sa vie, c'était le vide absolu. Lee cessa de taper un instant, le regard fixe.

Sans un mot, Bryan repoussa la porte d'un coup de hanche. Elle se ferma avec un claquement sec. Bryan s'installa dans le fauteuil placé à côté de Lee, croisa les bras et attendit.

— Bon, maintenant, pourquoi est-ce que tu ne me racontes pas l'histoire non officielle qui se cache derrière tout cela ?

Lee aurait aimé être capable de hausser les épaules et de répondre qu'elle n'avait pas le temps de parler. Après tout, elle était déjà en retard. L'article devait être rendu dans les plus brefs délais. Mais la vie aussi est courte. En soupirant, elle fit pivoter son siège pour regarder son amie. A moins que ce ne soit pour ne plus voir ce qu'elle avait écrit.

— Bryan, si tu avais pris une photo, une de ces photos qui te demandent un travail et une maîtrise démesurés, mais qu'au bout du compte, lorsque tu la fais développer, tu découvres quelque chose de totalement différent de ce à quoi tu t'attendais. Que ferais-tu ?

— Eh bien, je commencerais par observer minutieusement la photo que j'ai entre les mains, répondit Bryan aussitôt. Ou alors, je me dirais que c'était ainsi qu'il aurait fallu que je l'imagine dès le départ.

— Mais ne serais-tu pas tentée de revenir à tes projets initiaux ? Après tout, tu avais travaillé très dur pour obtenir un certain résultat.

— Je ne sais pas. Cela dépendrait de ce que je vois sur la photographie, reprit Bryan en croisant les jambes. Qu'y a-t-il sur la tienne, Lee ?

— Hunter, répondit Lee en levant un regard embrumé vers son amie. Tu me connais…

— Je connais de toi ce que tu as bien voulu me laisser entrevoir, intervint Bryan.

Lee sourit et attrapa un trombone sur son bureau.

— Suis-je vraiment d'un abord aussi difficile ? demanda-t-elle.

— Oui, répondit Bryan en souriant pour qu'elle ne se sente pas trop agressée par sa réponse. Difficile, mais passionnante, à mon avis. D'ailleurs, quelque chose me dit que je ne suis pas la seule à le penser !

— Il m'a demandée en mariage, annonça Lee tout de go.

Bryan resta silencieuse un instant, comme assommée par la nouvelle.

— En mariage ? finit-elle par articuler. Du genre « jusqu'à ce que la mort nous sépare » ?

— Oui.

Bryan inspira profondément sans quitter son amie des yeux.

— On ne peut pas dire qu'il perde du temps en tout cas !

Bryan remarqua l'expression désabusée de Lee et s'en voulut d'avoir réagi aussi spontanément. Ce n'était pas parce que le simple mot de mariage lui donnait envie de fuir à toutes jambes qu'elle avait le droit d'exposer son point de vue de façon aussi abrupte.

— Quel est ton avis sur la question ? demanda-t-elle. Je veux dire, qu'est-ce que tu ressens pour Hunter ?

Lee commençait déjà à tordre le trombone entre ses doigts.

— Je suis amoureuse de lui.

— Vraiment ? dit Bryan en souriant, émue devant l'évidence avec laquelle Lee lui avait répondu. Et tout ça s'est passé pendant votre séjour au canyon ?

— Oui. Mais je crois que c'était déjà latent à Flagstaff. Enfin, je ne sais plus. Je ne suis plus sûre de rien.

— Pourquoi as-tu l'air si triste, dans ce cas ? Si l'homme que tu aimes, que tu aimes vraiment, veut construire quelque chose avec toi, tu devrais sauter de joie !

— Mais comment font deux personnes pour construire leur vie ensemble alors qu'ils ont déjà chacun de leur côté deux existences totalement différentes ? Le problème ne se limite pas à des questions d'organisation. Bryan vit dans l'Arizona, au beau milieu du canyon, et moi je suis ici, à Los Angeles. J'ai mon travail…

Le trombone se cassa net entre ses doigts.

— Lee, tu ne vas pas me dire que ton problème se limite à un conflit géographique, tout de même !

— Mais c'est simplement l'illustration de toutes nos différences, reprit-elle. Tout nous oppose. Je suis méticuleuse et mesurée, Hunter est passionné et impulsif. Si seulement tu voyais sa maison, on la croirait sortie d'un conte de fées des temps modernes. Et puis, il est le frère de B. B. Smithers et il a une fille.

— Une fille ? reprit Bryan en essayant d'assimiler toutes ces informations d'un coup. Hunter Brown est papa ?

Lee enfouit son visage dans ses mains. Elle venait de se rendre compte qu'elle avait révélé le secret de Hunter. En temps normal, cela ne lui serait jamais arrivé, mais elle était tellement agitée que cela lui avait échappé.

— Oui, il a une fille de dix ans, mais cela doit rester confidentiel.

— Je comprends.

Lee savait que Bryan saurait tenir sa langue. Elle inspira profondément pour tâcher de retrouver son calme.

— Elle est le centre de sa vie. C'est une fillette charmante, vive et tellement jolie. Il est totalement différent quand il est avec elle. C'est comme si elle révélait une part de lui que je n'aurais jamais soupçonnée. C'est assez effrayant, à vrai dire.

— Pourquoi ?

— Il est si brillant, talentueux et émouvant à la fois lorsqu'il est avec elle.

— Pourquoi est-ce que cela t'ennuie ?

— Je ne sais pas si je peux être à la hauteur.

— C'est pour ça que tu refuses de l'épouser ? Mais enfin, quelle opinion as-tu donc de toi ?

— Je croyais en être capable, moi aussi, mais…

Lee s'interrompit en secouant la tête.

— C'est ridicule, reprit-elle. De toute façon il est à des centaines de kilomètres.

Bryan se tourna vers la fenêtre et observa les alignements d'immeubles à perte de vue,

— Il suffirait qu'il vienne s'installer à Los Angeles, suggéra-t-elle.

— Impossible. Sa vie est là-bas, et celle de sa fille surtout.

Lee prit les feuilles de son article sur le bureau. Elle savait qu'il était fini, même si elle était tentée de le relire une fois de plus.

— Dans ce cas, c'est à toi de partir pour l'Arizona. C'est magnifique, là-bas.

Pourquoi est-ce que les choses étaient toujours aussi simples lorsque Bryan les exposait ? La peur sournoise qu'elle avait ressentie auprès de Hunter s'insinua en elle.

— Mon travail est ici.

— Dans ce cas, c'est simplement une question de priorité, si j'ai bien compris ?

Bryan songea qu'elle était dure avec Lee, mais elle savait que ce n'était pas de compassion qu'elle avait besoin maintenant. Et c'était par amitié pour elle qu'elle devait lui parler à cœur ouvert.

— Tu as le choix, Lee. Tu peux garder ton appartement et ton travail à Los Angeles et t'étouffer avec ton malheur. Ou tu peux essayer de courir un risque.

Un risque. N'était-on pas censé mesurer un risque avant

de le prendre ? Lee baissa les yeux et fixa le trombone cassé. Combien de temps a-t-on le droit d'hésiter avant de faire le grand saut ?

Deux semaines s'étaient écoulées. Lee était dans son appartement. C'était la première fois depuis une éternité qu'elle se retrouvait chez elle en journée, pendant la semaine. Pourtant, cela ne changeait pas grand-chose, au fond. Tout semblait exactement comme d'habitude, même si c'était loin d'être le cas.

Démission. Lee essayait de digérer ce mot et d'affronter la panique qui l'assaillait depuis quelques jours. Ses yeux s'arrêtèrent sur le pot de violettes qui trônait sur la table. Elles avaient été soigneusement entretenues, arrosées, nourries à l'engrais. Lee aurait été incapable de les déraciner, et pourtant c'était ce qu'elle avait décidé de faire pour sa vie.

Démission. Le mot lui revint à l'esprit. Elle avait remis sa lettre, effectué son préavis de deux semaines et finalement tourné le dos à une carrière prometteuse. Elle se sentait déracinée.

Et tout cela pour quoi ? Pour essayer de réaliser un rêve des plus fous. Un rêve qu'elle caressait depuis des années. Celui d'écrire un livre qui ne serait probablement jamais publié. Un rêve qui venait de la faire plonger la tête la première dans l'inconnu.

Tout cela parce que Hunter avait jugé qu'elle avait du talent. Parce qu'il avait entretenu son illusion, exactement de la même façon qu'elle entretenait ses violettes. Hunter avait introduit le doute en elle, il l'avait amenée à se demander ce que pourrait être sa vie si…

Et il faisait partie de ces « si ». C'était certainement le premier d'entre eux.

Maintenant qu'elle avait sauté le pas et qu'elle se retrouvait chez elle, Lee avait envie de fuir à toutes jambes. Retrouver le bruit, la foule de la ville, pour ne plus avoir à affronter ses questions.

Il n'avait pas même essayé de la retenir lorsqu'elle était partie le lendemain de sa demande en mariage. Il n'avait pas dit un mot lorsqu'elle avait dit au revoir à Sarah. Rien. Mais peut-être avait-il déjà dit tout ce qui devait être dit la veille. Il ne l'avait regardée en face qu'une seule fois. Lee avait failli changer d'avis. Mais elle était montée dans la voiture de Bonnie qui l'avait conduite à l'aéroport.

Depuis, il ne l'avait pas appelée. Avait-elle espéré qu'il le fasse ? Peut-être, mais elle s'était convaincue du contraire. Elle ne savait pas de combien de temps elle avait besoin avant de pouvoir entendre sa voix de nouveau sans perdre tous ses moyens.

Lee baissa les yeux vers les anneaux entrelacés qu'elle portait à son doigt. Pourquoi les avait-elle gardés ? Elle n'aurait pas dû. Il était facile de faire semblant de croire qu'elle avait oublié de les enlever. Mais ce n'était pas vrai. Elle savait parfaitement que la bague était toujours à son doigt, tandis qu'elle faisait sa valise, qu'elle quittait la maison ou montait dans la voiture. Elle n'avait tout simplement pas pu se résoudre à l'enlever.

Elle avait besoin de temps, et c'est ce dont elle disposerait, maintenant. De nouveau, elle allait devoir prouver quelque chose, mais cette fois ce ne serait pas à ses parents, ni à Hunter. Cette fois-ci, elle serait toute seule. Si seulement elle pouvait y arriver. Si seulement elle parvenait à terminer son roman.

Lee se rendit à son bureau, s'installa derrière son écran et fit face à l'angoisse de la page blanche.

Lee savait ce qu'était le stress à *Celebrity*. Elle connaissait cette pression des délais à tenir, celle de l'exigence, aussi. Il fallait rendre fascinante une histoire pas si fascinante, en respectant de nombreuses contraintes. Et puis surtout, il fallait le faire et le refaire, semaine après semaine. Mais, là, près d'un mois après avoir quitté tout cela, elle découvrait le véritable stress. Et l'accomplissement, aussi.

Elle ne s'était pas imaginé, du moins pas vraiment, qu'elle serait capable de rester assise pendant des heures pour travailler à un roman qu'elle avait commencé sur un coup de tête des années auparavant. Il est vrai que les premiers jours avaient été difficiles, éprouvants. La peur, le doute, la colère l'avaient assaillie. Pourquoi quitter un poste où elle était reconnue et où elle savait qu'elle avait trouvé sa voie ?

Vingt fois, elle avait failli laisser tomber son roman et retourner à *Celebrity*. Mais vingt fois elle avait cru voir le sourire de Hunter, à la fois moqueur et encourageant.

« Cela demande de l'endurance et de la volonté. Mais si tu sens que tu as atteint tes limites et que tu veux abandonner… »

Non. La réponse était non. Peut-être échouerait-elle… Lee ferma les yeux et essaya d'affronter cette idée. Oui, peut-être échouerait-elle misérablement, mais elle n'abandonnerait pas. Quel que soit le résultat, elle avait pris sa décision et elle en assumerait les conséquences.

Plus elle travaillait, plus les pages écrites s'élevaient au rang de symbole. Si elle était capable de faire cela, et de le faire bien, elle serait capable de tout. Le reste de sa vie en dépendait.

Au terme de la deuxième semaine, Lee était tellement absorbée qu'elle ne se rendait même pas compte qu'elle passait parfois douze heures par jour à travailler. Elle avait branché son répondeur, et oubliait de le consulter. La plupart du temps, elle ne pensait même pas à manger.

Tout se passait comme l'avait décrit Hunter. Les personnages l'avaient absorbée et ils la guidaient, la décevaient ou lui donnaient matière à se réjouir. Au fil du temps, Lee finit par prendre conscience du fait qu'elle avait envie de terminer son histoire. Et pas seulement pour elle, pour ses personnages, aussi. Elle voulait que ses mots soient lus, et c'était quelque chose de totalement nouveau pour elle. Elle était en proie à un mélange d'angoisse et d'excitation.

Elle eut un drôle de frisson au moment où elle tapa son dernier mot. Un frisson fait d'euphorie et de tristesse. Elle avait terminé. Elle avait mis tout son cœur dans cette histoire. Elle aurait dû avoir envie de fêter ce moment. Mais elle avait envie de pleurer. C'était fini. En frottant ses yeux fatigués, elle se rendit compte qu'elle avait perdu toute notion du temps.

Il n'avait jamais vu un roman prendre forme aussi rapidement. Hunter avait l'impression qu'il n'arrivait pas à tenir la cadence de ses idées et de l'histoire elle-même. Il savait aussi quelle en était la raison et n'y opposait pas de résistance. Il n'avait pas le choix. Le personnage principal était Lenore, même si son nom avait été changé en Jennifer. C'était Lenore physiquement, émotionnellement… Il n'avait pas trouvé d'autre moyen de la garder auprès de lui.

Il lui en avait coûté tellement de la laisser partir. Lorsqu'il l'avait regardée monter dans la voiture, il avait essayé de se convaincre qu'elle ne pourrait pas rester loin de lui très longtemps. Et s'il s'était trompé sur les sentiments qu'elle éprouvait à son égard, c'est qu'il s'était trompé du tout au tout.

Deux femmes avaient fait irruption dans sa vie de façon aussi violente. La première était la mère de Sarah, dont il n'avait pas été amoureux, mais qui pourtant avait totalement bouleversé son existence. Elle était partie, incapable de trouver une façon de concilier sa vie de famille avec ses ambitions professionnelles.

Et puis il y avait Lee, qu'il aimait et qui elle aussi était partie après avoir bouleversé sa vie. Est-ce qu'elle reviendrait ou est-ce que ses ambitions la retiendraient loin de lui ? Etait-il donc condamné à s'attacher à des femmes qui ne voulaient pas vivre avec lui ? C'était impossible, il refusait d'y croire.

Alors il l'avait laissée partir. Il avait caché la douleur, l'angoisse atroce, sous un calme apparent. Elle reviendrait.

Un mois était passé, et il était toujours sans nouvelles d'elle. Il se demandait combien de temps un homme désespéré pouvait survivre.

« Appelle-la, va la chercher ! Tu as été inconscient de la laisser partir. Tu as besoin d'elle. Tu ne peux pas la laisser t'abandonner. »

Ces pensées tournaient dans sa tête, jour après jour, mais en particulier le soir, à la tombée de la nuit. C'était au moment du crépuscule que le manque devenait intolérable. Mais que pouvait-il faire si elle ne décidait pas d'elle-même de revenir ? Il regarda le doigt auquel il avait l'habitude de porter son anneau. Elle n'avait pas totalement fermé la porte. C'était plus, bien plus qu'une bague qu'elle avait emportée avec elle.

C'était un talisman dont il lui avait fait cadeau, et elle l'avait gardé. Tant qu'elle l'avait, le lien n'était pas coupé. Hunter croyait à ce genre de signe.

— Le dîner est prêt ! lança Sarah depuis le seuil de la cuisine.

Elle avait relevé ses cheveux en une queue-de-cheval et avait encore des traces de farine sur le visage.

Hunter n'avait pas faim. Il voulait continuer à travailler. Tant qu'il racontait cette histoire, il gardait le contact avec Lenore. Mais aussitôt qu'il s'interrompait, il avait l'impression qu'une main invisible lui arrachait le cœur. Pourtant Sarah l'attendait…

— Enfin… presque prêt ! précisa-t-elle. J'ai voulu préparer un pain de viande, mais cela ressemble plutôt à une grosse crêpe. Et mes biscuits ont l'air un peu secs, mais avec de la confiture dessus, tout devrait s'arranger ! Je préfère vraiment quand c'est toi qui cuisines !

— Tu ne disais pas cela devant mon plat de brocolis, hier ! lança Hunter.

— C'est vrai, mais il faut dire que les brocolis ressemblent à des petits arbres rabougris ! se moqua Sarah avant de redevenir sérieuse. Elle te manque beaucoup, n'est-ce pas ?

Hunter aurait pu jouer la comédie devant n'importe qui, mais pas devant Sarah. Elle avait beau n'avoir que dix ans, elle le connaissait par cœur.

— Oui, c'est vrai, admit-il en baissant les yeux, elle me manque terriblement.

Sarah lui passa la main dans les cheveux, l'air pensif avant de demander :

— Tu voulais qu'elle se marie avec toi, c'est ça ?

— Elle n'a pas voulu.

Sarah hocha la tête. Elle ne connaissait personne qui soit aussi beau et aussi drôle que son père. N'importe quelle femme aurait dû accepter de se marier avec lui, lui semblait-il. D'ailleurs, quand elle était petite, elle avait décidé qu'elle épouserait son père. Bien sûr, maintenant, elle savait que c'était impossible, mais elle ne comprenait pas que Lee ait refusé sa proposition.

— J'imagine que c'est parce qu'elle ne m'aime pas qu'elle est partie, dit-elle, les sourcils froncés.

Hunter devinait très exactement ce qui se passait dans la tête de sa petite fille. Son raisonnement le touchait au plus profond de son cœur.

— En fait, je crois qu'elle te déteste ! dit-il d'un ton exagérément sinistre.

Sarah écarquilla les yeux avant de se mettre à rire.

— C'est vrai que je suis vraiment une sale gosse ! plaisanta-t-elle.

— Exact. Moi-même j'ai du mal à te supporter, répondit-il en souriant.

— Lee avait l'air intelligente, pourtant, mais je suis désolée de te dire que j'ai dû me tromper. Elle est vraiment stupide si elle refuse de se marier avec toi, dit Sarah en serrant son père dans ses bras. Pourtant je l'aimais bien. Elle est gentille, calme, et elle a un joli sourire. Tu l'aimes ?

— Oui, je l'aime, dit-il en serrant sa fille contre lui. Et je crois qu'elle aussi m'aime, mais elle a sa vie, tu comprends…

Non, Sarah ne comprenait pas vraiment, et refusait même de faire l'effort de comprendre, mais elle ne voulait pas faire plus de peine encore à son père en le lui disant.

— Peut-être qu'elle changera d'avis. Je crois que j'aimerais bien que vous vous mariiez. Ce serait un peu comme d'avoir une maman.

Hunter hocha la tête l'air surpris. Sarah ne lui avait jamais posé de question au sujet de sa mère, comme si une sorte d'intuition enfantine lui avait fait comprendre qu'il n'y avait rien à demander.

— Et je ne suis pas un peu comme une maman, moi ?

— Si, la meilleure des mamans ! répondit-elle avec un large sourire. Tiens ! Je crois que le pain de viande est cuit, ça commence à sentir bon !

— Peut-être même un peu trop cuit, d'après l'odeur ! ajouta Hunter.

— Tu vas pas commencer à critiquer ! lança-t-elle en tournant les talons avant qu'il puisse riposter. Eh ! Tu entends, on dirait une voiture. N'hésite pas à inviter du monde, nous avons un stock de biscuits à liquider !

Hunter n'avait pas la moindre envie d'avoir des visites. La perspective de passer la soirée avec Sarah avant de se remettre au travail lui convenait tout à fait. Il éteignit son ordinateur et se dirigea vers la porte. Il s'agissait probablement d'une des amies de Sarah, qui avait convaincu ses parents de faire un détour jusqu'ici. Il allait essayer de s'en débarrasser le plus poliment possible, et puis il irait voir s'il pouvait encore sauver le dîner !

Lorsqu'il ouvrit la porte, elle se tenait là, devant lui. La lumière de la fin d'après-midi entourait ses cheveux d'un halo doré. Hunter en eut littéralement le souffle coupé.

— Bonjour, Hunter, dit-elle d'une voix étonnamment calme, comparée aux battements forcenés de son cœur. Je voulais appeler pour te prévenir, mais je n'ai pas pu trouver ton numéro.

Hunter ne dit pas un mot, il restait là, en face d'elle, comme pétrifié. Face à son absence de réaction, Lee sentit le nœud qu'elle avait à l'estomac se resserrer encore un peu plus.

— Est-ce que je peux entrer ? finit-elle par articuler d'une voix blanche.

Toujours silencieux, Hunter s'écarta d'un pas. Etait-il en train de rêver, comme le héros de Poe dans *Le Corbeau* ?

Lee avait dû rassembler tout son courage pour venir jusqu'ici. Elle s'était attendue à diverses réactions de sa part, mais certainement pas à ce silence angoissant. Elle s'éclaircit la voix. Ses jambes avaient du mal à la soutenir.

— Hunter…

— En fait, je crois qu'on devrait donner les biscuits à Santanas, parce que…

Sarah s'arrêta net en découvrant Lee.

— Bonjour, Sarah.

L'expression de la fillette amusa Lee, qui parvint enfin à sourire.

— Bonjour, dit Sarah dont le regard interloqué passait alternativement de son père à Lee. J'ai préparé à dîner. Un pain de viande. Je crois que ça va être bon.

— En tout cas, ça sent très bon, dit Lee.

Hunter ne disait toujours rien, et l'observait, le visage impassible.

— Alors tu es invitée, décréta Sarah en lui tendant la main d'autorité. Je te préviens, il n'est pas très beau, mais j'ai suivi exactement la recette, alors il sera sûrement délicieux.

Tout en parlant, la fillette entraîna Lee vers la cuisine.

La jeune femme réprima un sourire en découvrant le fameux pain, qui avait l'air plutôt compact.

— Je crois que je n'aurais pas été capable d'en faire autant, dit-elle pour la rassurer.

— C'est vrai ? répondit Sarah en redressant les épaules. Avec mon père, nous cuisinons à tour de rôle.

Hunter entra dans la cuisine à son tour.

— Tu devrais rajouter un couvert, papa.

Assez naturellement, ils prirent tous trois place à table. Sarah assura le service ainsi que la conversation durant le repas. Sa présence allégeait notablement l'atmosphère tendue qui régnait entre Lee et Hunter. L'un comme l'autre s'efforçaient de lui répondre, de manger, de sourire, alors qu'un véritable tourbillon d'émotions et de pensées les agitait intérieurement.

« Il a changé d'avis. »

« Pourquoi est-elle revenue ? »

« Il ne m'a même pas adressé la parole. »

« Que veut-elle ? Elle est jolie. Tellement jolie. »

« Comment vais-je bien pouvoir lui présenter les choses ? Il est beau. Tellement beau. »

Sarah interrompit le fil de leurs pensées en attrapant le plat de pain de viande.

— Je vais donner ce qu'il reste à Santanas. Papa doit faire la vaisselle, expliqua-t-elle à Lee. Mais tu peux l'aider si tu veux.

Sarah déposa le plat par terre et fila en sautillant.

— A plus tard ! s'écria-t-elle en quittant la cuisine.

Ils étaient seuls. Lee se rendit compte qu'elle serrait les poings de toutes ses forces, son cœur battait la chamade. Elle s'obligea à déplier les doigts. Hunter vit qu'elle portait l'anneau. Son pouls s'accéléra. Il ne savait pas vraiment si cela le rassurait.

— Tu m'en veux, dit-elle d'une voix qui paraissait toujours aussi calme, malgré le bouillonnement d'émotions qui la paralysait. Je suis désolée, je n'aurais jamais dû venir ainsi, je m'en rends compte.

Hunter se leva et commença à débarrasser la table.

— Non, je ne t'en veux pas. Mais pourquoi es-tu revenue ?

— Je…

Lee sentit les mots s'étrangler dans sa gorge. Elle baissa les yeux. Peut-être que si elle l'aidait à débarrasser elle se sentirait plus à l'aise. Mais elle n'était pas sûre de pouvoir se lever.

— J'ai fini mon roman, dit-elle d'une voix à peine audible.

Hunter s'arrêta et se tourna vers elle. Pour la première fois depuis qu'elle avait franchi le pas de sa porte, elle crut voir une ébauche de sourire.

— Félicitations.

— Je l'ai fait parvenir à ton éditrice, mais je voulais te le faire lire. Je sais que j'aurais pu te l'envoyer par la poste, mais… J'avais envie de te le remettre en main propre. C'était plus fort que moi.

Hunter déposa les assiettes dans l'évier et revint à la table, mais il resta debout. Il fallait qu'il tienne bon, même si la seule raison de la présence de Lee était son roman.

— Tu sais que je voulais le lire. J'espère que tu me feras l'honneur de me le dédicacer.

Lee réussit à lui sourire pour la première fois.

— Je ne sais même pas s'il sera publié. Mais je voulais te dire que tu avais raison. Il fallait que je le termine. Je voulais te remercier pour cela, dit-elle avant de lever les yeux. J'ai aussi démissionné.

Hunter sembla se figer soudain.

— Pourquoi ?

— Pour me donner une chance de finir ce livre. Il fallait que je le fasse, pour moi. Je savais que si j'y arrivais plus rien ne pourrait m'arrêter. Il fallait que je termine ce livre avant de…

Lee s'interrompit, incapable de poursuivre. Si seulement il pouvait la toucher, lui prendre la main, elle ne se sentirait pas aussi glacée. Elle inspira profondément avant de reprendre.

— J'ai lu ce que tu avais écrit avant, sous le nom de Laura Miles.

Si seulement il pouvait lui prendre la main… Mais, une fois qu'il la tiendrait, il savait qu'il ne pourrait plus jamais la lâcher.

— Qu'en as-tu pensé ?

— Eh bien, j'ai aimé, répondit-elle d'une voix empreinte de surprise. Je n'aurais pas cru qu'il puisse y avoir une telle ressemblance au niveau du style entre tes romans d'épouvante et tes romans d'amour ! Tout y est, l'atmosphère, le suspense, l'émotion… Ce que tu as écrit montre que tu comprends les femmes.

Lee baissa les yeux.

— Un écrivain n'est ni homme ni femme.

— Pourtant, je trouve qu'il est rare qu'un homme parvienne à saisir aussi précisément les émotions et les sentiments des femmes, dit-elle d'une voix de plus en plus basse. J'espère que tu arriveras à me comprendre aussi bien.

Lee savait qu'il pouvait lire dans ses pensées à ce moment précis. Elle le sentait.

— C'est toujours plus difficile lorsque ses propres sentiments sont en jeu.

Lee serra de nouveau les mains.

— Et là, ils le sont ?

Même s'il n'avait pas bougé, Lee avait l'impression de sentir sa main sur sa joue, en une caresse réconfortante.

— As-tu besoin que je te dise que je t'aime ?

— Oui, je…

— Tu as fini ton livre et quitté ton travail. Tu as couru de vrais risques, Lenore. Maintenant, il faut que tu prennes une décision.

Décidément, il ne lui rendrait pas la tâche facile cette fois encore… Lee prit son courage à deux mains.

— Ta demande en mariage m'a terrifiée. J'y ai beaucoup pensé, mais pour moi, c'était un peu comme un grand placard sombre. Je ne sais pas ce qu'il y a à l'intérieur. C'est peut-être un rêve, mais c'est peut-être un cauchemar. Tu comprends ce que je veux dire ?

— Oui, bien sûr.

— Je me suis servie de ma vie à Los Angeles comme d'un prétexte, car en réalité j'avais tout simplement peur d'ouvrir la porte de ce placard.

— Est-ce toujours le cas ?

— Oui, un peu, reconnut-elle en inspirant profondément. Mais je veux essayer. Je veux l'ouvrir avec toi, cette porte.

Hunter prit sa main et la serra.

— Ce ne sera ni un rêve ni un cauchemar, Lenore. Ce sera réel, bien réel.

Lee se mit à rire. Il lui tenait la main, tout irait bien.

— N'essaye pas de me faire peur, dit-elle en s'avançant vers lui et déposant un baiser sur ses lèvres. Tu n'y arriveras pas.

Ainsi serrée contre lui, tout lui semblait si simple et si évident. Ils s'embrassèrent tendrement, longuement, jusqu'à ce que les frissons du désir s'emparent de leurs corps.

L'étreinte de Hunter se resserra, mais Lee ne sentait déjà plus rien. Elle avait l'impression de se laisser porter par une vague.

— Non, je ne te ferai pas peur, murmura-t-il dans un souffle en enfouissant son visage dans ses cheveux. Et je ne te laisserai plus repartir non plus. J'ai tellement attendu ton retour.

Elle était revenue d'elle-même et elle était là, avec lui, dans ses bras.

— Tu savais que je reviendrais.

— Il le fallait, sinon je serais devenu fou, murmura-t-il au creux de son oreille.

Lee ferma les yeux. Le bonheur l'envahissait sans pourtant balayer totalement la pointe d'appréhension et d'excitation qu'elle ressentait.

— Mais je voulais aussi te dire que s'il y a le moindre problème avec Sarah…

— Tu commences déjà à chercher des problèmes ? la taquina-t-il en la serrant un peu plus fort. J'ai eu une petite conversation très instructive avec Sarah ce soir. Je suppose que tu seras à la hauteur.

— A la hauteur ?

— Tu es parfaite. Pour moi, comme pour Sarah, dit-il en s'écartant un peu pour la regarder droit dans les yeux.

Lee inspira profondément.

— J'aimerais être avec toi lorsque tu lui parleras de nous deux.

— Lenore, dit-il en souriant. Elle le sait déjà.

Lee hocha la tête, amusée.

— C'est vraiment la fille de son père !

— Oui, je crois qu'il n'y a pas de doute à ce sujet.

Hunter la prit soudain par les épaules et se mit à tournoyer avec elle. Il était saisi d'une joie tellement intense, tellement violente qu'il fallait qu'il l'exprime et la partage avec Lee.

— Bienvenue dans la maison des monstres, réels et imaginaires ! s'exclama-t-il en riant.

— Je suis prête ! répondit Lee solennellement, lorsqu'ils s'arrêtèrent de tourner. Prête et impatiente, pour les monstres et pour tout le reste !

— Vraiment tout ? demanda-t-il en lui lançant un regard plein de malice et de désir. Dans ce cas, nous devrions nous dépêcher de faire la vaisselle, j'ai peut-être quelque chose à te proposer !

UN HOMME À AIMER

1

Coop avait déjà frappé deux fois sans succès. Aucun bruit de l'autre côté de la porte. Il vérifia le papier serré au creux de sa main. C'était bien la bonne adresse. Et puis cette maison de style Tudor, dans cet élégant quartier bordé d'arbres soigneusement entretenus, correspondait exactement à ce qu'il recherchait. Il frappa de nouveau, un peu plus fort.

Une voiture était garée dans l'allée : un vieux break, qui aurait eu grand besoin d'être nettoyé et rafistolé. Coop leva la tête vers une fenêtre du deuxième étage. Quelqu'un écoutait de la musique, on pouvait entendre le rythme assourdi d'un morceau de rock.

Il hésita, se ravisa, regarda de nouveau autour de lui.

Cette demeure éloignée de la route lui plaisait vraiment. Le soleil du printemps nimbait les fleurs du jardin d'un halo de couleurs vibrantes. Sertis dans une pelouse d'un vert éclatant, plantes et arbustes gorgés de sève semblaient célébrer la saison renaissante. La nature gardait un aspect discrètement sauvage. En mouvement, songea Coop.

D'ordinaire, les fleurs le laissaient plutôt indifférent, mais il y avait indiscutablement une atmosphère unique dans ce lieu.

Son regard fut attiré par un tricycle rouge, dans l'allée principale. Il ressentit un vague malaise. Il n'appréciait pas particulièrement les enfants. Ce n'était pas qu'il ne les aimait pas, mais, pour lui, c'était vraiment l'inconnu. Les gamins avaient leur propre langage et leur propre culture que Coop ne comprenait pas. Sans compter qu'ils étaient minuscules et souvent poisseux.

Mais, quoi qu'il en soit, l'annonce immobilière vantait le calme et l'intimité de cette maison, située à une distance très raisonnable de Baltimore. C'était exactement ce qu'il lui fallait.

Il frappa encore, plusieurs coups insistants. Mais seul le son de la musique lui répondit. Il n'avait rien contre le rock, mais n'était pas homme à attendre derrière une porte si longtemps.

Il posa la main sur la poignée qui n'offrit aucune résistance. La maison n'était pas fermée à clé. Coop poussa la porte et entra. D'un geste machinal, il passa la main dans ses cheveux pour dégager la mèche brune qui tombait sur son front.

La première pièce était un salon assez désordonné. Pour un célibataire de trente-deux ans comme lui, qui avait vécu seul l'essentiel de sa vie, ce fouillis était incompréhensible. Pourtant, il n'était pas particulièrement maniaque ou difficile. Simplement, dans son esprit chaque chose avait une place : c'était tout de même le meilleur moyen de trouver ses affaires. De toute évidence, son bailleur potentiel n'était pas de cet avis !

Il y avait des jouets un peu partout, des piles de journaux et de magazines et une petite casquette aux couleurs de l'équipe de base-ball de Baltimore.

Au moins, le gosse avait bon goût, songea Coop en poursuivant son exploration.

Il trouva un cabinet de toilette peint dans des couleurs vives et un petit salon converti en bureau. Dans la cuisine, l'évier était rempli de vaisselle, et des dessins aux couleurs vives — l'œuvre d'un enfant débordant d'imagination — recouvraient le réfrigérateur.

Tout cela ne ressemblait pas du tout à Coop. Ce n'était

sans doute pas plus mal que personne ne lui eût ouvert la porte. Contrairement à ce qu'il avait cru, l'endroit n'était pas fait pour lui.

Il envisagea malgré tout de monter à l'étage. Tant qu'il y était, après tout, autant visiter la maison.

Mais il renonça à cette idée et retourna sur le perron pour jeter un œil au jardin. Ce fut à ce moment qu'il aperçut un escalier ajouré de bois qui menait à un balcon. C'était sans doute l'entrée privée dont parlait la petite annonce.

Il hésita un bref instant, puis grimpa les marches.

La porte vitrée était ouverte et la musique battait son plein. L'odeur plaisante de la peinture fraîche flottait dans l'air. Coop entra.

La pièce principale, très spacieuse, combinait cuisine et salon. Les appareils ménagers n'étaient pas tout neufs, mais rutilants. Le sol en pierre venait d'être nettoyé, la senteur d'un détergent à base d'essence de pin était perceptible. Finalement, tout espoir n'était pas perdu, songea Coop. Il avança dans l'appartement privé, découvrit une salle de bains, aussi propre que la cuisine, avec de beaux murs blancs, comme il les aimait. A côté du lavabo, il aperçut un livre de bricolage, ouvert au chapitre « plomberie ». Méfiant, Coop tourna le robinet et constata avec satisfaction que l'eau s'écoulait parfaitement.

D'un côté de l'entrée se trouvait une petite pièce qui aurait pu faire office de bureau, avec une très jolie vue sur le jardin. L'annonce parlait de deux chambres.

Guidé par la musique, il avança jusqu'à l'autre chambre, suffisamment spacieuse pour accueillir son lit king size. Le sol était recouvert de morceaux de tissu, mais on devinait çà et là les planches d'un parquet en chêne. Il y avait aussi des boîtes de peinture, et quantité de pinceaux et de rouleaux. Un ouvrier vêtu d'un baggy et pieds nus complétait le tableau. En dépit de sa casquette et de son habit trop grand, Coop n'eut aucun mal à comprendre qu'il s'agissait d'une femme : une silhouette élancée, juchée sur un escabeau. Le regard de Coop fut attiré par ses longs pieds fins, ses ongles vermillon et les taches de peinture qui maculaient sa peau. Elle chantait à tue-tête, en chœur avec la musique.

Coop frappa deux coups secs sur le chambranle de la porte.

— Excusez-moi !

La femme continuait de peindre, bougeant discrètement les hanches au rythme de la musique tout en levant le bras pour atteindre la bordure du plafond. Coop fit quelques pas, et tapa doucement sur son dos.

Elle poussa un cri, sursauta et se tourna tout en même temps.

En dépit de sa rapidité, Coop ne put éviter la gifle du pinceau sur sa joue. Il poussa un juron, s'écarta instinctivement puis plongea les bras en avant, pour attraper au vol la jeune femme qui perdait l'équilibre. L'espace d'un instant, il sentit son corps mince contre lui, aperçut son visage pâle et ses yeux noisette frangés de longs cils. Elle sentait bon le miel, un parfum doux, imperceptiblement sucré.

L'instant suivant, il trébuchait en arrière, avant de la poser à terre en grimaçant de douleur. En se débattant dans sa chute, elle lui avait donné un coup de genou à l'estomac. Il releva la tête et la vit armée d'une boîte de peinture retournée, qu'elle était visiblement près de lui lancer à la figure.

— Ah, mais vous êtes folle ! maugréa-t-il. Je vous préviens, si vous faites ça, je serai obligé de me défendre.

— Comment ? hurla-t-elle.

— Je vous dis de poser cette boîte. Je suis là pour la petite annonce !

— Je n'entends rien !

Son regard exprimait la panique absolue. Et elle semblait prête à tout.

— J'ai dit : la petite annonce !

Estimant qu'elle ne lancerait plus la boîte, il alla couper le son de la chaîne stéréo.

— Je suis là pour répondre à la petite annonce ! répéta-t-il d'une voix forte, alors que le silence venait enfin de s'installer.

— Mais quelle annonce ?

— Pour l'appartement.

Coop passa la main sur sa joue et regarda la trace de peinture blanche laissée sur ses doigts.

— Je ne comprends toujours pas.

Elle regarda attentivement l'homme qui se tenait devant elle. Il avait l'air fort, pensa-t-elle. Un peu comme un nageur, large d'épaules et longiligne. Ses yeux d'un vert limpide frappaient par leur dureté, et sa mise, un vieux jean et un T-shirt des *Orioles*, l'équipe de base-ball de Baltimore, ne lui donnait pas vraiment l'apparence de respectabilité qui aurait pu la rassurer.

Elle se sentait prête à prendre la fuite à toutes jambes s'il le fallait.

— La petite annonce ne sera pas publiée avant demain.

— Ah bon ?

Pas plus décontenancé que ça, il sortit un papier de sa poche et le lui présenta.

— C'est bien la bonne adresse, non ?

Elle restait sur ses gardes.

— Je vous répète que l'annonce ne paraît que demain. Alors je ne vois vraiment pas comment vous pouvez être au courant.

— Ce n'est pas très compliqué, je travaille pour le journal en question. Comme je cherche un appartement, j'ai demandé à la fille des petites annonces de regarder pour moi.

Il lut le petit papier.

Un appartement avec deux chambres, deuxième étage, entrée séparée, voisinage calme, situé à une distance idéale de Baltimore.

Elle fronçait encore les sourcils.

— Oui, c'est bien ça…

Conscient que son petit arrangement en interne n'était pas totalement déontologique, Coop voulut faire amende honorable.

— Ecoutez, cette fille s'est sans doute montrée un peu trop zélée. Je lui ai donné deux billets pour un match il y a dix jours et elle a dû penser que ce serait sympa de me filer le tuyau avec un peu d'avance.

Comme la jeune femme baissait doucement le bras, il tenta un sourire.

— J'ai d'abord frappé à la porte et, comme l'appartement était ouvert, je me suis permis d'entrer.

Il jugea préférable de ne pas parler de son petit tour dans la maison principale.

— L'annonce ne précisait pas l'adresse, rétorqua-t-elle, l'air toujours aussi méfiant.

— Je l'ai eue parce que je travaille au journal.

La jeune femme le dévisageait avec perplexité. Curieusement, son visage lui semblait vaguement familier. Et ce n'était pas n'importe quel visage ! Des pommettes parfaitement dessinées, un regard ardent et un teint diaphane, opalescent, que beaucoup de femmes lui auraient envié. Sa bouche était sensuelle, avec une lèvre inférieure délicatement pulpeuse.

Mais, pour l'heure, ce beau visage le scrutait sombrement.

— Vous avez donné votre adresse au journal pour la facturation de l'annonce, expliqua-t-il. Et comme aujourd'hui j'avais deux heures devant moi, j'ai eu envie de venir pour jeter un coup d'œil… Ecoutez, si vous préférez, je peux revenir demain. Mais comme je suis là, autant en profiter, non ? Je peux vous montrer ma carte de presse, si vous voulez.

Il la lui présenta aussitôt et constata avec plaisir qu'elle plissait les yeux pour l'étudier.

— Je suis éditorialiste pour la section sportive. J. Cooper McKinnon. « Tout pour le jeu », vous connaissez ?

— Ah…

Elle ne voyait pas du tout de quoi il s'agissait, mais acquiesça machinalement. La rubrique sportive des journaux n'était pas particulièrement sa tasse de thé. Mais le sourire de l'homme l'avait apaisée. Il n'avait plus l'air si terrifiant, à présent. Et puis la trace de peinture fraîche qu'elle lui avait laissée sur la joue ajoutait une petite touche comique à la scène.

— Dans ce cas, c'est d'accord. Seulement, je n'avais pas prévu de faire visiter l'appartement avant deux jours. Il n'est pas encore prêt, comme vous pouvez le constater. Je suis encore en train de peindre.

— J'avais remarqué…

Elle éclata de rire. Un rire profond et rauque qui rappelait la chaleur de sa voix.

— En effet. Je me présente, Zoe Fleming. Tenez, prenez cette serviette si vous voulez vous essuyer un peu.

— Merci. D'après l'annonce, l'appartement était immédiatement disponible.

— Je pensais avoir terminé pour demain, le jour où l'annonce devait paraître. Vous habitez dans le coin ?

— J'ai un appartement en ville, mais je cherche quelque chose d'un peu plus grand, avec un peu plus de caractère.

— Cet appartement est relativement grand. Il a été aménagé il y a huit ans environ. L'ancien propriétaire l'avait fait faire pour son fils. Mais, à sa mort, son fils a tout vendu et déménagé en Californie. Je crois qu'il voulait écrire des séries télé.

Coop se dirigea vers la fenêtre pour vérifier la vue.

Ses mouvements étaient fluides, songea Zoe, comme

ceux d'un homme fort et sûr de lui. Lorsqu'elle était tombée dans ses bras, quelques minutes plus tôt, elle avait perçu la solidité de son corps dur et ferme. Il avait de bons réflexes. Après tout, ça ne serait peut-être pas plus mal d'avoir un homme dans les parages.

— Vous allez emménager seul, monsieur McKinnon ?

Elle pensa combien ce serait épatant s'il s'installait en famille — avec peut-être un enfant pour jouer avec Keenan.

— Oui, seul. Je peux m'installer dès ce week-end.

Coop sourit. Ce serait agréable de vivre ici, plutôt que dans une tour sans âme, avec des appartements tous conçus sur le même modèle.

Zoe n'avait pas imaginé que ce serait si facile de louer son appartement. C'était la première fois qu'elle était bailleresse. Mais comme elle avait déjà été locataire par le passé, elle connaissait un peu les ficelles du contrat.

— C'est parfait. Je vous demanderai deux mois d'avance.

— Bien entendu.

— Ah oui ! et quelques références, peut-être.

— Aucun problème, je vais vous donner le numéro de téléphone de la compagnie qui gère mon immeuble. Vous pouvez également appeler le journal. Est-ce que vous avez l'exemplaire du bail à signer ?

Elle ne l'avait pas encore et devait s'occuper de cela dans la soirée.

— Je l'aurai demain. Vous ne voulez pas visiter les autres pièces ? Avez-vous des questions particulières ?

— J'ai tout vu et ça me va très bien.

— Parfait. Dans ce cas, je suppose qu'il ne me reste plus qu'à faire annuler ma petite annonce.

Il y eut un bruit de cavalcade, comme un troupeau d'éléphants. Zoe s'arrêta net, tourna la tête vers la porte et s'accroupit pour intercepter le missile qui déboulait dans la pièce.

C'était un petit garçon blond, constata Coop, revêtu d'un pull rouge et d'un jean couvert de poussière. Il tenait à la main une boîte à goûter, décorée avec l'image d'une bataille spatiale, et une grande feuille de dessin.

— J'ai dessiné l'océan, annonça-t-il triomphalement. Et un million de personnes ont été dévorées par les requins.

— Quelle horreur ! s'exclama Zoe avec un air complice.

Elle prit le temps d'examiner le chef-d'œuvre.

— Ce sont vraiment de très gros requins.

Elle semblait identifier sans problème les formes indistinctes qui représentaient les requins de celles qui évoquaient des formes humaines. Coop se demanda comment elle pouvait accomplir cet exploit.

— Ce sont des requins monstres. Des requins monstres et mutants à la fois, tu vois. Ils ont des dents énormes.

— C'est ce que je vois, mon chéri. Keenan, dis bonjour à M. McKinnon, notre nouveau locataire.

Le petit garçon s'accrocha à la jambe de sa mère, l'air un peu intimidé soudain. Puis il leva la tête vers Coop, regarda attentivement son T-shirt et s'illumina.

— Oh ! c'est une équipe de base-ball, les *Orioles*. Je les connais et j'ai même une casquette. Je vais apprendre à jouer au base-ball. Maman va s'acheter un livre pour pouvoir m'apprendre !

Un livre ! Coop eut du mal à réprimer un ricanement. Comme si on pouvait apprendre à jouer au plus beau jeu inventé par l'être humain dans un livre ! Le père du gosse devait être un sacré rat de bibliothèque, ou un type coincé derrière son écran d'ordinateur à longueur de journée.

— Génial, répondit-il néanmoins.

Il ne comptait pas aller plus loin dans la conversation. Selon lui, c'était plus sage d'éviter de discuter avec quiconque ayant moins de seize ans. Ça ne menait à rien.

Mais le jeune garçon n'était manifestement pas du genre à garder sa langue dans sa poche.

— Si vous vivez ici, il va falloir payer un loyer, vous savez, déclara-t-il. Comme ça, nous, on pourra rembourser notre emprunt et ensuite aller à Disney World.

Quel curieux petit garçon ! songea Coop. En avance sur son âge, manifestement.

Zoe éclata de rire et passa la main dans les cheveux de l'enfant.

— C'est bon, mon grand. Je vais me débrouiller toute seule. Tu ferais bien de redescendre et d'aller ranger tes affaires.

— Est-ce que Beth viendra jouer avec moi ce soir ?

— Oui. Maintenant, file. Je te rejoins dans une minute.

— D'accord !

L'enfant se précipita vers la porte en courant. Zoe le rappela aussitôt.

— Keenan ?

Elle leva simplement un sourcil et le garçonnet se tourna vers Coop en souriant.

— Au revoir, m'sieur !

Il s'élança de nouveau, puis dévala l'escalier aussi bruyamment qu'il l'avait monté.

— On peut dire que cet enfant sait faire son entrée ! dit Zoe en se tournant vers Coop. Il tient ça de ma mère. Elle est actrice, à Broadway.

Comme il ne répondait rien, elle pencha légèrement la tête sur le côté.

— Hum, je vous sens prêt à changer d'avis. Un problème avec les enfants ?

— Non.

Coop doutait fort que ce petit garçon puisse le gêner. Il n'approcherait pas de chez lui et si d'aventure il le faisait, il le renverrait à ses pénates, tout simplement.

— Non, aucun problème. Il est… euh, mignon.

— Oui, il est très mignon. Oh ! je n'irai pas jusqu'à

prétendre que c'est un ange, mais il ne vous dérangera pas. Et si jamais il vous ennuie, n'hésitez pas à me le dire.

— Entendu. Je reviendrai demain pour signer le bail, si ça vous convient.

— Tout à fait.

— Est-ce qu'une heure vous arrange en particulier ?

Zoe parut songeuse un bref instant.

— On est quel jour demain, déjà ?

— Vendredi.

Elle ferma les yeux pour réfléchir.

— Je crois que je travaille entre 10 heures et 14 heures… oui, c'est ça. Alors, n'importe quand à partir de 14 h 30.

— C'est parfait. Eh bien, ce fut un plaisir de faire votre connaissance, madame Fleming.

Ils échangèrent une poignée de main.

— C'est mademoiselle, corrigea-t-elle d'un air dégagé. Et puis, comme nous allons vivre ensemble, enfin, façon de parler, vous pouvez m'appeler Zoe.

2

Personne ne répondait à la porte. Une fois de plus.

Coop jeta un coup d'œil à sa montre. 15 h 15. Il n'était pas pointilleux, mais tout de même ! Dans son métier, il fallait faire preuve de ponctualité. Cette rigueur à l'égard des autres et de lui-même était constitutive de sa personnalité.

Le break n'était pas garé dans l'allée, cette fois-ci.

Coop fit le tour de la maison, en espérant le trouver. Rien. Il s'apprêtait à retourner près de l'escalier de l'appartement qu'il devait louer quand il entendit une voix qui l'appelait.

— Ohé, jeune homme ! Ohé ! Par ici !

Il tourna la tête du côté de la haie. C'était la voisine qui lui faisait signe de son propre jardin. Une femme déjà grand-mère sans doute, revêtue d'une robe à fleurs. Ses cheveux teints en roux auréolaient un visage rond et souriant.

— Attendez, j'arrive ! lança-t-elle joyeusement.

Elle trottina jusqu'au perron de la maison et se présenta à lui, légèrement essoufflée.

— Ouf… ! Je ne suis plus toute jeune. Je me présente, Mme Finkleman.

— Bonjour, madame.

— Vous devez être le jeune homme qui va emménager à l'étage ?

Mme Finkleman passa la main dans les boucles de ses cheveux, en un geste coquet et maladroit.

— Zoe ne m'avait pas dit que vous étiez si séduisant, reprit-elle d'un ton sucré. Célibataire ?

— Oui, répondit Coop avec prudence. J'avais rendez-vous avec Mlle Fleming. Je n'ai pas l'impression qu'elle soit chez elle.

— Ah ! que voulez-vous, ça, c'est Zoe, toujours en vadrouille !

Visiblement ravie de faire un brin de conversation avec Coop, Mme Finkleman s'adossa contre le mur.

— Elle a toujours mille projets sur le feu et ne manque pas d'énergie, la chérie. Elever un petit garçon toute seule, ça ne doit pas être facile, vous savez. Moi, je ne sais pas comment j'aurais fait si je n'avais pas eu mon Harry pour m'aider, quand les enfants étaient petits.

Cette brave femme avait réussi à piquer la curiosité de Coop. Ce n'était pas vraiment de l'indiscrétion, mais plutôt une déformation professionnelle. Après tout, il n'était pas reporter pour rien.

— Le père du petit ne l'aide pas du tout ?

Mme Finkleman eut un petit rire de dédain.

— Je ne l'ai jamais vu. D'après ce qu'on m'a raconté, il s'est évanoui dans la nature le jour où il a découvert que Zoe était enceinte. Pfftt… comme ça ! Il l'a laissée, la pauvre, alors qu'elle était presque une enfant elle-même. Je ne crois pas qu'il ait déjà vu le gosse. Ce pauvre petit chou !

— Il est mignon, répondit poliment Coop. Il a quel âge ? Cinq ? Six ans ?

— Tout juste quatre ! Il est incroyablement éveillé pour son âge. C'est comme ça, de nos jours. Les enfants grandissent plus vite. Le trésor est en maternelle, maintenant. Il ne devrait pas tarder à rentrer, d'ailleurs.

— Sa mère est allée le chercher à l'école ?

— Non, non ce n'est pas sa semaine pour conduire

les enfants. C'est le tour d'Alice Miller : vous voyez la maison blanche avec les volets bleus plus bas dans la rue — eh bien, c'est elle. Elle a une fille et un garçon. Des amours eux aussi. La plus jeune, Steffie, a l'âge de Keenan. Et le grand, Brad, oh, il vous plairait… !

Conscient que l'aimable voisine était sur le point de lui raconter la vie de son quartier, Coop estima qu'il était temps de mettre un terme à la conversation.

— Est-ce que vous pourriez dire à Mlle Fleming que je suis passé ? Je pourrais peut-être vous laisser un numéro où me joindre et…

— Que je suis bête ! s'exclama alors Mme Finkleman. Je parle, je parle et j'allais presque oublier ce que je voulais vous dire. Zoe m'a appelée pour me demander de vous transmettre un message. Elle est bloquée chez le fleuriste. Elle travaille là-bas trois jours par semaine. Une belle boutique qui s'appelle « Des fleurs et des bouquets » — vous savez, à Ellicott, pas très loin d'ici ? C'est un bel endroit, mais les prix sont exorbitants. Moi, ça me sidère ! Franchement, faire payer si cher une tulipe…

— Elle est bloquée ? l'interrompit Coop.

— Oui, sa remplaçante a eu une panne de voiture, du coup Zoe sera en retard. Elle m'a dit que vous pouviez entrer dans la cuisine, elle a laissé le bail et les clés sur la table.

— Très bien, merci beaucoup, madame.

— Oh ! je vous en prie. Le voisinage est très agréable par ici et vous trouverez toujours quelqu'un pour vous donner un coup de main. Je ne sais plus si Zoe m'a dit quel était votre métier.

— Je suis reporter sportif pour le *Dispatch*.

— C'est vrai ? Ça alors ! Mon Harry est fou de sports. Impossible d'obtenir son attention lorsqu'il regarde un match à la télévision !

— Je le comprends !

Mme Finkleman éclata de rire et donna une tape

dans le dos de Coop, qui aurait sans doute fait vaciller un homme moins athlétique que lui.

— Ah, vous les hommes ! Tous les mêmes, hein ! Dans ce cas, n'hésitez pas à vous inviter chez nous quand vous voulez. Harry sera ravi de parler sport avec vous. Quant à moi, ce n'est pas la peine d'essayer. Sauf si c'est du base-ball bien sûr.

Coop, qui était sur le point de battre en retraite, s'illumina.

— Vous aimez le base-ball ?

— Mon petit, je suis née à Baltimore, tout de même, répondit Mme Finkleman, comme si cela expliquait tout. Je pense que notre équipe a de bonnes chances pour le championnat cette année. Croyez-moi sur parole !

— Je suis d'accord avec vous, à condition qu'ils chauffent un peu leurs battes. Leur jeu de rotation est parfait et la défense est très serrée. Ce dont ils ont besoin avant tout, c'est…

Coop fut interrompu par un cri joyeux. C'était Keenan qui arrivait en courant, droit vers eux.

— Bonjour m'sieur, bonjour madame Finkleman ! Vous savez, Carly Myers est tombée dans la cour de récréation et elle a saigné.

Les grands yeux bruns de l'enfant brillaient d'excitation. Il poursuivit sans reprendre son souffle.

— Elle a saigné énormément et elle a pleuré et pleuré.

Pour appuyer son propos, il poussa un cri strident qui manqua crever les tympans de Coop.

— Et, après, l'infirmière lui a mis un pansement avec des étoiles dessus. La chance qu'elle a eue ! Elle est où, maman ?

Mme Finkleman lui donna un baiser claquant sur la joue.

— Elle travaille un peu plus tard ce soir, mon poussin. Elle m'a dit que tu pouvais venir chez moi en l'attendant.

— D'accord, mais, d'abord, il faut que j'aille ranger ma boîte à goûter.

— Que tu es chou, bien sûr ! Tu viendras après. Pourquoi est-ce que tu ne ferais pas entrer ce gentil monsieur dans la cuisine pour qu'il puisse attendre ta maman, lui aussi ?

Aussitôt, Keenan saisit la main de Coop pour lui montrer la direction. Une petite main toute collante, comme il fallait s'y attendre.

— On a des biscuits superbons à la maison, déclara l'enfant joyeusement. C'est nous qui les faisons nous-mêmes !

— Ah… génial !

— Ils sont vraiment, vraiment bons.

— Je n'en doute pas.

Lorsqu'ils furent dans la cuisine, le petit garçon montra du doigt une grande boîte en céramique posée en hauteur.

— Ils sont là, mais je suis trop petit pour les attraper.

— Très bien, je m'en occupe, répondit Coop, pressé de mettre un terme à l'excitation fébrile de Keenan.

Il prit la boîte, saisit une pleine poignée de biscuits et les déposa sur la table devant le petit garçon, qui n'en croyait pas ses yeux.

— Vous pouvez en prendre un, dit-il en mettant un biscuit entier dans sa bouche.

Coop haussa les épaules et goûta un gâteau. L'enfant avait raison, c'était un délice.

— Tu ne devais pas aller chez la voisine ?

Keenan dévora un autre gâteau, avant de se lever.

— Si, mais, d'abord, je dois laver ma Thermos, sinon, après, ça sent pas très bon.

— O.K., tu as raison. Je te laisse faire.

Keenan se mit face à l'évier et versa un peu de liquide vaisselle dans sa Thermos. Puis, voyant que Coop était plongé dans la lecture du bail et ne prêtait plus attention à lui, il ajouta du liquide vaisselle, puis encore et encore. Il ouvrit le robinet en grand et une mousse considérable se forma sous ses yeux ravis. Pour que le jeu soit plus amusant encore, il boucha l'évier et se mit à jouer avec les grosses bulles qui montaient jusqu'au robinet.

Coop était entièrement absorbé dans la lecture du bail, qui lui semblait très bien conçu. Zoe avait déjà signé les deux exemplaires. Il ne lui restait plus qu'à en faire autant.

Alors qu'il prenait les clés et se levait pour ranger son exemplaire dans sa poche, il vit l'enfant.

— Mon Dieu !

Keenan était trempé de la tête aux pieds. L'évier était totalement inondé.

— Mais qu'est-ce que tu fais ?

Le petit garçon tourna la tête et répondit en souriant :

— Ben rien !

— Mais enfin, regarde, tu as mis de l'eau partout ! s'exclama Coop en cherchant une serviette.

— Ah oui, c'est vrai ça, partout, partout, répondit Keenan en éclatant de rire.

Puis il donna une grande claque dans l'eau et un geyser d'eau et de mousse éclaboussa le carrelage. Coop n'en revenait pas.

— Mais voyons, ferme le robinet ! Tu ne devais pas aller chez Mme Finkleman… ? Oh ! non !

Il venait de recevoir un second jet mousseux sur le visage.

La porte de l'entrée claqua.

— Keenan ! s'écria Zoe. J'espère que tu n'es pas allé chercher des gâteaux dans la boîte.

Coop regarda les miettes sur la table et la flaque d'eau sous l'évier.

— Oh ! non…, marmonna-t-il.

— Oh ! non…, reprit l'enfant, en souriant.

Zoe entra dans la pièce.

— Coucou maman !

Zoe poussa un petit cri de surprise. Son fils dégoulinait sur le sol détrempé de la cuisine. Quant à son futur locataire, il venait manifestement d'être aspergé et semblait légèrement penaud. Ce qui lui donnait un air vraiment charmant.

— Keenan, tu joues encore avec l'eau ? dit-elle avec un calme qui surprit Coop.

Puis elle posa le bouquet d'iris qu'elle tenait dans les bras, et grimaça devant les miettes de biscuits qui jonchaient la table et le sol. L'enfant surprit son regard.

— Le monsieur voulait goûter nos gâteaux ! s'écria-t-il.

Zoe secoua la tête doucement.

— Oh, bien sûr ! Maintenant, va tout de suite dans la buanderie et retire tes habits.

— Oui, maman, pardon d'être tout mouillé…

Sur ces mots, Keenan sortit de la pièce en courant.

— Je suis navrée d'être en retard, déclara alors Zoe tout en retirant le bouchon de l'évier.

Puis elle ouvrit la porte d'un placard pour en sortir un vase.

Coop songea qu'il aurait sans doute dû lui raconter ce qui s'était passé durant les dix dernières minutes et se demanda s'il devait présenter des excuses. Comme il ne savait trop que faire, il se contenta de dire qu'il avait signé le bail.

— Ah ! très bien ! Dites, est-ce que vous pouvez remplir ce vase pour moi ? Je dois aller dire un mot à mon fils.

— Bien sûr.

Coop craignit qu'elle ne gronde l'enfant, mais les sons qui lui parvinrent bientôt de la buanderie semblaient plutôt joyeux. La mère et l'enfant riaient tous les deux aux éclats.

— Oh ! attention à vous, il y a de l'eau par terre, dit Zoe lorsqu'elle revint dans la cuisine.

— Ah oui… euh, tenez, voilà le vase.

— Merci. J'ai cru comprendre que vous aviez rencontré Mme Finkleman ?

— Les nouvelles vont vite…

— Ici ? Je ne vous le fais pas dire !

Elle arrangea les fleurs dans le vase et lui tendit une serviette pour qu'il puisse s'essuyer le visage. Il sentit à ce moment-là son parfum, une fragrance beaucoup plus troublante et délicate que celle des fleurs. Revêtue d'un baggy et d'un T-shirt avec un motif floral, à l'enseigne du magasin, elle dégageait une impression de fraîcheur et de jeunesse. Ses cheveux avaient une nuance qu'il n'aurait su définir, une teinte dorée, entre le brun et le blond. Elle les avait noués en queue-de-cheval, une coiffure qui mettait en valeur l'ovale parfait de son visage.

Comme elle le regardait curieusement, il s'aperçut qu'il était en train de la dévisager.

— Pardon… euh, je veux dire… je suis désolé pour ce capharnaüm.

— Vous avez joué avec l'eau, vous aussi ? le taquina-t-elle.

Impossible de ne pas répondre à un sourire aussi charmant.

Ce n'était pas si mal d'avoir une si jolie propriétaire, de partager cette maison avec elle, peut-être même un dîner de temps en temps, ou alors…

— Maman !

Keenan se tenait sur le pas de la porte, en slip.

— Je ne trouve pas mon pantalon.

— Dans le panier, à côté du lave-linge, répondit-elle sans lâcher Coop des yeux.

Il avait un peu vite oublié le petit garçon. Zoe n'était pas seule. Il refoula la pensée qui l'avait traversé quelques instants auparavant et montra les clés qu'il tenait à la main.

— J'ai quelques cartons dans la voiture, je vais commencer à m'installer cet après-midi.

— Très bien.

C'était idiot, mais Zoe sentait une pointe de déception la gagner. La lueur d'intérêt et de désir qu'elle avait lue dans ses yeux s'était éteinte à l'instant même où Keenan était entré dans la pièce.

— Vous avez besoin d'aide ?

— Non, merci, je vais me débrouiller. Je dois couvrir un match ce soir, alors je vais simplement commencer et je finirai demain.

Il se dirigea vers la porte et tourna la tête au moment de sortir.

— Merci beaucoup.

— Soyez le bienvenu à bord, monsieur McKinnon.

— Coop… Appelez-moi Coop.

Coop… , songea-t-elle en s'adossant contre le mur. C'était vraiment une bonne idée de louer l'appartement au-dessus de chez elle. Le revenu supplémentaire lui permettrait de vivre plus confortablement et peut-être de s'autoriser quelques extra. Comme ce voyage à Disney World dont Keenan mourait d'envie.

En achetant cette maison, elle avait pris un risque. Mais elle voulait que son fils grandisse dans un quartier agréable, avec un jardin, peut-être même un chien lorsqu'il serait plus grand. Le loyer de Coop allait vraiment la soulager.

Seulement, elle n'avait pas du tout imaginé jusqu'alors que ce nouveau voisin pouvait lui aussi représenter un risque, plus personnel. Ce serait sans doute étrange d'avoir un locataire célibataire et terriblement séduisant.

Elle se moqua d'elle-même. *Tu peux toujours rêver !* J. Cooper McKinnon était comme tous les autres, un homme qui détalait en quatrième vitesse dès qu'il entendait le son des petits pieds de son fils.

Un objet tomba dans la buanderie et elle secoua la tête en souriant.

— Allez, viens, petit pirate. Il est temps de nettoyer le pont !

3

— C'est un appart vraiment sympa, Coop. Oui, vraiment sympa.

Ben Robbins, reporter au *Dispatch*, sirotait sa bière tout en balayant des yeux le logement de Coop.

— Pour ne rien te cacher, je n'étais pas totalement convaincu quand on a monté toutes tes affaires ici, l'autre jour, poursuivit-il, mais tu as l'œil. Pas mal du tout !

C'était beaucoup mieux que « pas mal du tout », et Coop le savait bien. L'ameublement était sobre, épuré. Il avait installé son imposant canapé en cuir au centre de la pièce, face à un grand écran de télévision qui lui permettrait de suivre les matchs. De chaque côté, deux lampes diffusaient une lumière douce et chaleureuse. Une table basse de bois brut, un peu marquée par les traces des innombrables pieds qui s'étaient posés dessus, et un fauteuil au volume accueillant complétaient le mobilier.

Dans un recoin de la pièce, il avait installé une batte de base-ball, parce que taper dans une balle de temps à autre l'aidait à réfléchir. Le lieu était en lui-même un hommage au sport et à l'esprit festif qui allait de pair avec lui. Un vieux flipper et un baby-foot ajoutaient au charme original du décor, tout comme la raquette de tennis, la crosse de hockey et les gants de boxe accrochés au mur.

Pour Coop, ce n'était pas totalement des jouets, mais plutôt des outils de travail.

Pour les fenêtres, il avait préféré les stores aux rideaux,

plus pratiques pour faire la sieste s'il décidait un jour de s'en octroyer une.

Dans la chambre, il n'y avait guère qu'un lit, une table de chevet et un deuxième téléviseur. C'était un endroit pour dormir — ou, s'il avait de la chance, pour un autre type de sport.

Mais la pièce qu'il aimait le plus était le bureau. Il se voyait déjà passer des heures derrière son ordinateur pour analyser les matchs et rédiger ses articles. La table de travail était ancienne et les discrètes cicatrices du temps passé sur le bois lui étaient chères et familières. Grâce au téléphone, au fax et à internet, il serait en contact permanent avec le monde extérieur, et son lecteur DVD lui servirait à décrypter les mouvements les plus complexes et les plus controversés des matchs.

Avec les tableaux, les photos et les divers souvenirs d'exploits sportifs qui habillaient les murs, il était vraiment à la maison.

Sa maison.

— Tu sais, ton appart me fait penser à un bar, déclara Ben en étirant ses jambes courtes et velues. Ce genre d'endroits où les équipes se retrouvent après un bon match.

Pour Coop, c'était le plus beau compliment qu'on puisse lui faire.

— Merci, je dois dire que ça me plaît.

Ben acquiesça et leva sa chope pour porter un toast.

— Au terrain !

Il but plusieurs gorgées d'une traite et reprit :

— Ici, c'est le lieu rêvé pour un homme. Un endroit où tu peux te reposer, être toi-même. Tu sais, depuis que je me suis installé avec Sheila, je me retrouve avec plein de petits bibelots en porcelaine partout, et des sous-vêtements accrochés dans la salle de bains. Oh…, l'autre jour, elle est rentrée avec un nouveau couvre-lit, un truc à fleurs… rose ! C'est un peu comme dormir dans une prairie.

Il ponctua sa dernière remarque d'un éclat de rire.

— Ah, c'est toi qui l'as voulu, mon pote ! fit Coop en posant ses pieds sur la table basse.

— Je sais, je sais. Le pis, c'est que je suis fou d'elle ! Et, en plus, elle est fan de l'équipe d'Oakland.

Coop haussa les épaules.

— Il faut de tout pour faire un monde... Au fait, j'ai entendu dire que Ramirez va être transféré.

— Arrête !

— Si, ça fait toute une histoire en ce moment. Ils vont l'envoyer à Dunbar.

— C'est vraiment idiot, Ramirez est un excellent batteur dans son équipe actuelle.

Les deux hommes poursuivirent leur discussion d'experts et finirent leur bière dans une atmosphère de complicité virile.

— J'ai un match à couvrir ce soir, déclara Coop au bout d'un moment.

— Ah bon ? Je croyais que les *Orioles* jouaient à Chicago jusqu'à demain.

Coop alla chercher son magnétophone, un bloc et un crayon.

— C'est le cas, mais, ce soir, je vais voir le match de l'université. Ils ont un joueur très prometteur et je me suis dit que ça valait le coup d'aller jeter un œil et d'obtenir une interview.

Ben se leva.

— Quel boulot ! Aller voir des matchs, traîner dans les vestiaires.

— Oui, je sais, c'est difficile.

Coop posa le bras sur l'épaule de son ami.

— Et toi ? Ça avance, ton article sur la castration des animaux de compagnie ? demanda-t-il, moqueur.

— Laisse tomber, Coop !

— Ne fais pas cette tête ! Que veux-tu, pendant que

certains vont visiter des fourrières, d'autres s'installent sur les gradins d'un stade. Ce sont les dures lois du métier.

Coop songea que c'était une journée idéale pour un match : le ciel était parfaitement dégagé. Il sentait déjà le doux parfum des cacahuètes grillées et des hot-dogs.

— Pendant que tu seras à ton match, moi je serai dans les bras d'une femme, figure-toi.

— Sous un couvre-lit rose fleuri !

— C'est vrai, mais elle prétend que les fleurs lui donnent l'impression d'être plus sexy. Et laisse-moi te dire qu'elle n'a pas tort… Oh ! non, vraiment, tu peux me croire…

Le visage de Ben changea d'expression d'un seul coup. L'air ébahi, il regardait fixement la porte d'entrée. Coop tourna les yeux à son tour et resta un moment sous le choc.

Zoe.

Elle portait la minijupe la plus courte qu'il eût jamais vue. Ses jambes interminables étaient fuselées dans un collant noir et ses chaussures à talons hauts lui donnaient une démarche divinement chaloupée. Son corsage blanc exposait son décolleté au regard. Autour du cou, elle avait noué un ruban de satin noir. Coop eut d'un seul coup l'impression que tout son corps s'embrasait.

Zoe avait lâché ses cheveux lisses, qui venaient caresser la ligne de ses épaules. Leur teinte incroyable lui évoqua curieusement la robe chatoyante d'une jeune biche.

Elle s'arrêta face à eux, sourit et dit quelque chose qu'il n'entendit pas. Son esprit avait cessé de fonctionner normalement à l'instant où il avait posé les yeux sur ses jambes.

— Euh… pardon… ?

— … si vous étiez bien installé.

— Ah… euh, comment ?

Il clignait des yeux comme un homme sorti d'un profond sommeil.

— Je disais que je venais m'assurer que vous étiez bien installé.

— Ah... oui ! Très bien, je vous remercie.

— Tant mieux. Keenan a attrapé un gros rhume, du coup je n'avais pas encore eu le temps de passer vous voir, mais je vous ai aperçu en train de monter des meubles, il y a deux jours.

Ben donna un discret coup de coude à Coop.

— Ah oui... excusez-moi, je ne vous ai pas encore présenté mon ami Ben. Il m'a donné un coup de main pour l'emménagement.

— Bonjour, Ben. Je suis Zoe.

— Bonjour, Zoe. Je suis Ben, répondit-il, avec l'air un peu stupide.

Zoe se mit à sourire. C'était sa tenue, elle le savait. Et même si elle détestait ça, elle ne pouvait pas s'empêcher d'être amusée par l'impact de trois bouts de chiffon sur les hommes.

— Vous êtes journaliste, vous aussi ? s'enquit-elle poliment.

— Oui.

— Dans le sport aussi ?

— Euh... non. En ce moment, j'écris un article sur la castration des animaux domestiques.

— Ah ?

Zoe se sentait désolée pour Ben, qui déglutissait péniblement, conscient d'avoir parlé trop vite.

— Eh bien, j'essaierai de le lire. En tout cas, je suis contente que l'installation se soit bien passée. Je vous laisse, je dois aller travailler.

— Vous partez ? Dans... euh... cette tenue ?

Zoe pinça les lèvres.

— Figurez-vous que je m'habille comme ça quand je fais du stop, mais, ce soir, je me suis dit que j'irais travailler avec cet ensemble. Au *Shadows*. Je suis serveuse. Ben, j'ai été ravie de faire votre connaissance.

Elle descendit l'escalier sans ajouter un mot. Ben et Coop la regardaient encore lorsqu'elle quitta l'allée en voiture.

— Ta propriétaire… c'était ta propriétaire, dit Ben en sifflant d'admiration.

— Je crois bien.

Zoe ne ressemblait pas du tout à ça lorsqu'il avait signé le bail. Belle, elle l'était déjà, vraiment belle même, mais d'une façon plus inoffensive. Elle n'avait pas l'air si, si… Les mots lui manquaient. C'était une mère de famille, enfin ! Elle n'était pas censée ressembler à ça.

— Elle a un enfant, dit Coop.

— Ah oui ? Quel genre ?

— Humain, il me semble.

— Fais pas l'idiot !

— Un garçon, répondit Coop d'une voix absente. De cette taille à peu près.

Il leva la main à un mètre du sol

— Elle a peut-être un gosse, mais elle a aussi des jambes. Et des jambes de cette taille !

Ben plaça sa propre main à hauteur de la gorge.

— Tu es un sacré veinard, Coop. Mon propriétaire a des bras de rugbyman et un tatouage en forme de lézard. La tienne est belle comme un mannequin.

— C'est une mère de famille.

— Ouais, peut-être, mais je ne serais pas contre le fait qu'elle me serve un verre de lait et des cookies ! Bon, il faut que je te laisse !

— Salut, Ben, et encore merci pour ton aide.

Après le départ de son ami, Coop rêvassa devant la porte de chez lui. Une mère de famille ne ressemblait pas à ça, normalement. Une mère de famille devait avoir l'air rassurant, dégager une impression de confort et de sécurité. Il soupira profondément pour chasser le nœud qui lui serrait la gorge.

Zoe n'était pas *sa* mère, pensa-t-il.

A minuit, Zoe ne sentait plus ses pieds. Son dos lui faisait mal. Quant à ses bras, ils étaient tout endoloris, comme si elle avait dû porter des caisses de bouteilles plutôt que des plateaux avec des verres.

Elle avait éconduit six hommes qui s'étaient essayés à la courtiser. Deux d'entre eux, qui avaient l'air sincères, l'avaient amusée. Un autre s'était montré suffisamment insultant pour qu'elle le congédie sans ménagement. Et les trois autres étaient insignifiants, elle avait simplement ignoré leurs discours de dragueurs à la petite semaine. Ceux-là, elle les connaissait bien. C'était une routine qui allait de pair avec son travail.

Le bar tenait son nom des jeux d'ombre et de lumière, savamment créés par des spots et des néons tamisés. Le décor s'inspirait des années cinquante et les serveuses étaient habillées en pin-up pour coller avec l'esprit du lieu.

Heureusement, les pourboires étaient généreux et la clientèle agréable, le plus souvent.

— Deux bouteilles de vin maison, un Black Russian, et un café allongé, annonça-t-elle au barman.

En attendant la commande, elle prit un petit moment pour détendre ses épaules fatiguées.

Pourvu que Beth n'ait pas eu trop de mal à coucher Keenan. Il avait été excité toute la journée, signe que son rhume était quasiment terminé. Le matin même, lorsqu'elle avait émis l'idée qu'il pourrait retourner à l'école, il avait geint en disant qu'il se sentait encore trop faible. Un vrai comédien !

Son fils ne tenait pas ça d'elle, qui n'avait jamais fait de caprice pour manquer un jour d'école. A présent qu'elle avait vingt-cinq ans, elle regrettait sincèrement de ne pas avoir poursuivi ses études. Si elle s'était inscrite à l'université, elle aurait pu développer ses talents et choisir une carrière. Mais, au lieu de cela, elle s'était arrêtée après avoir obtenu son diplôme de fin d'études secondaires. Elle aurait pu, pourtant, prétendre à quelque chose de plus intéressant que de servir des hommes qui louchaient sur son décolleté.

Elle ne cultivait pas de regrets. Ce n'était pas son genre. Elle avait fait ce qu'elle avait fait et en nourrissait une fierté légitime. Et sa plus grande fierté, c'était Keenan. D'ici deux ans, elle aurait mis suffisamment d'argent de côté pour rendre son uniforme au propriétaire du bar. Elle espérait être en mesure d'ouvrir son propre magasin de fleurs et de ne plus être obligée de confier Keenan à des baby-sitters trois soirs par semaine.

Il fallut servir les boissons et prendre une nouvelle commande. Dieu merci, sa pause l'attendait cinq minutes plus tard !

Lorsqu'elle aperçut Coop qui entrait, son premier réflexe fut de penser à Keenan. Mais cette inquiétude se dissipa aussitôt. Son locataire paraissait détendu et il cherchait une table des yeux. Leurs regards se croisèrent. Il sourit et se dirigea vers elle.

— Bonsoir, j'avais envie de prendre un verre.

— Vous êtes bien tombé, alors ! Vous préférez une table ou vous installer au bar ?

— Une table. Vous avez une minute à me consacrer ?

— Au quart, j'en aurai même quinze. Pourquoi ?

— J'aimerais vous parler.

— D'accord. Que puis-je vous servir ?

— Un café, noir.

— C'est parti. Asseyez-vous, je vous apporte ça tout de suite.

Coop dut faire un effort pour ne pas la dévorer des yeux, tandis qu'elle se dirigeait vers le bar. Il n'était pas venu dans cet endroit pour boire un café, mais parce qu'il voulait la voir, elle.

Reprends-toi, songea-t-il. Il était tout de même capable de ne pas se laisser tourner la tête par une paire de jambes. Non, il était simplement venu parce qu'il voulait lui poser quelques questions, comprendre un peu mieux la femme qui lui louait son appartement. Et poser des questions, c'était son métier, il savait y faire. Tout comme il était imbattable pour disséquer la stratégie d'un match et repérer les actions, bonnes ou mauvaises, qui menaient au résultat final. Défaite ou victoire.

— Nous avons eu beaucoup de monde ce soir, déclara Zoe en posant deux tasses sur la table.

Elle s'assit en face de Coop en poussant un soupir de soulagement.

— C'est la première fois que je me pose en quatre heures !

— Je croyais que vous travailliez chez un fleuriste ?

— Oh oui, trois jours par semaine, répondit-elle en se déchaussant légèrement. Parfois plus, lorsque c'est la fête des Mères, Noël ou Pâques. C'est une petite boutique, vous savez. Et Fred — le propriétaire — n'emploie que deux personnes à temps partiel. Pour lui, c'est plus intéressant.

— Ah oui ?

— Comme ça, il a moins de frais, les mutuelles, tout ça…

— Quelle arnaque !

— Il ne faut pas exagérer. C'est un bon boulot. J'aime le faire. Et puis, Fred et Martha — sa femme — m'ont énormément appris sur les fleurs.

Quelqu'un glissa une pièce dans le juke-box et les notes de la mélodie emplirent la salle. Coop se pencha au-dessus de la table pour se faire entendre. L'espace d'un instant, en contemplant les beaux yeux bruns de Zoe, il crut perdre le fil de la conversation.

— Dites-moi… je ne vous aurais pas déjà rencontrée quelque part ?

— Euh… comment ça ?

— Une impression… peu importe. Qu'est-ce que vous faites ici, Zoe ?

— Comment ça, ici ?

— Pourquoi ce travail ?

Elle baissa les yeux et ses longs cils vinrent caresser le haut de ses pommettes.

— Parce que je suis payée pour le faire.

— Ça ne vous ressemble pas de travailler dans un bar.

— Je vous demande pardon ?

Zoe hésitait. Devait-elle s'offusquer de la remarque de Coop ou s'en amuser, au contraire ? Elle choisit la deuxième solution.

— Pourquoi, vous avez une dent contre les serveuses ?

— Non, ce n'est pas cela, seulement, vous êtes une mère de famille.

— Sans blague !

Elle éclata de rire et posa le menton entre ses mains.

— Vous pensez qu'il serait plus convenable que je reste à la maison pour faire des gâteaux et tricoter des écharpes.

Coop se sentit un peu contrit. Ce n'était pas ce qu'il avait voulu dire, mais il devait reconnaître que cette vision correspondait davantage à la sienne.

— Non, ce n'est pas ça. Simplement, c'est cette tenue et la façon dont tous les hommes ici vous regardent.

— J'en suis consciente. Lorsqu'une femme s'habille ainsi, les hommes la regardent. Mais c'est tout ce qu'ils font : regarder. Si ça peut vous réconforter, je ne porte pas ce genre de tenue pour l'assemblée générale des propriétaires du quartier !

Coop se sentait de plus en plus ridicule à chaque instant.

— Ecoutez, Zoe, je sais que ça ne me regarde pas. J'ai juste l'habitude de poser des questions… et il me semblait que vous pouviez prétendre à mieux… Je veux dire, vous avez cet emploi chez le fleuriste et puis le loyer, aussi…

— Et j'ai aussi le remboursement de ma maison, un fils qui grandit très vite et qui a besoin de nouveaux vêtements et de nouvelles chaussures, les traites de ma voiture, les courses, le médecin…

— Le médecin ? Votre fils est malade ?

— Non, enfin, rien de grave. A l'âge de Keenan, les enfants ramènent souvent des microbes de l'école. Je l'emmène régulièrement chez le pédiatre, chez le dentiste. Ce n'est pas donné.

— Et vous ne pourriez pas bénéficier d'aides particulières ?

Zoe le fusilla du regard.

— Je suis tout à fait capable de gagner ma vie et de m'occuper seule de mon enfant.

— Ce n'est pas du tout ce que je voulais dire…

— Je n'ai peut-être pas de diplôme universitaire, mais je m'en sors plutôt bien et mon fils ne manque de rien.

Elle se leva.

— Nous nous débrouillons très bien et je n'ai pas besoin qu'un reporter trop curieux vienne m'expliquer comment doit se comporter une mère de famille. Le café est offert par la maison, espèce de crétin !

Elle quitta prestement la table, laissant Coop abasourdi par la violence de la charge. *Eh bien, tu t'en es sorti comme un chef, Coop*, songea-t-il. Avec ça, il risquait fort de trouver un mot accroché à sa porte l'invitant à déguerpir.

4

Zoe ne résilia pas le bail. Elle y avait pensé en rentrant chez elle. Les propos de Coop l'avaient profondément irritée. Mais elle s'était avisée que la satisfaction qu'elle retirerait de cette exclusion spectaculaire serait bien mince à côté du bénéfice d'avoir un locataire. Elle avait besoin du loyer que lui verserait Coop tous les mois. Et puis, malheureusement, elle avait déjà entendu ce genre de discours.

C'était même l'une des raisons pour lesquelles elle avait décidé de quitter New York. Lasse d'entendre sa famille et quelques amis lui expliquer comment elle devait mener sa vie ou élever son fils, elle avait élu domicile à Baltimore.

Ils avaient été trop nombreux à lui dire qu'elle était folle, trop jeune, qu'elle était en train de bousiller sa vie et ses chances de réussite.

Tendue, Zoe fit démarrer sa tondeuse à gazon et commença à arpenter le jardin. *Son* jardin.

Ils s'étaient tous trompés. Elle avait mis au monde son bébé, l'avait gardé et lui préparait un avenir digne de ce nom. Keenan et elle formaient une famille à eux deux et ils n'avaient pas besoin qu'on les prenne en pitié ou qu'on leur fasse la charité.

Elle s'occupait de tout, améliorait leur quotidien pas à pas. Et elle avait des projets solides.

Une petite tape sur son épaule la fit sursauter.

C'était Coop.

— Qu'est-ce qu'il y a ?

— Je voulais vous présenter mes excuses, cria-t-il pour couvrir le bruit.

Comme elle le toisait en silence, il tendit le bras et coupa le moteur.

— Je vous demande pardon, répéta-t-il. Je n'aurais pas dû vous dire tout ça, hier soir.

— Vraiment ?

— J'ai l'art de me mêler de ce qui ne me regarde pas, on dirait.

— En effet.

Zoe voulut tirer de nouveau sur le fil de la tondeuse et passer son chemin, mais Coop posa la main sur la sienne pour arrêter son mouvement.

Il avait de grandes mains, avec une paume large et énergique. Et pourtant leur contact était très doux. Difficile de résister à cette vague de chaleur qui montait en elle.

Cela faisait longtemps qu'elle n'avait pas senti une main d'homme sur elle. Cela faisait longtemps qu'elle n'en avait pas eu envie.

— Parfois, je m'égare, avec mes questions, poursuivit Coop.

Il regardait leurs mains posées l'une sur l'autre. Celle de Zoe était si petite sous la sienne, et si douce… Il essaya de sourire.

— Il est arrivé une ou deux fois que mes questions me vaillent même un poing dans la figure.

— Ça ne m'étonne pas !

Elle ne lui avait pas rendu son sourire, mais son expression s'était adoucie.

C'était le bruit de la tondeuse qui avait réveillé Coop, quelques minutes auparavant. En passant la tête par la fenêtre, et en voyant Zoe progresser sur l'herbe, revêtue d'un baggy, d'un T-shirt et d'un chapeau de paille, il s'était dit qu'il ferait mieux de se recoucher, mais n'avait pas pu résister à la tentation de descendre pour lui parler.

Histoire de faire la paix. Après tout, ils devaient apprendre à vivre ensemble tous les deux.

Enfin, façon de parler.

— Je ne voulais pas vous adresser de critiques. J'étais curieux à votre sujet et à celui de votre fils.

Il marqua une pause et ajouta :

— Et puis, peut-être que vous voir dans cette tenue hier soir a… disons, un peu égaré mes esprits, aussi.

Elle haussa les sourcils. Coop était direct, mais sa sincérité parlait en sa faveur.

— D'accord, ce n'est pas si grave.

Coop ne pensait pas qu'elle l'excuserait si vite. Il décida de pousser sa chance.

— Ecoutez, je dois couvrir un match cet après-midi. Ça vous dirait de m'accompagner ? Il fait un temps idéal pour le base-ball.

Zoe n'en doutait pas. C'était une matinée ensoleillée et douce, avec une légère brise. Sans compter qu'il y avait certainement pire que de passer l'après-midi avec un bel homme qui faisait de son mieux pour se faire pardonner sa maladresse.

— J'aurais bien aimé, répondit-elle, mais je travaille tout à l'heure. En revanche, Keenan serait ravi d'y aller.

Il eut l'air stupéfait, et elle se retint de rire.

— Keenan ? Vous voulez que je l'emmène avec moi ?

— Je pense que rien ne pourrait lui faire plus plaisir. Il adore le base-ball. Nous avons des petits voisins qui y jouent de temps en temps et qui le laissent courir après la balle. Mais il n'a jamais vu de vrai match. Seulement à la télévision.

Zoe sourit. Coop semblait réfléchir à toute allure, l'air un peu paniqué.

— Vous savez, je ne connais pas grand-chose aux enfants, moi…

— Mais vous êtes un spécialiste du base-ball. Ce serait formidable pour Keenan d'assister à un match, avec un expert à ses côtés. Vous partez dans combien de temps ?

— Euh… dans deux heures.

— Très bien, il sera prêt d'ici là. C'est vraiment adorable de votre part !

Comme il restait immobile, visiblement sonné, elle l'embrassa sur la joue. Puis elle mit de nouveau en route le moteur de sa tondeuse, comme si de rien n'était.

Coop n'en revenait pas. Comment allait-il se débrouiller avec un gamin à ses côtés tout l'après-midi ?

Sur place, il acheta du pop-corn, des hot-dogs et un gigantesque gobelet de jus de fruits. Coop s'était dit que c'était encore le meilleur moyen d'occuper l'enfant. Depuis leur arrivée au stade, Keenan ne cessait de s'émerveiller de tout ce qu'il voyait. Coop ne comptait même plus les « pourquoi » et les « comment ça se fait » qu'il avait entendus. Un peu nerveux à l'idée de la responsabilité qu'il avait endossée, bien malgré lui, il s'installa dans le carré réservé à la presse et posa son ordinateur portable.

— Regarde, Keenan, tu peux suivre le match derrière cette vitre, là. Et attention à ne déranger personne. Tous les gens qui sont ici travaillent, tu comprends ?

— D'accord !

Fou de joie, Keenan mordit dans son hot-dog à belles dents. Il y avait plein de monde dans cet endroit réservé aux journalistes. Beaucoup avaient de beaux ordinateurs, comme celui de Coop. Certains parlaient au téléphone. Quelques-uns lui avaient souri et tous avaient dit bonjour à Coop. Keenan savait que Coop était quelqu'un d'important. Comme sa mère le lui avait demandé, il restait près de lui et ne réclamait aucun cadeau. Pourtant, il avait aperçu de très jolies choses sur les stands, derrière les gradins. Sa mère lui avait donné cinq dollars en lui disant qu'il pouvait s'acheter un souvenir. Mais il y avait vraiment trop de trucs super et il ne savait pas quoi choisir. Et puis Coop avait marché si vite qu'il n'avait pas eu assez de temps pour regarder.

Mais ça n'était pas grave, parce qu'il allait voir un vrai match ! Les yeux grands ouverts, il contempla le terrain. C'était immense, beaucoup plus qu'il ne l'avait imaginé. Il avait reconnu l'endroit où le lanceur se tiendrait, mais c'était à peu près tout ce qu'il connaissait. Le stade était plein de monde, jamais il n'avait vu une foule pareille. Soudain, le grand tableau d'affichage s'illumina, avec des images et des lettres qu'il ne savait pas lire, et les joueurs entrèrent dans le stade. Une salve d'applaudissements explosa dans les gradins, puis le silence se fit.

L'hymne national retentit et, en reconnaissant les premières notes, Keenan se leva comme on le lui avait appris.

Coop jeta un œil à l'enfant qui se tenait debout, son hot-dog à la main et un sourire ravi accroché au visage. Il se souvint alors de la première fois qu'il était entré dans un stade, de sa main dans celle de son père, de ses yeux avides, de son cœur empli de joie, de ce premier match, de la joie d'être un petit garçon, tout simplement.

Quand les joueurs prirent leurs marques sur le terrain, Coop passa la main dans les cheveux de Keenan.

— C'est cool, hein ?

— C'est génial ! Ceux-là, c'est notre équipe, hein ?

— Oui, c'est notre équipe et nos joueurs vont botter les fesses du camp adverse, crois-moi.

Keenan gloussa et écrasa son visage sur la vitre pour mieux voir le premier lancer.

— Ils vont leur botter les fesses, répéta-t-il, radieux.

Contrairement à ce que Coop avait craint, Keenan fut très sage. Et les questions qu'il lui posait ne l'ennuyaient pas du tout. Au moins, le gamin était curieux et avait envie d'apprendre.

Durant la mi-temps, il grimpa sur ses épaules et essaya

de déchiffrer les mots que Coop écrivait sur son ordinateur. Keenan tacha également sa manche avec la moutarde de son hot-dog, mais ce n'était pas un drame. Il ne l'avait pas fait exprès et cela faisait partie des aléas du match.

Et puis le petit garçon se tenait parfaitement. Son enthousiasme ne se transformait pas en fébrilité désagréable et bruyante. Il savait être joyeux sans se laisser aller à des débordements en tout genre. La plupart des enfants auraient réclamé à grands cris des bonbons ou des jouets, mais celui-ci était vraiment venu pour le jeu. C'était certainement le fruit d'une bonne nature et de l'excellente éducation que sa mère avait su lui donner.

— Est-ce qu'on est toujours en train de gagner ? demanda-t-il sans quitter le terrain des yeux.

— Oui !

Coop répondait avec plaisir aux demandes de Keenan, qui s'efforçait de comprendre les subtilités du jeu. Il lui expliqua de bon cœur la stratégie déployée par l'équipe pour vaincre la défense adverse. Et, en dépit de son jeune âge, l'enfant semblait tout à fait capable d'identifier les mouvements de ses joueurs préférés.

A un moment, Coop remarqua que Keenan se tortillait sur place, la main serrée sur son pantalon.

— Tout va bien, Keenan ?

— Euh, oui, oui…

— Attends, viens avec moi, je vais te montrer les toilettes.

Il le prit par la main, attendri à l'idée que le gamin refuse de perdre une seule minute de jeu. Pourvu que ce ne soit pas trop tard, songea Coop.

Lorsqu'ils franchirent de nouveau la porte du carré presse, le speaker annonça que leur équipe venait de marquer un nouveau point.

— C'est comme tu avais dit ! s'exclama Keenan. Tu es le plus intelligent !

Coop sentit un sourire s'épanouir sur son visage.

— Merci, petit. Disons plutôt que je suis un grand habitué du base-ball.

De retour à la maison, Keenan portait un nouveau T-shirt à l'effigie des *Orioles* et tenait dans son gant de base-ball une balle spécialement dédicacée à son intention.

En apercevant sa mère, il courut vers elle en poussant des cris de joie.

— Maman ! Maman ! Regarde ce que Coop m'a offert ! Nous sommes allés dans les vestiaires après le match, avec les vrais joueurs. Les *Orioles* ! Mais les vrais, hein ? Et ils ont écrit leur nom sur la balle juste pour moi. Pour que je la garde !

Zoe sourit.

— Montre-moi ça, mon poussin. Oh ! quelle chance tu as ! C'est vraiment un trésor, une balle dédicacée. Il y a très peu de petits garçons de ton âge qui possèdent un trophée pareil !

— Oh oui ! Et je la garderai toute ma vie. Et j'ai eu un T-shirt aussi ! Le même que les joueurs ! Et un gant à ma taille. Regarde, il me va !

Le bonheur de son fils émut Zoe.

— C'est merveilleux, Keenan. On dirait que tu es fin prêt pour commencer à jouer, toi aussi.

— Est-ce que je peux aller montrer tout ça à M. Finkleman ? Il va adorer !

— Bien sûr, vas-y !

— Oh ! il n'en reviendra pas.

Keenan se jeta dans les bras de Coop.

— Merci, merci de m'avoir emmené. C'était génial, tellement génial ! Est-ce qu'on pourra y retourner une autre fois, avec maman ?

— Euh, oui, je pense que ce sera possible, répondit Coop en passa la main dans les cheveux de Keeanan.

Il se sentait étrangement heureux et maladroit tout à la fois.

— Cool !

L'enfant s'élança dans le jardin pour aller montrer ses trésors à son vieil ami.

Zoe et Coop se retrouvèrent seuls.

— Merci infiniment. Keenan vient de passer une journée extraordinaire. Mais vous n'étiez pas obligé de lui acheter tout ça. C'était déjà adorable de l'emmener.

— Oh ! ce n'est pas grand-chose. Et puis il n'a rien demandé, répondit Coop en enfonçant les mains dans ses poches. Je crois qu'il était heureux de rencontrer les joueurs, qui ont tous voulu dédicacer sa balle.

— Et notre équipe a gagné, d'après ce que j'ai compris.

— Oui. J'ai dû envoyer mon papier au journal juste après le jeu, ce qui explique que nous sommes rentrés un peu tard.

— Oh ! ne vous inquiétez pas pour ça. Je viens tout juste de rentrer moi-même.

Dans un élan de reconnaissance, Zoe s'approcha de Coop et le serra un bref instant dans ses bras.

— Merci, vraiment. Vous avez offert une journée de rêve à mon fils. Une journée qu'il n'oubliera jamais. Et moi non plus.

— Ce n'est rien il est juste resté avec moi dans le carré réservé à la presse.

— Au contraire, c'est beaucoup ! D'autant que je vous ai un peu forcé la main, tout à l'heure…

Elle éclata de rire.

— Vous étiez assez transparent ce matin, si je puis me permettre. L'idée de traîner un enfant de quatre ans au match vous terrorisait. Mais vous vous en êtes magnifiquement sorti. D'ailleurs…

La sonnerie du téléphone interrompit Zoe. Tout en s'excusant, elle alla décrocher.

— Allô ! Oh ! bonjour Stan. Ce soir ? Non, normalement je ne dois pas travailler.

Tout en contenant un soupir, elle s'assit sur l'accoudoir d'un fauteuil.

— Il faut que je voie si c'est possible. Non, Stan, je ne peux pas te donner ma réponse tout de suite. Je dois d'abord trouver une baby-sitter. Dans une heure. Oui, je comprends bien que c'est urgent pour toi. Je te rappelle, d'accord ?

— Un problème ? s'enquit Coop.

— Oui, on dirait. Deux serveuses sont malades, ils vont manquer de personnel, ce soir. Stan voudrait que je vienne.

Zoe composa aussitôt un numéro de téléphone.

— Bonjour, madame Finkleman. Oui, oui… je sais, il a passé une journée de rêve. Oui… oui…

Zoe regarda discrètement Coop, tandis que sa voisine lui expliquait à quel point il était important pour un petit garçon d'avoir une présence masculine dans sa vie.

— Je suis sûre que vous avez raison… Dites-moi, je me demandais si vous étiez libre ce soir ? Oh ! c'est vrai… pardon, j'avais oublié. Non, ce n'est pas grave. Passez une bonne soirée.

Zoe raccrocha en soupirant.

— Ils jouent au poker avec des amis, ce soir. Voyons, Beth a un rendez-vous avec son petit ami. Peut-être Alice. Ah, non… elle m'a dit qu'elle recevait sa belle-famille ce soir. Comment je vais faire… ?

Elle regarda Coop, songeuse.

— Dites, ça ne vous a pas posé problème cet après-midi de garder le petit ?

— Non, répondit Coop lentement, conscient qu'un second piège était sur le point de se refermer sur lui. Il a été adorable…

— Alors voilà. Stan n'a pas besoin de moi avant 21 heures. Keenan va se coucher à 20 heures. Vous n'auriez rien à faire à part être ici, regarder la télévision ou ce que vous voulez.

— Vous voulez dire rester ici pendant que vous êtes au bar ?

Coop eut un mouvement de recul.

— Garder le petit… comme une baby-sitter ? Ecoutez…

— Je vous paierai.

— Ce n'est pas le problème, Zoe… Je ne veux pas de votre argent.

— C'est vraiment gentil.

Elle lui serra la main en souriant.

— Vous pouvez venir vers 20 h 30 ?

— Je n'ai jamais dit que…

— Vous pourrez vous servir de ce que vous voulez dans la cuisine. Si j'ai le temps, je vous ferai un brownie. Maintenant, je ferais mieux de rappeler Stan ; il doit se faire un sang d'encre. C'est le deuxième service que vous me rendez aujourd'hui… j'en suis consciente. Merci du fond du cœur !

— O.K., je viendrai tout à l'heure, répondit Coop.

Puis il sortit à toute vitesse, de crainte qu'elle ne trouve un troisième service à lui demander, et qu'une fois de plus il ne parvienne pas à le lui refuser.

5

De retour chez lui, Coop s'installa devant son ordinateur pour rédiger son éditorial hebdomadaire. Cette journée avec Keenan lui avait plu. C'était étrange, ce sentiment de partage immédiat avec un enfant si jeune, et Coop avait eu l'impression de transmettre un héritage important en l'emmenant à son premier match. Les liens tissés dans l'euphorie du base-ball ne s'oublient pas et il se sentait heureux d'avoir offert cette opportunité au petit garçon.

Lorsque ce fut l'heure, il descendit de chez lui pour rejoindre Zoe. Elle l'attendait devant la porte de la cuisine.

Elle sourit en le voyant. Jusqu'au dernier moment, elle s'était demandé s'il viendrait. Il fallait bien reconnaître qu'elle lui avait forcé la main et, si elle s'en était amusée au début, elle s'était sentie un peu coupable ensuite.

Mais il était là, juste à l'heure !

— Je suis désolée de vous faire ce coup-là, dit-elle en grimaçant. J'espère que vous ne vous êtes pas senti piégé.

Elle avait l'air si contrit qu'il ne put s'empêcher de sourire.

— Bien sûr que si ! Vous avez un certain talent pour tendre des pièges !

Elle haussa les épaules.

— Parfois, se montrer insistant est la seule façon de s'en sortir, reconnut-elle. Mais je me sens toujours gênée après. Je vous ai préparé un brownie.

— C'est bien ce qu'il me semblait. De là-haut, je

pouvais sentir l'odeur du chocolat. C'est ce qui m'a aidé à descendre de mon antre.

Il ponctua sa remarque d'un clin d'œil.

Zoe était revêtue de sa tenue de serveuse, mais Coop ne la trouva pas aussi indécente que la première fois. Seulement, le nœud qu'elle portait autour du cou le rendait fou. Etrange comme un simple ruban de satin sur un cou gracile suffisait à stimuler outrageusement sa libido.

— Je me sens coupable chaque fois que je demande un service à quelqu'un, reprit-elle. Et, franchement, c'était déjà tellement gentil d'emmener Keenan à ce match, alors que…

— Alors que c'était vous que je voulais emmener ?

Elle haussa les épaules encore une fois, embarrassée. Il la regardait de nouveau de cette façon qui la troublait délicieusement. Il était sans doute préférable de définir rapidement les règles du jeu.

— Vous savez, je ne sors pas avec les hommes, je n'accepte pas les invitations… J'aurais dû vous le dire tout de suite.

— Jamais ?

— Non, c'est mieux ainsi. Les hommes se moquent pas mal de Keenan et font semblant de s'intéresser à lui pour mieux me convaincre de les suivre au lit.

Coop dut s'éclaircir la gorge et Zoe éclata de rire.

— Ce qu'ils n'ont pas compris, c'est que je vois très bien leur petit jeu. Vous voyez, Keenan et moi, on forme une équipe. En tant que reporter sportif, vous imaginez bien ce que ça peut vouloir dire.

— Bien sûr, c'est très clair.

— Bref… vous lui avez fait passer une journée mémorable et j'ai l'impression d'abuser de votre gentillesse pour ce soir.

Elle était sincère, songea Coop. Cela se lisait sur son visage, s'entendait au ton de sa voix dénuée d'artifice. Quant à lui, il n'était pas loin de ressentir une pointe de culpabilité. Car l'idée de coucher cette jeune femme dans son propre lit lui avait traversé la tête plus d'une fois.

— Ce n'est pas grand-chose, franchement. Il est endormi, c'est ça ?

— Oui, il s'est littéralement effondré, avec toute l'excitation de la journée…

— Très bien, dans ce cas, je mangerai votre brownie en regardant la télévision. O.K. ?

Le visage de Zoe s'illumina d'un sourire radieux.

— O.K. J'ai laissé le numéro de téléphone du bar sur la table basse, juste au cas où. Les Finkleman rentrent chez eux vers 23 heures. Ils pourront vous relayer, si vous voulez.

— Non, ça devrait aller, merci.

— C'est moi qui vous remercie, vraiment. Je termine mon service à 2 heures, à la fermeture, en fait.

— Ça vous fait une longue journée…

— Heureusement, demain, c'est mon jour de congé.

Elle attrapa son sac à main, balaya la pièce du regard comme pour vérifier une dernière fois que tout irait bien.

— Faites comme chez vous, promis ?

— Ne vous inquiétez pas, à tout à l'heure.

Il la regarda franchir le seuil de la porte, juchée sur ses talons vertigineux. Cette femme avait le visage d'une sirène, le corps d'une déesse et des jambes susceptibles de faire tourner la tête de tout homme normalement constitué ! Et pourtant elle avait clairement défini les règles. Pas question d'imaginer autre chose qu'une saine camaraderie.

Coop soupira et résolut de se servir une part du brownie qu'elle avait préparé pour lui.

L'orage éclata peu avant minuit. Coop avait pris Zoe au mot et s'était confortablement installé sur le canapé, les pieds posés sur la table basse. Il somnolait vaguement devant un vieux film de guerre, regrettant de ne pas avoir descendu une ou deux bières de chez lui. En ouvrant le réfrigérateur de Zoe, il n'avait trouvé que du lait, du jus de fruits et une bouteille de mixture verte non identifiée.

Il s'était un peu promené dans les pièces du rez-de-chaussée — c'était dans sa nature d'explorer les lieux où il se trouvait. Comme la première fois qu'il était entré dans cette maison, il s'était fait la réflexion que Zoe n'était pas vraiment maniaque. Mais le joyeux désordre qui régnait çà et là faisait de sa demeure un endroit confortable, douillet même. Coop ne savait pas si c'était voulu comme ça ou si ce charmant fouillis était lié au fait que Zoe avait un enfant à élever et deux jobs à mener de front.

Dans sa bibliothèque, il trouva principalement des livres sur les fleurs, les réparations de voiture, les impôts et d'autres ouvrages pratiques.

Il ne pouvait s'empêcher de penser que c'était du gâchis pour une femme aussi belle et intelligente de s'enfermer dans ses bouquins et dans deux boulots qui ne la mèneraient nulle part.

Mais après tout ce n'était pas son problème.

Le roulement du tonnerre s'harmonisait parfaitement avec la scène d'artillerie sur l'écran du téléviseur. Ce baby-sitting n'était pas si terrible, finalement.

Ce fut à ce moment-là qu'il entendit des pleurs.

Les marines ne pleuraient pas comme ça, pensa-t-il confusément, et certainement pas en plein combat contre les nazis. Il bâilla, redressa la tête et aperçut Keenan.

Le petit garçon se tenait en bas de l'escalier. Il portait un pyjama Batman et tenait un gros chien en peluche dans ses bras. Des larmes coulaient abondamment sur ses joues.

— Maman ! s'écria-t-il d'une voix aiguë, pleine de terreur. Où est ma maman ?

— Elle est à son travail, répondit Coop en se levant d'un bond. Quelque chose ne va pas, bonhomme ?

Un éclair illumina la pièce, tandis que le tonnerre grondait de plus belle. L'enfant poussa un cri strident et se précipita dans les bras de Coop.

— J'ai peur ! Il y a des monstres dehors ! Ils vont venir me prendre.

— Oh… pas de panique, c'est juste un coup de tonnerre. Il y a un orage.

— Non, ce sont des monstres ! sanglota Keenan. Je veux ma maman.

Le pauvre petit tremblait. Suivant un instinct qu'il ne se connaissait pas, Coop l'assit sur ses genoux et le prit dans ses bras.

— On dirait que tu n'aimes pas trop les orages, hein ?

Keenan acquiesça tout en pleurant.

— Il ne faut pas en avoir peur. Dis-toi que ce sont des feux d'artifice. Tu sais, comme le jour de la fête nationale ou après un match victorieux. Peut-être qu'ils ont fait un superjeu dans le ciel. Ils font la fête maintenant.

— Des monstres, répéta l'enfant.

Mais il s'était suffisamment calmé pour relever la tête et regarder Coop.

— Des gros monstres noirs avec des dents très pointues.

Un nouveau coup de tonnerre retentit.

— Oh ! tu vois, ils veulent me manger.

Coop toucha les petits biceps de l'enfant et prit l'air expert.

— Nan, tu es trop fort pour eux.

— Ah bon ?

— Et comment ! Si un monstre te voyait, je peux te garantir qu'il filerait en courant. Ils n'oseraient jamais s'attaquer à Coop et au Keen-man !

Keenan renifla bruyamment et passa la main sur ses yeux inondés de larmes.

— Tu crois vraiment ?

— Absolument. Allez, rentrez chez vous, les monstres !

— Je peux quand même rester avec toi ?

— Bien sûr, bonhomme. Essaie de te rendormir.

L'enfant se blottit contre lui et soupira de bien-être. Quelques instants plus tard, il s'était endormi.

Zoe était morte de fatigue lorsqu'elle rentra chez elle. Il n'était pas loin de 3 heures du matin et cela faisait quasiment vingt-quatre heures qu'elle était à pied d'œuvre. Elle ne rêvait que d'une chose : s'effondrer sur son lit pour dormir.

Elle les aperçut sur le canapé, dans la lumière grisée de l'écran. Ils étaient enlacés sur le canapé, son fils blotti dans les bras de Coop. Sa gorge se serra en les voyant, homme et enfant, profondément endormis. La main bronzée de Coop reposait sur les cheveux dorés de Keenan.

Elle posa son sac et ses clés sans les quitter du regard.

Comme son fils avait l'air petit, et en même temps si bien protégé !

Sans faire de bruit, elle ôta ses chaussures et avança vers eux sur la pointe des pieds. D'un geste naturel, elle passa la main sur les cheveux de Coop, puis souleva doucement son enfant lourd de sommeil.

Keenan s'étira et se lova contre elle.

— Maman…

— Oui, mon bébé, murmura-t-elle en l'embrassant.

L'odeur familière de son fils s'était mélangée à celle de Coop.

— Il y a des monstres qui sont venus, mais nous leur avons fait peur…

— Ça ne m'étonne pas, mon trésor.

— Coop a dit que le tonnerre, c'était juste un feu d'artifice. Et moi, j'aime les feux d'artifice.

— Je sais.

Elle le porta jusqu'à son lit, le borda tendrement et l'embrassa.

— Rendors-toi maintenant, mon chéri.

Mais Keenan avait déjà refermé les yeux. Elle le regarda un instant, puis retourna dans le salon.

Assis à présent, Coop se frottait les yeux. Zoe éteignit la télévision et prit place sur le bord du canapé.

— L'orage l'a réveillé ? demanda-t-elle à voix basse.

— Oui.

Sa voix était rauque. Il l'éclaircit.

— Il a eu peur.

— Il m'a dit que vous aviez chassé les monstres tous les deux.

— C'était ce qu'il y avait de mieux à faire.

Coop la regarda attentivement. Ses beaux yeux bruns étaient marqués par la fatigue, mais elle lui souriait avec douceur. Aussitôt, il se sentit tout à fait réveillé.

— Il va bien maintenant ?

— Très bien. Vous feriez un très bon père, vous savez.

Coop se leva aussitôt.

— Oh ! ça c'est vous qui le dites, mais ce n'était rien.

— Pour moi, c'était beaucoup.

Zoe avait remarqué qu'elle l'avait embarrassé, mais elle ne comprenait pas pourquoi.

— Si vous voulez, reprit-elle, je vous préparerai un bon petit déjeuner, demain.

— Eh bien…

— Je vais vous préparer des pancakes pour vous remercier. Mme Finkleman m'a dit que vous achetiez beaucoup de pizzas et de nourriture chinoise. J'en déduis que vous ne devez pas cuisiner. Vous aimez les pancakes ?

— Qui n'aime pas ça ?

— Dans ce cas, faites-moi signe quand vous serez réveillé. Je vous en apporterai.

Comme elle l'avait fait au moment de le réveiller, elle lui passa la main dans les cheveux pour remettre en place une mèche qui cachait son regard.

— Merci de m'avoir aidée, murmura-t-elle.

Il fit un pas en arrière, prêt à partir, puis marmonna une parole incompréhensible et se retourna.

— Il y a encore une chose que je veux faire, d'accord ?

Sans lui laisser le temps de répondre, il prit son visage entre ses mains et s'empara de ses lèvres.

C'était un baiser rapide, délicat, mais il fit naître des étincelles dans le cœur de Zoe.

Comme elle demeurait immobile, Coop releva la tête pour la regarder. Elle aussi le regardait, avec des yeux brillants, plus sombres que d'ordinaire. Elle ouvrit la bouche, comme si elle voulait parler, mais il secoua la tête et l'embrassa de nouveau. Cette fois-ci, ce fut un baiser plus long, plus profond, qui arracha un gémissement à Zoe.

Elle se laissa chavirer contre lui, l'enlaça à son tour et caressa doucement ses cheveux. Ils étaient là, prisonniers volontaires l'un de l'autre, incapables de se détacher.

L'un d'eux trembla. Coop n'aurait su dire lequel. Cela n'avait pas d'importance. Seule comptait la saveur tiède et unique de ce baiser qui coulait dans sa bouche et dans son sang. C'était comme un rêve dont il ne voulait pas se réveiller, un de ceux qui font perdre jusqu'à la notion de la réalité.

La réalité, Zoe l'avait oubliée, elle aussi. Tout ce qu'elle savait, en cet instant magique, c'est qu'elle se trouvait dans des bras forts et volontaires et que ses désirs, si longtemps assoupis, reprenaient vie d'un seul coup, avec une intensité qui la laissait chancelante.

Caresse-moi. Elle se demanda si elle venait de prononcer ces mots à voix haute ou si elle les avait simplement pensés. Mais la main de Coop, sûre et ferme, descendit le long de son dos, allumant des feux délicieux sur chaque parcelle de peau qu'il touchait, à travers le tissu de son bustier.

— Coop…

Elle avait envie de lui, terriblement envie de le laisser continuer et de s'abandonner aux délices de cette étreinte. Mais elle n'était plus une jeune fille inconséquente comme autrefois. Elle se souvenait des brûlures de l'amour physique et du sentiment de solitude qu'elles laissaient après s'être éteintes.

— Coop… non.

Coop s'immobilisa, resta quelques instants contre sa bouche et releva la tête péniblement.

— C'est le moment où je dois te dire que je suis désolé ? demanda-t-il d'une voix rauque.

Elle secoua la tête.

— Non, ne sois pas désolé, je ne le suis pas, moi.

— Tant mieux. Car je ne le suis pas non plus. Je rêve de t'embrasser depuis ce jour où j'ai vu tes pieds.

— Pardon ?

— Tes pieds. Tu étais juchée sur une échelle en train de peindre. Tu ne portais pas de chaussures. Tes pieds sont incroyablement sexy.

— Ah bon ?

Elle s'esclaffa, nerveuse. Cet homme était incroyable. Comment parvenait-il à la faire rire juste après l'avoir troublée à lui en faire perdre la raison ?

— Merci !

— Je ferais mieux d'y aller, maintenant.

— Oui, il vaut mieux.

Cette fois-ci, au moment de partir, il se retourna pour lui dire :

— Autant que tu le saches, je n'ai pas l'intention de manigancer quoi que ce soit pour faire l'amour avec toi, mais c'est tout de même ce que je désire. Il me semblait préférable de te le dire.

— Merci de m'avoir prévenue…, répondit-elle d'une voix tremblante.

Lorsque la porte se fut refermée derrière lui, Zoe se laissa tomber sur le canapé.

Que devait-elle faire, à présent ?

6

Lorsque Coop parvint à s'arracher du lit, le lendemain matin, il était presque midi. Hagard, il se dirigea jusqu'à la salle de bains. Il fallut que l'eau coule longtemps sur son visage pour qu'il puisse enfin ouvrir les yeux. Il s'essuya rapidement, songea un bref instant à se raser, puis renonça à cette idée.

Il s'habilla avec un short de sport et un T-shirt et actionna la cafetière. Pendant que le café passait, il ouvrit la porte de chez lui et laissa la lumière généreuse du soleil achever de le réveiller.

Zoe et Keenan étaient dans le jardin. Ils riaient tous les deux. La mère essayait d'aider son fils à lancer des balles en mousse avec une batte en plastique. A ce que Coop pouvait voir, ce n'était pas un franc succès, mais le gamin avait l'air de beaucoup s'amuser. Il voulut rentrer avant que l'un d'eux ne l'aperçoive, mais ne put s'empêcher d'intervenir.

— Il ne réussira jamais à taper dans la balle de cette façon ! s'écria-t-il.

Aussitôt, deux paires d'yeux noisette se tournèrent dans sa direction.

— Bonjour, Coop ! Ohé ! Regarde, je joue au base-ball !

Tout excité par l'apparition d'un spectateur, Keenan se mit à faire tourner sa batte autour de lui et manqua frapper sa mère au menton.

— Hé, attention, champion ! dit-elle en riant. Bonjour, Coop. Tenté par un petit déjeuner ?

— Ah, ce n'est pas une mauvaise idée, ça.

Keenan essaya une nouvelle fois de renvoyer la balle et la maladresse de son mouvement fit grimacer Coop. Son swing ressemblait à celui d'une fille. Il fallait que quelqu'un montre à ce gosse comment on tient une batte. Il descendit prestement l'escalier.

— Tu secoues beaucoup trop ta batte, bonhomme.

Zoe fronça les sourcils.

— Pourtant, dans le livre que j'ai acheté, j'ai lu que…

— Un livre !

Il jura sans s'en rendre compte et Keenan l'imita aussitôt.

— Pardon, maman, murmura-t-il, tout penaud, comme elle le regardait avec sévérité.

— C'est ma faute, Zoe, désolé, ça m'a échappé. Mais franchement, les livres sont faits pour apprendre à lire et à compter, mais pas à jouer au base-ball !. Keenan, tu t'y prends comme une fille.

Coop se positionna derrière l'enfant pour l'aider à positionner ses mains sur la batte.

Zoe, qui avait été près de se ranger à l'avis de l'expert, tiqua sur la comparaison.

— Qu'est-ce que tu as dit ? Sous-entendrais-tu que les filles ne font pas de bonnes sportives ?

— Non, ce n'est pas ce que j'ai dit… Là, tu sens le mouvement des épaules ? Il y a plein d'athlètes féminines extraordinaires… Regarde bien la balle, Keenan.

Coop referma une main sur celle du petit garçon, tout en lançant la balle de l'autre. La batte la frappa d'un coup sec.

— Oh ! j'ai réussi à l'envoyer ! s'exclama l'enfant. Je l'ai frappée vraiment fort !

— Un vrai swing de champion, concéda Coop en souriant.

Puis il releva la tête vers Zoe.

— Je croyais que vous deviez préparer des pancakes ?

— Oui… mais, j'espère que tu ne pensais pas ce que tu disais au sujet des filles, et…

— Oh ! allez, n'en fais pas tout un plat. Moi je ne sais pas comment on fait les pancakes et toi tu ne connais rien au base-ball. Pourquoi est-ce qu'on ne ferait pas ce qu'on sait faire ?

Zoe prit la direction de la cuisine en marmonnant avec humeur.

— Comme si c'était un truc incroyable de frapper une stupide balle avec une stupide batte !

— En tout cas, tu ne sais pas ! lança Coop qui l'avait entendue.

Elle s'arrêta net, piquée au vif.

— Bien sûr que je sais le faire !

— C'est ça… Allez, Keenan, on essaie encore une fois.

— Non, cette fois-ci c'est à mon tour, coupa Zoe qui vint prendre la batte des mains de son fils.

— Oh ! maman, tu vas essayer de frapper la balle ? C'est vrai ?

— Et comment que je vais la frapper, cette balle !

Zoe tendit la main pour que Coop lui donne la balle. Elle la lança, fit un swing et envoya la balle jusqu'à la haie qui bordait la maison. Keenan poussa un cri victorieux et s'élança pour aller la rechercher.

Coop la regardait, avec un air mi-appréciateur mi-moqueur.

— C'est pas mal, pour une fille. Mais quand on lance soi-même la balle, ce n'est pas très compliqué.

— Ohé ! Coop, je t'envoie la balle !

Keenan dut s'y reprendre à trois fois, se rapprochant chaque fois davantage pour essayer d'envoyer la balle pas trop loin de Coop.

— Si j'ai bien compris, tu ne penses pas que je serais capable de rattraper la balle si tu me l'envoyais.

— Tu veux essayer ?

— Et comment !

— Très bien, mais, dans ce cas, il faut que tu tournes un peu plus les épaules, comme ça… Non, Zoe, là tu tiens la batte comme si tu voulais enfoncer un clou avec un marteau. O.K., là c'est parfait !

Coop recula et envoya la balle. Ce n'était pas très violent, mais Zoe serra les dents pour se concentrer. Son honneur et l'image de la femme qu'elle voulait donner à son fils étaient en jeu. Lorsque la batte heurta la balle, elle fut la première surprise. Coop la rattrapa une seconde avant qu'elle ne heurte son nez.

— Et voilà !

Zoe rendit la batte à Coop sous le regard admiratif de son fils et se frotta les mains.

— Bien, je vais aller m'occuper des pancakes, à présent.

— Oh ! elle l'a frappée vraiment fort, dit Keenan, médusé.

— C'est vrai, répondit Coop en la regardant s'éloigner. Ta mère n'est pas n'importe qui, mon bonhomme.

— Est-ce que tu veux bien m'envoyer la balle, à moi aussi ? Dis, Coop, tu veux bien ?

— Bien sûr, tu es prêt ?

— Oui, prêt !

Tout en finissant de disposer les pancakes sur un plat, Zoe les regardait par la fenêtre. Son fils lançait la balle encore une fois. Celle-ci n'allait pas très loin, mais Coop faisait semblant de plonger pour la rattraper.

— Ah, mais tu me donnes vraiment du fil à retordre, Keenan ! s'écria-t-il.

Le petit garçon se jeta dans ses bras. Touché par sa spontanéité, Coop s'amusa à le retourner la tête en bas, ce qui provoqua des rires en cascade.

Passer du temps avec Keenan devint bientôt une habitude pour Coop. Ce n'était jamais vraiment organisé, mais ils jouaient souvent dans le jardin et, parfois, il lui proposait de monter chez lui pour s'amuser avec le panier de basket-ball.

Ce n'était pas qu'il s'attachait à l'enfant, se disait-il souvent. Mais quand il avait du temps libre et que le petit voulait le voir, pourquoi se serait-il refusé le plaisir de passer un bon moment avec lui ? Il n'y avait aucun mal à cela. Et puis ce n'était pas désagréable de lire l'admiration dans ses grands yeux innocents. Le gosse le considérait manifestement comme un héros.

Et quand il venait lui rendre visite en compagnie de sa mère, c'était encore mieux !

Seulement, depuis l'épisode de l'orage et du baiser, Coop avait davantage croisé Keenan que Zoe. Cette dernière se montrait relativement amicale, mais prudente. Il avait du moins l'impression qu'elle faisait de son mieux pour ne jamais se retrouver en tête à tête avec lui.

C'était un mystère qu'il devait élucider.

Il referma l'écran de son ordinateur et ramassa quelques petites voitures que Keenan avait oubliées lors de sa dernière visite. Telle qu'il connaissait Zoe, les jouets feraient une meilleure entrée en matière qu'un bouquet de roses.

Il descendit de chez lui et alla frapper à la porte de la cuisine.

Zoe, qui était dans la buanderie, referma le couvercle de la machine à laver.

— Qui est-ce ?

— Coop ! Je te dérange ?

Elle hésita, appuya sur le bouton de démarrage et cria :

— Non, non, entre ! J'arrive dans un instant.

Puis elle attrapa le panier de linge propre à trier. Ce n'était pas une tâche urgente, mais elle le prit avec elle dans la cuisine, un peu dans un réflexe de défense.

Mon Dieu, ce qu'il était séduisant ! songea-t-elle en voyant Coop. Cela faisait un certain temps qu'elle s'efforçait de ne pas s'attarder sur cette idée. Il était si viril, avec son corps athlétique, ses muscles longs, ses cheveux bruns un peu décoiffés et ses yeux d'un vert limpide et perçant. Comme elle aurait aimé que son cœur se tienne tranquille lorsqu'il lui adressait un de ces petits sourires charmeurs dont il avait le secret !

— Bonjour, Coop.

Elle posa le panier de linge sur la table de la cuisine et commença aussitôt à trier les chaussettes, pour s'occuper les mains.

— Bonjour, Zoe.

La cuisine était en désordre, comme d'habitude, observa silencieusement Coop. Cette femme avait vraiment besoin de quelqu'un pour l'aider à organiser. Mais Dieu ! qu'elle sentait bon !

— Keenan a oublié ses petites voitures chez moi, dit-il en les posant sur la table. Je me suis dit qu'elles lui manquaient peut-être.

— Merci, c'est gentil.

— Il est où, d'ailleurs ?

— A l'école.

— Ah oui, c'est vrai. Tu viens de rentrer de la boutique ?

— Oui… les affaires marchent assez bien, en ce moment. Nous avons deux mariages prévus. En fait, je pourrais travailler à plein temps pendant trois semaines si je le voulais, mais ça ne colle pas trop avec l'emploi du temps de Keenan.

— Comment ça, tu pourrais travailler à plein temps ?

— Eh bien, c'est la saison des mariages. Les arrangements floraux demandent beaucoup de temps et de mains. C'est pour ça que Fred m'a demandé si je pouvais travailler à plein temps pendant quelques jours.

— C'est plutôt une bonne chose, non ?

— Oui, mais Keenan est à l'école maternelle et il sort à 15 heures tous les jours. Et puis, la semaine prochaine, c'est mon tour d'aller chercher les enfants à l'école — on fait un roulement avec d'autres parents. Et je lui ai promis que je l'emmènerai à la piscine avec ses amis vendredi prochain. Il attend ça avec impatience.

— Ah oui, c'est vrai, il m'en a parlé.

Au moins vingt fois, songea Coop.

— Je n'ai pas envie de le décevoir.

— Dans ce cas, je pourrais l'accompagner.

— Toi ?

Coop n'en revenait pas d'avoir fait une pareille proposition. Il eut un haussement d'épaules.

— Oui, moi. Ce n'est pas si compliqué. Et il peut rester avec moi quand il rentre de l'école.

Zoe le regardait, sidérée.

— Mais, et ton travail ?

— J'écris la plupart de mes articles chez moi et Keenan pourrait m'accompagner quand j'irai au journal ou quand j'aurai une interview. Cela l'amusera peut-être.

— C'est sûr, mais…

Elle ne comprenait décidément rien à cet homme.

— Mais pourquoi tu ferais une chose pareille ?

Coop se sentait bien en peine de répondre à cette question. Il botta en touche.

— Et pourquoi pas ? Il n'est pas si pénible que ça !

— Peut-être, mais il y a aussi mon tour de ramassage scolaire !

— J'ai le permis de conduire et ça ne doit pas être très compliqué d'emmener et de raccompagner un groupe d'enfants à l'école.

— Il faut le dire vite, fit-elle avec une grimace. Et la séance de piscine que je lui ai promise ?

— J'étais capitaine de l'équipe de natation à la fac.

Elle parut intriguée.

— Ah bon, je croyais que toi, c'était le base-ball.

— Oui, bien sûr. J'étais capitaine de l'équipe de base-ball aussi, et je n'étais pas mauvais au basket-ball non plus.

Soudain, Coop se rendit compte que ses propos pouvaient paraître un peu vantards, comme ceux d'un adolescent qui essaie d'impressionner les filles. Un peu honteux, il fronça les sourcils et s'appliqua à faire glisser une petite voiture sur la table de la cuisine.

— Keenan m'a dit que tu faisais très bien les bruits de moteur.

— Ah oui, c'est un autre de mes talents.

Il semblait embarrassé, constata Zoe, attendrie.

— Ecoute, je suis très touchée par ta proposition, mais mieux vaut qu'on avise au jour le jour, d'accord ? Si tu t'aperçois que c'est trop pour toi…

A ces mots, son regard se durcit.

— Je crois que je suis tout de même capable de gérer un gosse de quatre ans et quelques-uns de ses copains !

— Très bien, mais si tu te rends compte finalement que tu n'as plus envie de le faire, tu me le dis, ça ne posera pas de problème et je comprendrai.

— C'est entendu. Quand est-ce que je commence ?

— Demain, ce serait génial.

— Alors demain.

Une bonne chose de faite, se dit Coop. Maintenant, il fallait passer à une tout autre affaire qui lui tenait à cœur.

— Et si on dînait ensemble ?

Les yeux de Zoe s'agrandirent de surprise.

— Euh… oui, si tu veux. J'ai prévu du poulet pour ce soir, je le ferai sans doute rôtir.

— Ce n'est pas tout à fait ce que j'avais en tête.

Il fit un pas en avant. Elle recula instinctivement.

— Je voulais parler d'un dîner tous les deux, au restaurant.

— Ah… eh bien, je dois travailler, ce soir.

— Demain soir, alors.

— Tu sais, je ne sors pas beaucoup…

— J'avais remarqué. Qu'est-ce qui te fait peur, Zoe ?

— Toi.

Irritée contre elle-même, elle leva une main dans un

geste de découragement. Il la saisit au vol et la plaqua contre sa poitrine.

— Je... je ne veux pas sortir avec quelqu'un, commencer quoi que ce soit. J'ai... de très bonnes raisons pour cela.

— Il faudra que tu m'en parles un de ces jours, murmura Coop en lui effleurant la joue des doigts.

— J'espère que tu ne vas pas m'embrasser encore ? répondit-elle d'une voix étranglée.

— Bien sûr que si.

Il posa aussitôt ses lèvres sur les siennes et garda les yeux ouverts, tandis qu'il taquinait de sa langue la lèvre inférieure de Zoe, la mordillant délicatement pour exciter son désir.

— Tu as une bouche incroyable.

La vision de Zoe se brouilla. Son cœur battait à tout rompre. Les sensations qui s'éveillaient en elle étaient si délicieuses que, pour rien au monde, elle n'aurait voulu que ce moment cesse. Sa volonté cédait sous l'afflux du désir qui s'emparait d'elle. Cela faisait trop longtemps qu'elle n'avait pas éprouvé le plaisir de se sentir femme dans les bras d'un homme. Dans ses bras, elle se sentait fondre comme neige au soleil.

Il n'avait pas imaginé que ce baiser aiguiserait à ce point ses sens, jusqu'au point où la volupté devenait presque une douleur, une urgence absolue. Au début, il avait simplement voulu l'embrasser, mais déjà ses mains commençaient à l'explorer, à la serrer.

— Coop... il faut que je réfléchisse.

— Tu penseras plus tard, dit-il en pressant sa bouche contre sa gorge.

C'était merveilleux de sentir ce tourbillon sensuel l'emporter, mais elle savait très bien jusqu'où ça risquait de la mener.

— Coop, nous ne devons pas...

— Mais si, laisse-moi te montrer.

— J'ai le vertige, il faut que tu t'arrêtes, je t'en prie.

Oh ! tu n'imagines même pas ce que tu es en train de me faire.

— Je n'ai même pas commencé. Viens là-haut, viens là-haut avec moi, Zoe. J'ai envie de serrer ton corps contre le mien, j'ai envie de me sentir en toi.

— Moi aussi…

Elle tremblait, le désir montait en elle comme un feu dévastateur.

— Coop, il faut que je réfléchisse. Je n'ai pas fait cela depuis cinq ans, tu sais…

Il releva doucement la tête pour la regarder. Ses yeux étaient voilés par le désir et sa bouche, gonflée par les baisers qu'il lui avait donnés.

— Personne ?

— Non… Avant même la naissance de Keenan, j'ai eu l'impression que tout désir physique s'était éteint en moi — et là, c'est comme si tu venais de rallumer la flamme. Je ne sais pas comment gérer ça.

— Et le père du petit ? Tu l'aimes toujours ?

— Non.

L'idée était presque risible, à la vérité.

— Non, ça n'a rien à voir avec lui… Enfin si, un peu, mais… Il faut que je m'asseye. Je savais que ça arriverait. Je l'ai su la première fois que je t'ai vu. Il n'y a personne dans ma vie, parce que je ne voulais pas. Parce que Keenan était tout ce qui comptait pour moi. J'ai des projets aussi…

Elle prononça ces derniers mots avec un dépit qui surprit Coop. Son ton était presque accusateur.

— J'ai des projets. Je voudrais faire des études, je voudrais ouvrir mon propre magasin de fleurs un jour.

Sa voix montait en puissance. Coop ne comprenait pas ce qui était en train de se passer.

— Zoe…

Mais elle ne le laissa pas l'interrompre.

— Et tout se passait très bien. J'ai réussi à acheter

la maison. Je voulais que Keenan grandisse dans une maison, avec un jardin, de gentils voisins. Tout le monde m'a dit que j'étais folle, que je n'y arriverais jamais, que je m'en voudrais un jour d'avoir tout sacrifié pour élever seule un enfant. Mais ça, je ne le regretterai jamais. Mon fils est la plus belle chose qui me soit arrivée. Et je m'en suis bien sortie : Keenan est intelligent, drôle… merveilleux. Nous menons une existence heureuse et je sais que je peux encore l'améliorer. Je n'ai jamais eu besoin de personne. Et maintenant, mon Dieu, je suis amoureuse de toi !

Coop se figea instantanément.

— Quoi ?

— Quelle horreur ! Mais quelle horreur !

Elle pleurait à présent et prit une petite chaussette dans le panier à linge pour s'essuyer les yeux.

— Ce n'est peut-être rien, reprit-elle. Une histoire d'hormones ou je ne sais quoi. Mais quand je t'ai vu l'autre jour, endormi sur le canapé, avec Keenan dans les bras… C'était tellement adorable. Et puis tu m'as embrassée et, là, tout a pris des proportions folles. Comme lorsque tu apprenais à Keenan à lancer cette stupide balle, dans le jardin. Ou que tu mangeais mes pancakes en me regardant. J'arrive à peine à respirer quand tu me regardes.

Coop était sous le choc. Il comprenait à peine ce que Zoe était en train de lui dire.

— Attends… je n'ai pas tout suivi.

— Bien sûr, je parle à tort et à travers. C'est ma faute. Tu as été si gentil avec Keenan et honnête avec moi. Crois-moi, je sais que je suis responsable de mes émotions.

Comme il la regardait, avec l'air apeuré de quelqu'un qui est menacé par une bête féroce, elle ajouta en souriant :

— Je suis désolée, Coop. Je n'aurais pas dû m'épancher ainsi devant toi. J'ignorais même à quel point mes sentiments étaient confus.

Il prit une profonde inspiration.

— Ecoute, Zoe, j'aime beaucoup ton fils et tu m'attires énormément, mais…

— Tu n'es pas obligé de m'expliquer quoi que ce soit. C'est très clair. Je n'attends rien de toi et je suis vraiment désolée si je t'ai mis mal à l'aise. Mais je me sens mieux, maintenant.

Curieusement, c'était la vérité.

— Quand nous ferons l'amour, ce sera en connaissance de cause, conclut-elle.

— Quand nous… ?

— Nous savons tous les deux ce qui va se passer, reprit-elle calmement. Nous en avons tous les deux envie et c'est mieux de le reconnaître et de l'assumer plutôt que de supporter cette tension entre nous. Keenan a envie de passer la nuit chez un petit copain bientôt. Je peux arranger ça.

Elle ne put s'empêcher de rire en voyant l'expression de surprise de Coop.

— Je suis navrée, mais c'est un peu compliqué d'être totalement spontanée avec un enfant de quatre ans dans les parages. J'espère que ça ne te dérange pas si l'on prévoit assez tôt la nuit que nous passerons ensemble.

— Non, pas du tout… Enfin… Bon sang, Zoe !

— Si tu préfères renoncer ou que tu veux un peu de temps pour réfléchir, ce n'est pas un problème.

Il la regarda intensément et sentit le désir l'assaillir de plus belle. Le désir et quelque chose d'autre, de totalement différent. Et de totalement nouveau.

— Non, j'ai envie de toi. Quand tu veux.

— Pourquoi pas lundi soir ?

— J'ai un match, ce soir-là.

Coop n'en revenait pas d'être là, en train de prendre date pour faire l'amour, comme s'il s'agissait d'un rendez-vous chez le dentiste.

— D'accord… alors mercredi ?

— Ça me va. Est-ce que tu veux que nous allions dîner quelque part avant ?

— Non, ce n'est pas la peine. Je n'ai pas besoin de fleurs ou de chandelles. Je monterai chez toi dès que Keenan sera chez son ami.

— D'accord… Je crois que je ferais mieux de rentrer travailler, maintenant.

— Est-ce que tu es toujours d'accord pour garder Keenan, demain ?

— Bien sûr. Tu n'auras qu'à lui dire de venir frapper à ma porte.

— Merci mille fois. A bientôt.

Elle l'écouta remonter les marches de son escalier. C'était certainement une erreur, songea-t-elle en pliant machinalement son linge. Mais elle en avait fait d'autres. La vie est trop fade si l'on passe son temps à éviter le danger.

7

— Et il envoie la balle et marque !

Coop imita le bruit d'une foule en délire, alors que Keenan venait d'envoyer le ballon dans le panier.

— Je peux le refaire encore ! Je peux, dis ?

Perché sur les épaules de Coop, Keenan balançait d'excitation ses petits pieds chaussés de pantoufles.

— Le public en redemande, bonhomme ! Allez, prends le ballon. Et attention, cette fois-ci, c'est la balle de match ! Compris ?

— Compris !

— Un frisson traverse la foule, tandis que Fleming s'approche de la zone de tir. Ce soir, il joue le match de sa vie ; tout repose dans cette action qu'il s'apprête à exécuter. Il regarde le panier. Est-ce que tu regardes le panier, Keenan ?

— Je ne le quitte pas des yeux, répondit l'enfant en plissant le front.

— Il vise et… lance !

Keena rassembla tous ses efforts et, de son perchoir, envoya le ballon dans le panier.

— Ouais ! La foule en délire pousse des cris d'ovation ! Fle-ming ! Fle-ming !

Coop se mit à faire le tour du canapé avec l'enfant sur ses épaules.

— Salue ton public, Keenan ! Ils sont tous venus pour toi !

Puis, sans crier gare, il fit basculer l'enfant sur le canapé et ils chahutèrent tous les deux en riant.

C'était une manière plaisante d'occuper une journée pluvieuse, se disait Coop. Et ça lui permettait de ne pas trop penser à la nuit à venir.

On était mercredi.

— O.K., Keenan. C'est la pause ! Je dois finir mon article, maintenant.

— Est-ce qu'on va retourner au journal ? J'aime bien aller là-bas ! C'est cool.

— Non, pas aujourd'hui. Je le faxerai lorsque j'aurai terminé. Tu peux regarder un dessin animé en attendant.

— D'accord. Est-ce que je peux prendre une boisson ?

— Bien sûr. Il y a du jus de fruits que ta mère m'a donné pour toi. Tu es bien sage, hein ?

— Oui.

Comme Coop entrait dans son bureau, Keenan descendit du canapé. Il adorait rester avec Coop après l'école. Ils s'amusaient tellement, tous les deux ! Coop ne lui demandait jamais s'il s'était bien lavé les mains et ne lui disait pas que les biscuits risquaient de lui couper l'appétit.

Plus que tout, Keenan aimait lorsque Coop le prenait dans ses bras, le soulevait de terre. Ce n'était pas pareil quand c'était sa mère qui le faisait. Bien sûr, il aimait quand sa maman lui faisait un câlin, surtout à la sortie du bain ou lorsqu'il avait fait un cauchemar. Mais, avec Coop, c'était différent. Et Keenan savait très bien pourquoi : Coop était un papa, pas une maman.

Il aimait bien penser que Coop était son papa et il se disait que, s'il était bien sage, Coop ne partirait pas.

Après une ou deux tentatives infructueuses, Keenan parvint à ouvrir le réfrigérateur ; il était si fier que Coop ait accroché ses dessins sur la porte. Il examina l'intérieur et repéra la bouteille de jus de fruits que sa mère avait achetée pour lui. Il vit également les bouteilles vertes que Coop aimait bien.

B-I-E-R-E, épela-t-il à voix basse. Il se souvint avoir demandé un jour à Coop s'il pouvait goûter, mais c'était pour les grands. Il avait simplement eu le droit de sentir le contenu de la bouteille, ce qui ne lui avait pas du tout donné envie de grandir ! Ce jour-là, il y avait une nouvelle bouteille à l'intérieur de la porte. Keenan essaya de déchiffrer : C-H-A-R-D-O… Il renonça, il y avait trop de lettres, cette fois-ci.

Il prit la bouteille de jus de fruits et la posa sur le sol de la cuisine. Puis il tira une chaise devant le placard pour attraper un verre. Un jour, il serait aussi grand que Coop et n'aurait plus besoin de chaise. Il grimpa dessus et se mit sur la pointe des pieds.

Le fracas d'une chute et le cri immédiat de Keenan firent bondir Coop de sa chaise. Il se cogna le genou contre le bureau et fit voler toutes ses feuilles en sortant de la pièce en courant.

Keenan pleurait. Une chaise était renversée, du jus d'orange coulait abondamment sur le carrelage de la cuisine et la porte du réfrigérateur était restée ouverte. Coop prit le petit garçon dans ses bras et l'installa sur la table de la cuisine.

— Tu t'es fait mal ? Qu'est-ce qui s'est passé ?

Keenan sanglotait sans pouvoir répondre. Coop examina attentivement ses jambes et son dos, terrorisé à l'idée de découvrir des plaies ouvertes ou une fracture.

— Je suis tombé ! finit par dire Keenan en passant les bras autour du cou de Coop.

— Ce n'est rien, ce n'est rien. Est-ce que tu t'es cogné la tête ?

— Noonnn. Je suis tombé sur les fesses.

— Bon, je ne pense pas que ce soit très grave.

— J'ai besoin d'un bisou magique !

— Un bisou magique ?

— Oui, c'est un bisou quand on s'est fait mal.

— Ah… d'accord.

Coop se pencha et déposa un baiser sur le front de Keenan.

— Ça va aller comme ça ?

— Oui… je crois que ça va mieux. Je suis désolé d'avoir renversé tout le jus…

— Ça n'a aucune importance.

Sans même s'en rendre compte, Coop caressait doucement les cheveux de l'enfant pour l'apaiser. Quelque chose se soulevait en lui, ou craquait, il n'aurait su dire quoi.

— Tu n'es pas fâché après moi ? Tu ne vas pas t'en aller ?

— Mais non !

Une violente émotion noua la gorge de Coop, qui comprenait de moins en moins ce qui lui arrivait.

— Je t'aime, dit Keenan avec cette déconcertante facilité de l'enfance.

Coop ferma les yeux en se demandant comment il était possible qu'un homme de son âge puisse être aussi attaché à un petit garçon de quatre ans.

Et voilà, elle y était. Zoe se tenait en bas de l'escalier qui menait jusqu'à l'appartement de Coop. Tout ce qu'elle avait à faire était de monter, d'ouvrir la porte et d'avoir une liaison avec lui. Son ventre était noué.

Comme elle était sotte de se sentir si nerveuse !

Bravement, elle gravit les marches. Après tout, elle était une jeune femme normale, avec des besoins normaux. Et si d'aventure elle se sentait emportée par ses émotions, elle les gérerait comme elle pourrait. C'est plus difficile d'être blessée lorsque l'on n'attend rien.

Plus jeune, elle avait eu des attentes, mais celles-ci avaient été cruellement déçues. On ne l'y reprendrait plus.

Ce qui allait se passer entre Coop et elle était la

conséquence logique d'une attirance physique entre deux célibataires en bonne santé. Mais comme c'était difficile de monter cet escalier !

Tous les détails pratiques étaient réglés. Son fils dormait chez un de ses amis et elle avait pensé à prendre sa pilule. Ce n'était plus le genre d'oubli qu'elle risquait de commettre.

Allez, sans regret, se dit-elle au moment de frapper à la porte.

Coop ouvrit si vite qu'elle manqua sursauter. Ils se regardèrent en silence un instant.

Elle portait une robe légère, avec des fines bretelles rouges qui soulignaient la douceur de sa peau de pêche. Ses cheveux flottaient librement sur ses épaules et ses yeux brillaient d'attente et d'inquiétude. Coop en perdit momentanément l'usage de la parole. Puis il parvint à se reprendre en voyant qu'elle tenait son téléphone portable à la main.

— Bonsoir, dit-il, tu attends un coup de fil ?

— Comment ? Oh ! non…

Elle se mit à rire, consciente de son ridicule.

— Non, seulement, je préfère rester joignable lorsque Keenan n'est pas à la maison.

— Il dort chez son copain, c'est ça ?

— Oui.

Il la laissa entrer et elle posa le téléphone sur le bar de la cuisine.

— Il était ravi et…

Elle s'arrêta net en sentant que la semelle de sa sandale accrochait sur le carrelage.

Coop leva les yeux au ciel.

— Aïe, je n'ai pas dû nettoyer cet endroit tout à l'heure. Nous avons eu un petit incident avec une bouteille de jus d'orange.

— Ah bon ?

— Le petit est tombé d'une chaise, rien de grave,

rassure-toi. Enfin, je crois que j'ai pris dix ans en une fraction de seconde. Ce n'était pas grand-chose, mais la bouteille de jus d'orange s'est renversée.

Comme Zoe se contentait de sourire, il se dirigea vers le réfrigérateur. Pourquoi avait-il le sentiment de parler à tort et à travers ?

— Est-ce que tu veux un verre de vin ?

— Volontiers.

Zoe se rendit compte que Coop était aussi nerveux qu'elle, et cela l'attendrit. A son tour, elle essaya de meubler la conversation.

— Keenan adore passer du temps avec toi. Maintenant, je suis obligée de lire les pages sportives du journal pour suivre ses conversations !

— Il apprend vite.

— Mais moi aussi, dit-elle en acceptant le verre qu'il lui tendait. Tu peux m'interroger sur les derniers résultats des RBI et des ERA !

— C'est pas vrai ? Il t'arrive de regarder des matchs aussi ?

— Parfois, mais je regarde aussi « 1 rue Sésame » : j'aime bien m'intéresser aux goûts de Keenan.

Coop attrapa une mèche de ses cheveux pour jouer doucement avec. Il devenait de plus en plus difficile de parler.

— Il aime aussi les dinosaures, d'après ce que j'ai compris, fit observer Coop.

— Oui, je lui ai pris au moins six livres sur le sujet à la bibliothèque…

Les doigts de Coop s'aventuraient à présent sur la ligne de ses épaules.

— Et je l'ai emmené au musée d'Histoire naturelle…

Elle posa son verre sur le bar et se laissa tomber dans ses bras.

Il l'embrassa avec fougue, comme si cela faisait des jours qu'il attendait cet instant. Zoe se sentit aussitôt fondre de désir. La tension accumulée ces derniers jours, l'impatience, l'attente, tout cela explosait en elle.

— Je n'étais pas sûr que tu viendrais, dit-il dans un souffle.

— Moi non plus. Je…

— Je n'arrive pas à penser à autre chose qu'à toi.

Il la souleva dans ses bras.

— Je pensais que nous irions plus doucement.

— N'attendons plus…, murmura-t-elle comme il l'emmenait jusqu'à sa chambre.

Zoe eut le temps d'apercevoir une pièce ordonnée, avec un parfait équilibre de couleurs claires et foncées. Puis elle se laissa tomber sur le lit, pleine d'ardeur et de hâte. Elle voulait qu'il la touche comme une femme, elle voulait se sentir femme dans ses bras. Les mains qu'il posait sur son corps pour la dénuder la rendaient incandescente. Chaque parcelle de sa peau attendait ses baisers, pulsant sous le feu d'un désir grandissant.

Il n'y avait plus de peur, plus de retenue.

Coop sentait qu'il perdait tout contrôle dans les bras de cette femme incroyable. Zoe était la perfection incarnée, le rêve de tout homme. Belle et nue, avec un corps si fin qu'il peinait à croire qu'elle avait un jour porté un enfant. Dans la douce lumière tamisée du jour déclinant, son visage pur était bouleversant de beauté. Quand il la touchait, il voyait le reflet de son propre désir dans ses yeux perdus.

Ils roulaient l'un contre l'autre, animés par une faim sans pareille. Leurs mains et leurs bouches se cherchaient, s'enlaçaient, s'exploraient. Leurs caresses sensuelles et avides leur arrachaient des soupirs de volupté. Au-dessus, au-dessous, ils s'agrippaient avec passion et frénésie. Quand il sentit que Zoe n'attendait plus que cela, quand il se sentit trop dur pour supporter l'attente, il la pénétra profondément.

La sensation fut si intense que Zoe eut l'impression

qu'une lance brûlante venait d'entrer en elle. C'était si merveilleux qu'ils restèrent un instant immobiles, retardant le moment du plaisir pour mieux le savourer.

Puis ils ne furent qu'un seul et même mouvement, qui allait crescendo. Une course sauvage qui les emmena jusqu'au bout du voyage, dans une explosion de plaisir et de cris.

Ce n'était pas exactement comme ça que Coop avait imaginé les choses.

Ils étaient allongés sur le lit. Zoe était recroquevillée contre lui. La lumière avait presque disparu, et des ombres douces flottaient dans la pièce.

Coop s'était dit qu'ils respecteraient certaines étapes avant de faire l'amour, qu'ils iraient plus doucement, pour apprivoiser le corps de l'autre.

Mais quand il l'avait vue, avec ses grands yeux brillants, avec son sourire impatient et gêné, il avait songé qu'il n'avait jamais autant désiré une femme de sa vie.

Il déposa un baiser tendre sur la tempe de Zoe.

— Comment te sens-tu ? murmura-t-il.

— Mieux que bien, répondit-elle en lui caressant doucement l'épaule.

— J'espère que je n'ai pas trop précipité les choses.

— Non, c'était parfait.

Il laissa glisser un doigt sur son bras, appréciant la douceur et la fermeté de sa peau. Il avait encore envie d'elle. Déjà ! *Contrôle-toi*, s'ordonna-t-il.

— Est-ce que tu vas rester un peu ?

Elle riva son regard au sien.

— Oui.

— Je vais chercher la bouteille de vin, si tu veux.

— C'est une bonne idée.

Elle soupira de bien-être lorsqu'il sortit du lit. Elle avait oublié comment ça se passait après. Et même avant. Et même pendant. Mais cela n'avait pas d'importance. Tout s'était merveilleusement bien passé jusqu'alors.

Ce qui la surprenait encore, c'était tout ce qu'elle avait réussi à oublier pendant toutes ces années. La force du désir, le bonheur de se sentir pleinement exister dans les bras d'un homme. Mais, durant tout ce temps, elle n'avait jamais éprouvé d'amour pour quiconque.

Elle se redressa et ramassa les draps pour se couvrir. Au même moment, Coop entrait dans la chambre, un plateau à la main.

En la voyant dans son lit, Coop ressentit une étrange brûlure, qui touchait à la fois ses sens et son cœur. En silence, il remplit deux verres et s'assit à côté d'elle.

— Pourquoi est-ce que tu n'as pas eu d'aventures ces dernières années ?

Il s'en voulut aussitôt d'avoir posé cette question.

— Pardon, ça ne me regarde pas.

— Oh, ne t'inquiète pas.

Parce que je ne suis tombée amoureuse de personne avant toi, songea-t-elle. Mais ce n'était pas du tout ce qu'il voulait entendre et elle le savait très bien.

— Tu as envie d'en savoir plus sur le père de Keenan ?

— Ça ne me regarde pas. Je suis désolé d'être si indiscret, parfois. C'est une déformation professionnelle.

— C'était il y a très longtemps — dans une autre vie. Ça ne me dérange pas de t'en parler. J'ai grandi à New York. Je t'ai peut-être dit que ma mère était actrice. Je suis née de son second mariage. Elle s'est mariée cinq fois. Enfin… jusqu'ici.

— Cinq fois ?

Zoe fit tourner le vin dans son verre et le porta à ses lèvres.

— Clarice tombe amoureuse et change de mari comme d'autres changent de coiffure. Elle est restée avec mon père quatre ans, avant qu'ils ne divorcent à l'amiable. Ma mère s'est toujours séparée sans histoire. Je n'ai pas vu beaucoup mon père, parce qu'il a emménagé à Hollywood après la rupture. Il fait des publicités et du doublage, principalement. Quand j'étais au lycée, je pense qu'elle en était déjà à son quatrième époux. Mon beau-père travaillait pour une agence de mannequins qui s'appelle *Towers Modeling.* C'est assez connu.

— Oui, j'en ai déjà entendu parler.

— Il m'a fait entrer dans cette agence et j'ai commencé à faire des photos. Et puis j'ai continué.

— Je comprends maintenant, l'interrompit Coop. C'est pour ça que j'avais l'impression de t'avoir déjà vue quelque part.

Elle haussa les épaules.

— Il y a cinq ou six ans, c'était difficile de ne pas me voir. J'ai fait vingt couvertures en un mois, l'année où je suis sortie du lycée.

— C'est ça, et une couverture du magazine *In sports*, pour la collection de maillots de bain.

Zoe sourit.

— Tu as une bonne mémoire, c'était il y a six ans !

Coop se souvint des longues jambes recouvertes de sable et de son visage souriant et sensuel.

— C'était une sacrée photo !

— Et pourtant la séance de shooting avait été effroyable. Enfin bref, je gagnais beaucoup d'argent, j'avais du succès, j'étais invitée à plein de fêtes. C'est à l'une d'elles que j'ai rencontré Roberto.

— Roberto…

Coop ne put s'empêcher de faire une grimace en entendant ce prénom.

— Roberto Lorenzi. Un joueur de tennis. Tu as peut-être entendu parler de lui ?

— Lorenzi ? Bien sûr… Il a gagné Roland-Garros il y a trois ans, il me semble. Mais je sais qu'il a plutôt mauvaise réputation. Fan de courses automobiles, grand séducteur… Il n'a pas gagné grand-chose ces deux dernières années. Il y a eu quelques articles accablants sur lui le printemps dernier, parce qu'il avait bousculé un journaliste.

Il s'interrompit pour boire une gorgée de vin.

— Lorenzi ? C'est le père de Keenan ? Mais c'est un…

— Un casanova ? suggéra Zoe. Un sale égoïste, trop gâté par la vie ? Je le sais… maintenant. Mais, à l'époque, je me suis laissé prendre à son petit manège. Ce que je voyais, c'était un beau et charmant jeune homme, qui m'envoyait des roses et m'emmenait à Monte-Carlo. J'étais totalement étourdie par ses attentions, par ses discours. Il me disait qu'il m'aimait, qu'il me vénérait et qu'il ne pouvait pas vivre sans moi. Je l'ai cru et nous sommes devenus amants. Je pensais qu'il serait l'homme de ma vie, l'unique. Quand j'ai découvert que j'étais enceinte, je n'avais pas encore compris que Roberto s'était déjà lassé de moi. Lorsque je lui ai appris ma grossesse, il s'est mis en colère. Puis il s'est calmé, est devenu « raisonnable ». Il pensait que je souhaitais me faire avorter et m'a proposé de payer tous les frais.

— Quel grand seigneur…

— Il pensait de façon assez logique, en un sens, répondit calmement Zoe. Je démarrais une carrière de mannequin prometteuse et je ne pouvais demander aux agences d'attendre la fin de ma grossesse pour me faire de nouveau travailler. Un enfant, et c'était la fin de tout pour moi. Roberto, de son côté, n'avait pas la moindre intention de m'épouser et supposait que je connaissais les règles du jeu. Et, d'ailleurs, je les ai vite comprises. Seulement, quand je suis allée chez le médecin et qu'il m'a confirmé ma grossesse, quelque chose a changé en moi. Après l'incrédulité, la panique et même la colère, je me suis sentie étrangement bien. Je voulais garder ce bébé. Alors, j'ai laissé tomber le mannequinat et j'ai quitté New York. Après ça, j'ai lu à peu près tout ce que je pouvais sur la maternité et les enfants.

— Juste comme ça ?

— Non, ça n'a pas été si simple. Il y a eu des scènes terribles, on a voulu me présenter ce choix comme le plus insensé que je pouvais faire. Mais j'avais pris ma décision. Roberto et moi nous sommes séparés en assez mauvais termes, mais en tombant d'accord pour qu'il reste en dehors de ma vie comme je resterai en dehors de la sienne.

— Et qu'as-tu dit à Keenan ?

— Ce n'est pas évident. Je me sens parfois coupable à ce sujet. Jusqu'à présent, je lui ai dit que son père avait été obligé de partir et qu'il ne reviendrait pas. Comme c'est un enfant heureux, il ne pose pas de questions. Pour le moment…

— Et toi ? Est-ce que tu es heureuse ?

— Oui, répondit-elle en souriant. Je le suis. Toute ma vie, j'ai rêvé d'avoir une maison, une famille, quelque chose de solide et de durable. Tout ça, je ne l'avais pas connu avant d'avoir Keenan. Il a changé ma vie.

— Et tu n'as jamais eu envie de poser de nouveau pour les photographes ?

— Oh non, pas la moindre envie.

Coop passa la main sur la nuque de Zoe pour étudier son expression.

— Tu as un si beau visage.

En cet instant précis, il n'était pas mécontent de l'avoir pour lui seul.

8

Le covoiturage avait certainement été inventé par quelqu'un doté d'un curieux sens de l'humour. Ayant vécu l'essentiel de sa vie dans des villes où les transports publics ou un jogging matinal permettaient d'aller au travail, Coop n'avait jamais fait l'expérience de la version adulte de ce mode de déplacement.

Mais il avait entendu des histoires à ce sujet. Les disputes, les mesquineries, les voitures bondées, le café renversé sur les genoux du voisin.

Cela faisait à présent une semaine qu'il se chargeait d'emmener Keenan et ses amis à l'école et il était certain que la version enfantine du covoiturage était bien pire encore.

— Il m'a encore pincé, monsieur McKinnon. C'est Brad, il m'a pincé !

— Arrête de le pincer, Brad !

— Mais Carly me regarde tout le temps. Je lui ai dit d'arrêter de me regarder !

— Carly, arrête de regarder Brad, s'il te plaît.

— Je crois que je vais vomir, monsieur McKinnon. Je vais vomir maintenant !

— Mais non, tu ne vas pas vomir.

Le petit Matthew Finney faisait des bruits inquiétants et les autres poussaient des cris, de crainte qu'il ne vomisse sur eux. Coop serra les dents et continua de conduire. Matt annonçait qu'il allait vomir deux fois par jour, sauf quand il était à l'avant de la voiture. Mais Coop avait décidé que chaque enfant s'installerait à côté de lui selon un ordre préétabli.

Keenan, qui avait attendu toute la semaine son tour, se tourna vers l'arrière pour faire des grimaces à Matt.

— Keenan, retourne-toi ! ordonna Coop. Et vous autres derrière, tenez-vous bien. Bon, premier arrêt, tu descends, Matt !

Quinze minutes plus tard, les sièges arrière étaient enfin vides. Coop se gara dans l'allée et posa sa tête sur le volant quelques instants. Quelle migraine !

— J'ai besoin de boire un verre, dit-il.

— Il y a de la citronnade à la maison, si tu veux, proposa Keenan.

— Génial.

Coop sortit de la voiture et aida l'enfant à détacher sa ceinture de sécurité.

— Est-ce qu'on pourra retourner à la piscine ?

L'idée d'accompagner de nouveau un groupe de gamins surexcités à la piscine municipale, dans un futur plus ou moins proche, était une perspective totalement terrifiante.

— Eh bien, tu demanderas peut-être à ta maman de t'y accompagner, la prochaine fois.

Coop jeta un coup d'œil à la banquette arrière et crut défaillir. Plus tôt dans la semaine, il avait commis la même erreur et découvert des bouts de chewing-gum sur le tapis, des miettes de gâteau partout et une mystérieuse substance verte étalée sur les sièges.

— Ohé !

C'était Mme Finkleman, qui leur faisait de grands signes de l'autre côté de la haie. Elle franchit la barrière et s'approcha, tout sourires. Avec sa robe à fleurs et ses sandales bleu électrique, elle ne passait pas inaperçue.

— Alors, c'était comment cette séance de natation, mon trésor ? demanda-t-elle à Keenan.

— Nous avons fait la course et Brad a mis la tête sous

l'eau à Carly, alors que Coop lui avait défendu de le faire. Et même que Carly a pleuré. Oh ! et puis je peux retenir ma respiration sous l'eau pendant douze secondes !

— Incroyable ! s'exclama joyeusement la voisine. Si tu continues comme ça, tu finiras aux jeux Olympiques.

Elle jeta un regard amusé à Coop.

— Vous avez l'air un peu fatigué, vous. Keenan, pourquoi est-ce que tu n'irais pas raconter tout ça à mon mari ? Il a fait un gâteau hier et il en reste pour toi.

— Super !

Keenan tira la main de Coop.

— Tu en veux ? Tu viens avec moi ?

— Je passerai. Vas-y vite !

Mme Finkleman gloussa, tandis que le petit garçon s'élançait joyeusement vers sa maison.

— Quel petit ange ! On va s'occuper de lui pendant deux heures. J'ai comme l'impression qu'un peu de calme vous ferait du bien.

— Je me demande comment font les parents !

— Ah, c'est plus facile quand vous suivez leur développement. Lorsque vous avez passé des nuits à consoler un nourrisson qui a mal au ventre, il n'y a plus grand-chose qui puisse vous faire peur.

Mme Finkleman soupira.

— Sauf peut-être les exposés de sciences à préparer au dernier moment et les premières leçons de conduite. Mais, pour Keenan, Zoe n'en est pas encore là. Et puis franchement, Coop, vous vous en sortez à merveille avec le petit. Avec Harry, on se disait justement que ce serait tellement bien pour elle et pour Keenan d'avoir un homme dans leur vie. Ce n'est pas que Zoe ne se débrouille pas très bien toute seule. Je sais qu'elle élève parfaitement ce petit bout de chou, qu'elle arrive à conjuguer deux boulots et à tenir sa maison. Mais moi, ça me fait chaud au cœur de vous voir jouer avec le petit bonhomme ou de voir le visage de Zoe s'éclairer quand vous êtes dans les parages. Vous formez une jolie petite famille, tous les trois. Mais bon, je bavarde, je bavarde, alors que vous auriez grand besoin de faire une bonne sieste. On s'occupera bien de Keenan.

— Mais je ne suis pas… Et il n'est pas…

Coop n'eut pas le temps de protester. L'indiscrète voisine avait déjà tourné les talons.

Une famille ? Il se sentait glacé à cette idée. Ils ne formaient pas une famille, enfin ! Non, se dit-il en gravissant les marches de son escalier, il n'avait jamais pensé à la situation en ces termes.

Il aimait beaucoup Keenan, bien sûr. Et il était fou de sa mère, aucun doute là-dessus. Mais ça ne faisait pas d'eux une famille pour autant. Et surtout cet état de fait était simplement transitoire. Certes, il avait consacré beaucoup de son temps au gosse, lui avait appris un certain nombre de choses, avait joué avec lui au base-ball, mais tout cela ne faisait pas de lui un père de famille.

Aussitôt arrivé chez lui, il se servit une bière et la but à grandes gorgées.

C'était vrai qu'il aimait les moments qu'il passait avec Keenan, sans parler de ceux qu'il passait avec sa mère. Il devait même reconnaître que plus tôt dans la journée, à la piscine, lorsqu'une mère de famille avait pris Keenan pour son fils et l'avait complimenté, ça lui avait curieusement fait plaisir. Mais ce n'était pas une raison pour penser leur relation en termes de famille.

Il était célibataire. Et il aimait cela. Ce statut lui permettait d'aller et venir selon son bon vouloir, de prévoir des parties de poker qui duraient toute la nuit ou de regarder des matchs aussi souvent qu'il le souhaitait.

Il aimait travailler au calme, c'était la raison pour laquelle il rédigeait ses articles chez lui plutôt que dans l'agitation des bureaux du journal. C'était la meilleure façon d'éviter que les gens farfouillent dans ses affaires ou lui imposent un emploi du temps.

La vie de famille — telle qu'il l'avait vécue dans son enfance — était pleine de contraintes et de sorties obligatoires.

Il était hors de question pour lui de changer son mode de vie pour s'accorder à un rythme familial !

A présent, il comprenait qu'il avait commis une erreur en consacrant autant de temps à Zoe et au petit. Il ne s'était jamais forcé à faire quoi que ce soit, mais n'avait pas pensé aux conséquences de ses actes. Tous les trois s'étaient rapprochés, peut-être un peu trop, et sa sollicitude à leur égard pouvait prêter à malentendu. Et c'était d'autant plus dangereux que Zoe lui avait dit qu'elle l'aimait. Elle ne l'avait fait qu'une seule fois, se rappela-t-il, et il espérait que c'était juste un truc de femme. Pas de vraies paroles sérieuses.

En tout cas, s'il ne prenait pas ses distances, Zoe et Keenan risquaient de compter un peu trop sur lui. Il frémit à l'idée que lui aussi était en danger : il s'attachait à eux.

Il était temps de rétablir des rôles clairs. Et le sien était avant tout celui du locataire.

Keenan s'élança vers sa mère à la minute où elle sortit de la voiture.

— Maman ! Coucou ! Tu sais, j'ai pu retenir ma respiration sous l'eau pendant douze secondes !

Zoe l'attrapa au vol et le fit tourner dans ses bras.

— Quel champion ! Bonjour, madame Finkleman.

— Bonjour, Zoe. Ça fait une bonne heure qu'on s'amuse tous les deux. J'ai envoyé Coop faire une sieste lorsqu'ils sont rentrés de la piscine. Il avait l'air épuisé !

— Merci beaucoup.

— Et Mme Finkleman m'a même donné du gâteau ! Il était trop bon.

— J'espère que tu l'as remerciée.

— Oui, et tu sais, Matt a failli vomir dans la voiture

de Coop, parce que c'était mon tour de monter à l'avant. C'était vraiment génial aujourd'hui et Coop m'a montré comment on nage sans bouée. Il a dit que j'étais un vrai champion.

— Et il a raison. Tu es un vrai champion.

Zoe s'installa dans un fauteuil, avec son fils sur les genoux. La perspective de préparer le dîner puis de revêtir son uniforme pour enchaîner six heures de service au bar ne la réjouissait guère.

— Allez, fais-moi un petit câlin et, ensuite, tu viendras avec moi dans la cuisine pendant que je préparerai le dîner. Tu dois avoir encore des tas de choses à me raconter.

Une demi-heure plus tard, Zoe était en train d'égoutter des pâtes, tandis que Keenan dessinait à même le sol. Elle entendit les pas de Coop dans l'escalier. Instantanément, son cœur se mit à battre plus vite. Cette réaction la fit sourire. Et dire qu'elle s'était crue immunisée contre les hommes pendant des années !

Elle laissa les pâtes dans l'égouttoir et alla lui ouvrir la porte.

— Bonsoir ! fit-elle.

— Bonsoir, comment ça va ?

Un peu nerveux, Coop jouait avec son trousseau de clés. Zoe paraissait radieuse et, en dépit de la fatigue qui se lisait dans ses yeux, elle lui adressa un sourire lumineux.

— J'allais justement t'envoyer Keenan pour savoir si tu voulais dîner avec nous. Je me disais que ça te ferait peut-être du bien après cette journée éprouvante à la piscine.

Elle ouvrit un peu plus la porte et avança, comme pour l'embrasser. Son sourire se fana lorsqu'il fit un léger mouvement en arrière pour l'éviter.

— J'ai simplement préparé du poulet et des pâtes.

Cela sentait délicieusement bon dans la cuisine, mais ce n'était pas le moment de penser à cela. La scène qui s'offrait à ses yeux l'effrayait : une jolie cuisine avec un pot de fleurs sur le rebord de la fenêtre, un fumet délicieux, un bel enfant allongé sur le sol et une femme magnifique prête à lui faire à manger et à l'embrasser.

C'était le piège absolu.

— C'est gentil, mais j'étais sur le point de sortir.

— D'accord, mais je croyais que tu avais encore deux heures devant toi avant le début du match.

Surpris, il arqua un sourcil interrogateur avant qu'elle ne sourie et s'exclame :

— Je suppose que je fais un peu plus attention à la programmation des matchs, à présent. Ce soir, c'est Baltimore contre Toronto !

— C'est vrai.

Seigneur ! quand une femme commence à s'intéresser à ce que vous faites, c'est vraiment le signe que la cage se referme progressivement !

— Mais j'ai des choses à faire, ce soir.

— Je peux venir avec toi ? s'écria Keenan en se précipitant sur lui. Je voudrais bien le voir, ce match ! C'est tellement bien quand je peux y aller avec toi !

Coop s'était rarement senti aussi mal à l'aise. Mais il devait s'endurcir.

— Non, j'ai trop de choses à faire, ce soir, dit-il avec un soupçon de sévérité dans la voix. Tu sais, ce n'est pas seulement un jeu, c'est aussi mon métier.

La lèvre du petit garçon se mit à trembler.

— Mais tu disais que je portais chance !

— Keenan, viens ici, dit doucement Zoe en posant la main sur l'épaule de son fils.

Sans quitter Coop des yeux, elle le ramena à la raison.

— Tu sais bien que Beth va venir te garder, ce soir, et que tu pourras regarder ton dessin animé préféré.

— Mais je voudrais tellement…

— Maintenant, va te laver les mains pour le dîner.

— Mais…

— Allez, mon chéri, dépêche-toi.

L'expression défaite de Keenan aurait attendri le cœur d'un ogre, mais Coop tenait bon. Il prit la direction de la porte, bien décidé à décamper le plus vite possible.

— Tu sais, je ne peux pas l'emmener partout, dit-il.

— C'est normal. Il est très fatigué ce soir. De toute façon, je ne l'aurais pas laissé partir.

Zoe hésita un peu, mais ne put s'empêcher de demander :

— Tout va bien ?

— Tout va très bien !

Coop ignorait pourquoi il avait presque crié, comme il ignorait pourquoi son cœur semblait peser dix tonnes, à présent.

— J'ai ma propre vie, tu sais. Et je n'ai pas besoin d'un enfant pour grimper sur mon dos… ni que tu me prépares à dîner. Et puis je ne suis pas obligé de me justifier non plus.

Le regard de Zoe devint soudain très froid, étonnamment calme.

— Bien sûr que non. Je te suis reconnaissante de m'avoir autant aidée ces dernières semaines. Tiens-moi au courant si je peux faire quoi que ce soit pour te rendre service.

— Ecoute, Zoe…

— Excuse-moi, mais je dois servir le dîner maintenant, sinon je risque d'être en retard. Passe une bonne soirée.

Elle referma fermement la porte derrière lui.

Sans même regarder en arrière et tout en s'affairant à son four, Zoe sut exactement combien de temps il resta planté derrière la porte et à quel moment il partit.

C'était à prévoir, songea-t-elle. Ce revirement était typique, et même compréhensible. Peut-être qu'il avait fallu plusieurs semaines à Coop pour comprendre qu'elle n'était pas seule, qu'elle était la mère de Keenan et qu'à eux deux ils formaient une famille, avec ses joies, ses difficultés et ses habitudes.

Il se retirait du jeu.

Peut-être qu'il n'en était pas tout à fait conscient encore, mais il avait commencé à battre en retraite.

Ses yeux la piquaient et sa poitrine se soulevait malgré elle. Bravement, elle refoula les larmes qu'elle sentait monter en elle. Plus tard, lorsqu'elle serait seule, elle s'offrirait le luxe de les laisser couler. Mais, pour le moment, elle devait consoler son petit garçon.

Lorsqu'il revint de la salle de bains, elle s'accroupit pour lui parler les yeux dans les yeux.

— Tu as passé un bon moment avec Coop, aujourd'hui ?

Keenan hocha la tête en reniflant.

— Et il t'a fait découvrir beaucoup de choses très amusantes !

— Je sais…

— Alors tu ferais mieux d'être heureux d'avoir pu profiter de tout cela, plutôt que de pleurer parce que tu voudrais plus encore.

Elle se releva en se souhaitant la force d'appliquer à elle-même le conseil qu'elle venait de donner à son enfant.

9

— Dis donc, je trouve que tu passes beaucoup de temps au journal, en ce moment.

Ben s'assit sur le bureau de Coop et commença à jouer avec un stylo. Aux quatre coins de *l'open space* sonnaient téléphones et fax. Le martèlement des doigts sur les claviers conférait à ce lieu une atmosphère studieuse et énergique. C'était une ruche qui s'activait de toutes parts.

— Et alors ? répondit Coop sans lever les yeux de l'écran de son ordinateur.

Il était en train de rédiger sa page hebdomadaire sur les résultats sportifs.

— Je croyais que tu préférais bosser dans ton nouvel appart qui a une si jolie… vue ! Tu n'étais pas si souvent ici quand tu habitais dans le centre de Baltimore.

— J'avais besoin de changer de cadre.

Coop marmonnait et gardait les sourcils froncés de celui qui ne veut pas être dérangé.

— Je vois…

Ben ramassa une balle de base-ball qui traînait sur le bureau de Coop et s'amusa à l'envoyer et à la rattraper.

— Des soucis au paradis ?

— Mais qu'est-ce que tu racontes, Ben ? Je te signale que j'ai un papier à écrire, au cas où tu ne l'aurais pas encore remarqué.

Ben ne tint pas compte de sa remarque.

— Ecoute, j'ai l'impression que, ces dernières semaines,

tu restais tout le temps fourré auprès de ta charmante propriétaire.

— Laisse tomber, Ben. Je travaille.

— Moi je dis que, lorsqu'un type se balade partout avec un gamin de quatre ans, c'est qu'il vise plutôt la mère.

Coop le fusilla du regard.

— J'aime bien ce gosse, c'est tout ! Et je n'ai pas besoin de ce genre de ruses pour séduire une femme. Le petit est sympa. Il n'y a rien à dire de plus.

— Hé, du calme ! Je n'ai rien contre les loupiots. Il se pourrait même que je décide d'en avoir, un de ces jours. Ce que je voulais dire, c'est que, lorsqu'une femme a déjà un enfant, l'homme qui s'intéresse à elle doit un peu jouer le papa, s'il veut avoir une chance.

— Je te répète que je n'ai pas besoin de ça pour séduire une femme.

— Oh ! ça va… Je remarque simplement que, le week-end dernier, tu n'as pas voulu jouer, parce que tu emmenais la petite famille à l'aquarium. Et je suis certain que ça ne t'a pas trop mal réussi.

— Ce n'est pas ce que tu crois, Ben…

— Hé, je ne t'aurais pas embêté comme ça si j'avais su que c'était sérieux entre elle et toi.

— Je n'ai pas dit que c'était sérieux entre elle et moi…

— C'est ce que je viens de dire…, mais bon, peu importe.

Las, Coop s'adossa à son fauteuil. Ben et lui avaient tenu un compte serré de leurs conquêtes féminines pendant cinq ans, toujours avec une chaleureuse complicité. Il n'avait aucune raison de réagir de la sorte.

— Désolé, Ben. J'ai beaucoup de choses dans la tête en ce moment.

— Ne t'inquiète pas. Tu as besoin de te distraire. Ça te dirait, une partie de poker, ce soir ?

— Et comment !

— Génial. Perdre un peu d'argent devrait te remettre sur les rails !

Coop était loin d'en être sûr, mais son ami avait raison. Depuis quelques jours, il ne savait plus du tout où il en était ; il dormait très peu, mangeait encore moins et se sentait terriblement nerveux.

Tout cela parce qu'il évitait autant que possible d'affronter le problème. Il fermait les yeux, alors qu'il était l'heure de les ouvrir. S'il voulait retrouver sa vie, il était grand temps de faire face.

Il éteignit son ordinateur.

Ce que Zoe appréciait le plus dans ses après-midi de congé, c'était la solitude qui les accompagnait. Pas de clients à qui parler, pas de commandes à recevoir. Ces moments rares où elle n'était ni vendeuse, si serveuse, ni même maman, étaient précieux. Elle s'y ressourçait. Elle était simplement Zoe.

Assise sur la terrasse de sa maison, elle essayait de comprendre le mode d'emploi du nouveau barbecue qu'elle venait d'acheter. Elle voulait faire la surprise de cuire des hamburgers dessus à Keenan.

Elle savourait la tranquillité de ce moment. Enfin, la tranquillité selon elle — avec de la musique qui résonnait dans la cuisine. Bientôt, Keenan se précipiterait dans ses bras pour lui raconter les aventures de sa journée d'école.

L'appartement de Coop était vide. Elle le savait et s'efforçait de ne pas y penser. Tout comme elle s'efforçait de ne pas penser au fait que, depuis quelques jours, il était plus souvent absent que présent.

Comme elle avait été naïve de le croire différent des autres ! Il l'avait voulue, l'avait eue et s'était désintéressé d'elle. C'était classique. Et comme elle aussi avait eu envie de lui, ils étaient quittes.

Son cœur souffrait, mais cela finirait par passer. Elle

avait déjà vécu cela, il suffisait d'attendre. Keenan et elle s'en sortiraient très bien tous les deux, comme toujours.

Son tournevis lui glissa des mains et égratigna son genou dans sa chute. Elle poussa un juron.

— Mais qu'est-ce que tu fais ?

C'était Coop.

Les joues en feu, elle leva la tête vers lui.

— Je suis en train de préparer un gâteau, ça se voit, non ? lança-t-elle

— Tu ne peux pas assembler les pièces du barbecue, si tu les étales toutes n'importe comment par terre !

Il se baissa et commença machinalement à rassembler les différents éléments et outils par catégories. Zoe repoussa sa main avec le manche de son tournevis.

— Merci, mais je n'ai pas besoin que tu assembles ce barbecue à ma place. Je ne suis pas une pauvre femme désespérée, qui a besoin qu'un homme s'occupe du bricolage à sa place. Je me débrouillais très bien toute seule avant que tu t'installes ici.

Abasourdi, il remit les mains dans ses poches.

— Très bien, je te laisse faire, alors.

— Oui, j'aime bien faire les choses par moi-même.

Elle était calme et terriblement froide.

— Parfait, et quand le barbecue se cassera la figure, tu n'auras à t'en prendre qu'à toi-même.

— C'est exactement ça.

Elle chassa d'un souffle une mèche qui dansait devant ses yeux.

— Je sais reconnaître mes erreurs. Mais tu n'as tout de même pas l'intention de rester à me regarder faire ?

— Je voudrais parler avec toi.

— Très bien, parle, je t'écoute.

Coop avait déjà prévu tout son discours. Après tout, il était journaliste.

— Eh bien, je me suis rendu compte que mon attitude,

je veux dire le fait de passer beaucoup de temps avec toi et le petit…

— Il s'appelle Keenan, marmonna Zoe.

— Je sais très bien comment il s'appelle. Je disais donc que le fait de passer autant de temps auprès de vous a pu donner de fausses impressions.

— Ah oui ?

— Keenan est un gamin génial, il te ressemble beaucoup, je trouve, et j'ai vraiment passé des moments inoubliables avec lui.

Zoe s'en voulut de se laisser attendrir. Elle devait rester dure, mais Coop s'était sincèrement attaché à son fils. Cela rendait les choses encore plus difficiles.

— Il aime passer du temps avec toi et je crois que ça lui a fait beaucoup de bien.

— Oui, peut-être, en un sens… Mais, d'un autre côté, je commence à penser que, pour lui et pour toi, cela a pu créer une forme de malentendu. Ce que je veux dire, c'est que jouer à la balle avec Keenan ou l'emmener à un match, c'est vraiment chouette. Seulement, je ne voudrais pas qu'il imagine que cette situation va durer.

Zoe sentit son cœur se serrer, mais elle parvint à garder un visage parfaitement composé.

— Je comprends. En fait, tu as peur qu'il commence à te considérer comme une figure paternelle.

— Oui, quelque chose comme ça.

— C'est normal. Mais rassure-toi, il passe aussi beaucoup de temps avec M. Finkleman et avec Billy Bowers, qui habite plus bas dans la rue.

— Ce n'est pas pareil du tout. M. Finkleman a l'âge d'être son grand-père et Billy Bowers a à peine dix-huit ans !

Coop se rendit compte qu'une pointe de jalousie venait de le saisir.

— Il ne se passe pas exactement la même chose avec eux…, ajouta-t-il.

— C'est-à-dire ?

— Je veux parler de notre relation… je ne sais pas si c'est le bon mot. « Relation », c'est un peu fort. Bon sang, on a seulement fait l'amour une seule fois !

— J'avais remarqué, merci.

— Pardon, je me suis mal exprimé. Ça doit te donner l'impression que ça ne représentait rien pour moi. Et, vraiment, c'est tout le contraire, Zoe.

Il le pensait, le pensait si fort.

— Mais…

— Mais tu as peur de te retrouver embrigadé dans notre famille et de te réveiller un matin avec une femme, des traites à payer et un petit garçon qui réclame ton attention.

— Oui. Non. Quelque chose comme ça…

Il était en train de se tirer une balle dans le pied et ne savait même plus pourquoi il le fallait.

— Je voulais juste clarifier la situation.

— Elle est parfaitement claire. Il ne faut pas te tracasser comme ça. J'ai passé une petite annonce dans le journal pour trouver un locataire, pas un père pour mon fils ni un mari pour moi. J'ai couché avec toi parce que j'en avais envie, et non parce que j'imaginais que tu me conduirais à l'autel.

— Ce n'est pas ce que je voulais dire, Zoe.

Frustré de ne pas parvenir à exprimer clairement ses pensées, il passa nerveusement la main dans ses cheveux. Il avait soigneusement préparé son explication et rien ne se passait comme prévu.

— J'avais envie de toi… J'ai toujours envie de toi. Mais je sais qu'on t'a laissée cruellement tomber dans le passé et je ne veux pas te faire souffrir. Pas plus que je ne veux faire de mal à Keenan. Je ne voudrais pas que vous imaginiez que je pourrais être l'homme qui comblerait ce vide dans votre vie.

La colère revint, plus forte encore. Outrée, elle se leva brusquement.

— Nous n'avons pas de vide à combler ! Keenan et moi formons une vraie famille, comme n'importe quelle autre. Et ce n'est pas parce qu'il n'y a pas de papa ici que nous ne formons pas un foyer. Compris ?

— Mais ce n'est pas…

— Je vais te dire, moi, ce que tu penses. Tu fais la connaissance d'une femme et de son petit garçon et tu imagines illico qu'ils n'attendent qu'un homme grand et fort pour les combler. C'est idiot ! Parce que, si j'avais besoin d'un homme, j'en aurais un. Si je pensais que Keenan avait besoin d'un père pour être heureux, je lui en trouverais un ! Alors si tu crois que tu es en tête d'une liste fictive de candidats, laisse-moi te dire que tu te trompes lourdement. Je suis peut-être amoureuse de toi, mais ça n'est pas assez. Il n'est pas simplement question de moi, ni de toi. Dans mon esprit, c'est Keenan qui passe en premier. Alors quand je voudrai d'un père pour lui, si un jour j'en veux un, ce sera quelqu'un de patient, un homme prêt à quelques concessions pour vivre harmonieusement avec mon fils. Donc, détends-toi, Coop, ça te met d'office hors jeu.

— Je ne suis pas venu pour me disputer avec toi.

— Tant mieux, parce que je n'ai plus rien à ajouter.

Il l'attrapa par le bras, sans lui laisser la possibilité de partir.

— Moi si ! J'essaie d'être honnête avec toi. Je me fais du souci pour toi et pour Keenan. Simplement, j'ai peur que les choses deviennent difficiles à gérer.

— Difficiles à gérer pour qui, au juste ? Pour toi ? Si c'est le cas, alors non, tu n'as aucun souci à te faire. Après tout, tu sais parfaitement contenir tes émotions ! Cesse donc de t'inquièter pour Keenan et moi, on s'en sort très bien tous les deux, crois-moi.

Elle libéra son bras d'un coup sec, puis ramassa la notice du barbecue qu'elle se mit à relire sans le regarder.

Coop ne comprenait plus rien, et surtout pas pourquoi il avait la curieuse impression d'être rejeté.

— Bon, si tout est clair…

— Tout est très clair.

— Si tu veux, j'ai un peu de temps-là, alors je peux t'aider à monter ce barbecue.

— Je te remercie, mais je vais me débrouiller. Je compte m'en servir un peu plus tard pour faire griller des hamburgers. Tu peux te joindre à nous, sauf si tu as peur que cela ne t'*engage* trop vis-à-vis de nous.

Elle venait de marquer un point.

— C'est gentil, mais j'ai déjà quelque chose de prévu. Peut-être que je pourrai passer vous voir.

— Très bien. Tu sais où nous trouver.

Lors de cette soirée chez ses amis, Coop but trop et s'enivra sans même s'en rendre compte. En sortant du taxi, il s'avança péniblement jusqu'à la maison. Il savait déjà qu'il se haïrait le lendemain. Mais, pour l'heure, il avait quelque chose à faire.

Il gravit les marches du perron et s'adossa contre la porte d'entrée. Il leva le poing qu'il fit retomber lourdement sur le bois pour frapper. Il recommença plusieurs fois. Zoe avait l'air de croire que tout était fini entre eux, mais ce n'était pas le cas. Oh ! non, elle se méprenait lourdement.

— Zoe, je sais que tu es là !

Un rai de lumière apparut sous la porte.

— S'il te plaît, ouvre-moi !

— Coop ?

Dans l'entrée, Zoe nouait à la hâte la ceinture de son peignoir. Cela faisait à peine vingt minutes qu'elle était rentrée du bar et moins de cinq qu'elle s'était couchée.

— Il est plus de 2 heures du matin, qu'est-ce que tu veux ?

— Je veux te parler, laisse-moi entrer.

— On discutera demain matin.

— Mais tu viens de dire que c'était déjà le matin…

Il se remit à frapper et Zoe ouvrit la porte d'un geste furieux.

— Arrête de faire du bruit, tu vas réveiller Keenan…

Au même moment, Coop trébucha contre elle.

— Mais qu'est-ce qui se passe ? Tu t'es fait mal ?

Elle reconnut alors l'odeur de la bière.

— D'accord, tu es soûl.

— Presque.

Il voulut se redresser, mais sentit le parfum irrésistible de Zoe.

— Tu sens si bon…

— Totalement soûl, dit-elle en soupirant. Va t'asseoir, je vais te préparer du café.

— Je ne veux pas de café, ça ne fait pas dessoûler, ça réveille, c'est tout. Et je suis parfaitement réveillé.

Il se redressa et comprit qu'il ne tenait pas aussi bien debout qu'il l'avait espéré.

— Mais je vais peut-être m'asseoir.

Ce qu'il fit lourdement sur le canapé du salon.

— Je déteste être ivre, ça ne m'était pas arrivé depuis que j'ai arrêté de jouer dans les championnats juniors. Je t'avais dit que j'avais joué dans les championnats juniors ?

— Je ne crois pas.

— C'était juste après le lycée. Pendant deux ans. J'ai cru que je passerais chez les seniors, mais ça ne s'est pas fait, alors je suis allé à la fac et, maintenant, j'écris sur les sportifs qui ont réussi.

— Je suis désolée pour toi.

— Oh ! non, il ne faut surtout pas. J'aime écrire. J'ai toujours aimé ça. Et puis j'adore assister aux matchs, suivre les équipes, leurs stratégies. Si j'avais été un joueur professionnel, je serais quasiment à la retraite aujourd'hui — j'ai trente-deux ans. C'est vieux pour un joueur !

Il la regarda intensément et sourit.

— Tu es la plus belle femme que j'aie jamais vue. Tu sais, c'est incroyable ce que ton fils te ressemble. En le regardant, c'est toi aussi que je vois. En fait, je te vois tout le temps. J'essaie de me concentrer sur autre chose et hop, c'est ton visage qui apparaît. Qu'est-ce que tu comprends de ça, toi ?

— Je ne sais pas.

Zoe aurait voulu se fâcher, mais c'était inutile. Il était beaucoup trop ivre pour cela.

— Je vais t'aider à monter chez toi, tu as besoin de te reposer, dit-elle calmement.

— Je veux encore faire l'amour avec toi, j'ai envie de te sentir, j'ai envie de tes caresses.

Zoe en mourait d'envie elle aussi. Mais il s'était clairement expliqué plus tôt dans la journée.

— Tu disais que tu voulais me parler ?

— Tu n'imagines pas ce que c'est de toucher ta peau… C'est indescriptible, tu es si douce et si chaude. J'ai commencé à penser à ta peau quand je jouais au poker. C'est là que j'ai commencé à trop boire. Et pourtant j'ai gagné. Je leur ai pris deux cent cinquante dollars

— Bravo.

— Mais je n'arrêtais pas de penser à toi. Tu sais, tu as une petite fossette, là.

Il leva la main jusqu'à son visage.

— Voilà, je pensais constamment à cette fossette, à tes jambes magnifiques, à tes grands yeux… Et je me disais combien j'aimais te regarder avec le petit. Parfois, je vous regarde de chez moi, et vous ne le savez pas… Tu ne le savais pas, hein ?

— Non, je l'ignorais.

— Tu vois… J'aime la façon dont tu lui ébouriffes souvent les cheveux. Ça me bouleverse.

Il balança lentement la tête de côté.

— Keenan m'aime beaucoup, tu sais. Il me l'a dit. Et toi aussi, tu me l'as dit.

— Je sais.

Zoe soupira et lui défit doucement ses lacets.

— Et je pensais tout ce que j'ai dit tout à l'heure. Ma vie est très bien comme elle est.

— Je sais.

— D'accord.

Elle lui retira ses chaussures et lui souleva les jambes pour l'allonger sur le canapé.

— Alors, si tu voulais bien arrêter… d'être tout le temps dans ma tête… parce que ça ne changera rien…

— Je tâcherai de m'en souvenir.

Coop dormait déjà lorsqu'elle se pencha au-dessus de lui pour l'embrasser.

10

La gueule de bois. Coop était conscient que ce serait épouvantable. Ce n'était même pas la peine d'ouvrir les yeux ni de bouger. Sa tête cognait déjà furieusement, comme si une fanfare militaire y avait élu domicile.

Il ne savait plus trop comment il était parvenu à rentrer et à se mettre au lit, mais l'impression de brouillard qui subsistait après la soirée de la veille n'était guère agréable. Il espérait que ce vague sentiment de malaise n'était imputable qu'à l'alcool.

Doucement, prudemment, il ouvrit les yeux et se redressa. En voyant le petit visage qui lui souriait d'un air candide, il eut le réflexe de laisser brutalement retomber sa tête. Aussitôt, il gémit de douleur.

— Bonjour, Coop ! s'exclama Keenan avec entrain. Tu as dormi ici, cette nuit.

— Je ne sais pas, répondit Coop en se tenant la tête entre les mains. Dis-moi, où est ta mère ?

— Maman prépare mon déjeuner, je vais bientôt partir à l'école. Elle m'a dit que je pouvais aller te voir, à condition de ne pas te réveiller. Je ne t'ai pas réveillé, dis ? Je n'ai pas fait de bruit du tout.

— Non.

Coop était totalement paniqué à l'idée de se savoir chez Zoe, surtout dans cet état !

— Est-ce que tu es malade ? Tu as de la fièvre ?

Keenan posa sa petite main sur le front douloureux de Coop.

— Ne t'inquiète pas, maman va te soigner. On se sent toujours mieux après.

— Merci, mon grand. Il est quelle heure ?

— La grande aiguille est sur le 10 et la petite sur le 8. Si tu veux, tu peux dormir dans mon lit jusqu'à ce que tu te sentes mieux. Et tu peux jouer avec mes jouets, tu sais.

— Merci.

Au prix d'un effort terrible, Coop parvint à s'asseoir à peu près dignement sur le canapé.

— Keenan, tu veux être un bon copain et aller demander à ta mère de l'aspirine pour moi ?

— Oui, tout de suite !

L'enfant s'élança aussitôt, et le claquement de ses chaussons sur le parquet fit frémir Coop. Le son ne devait pas être très fort, pourtant.

— Mal à la tête ? s'enquit Zoe qui venait d'apparaître devant lui.

Coop écarquilla les yeux. Elle portait encore le peignoir qu'il lui avait vu la veille. Des souvenirs se formaient dans sa tête. Assez nombreux, d'un seul coup…

— Si tu as prévu de me hurler dessus, est-ce que tu peux juste attendre un tout petit peu ?

En guise de réponse, elle lui tendit un verre, qui contenait de l'aspirine et un liquide rougeâtre.

— Qu'est-ce que c'est ?

— Un remède de Star, le propriétaire du bar où je travaille. Il paraît que ça fait des merveilles pour la gueule de bois.

— Ah, merci.

Il y eut un bruit assourdissant dans le couloir — du moins parut-il effroyable à Coop — et Keenan surgit dans la pièce.

— Au revoir, maman, bonne journée !

Il l'embrassa bruyamment et se tourna vers Coop.

— Bonne journée, Coop ! Il faut guérir vite, d'accord ?

Lorsqu'il fut sorti, Coop avala d'une traite le remède de Joe.

— Tu veux boire un café ? prendre un petit déjeuner ?

Zoe se retenait pour ne pas sourire.

— Tu n'as pas l'intention de me hurler dessus ?

— Pourquoi ? Pour avoir frappé comme un dingue à la porte, ivre, en plein milieu de la nuit ? Ou parce que tu t'es quasiment évanoui sur mon canapé ?

Elle marqua une pause pour que le message soit bien reçu.

— Non, je ne vais pas me mettre en colère. J'ai l'impression que tu souffres suffisamment comme ça.

— Ah, ça oui, crois-moi.

Il se leva pour la suivre jusque dans la cuisine.

— Et je ne souffre pas seulement physiquement. J'ai l'impression d'être le dernier des idiots.

— Hier, tu l'étais totalement, je te le confirme.

Elle lui servit une tasse de café.

— Le troisième mari de ma mère avait un petit faible pour le bourbon. Et il prétendait que les œufs sont le remède imparable pour ce genre de douleur. Tu les aimes comment ?

— Brouillés, ce serait merveilleux.

Il s'assit maladroitement à table.

— Je suis vraiment désolé, Zoe.

Elle lui tournait le dos, s'affairait à sortir une casserole.

— Pourquoi ?

— Pour avoir été un imbécile hier après-midi, et pire encore hier soir.

— Eh bien, je suppose que ce n'était ni la première ni la dernière fois que ça t'arrivait.

— Dis-moi, tu n'as pas dit à Keenan que j'étais…

— Ivre et à côté de la plaque ?

Un petit sourire au coin des lèvres, elle tourna la tête.

— Non, je lui ai simplement dit que tu ne te sentais

pas bien et que tu étais allé dormir sur le canapé. Ce qui n'était pas si loin de la vérité, en fait.

— Merci. Je ne voudrais pas qu'il pense… Ce n'est pas dans mes habitudes, normalement.

— C'est ce que tu m'as dit hier soir.

Elle fit frire du bacon et ajouta les œufs.

Il la regardait faire, sortant peu à peu de la confusion dans laquelle il se trouvait. C'était inattendu qu'elle ne lui adresse pas les reproches les plus amers sur sa conduite inqualifiable de la veille. Il la revoyait encore, l'après-midi précédent, avec ses beaux yeux incendiés de colère et de fierté. Il se souvenait aussi du soir où elle l'avait retrouvé endormi sur le canapé, avec Keenan blotti dans ses bras. Elle était si belle, si protectrice lorsqu'elle avait pris le petit garçon dans ses bras pour le porter tendrement jusqu'à son lit.

Une multitude d'images se présentaient à son esprit, mais, si toutes le saisissaient avec une force incroyable, aucune ne pouvait rivaliser avec celle qu'il avait sous les yeux en cet instant. Zoe, près de la cuisinière, les cheveux inondés par la lumière du matin, son peignoir léger enserrant délicatement ses hanches… Et cette odeur délicieuse de petit déjeuner.

Comment avait-il pu croire un seul instant que ce n'était pas cela qu'il désirait du plus profond de son être ? Que devait-il faire, à présent que ses yeux s'étaient dessillés ?

— Je pense que manger t'aidera à te sentir mieux, dit-elle en plaçant une assiette appétissante devant lui. Maintenant, je dois aller me préparer pour le travail.

— Est-ce que tu peux… Est-ce que tu as une minute ?

— Oui. Je ne dois pas y être avant 10 heures.

Elle se servit une nouvelle tasse de café.

— Mange, ça va refroidir !

Coop avala une bouchée. Ses pensées se bousculaient follement dans sa tête.

— C'est délicieux, merci beaucoup.

— Est-ce que tu veux autre chose ?

— Oui.

Il termina rapidement son plat, en espérant que les œufs lui donneraient tout le courage dont il avait besoin. Puis il reposa doucement sa fourchette.

— Oui, je te veux, toi.

Zoe eut un petit sourire.

— Je doute que tu sois vraiment en état pour ce genre de choses. Quant à moi, je dois aller travailler, alors…

— Non, je ne parlais pas de ça. Enfin, si… mais non.

Il s'arrêta, reprit son souffle.

— Je voudrais que tu m'épouses.

— Pardon ?

— Je pense qu'on devrait se marier, que c'est une bonne idée.

Il prit conscience que tout ce qu'il était sur le point de dire avait déjà pris forme dans son esprit depuis longtemps.

— Tu pourras arrêter ton travail de nuit au bar et recommencer des études, si tu le souhaites. Ou même ouvrir un magasin de fleurs. Ce que tu veux… Je crois que c'est ce que nous devrions faire.

Comme sa main commençait à trembler, Zoe reposa doucement sa tasse.

— Ah oui ? C'est ce que tu crois. Ecoute, c'est vraiment très généreux de ta part, Coop, mais je ne suis pas obligée de me marier pour faire toutes ces choses. Alors merci, mais ça ira.

Il la dévisagea sans comprendre.

— Non ? Tu dis non ? Mais tu m'aimes ! Tu me l'as dit deux fois.

— On peut même monter jusqu'à trois fois. C'est vrai, je t'aime. Mais je ne t'épouserai pas. Maintenant, il faut vraiment que j'aille me préparer.

— Attends une seconde.

La gueule de bois disparue comme par enchantement, il se leva d'un coup.

— Mais à quel jeu tu joues ? Tu m'aimes, ton fils m'adore ; sexuellement, ça se passe merveilleusement entre nous et… et je suis même capable d'accompagner une flopée de gamins à l'école !

— Tu es vraiment idiot, complètement à côté de la plaque. Alors quoi ? Comme je n'ai pas longtemps résisté avant de coucher avec toi, tu te dis que tu peux tout décider ! Que tu peux avoir ce que tu veux quand tu le veux ? Eh bien, laisse-moi te dire que tu te trompes.

Zoe quitta la pièce en trombe, laissant Coop abasourdi. Il n'avait pas vu le coup partir.

Mais le jeu n'était pas encore terminé.

La colère de Zoe ne s'était pas apaisée au cours de la journée. Elle écumait encore de rage en rentrant à la maison. De tous les hommes arrogants, orgueilleux et présomptueux qu'elle avait connus, Coop était le champion. Médaille d'or ! Dire qu'il avait eu l'audace de déclarer que ce serait « une bonne idée » de l'épouser avant de lui énumérer tous les avantages d'une telle union !

Mais pour qui se prenait-il ? Pour le gros lot d'un concours, peut-être ?

Un jour, il lui faisait comprendre qu'elle ne devait surtout pas se faire d'idées à son sujet et semblait lui prêter l'intention de le piéger dans une relation dont il ne voulait pas ; le jour suivant, il la prenait subitement en pitié et lui offrait un mariage pour la sortir de sa misère.

Pas une seule fois, il n'avait évoqué ce qu'elle pourrait lui offrir, ce qu'il ressentait, ce qu'il désirait. Pas plus qu'il n'avait parlé de sa capacité à endosser une responsabilité paternelle auprès de son fils.

Elle ouvrit d'un coup sec la porte d'entrée et la referma tout aussi brusquement. Sa demande en mariage grotesque, Coop pouvait s'asseoir dessus !

— Maman ! Coucou, maman !

Keenan se précipita pour l'accueillir, la prit par la main et la conduisit dans le salon.

— Allez, viens, on a une surprise pour toi !

— Quelle surprise, Keeanan ? Et qu'est-ce que tu fais ici ? Tu devrais être chez les Finkleman.

— Coop est là.

Il tirait plus fort sur sa main.

— On a une surprise pour toi, je te dis. Et un secret, aussi. Allez, il faut que tu viennes, tout de suite !

— Bon, d'accord, je viens, je viens…

Il y avait des fleurs partout. Dans des vases, des paniers, des petites coupelles, sur les tables, sur le rebord des fenêtres… C'était étourdissant. Les notes d'une sonate classique flottaient dans l'air et semblaient s'unir aux accords délicats des roses. La table avait été dégagée de tout ce qui l'encombrait d'ordinaire. Ne restaient qu'un seau à champagne et deux flûtes.

— Surprise ! s'écria joyeusement Keenan. On a tout préparé avec Coop pour que ce soit très beau et que tu aimes ça ! Et Mme Finkleman a dit qu'on pouvait même utiliser ses assiettes et ses verres ! Et M. Finkleman a préparé son poulet spécial, parce que c'est un plat *résistibible*.

— Irrésistible, corrigea doucement Coop sans quitter des yeux Zoe.

— Tu trouves ça beau, maman ? Hein, maman, dis !

— Oui, c'est magnifique, murmura Zoe en se penchant pour embrasser son fils. Merci.

— Bon, maintenant, je dois aller chez les Finkleman pour que vous puissiez avoir une soirée romantique.

Coop eut un petit sursaut de surprise, mais ne put s'empêcher de rire.

— Allez, viens, bonhomme, je vais t'accompagner chez les Finkleman.

— Quelle soirée romantique ? demanda Zoe.

— Je t'expliquerai dans quelques minutes, répondit Coop en entraînant Keenan avec lui.

Lorsqu'ils furent sortis, le petit garçon le regarda avec les yeux brillants d'exaltation.

— Est-ce que tu vas lui dire le secret où on va tous se marier ?

— C'est bien mon intention.

— Et tu vivras avec nous et tu pourras être mon papa, et ce sera super ?

— Ce sera génial, mon grand. Merveilleux, même…

Coop s'interrompit et embrassa l'enfant.

— Je t'aime, Keenan.

— Moi aussi.

Ils s'étreignirent quelques instants, puis Mme Finkleman fit son apparition derrière la haie.

— Coucou, les garçons !

Elle adressa un clin d'œil exagéré à Coop en levant le pouce en l'air, en signe de victoire. Puis elle attira Keenan contre elle.

— Bonne soirée…

De retour chez Zoe, Coop la trouva exactement à l'endroit où il l'avait laissée. Il ne savait pas trop si c'était bon ou mauvais signe.

— Alors, prête pour un peu de champagne ?

— Coop, c'est vraiment adorable, mais…

— J'espère que les fleurs te plaisent.

— Oui, elles sont superbes, mais…

Un peu nerveux, il fit sauter le bouchon de la bouteille.

— Je ne pouvais pas les choisir dans la boutique où tu travailles, ça aurait gâché la surprise. Keenan m'a beaucoup aidé pour tout préparer.

Il lui tendit une flûte et déposa un baiser timide sur sa joue.

— Coop…

Zoe dut attendre que s'apaise la frénésie de son cœur.

— Je sais que ça a dû être très compliqué d'organiser tout cela.

— J'aurais dû le faire bien avant, mais je ne savais même pas que j'en avais envie.

— Oh ! mon Dieu…

Elle se retourna, luttant très fort pour garder un semblant de contrôle sur ses émotions.

— C'est moi qui t'ai donné une fausse impression cette fois-ci, je crois. Je n'ai pas besoin de tout cela… d'une soirée romantique, des fleurs, des bougies…

— Bien sûr que si. Et moi aussi, j'en ai besoin quand je suis avec toi.

— Tu essaies de me séduire ? demanda-t-elle, incrédule. C'est nouveau ?

— Tu me connais, Zoe. Cela fait plus d'un mois que nous vivons ensemble, pour ainsi dire. Et c'est en partageant le quotidien, la vie telle qu'elle est, que l'on apprend à connaître et à comprendre les gens. Beaucoup plus vite que de toute autre façon. Tu sais l'homme que je suis… et tu as craqué pour moi, pas vrai ?

Il avait dit cette dernière phrase avec une pointe d'humour et de timidité qui bouleversa Zoe.

— Qu'est-ce que tu es pénible avec ça ! dit-elle sans conviction. Je t'ai déjà dit que mes sentiments étaient mon affaire. Et ça reste vrai. Un dîner aux chandelles ne changera rien à cela.

Coop était en mauvaise posture, mais il ne pouvait pas abandonner. Il ne le voulait pas, surtout.

— J'ai envie de t'offrir une belle soirée. Est-ce qu'il y a quelque chose de mal à cela ? Je voudrais faire un peu mieux qu'une demande en mariage devant des œufs brouillés…

— Coop…

— Laisse-moi finir, je t'en prie. Essaie d'être un peu tolérante, c'est la première fois que je fais ça. Je sais que tu n'as pas besoin de moi. En tout cas, pas pour prendre en main ta vie et celle de Keenan. Pas pour tondre la pelouse ou monter ce stupide barbecue. Ce n'était pas de ça que je voulais parler ce matin, mais plutôt de ce dont j'ai envie, moi.

Zoe le regarda avec méfiance.

— Il me semble que tu as été très clair à ce sujet. Tu ne veux ni liens, ni chaînes, appelle-ça comme tu veux. Le problème c'est qu'avec moi il y a des liens.

— J'ai été clair…, répéta-t-il, songeur. Non, je ne peux pas avoir été clair sur mes sentiments, parce que je n'en savais rien… et que je ne voulais surtout rien en savoir. J'avais peur. Voilà. J'avais peur, parce que j'ai besoin de toi. Parce que j'ai besoin de voir ton visage, d'entendre ta voix, de sentir tes cheveux… J'ai envie de t'aider à tondre la pelouse et à monter le barbecue. Et j'ai envie que tu aies besoin de moi.

Zoe ferma les yeux.

— Comme j'aime t'entendre dire ça…

— Alors dis-moi oui.

Il s'approcha d'elle et posa une main sur son épaule jusqu'à ce qu'elle ouvre les yeux.

— C'est ma dernière tentative, Zoe. Je veux me marier avec toi.

— Je…

Oui, elle voulait tellement dire oui…

— Mais il n'y a pas que moi, Coop.

— Et tu crois que je ne veux pas de Keenan ? Mais ouvre les yeux, je suis fou de ce gosse. Je veux vous épouser tous les deux et puis avoir un autre enfant, ou peut-être deux, pour commencer à monter une équipe. On en a déjà un peu parlé avec Keenan…

— Comment ?

— Non, rassure-toi, j'ai simplement tâté le terrain avec lui, histoire de savoir ce qu'il pourrait penser de tout cela.

Comme elle le regardait, l'air stupéfait, il se sentit gauche et glissa les mains dans ses poches.

— En fait, ça ne m'aurait pas paru tout à fait juste de ne pas le faire participer, puisqu'il deviendrait mon fils, si tu disais oui.

— Ton fils…

C'était comme un rêve pour Zoe, l'accomplissement de ses désirs les plus fous. Et elle ne parvenait qu'à répéter ce qu'il lui disait, totalement médusée.

— Tu m'as dit que vous formiez une équipe tous les deux. Et moi, j'aimerais bien en faire partie. Je crois qu'il est assez favorable à cette idée. Alors, si je peux me permettre, c'est deux contre un.

— Je vois…

— Je n'y connais peut-être pas grand-chose en matière d'enfants, mais je l'aime de tout mon cœur, c'est un bon début.

Elle le regarda intensément et sentit soudain son cœur fondre d'amour.

— C'est vrai que c'est un bon début.

— Je t'aime, Zoe. C'est la première fois de ma vie que je dis ça à une femme — sauf à ma mère. Je t'aime, alors dis oui. Ça nous ferait vraiment plaisir, à Keenan et à moi.

— J'ai comme l'impression d'être en minorité.

Doucement, tendrement, elle caressa la joue de Coop.

— Est-ce que ça veut dire oui ?

— Oui !

Il la serra de toutes ses forces dans ses bras et elle se mit à rire aux éclats, heureuse comme elle n'avait jamais pensé l'être.

— Oui, monsieur le nouveau papa !

— J'aime que tu m'appelles comme ça.

Et il plaqua ses lèvres sur les siennes, dans un baiser langoureux, chargé des promesses de l'instant et des lendemains lumineux qui les attendaient.

Composé et édité par HarperCollins France.

Achevé d'imprimer en avril 2021.

CPi
BLACK PRINT

Barcelone

Dépôt légal : mai 2021.

MIXTE
Papier issu de sources responsables
FSC® C159065
FSC www.fsc.org

Pour limiter l'empreinte environnementale de ses livres, HarperCollins France s'engage à n'utiliser que du papier fabriqué à partir de bois provenant de forêts gérées durablement et de manière responsable.

Imprimé en Espagne.